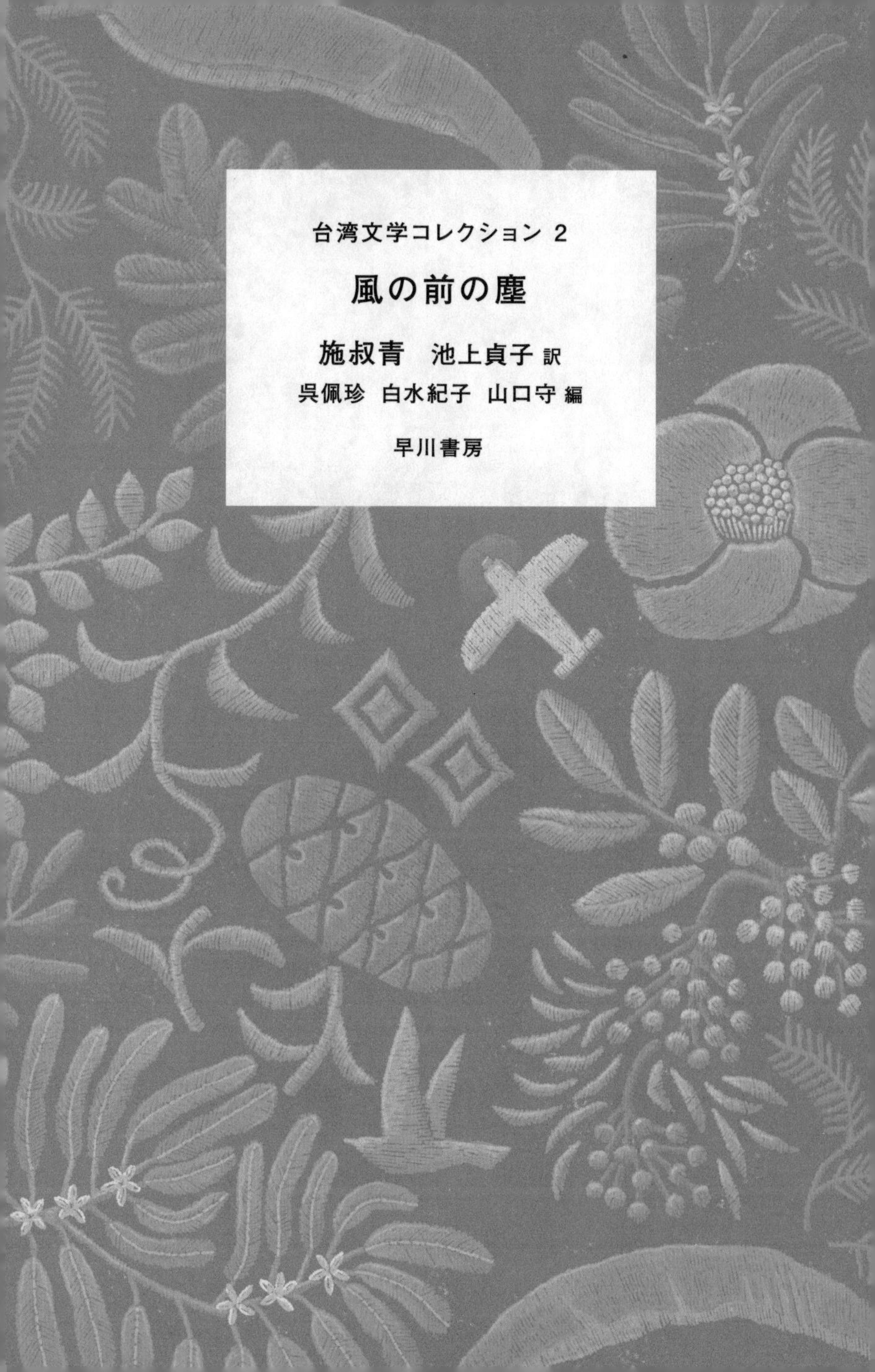

台湾文学コレクション 2

風の前の塵

施叔青　池上貞子 訳

呉佩珍　白水紀子　山口守 編

早川書房

台湾文学コレクション2　風の前の塵

風前塵埃
by
施叔青
Copyright © 2008 by
國立臺灣文學館（National Museum of Taiwan Literature）
Translated by
Sadako Ikegami
Edited by
Peichen Wu, Noriko Shirouzu, Mamoru Yamaguchi
First published 2024 in Japan by
Hayakawa Publishing, Inc.
This book is published in Japan by
direct arrangement with
國立臺灣文學館（National Museum of Taiwan Literature）.

LITERATURE
FROM TAIWAN

装画／中島梨絵
装幀／田中久子

目次

主な登場人物

無弦琴子（むげん ことこ）　台湾生まれ。一九六〇年代後半の学生運動経験者。デザインの仕事をしている

横山月姫　台湾生まれ。琴子の母

横山綾子　琴子の祖母。夫について台湾に行くが、風土が合わず、夫と娘を残して帰国

横山新蔵　琴子の祖父。元名古屋の呉服店の店員。台湾で警察官になる

ハロク・バヤン　タロコ族の青年。月姫をリムイ（想い人）とする

范姜義明（ファンジアン・イーミン）　写真家。月姫に想いを寄せる

范姜平妹（ファンジアン・ピンメイ）　客家《ハッカ》人。義明の養母。産婆

山本一郎　吉野移民村の住人。月姫の間借り先

馬耀谷木（ばよう こくぼく）　（自称）植物学者の日本人

黄賛雲（ホワン・ザンユン）　産婦人科医師

願空和尚（がんくう おしょう）　謎の苦行僧

鈴木清吉（ディブス）　アミ族のシャーマン。日本式教育を受ける

ブトム　アミ族の青年農業技師

ガマヤ　アミ族の女シャーマン

金泳喜（キム・ヨンヒ）　韓国系アメリカ人の女性研究者

台湾からの訪問者

田中悦子（元アミ族の踊り手。横浜在住）

退職した原住民警察官

原住民青年

真子

月姫の思い出話の登場人物

佐久間左馬太

第五代台湾総督

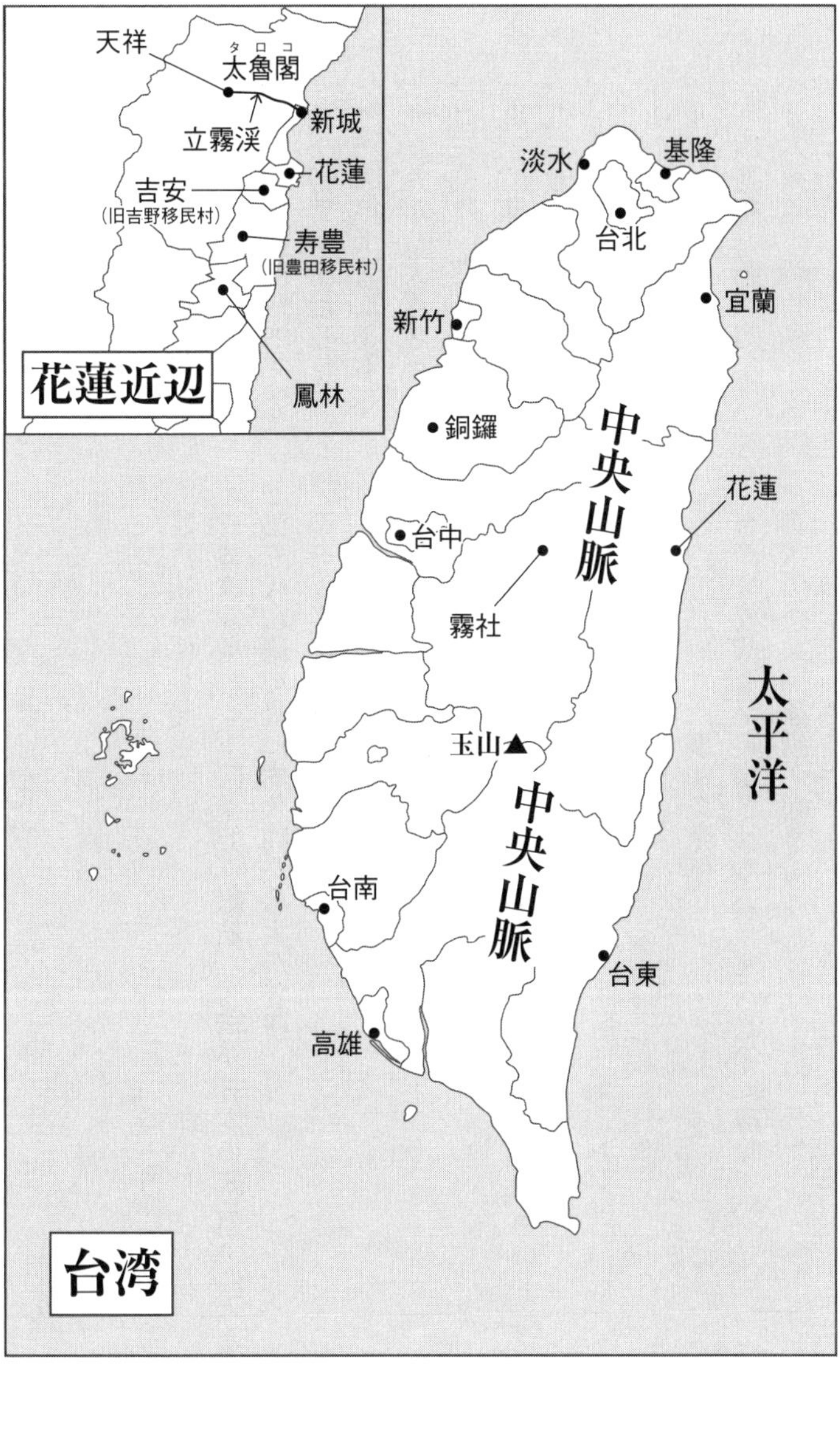

花蓮近辺
天祥
太魯閣《タロコ》
新城
立霧渓
花蓮
吉安
(旧吉野移民村)
寿豊
(旧豊田移民村)
鳳林
台湾
淡水
基隆
台北
宜蘭
新竹
銅鑼
中央山脈
花蓮
台中
霧社
太平洋
玉山
中央山脈
台南
台東
高雄

関連年表

一八七四年（明治7年）	牡丹社《ぼたんしゃ》事件が発生
一八九五年（明治28年）	日清講和条約（下関条約）締結。台湾が日本の統治下に入る
一九〇六年（明治39年）	第五代台湾総督に佐久間左馬太が着任
一九一〇年（明治43年）	「五ヵ年理蕃政策」開始
一九一四年（大正3年）	タロコ戦役
一九一九年（大正8年）	日本統治下の朝鮮で三・一独立運動が発生
一九三〇年（昭和5年）	霧《む》社《しゃ》事件が発生
一九三六年（昭和11年）	日本統治下の地域で皇民化政策が始まる
一九三七年（昭和12年）	日中戦争開戦
一九四一年（昭和16年）	真珠湾攻撃、太平洋戦争開戦
一九四五年（昭和20年）	日本敗戦
一九四七年（昭和22年）	台湾で二・二八事件が発生
一九四九年（昭和24年）	台湾で戒厳令が実施される（一九八七年に解除）
一九六八年（昭和43年）	日本で全共闘運動が起きる
一九七二年（昭和47年）	日本が台湾と国交を断絶

1　吉野天皇米

　外の秋雨は降りやまず、無弦琴子《むげんことこ》の心を落ち着かなくさせた。毎日この昼と夜の入れ替わる曖昧な時分になると、彼女の気持ちは落ち込み、憂うつになるのだが、このところの秋雨は綿々として降りやまず、いっそう憂いがつのる。ほの暗い小さな客間に座ったまま、無弦琴子は灯りをつける気にもならなかった。どのみち灯りがついている時でも、彼女の心の中はやっぱり漆黒の闇なのである。

　ガラス戸棚を開けて、半分残っているジョニーウォーカーの赤ラベルのウイスキーを取り出そうとしたとき、戸を叩く音がした。ひとり暮らしの家にはめったに人が訪れることはない。いつもの赤い翼をした黒い鳥が道端の銀杏の実をついばんでいるのだろうと思っていたら、雨の中で人声が聞こえたので、ようやく玄関の戸を開ける気になった。

　外には見知らぬ人たちが立っていた。先頭の女性が彼女に挨拶をして、台湾から来たと言った。無弦琴子は額を叩いた、そうだ思い出した。先週のやはり秋雨の降る午後、彼女がいつもより早めにガラス戸棚を開けて、ウイスキーの力を借りて湿気と寒さを追い払っているとき、電話が鳴った。台湾の東京駐在事務所の秘書だと名乗り、横山月姫さんをお願いしますと言う。

「あ、それは私の母ですが、母は今……」

彼女が言い終わらないうちに、相手は丁寧な口調で、それではご伝言をお願いしたいと言った。花蓮《ホアリエン》から原住民族の方が数名でわざわざお見えになって、横山月姫さまにお目にかかりたいということでございます。

「台湾の花蓮からおいでになったのですね。母は昔そこに住んでいたことがあります。でも、母はもう……」

ほろ酔い加減のうちにも、なぜか次の言葉を呑みこんだ。自分からむにゃむにゃと、おいでをお待ちしていますというような言葉を言っている。早く話を切りあげようと思ったのは、電話の相手に自分が酒を飲んでいることを気取られるのを恐れたからだったのか？

狭い客間に、三人の客が入り込んだ。とりわけ女性にくっついてきた男二人は、骨格もがっしりして、一般的な日本人よりたくましく、ずっと体格がよかった。やや年上のほうは、濃い色のスーツを着て、ノーネクタイ。開襟シャツが広い肩幅をいっそう際立たせ、落ちくぼんだ眼が、家に闖入して主《あるじ》を騒がせて申し訳ないというような光をみせて、軽く身体をかがめた。しかし若いほうは、ごく当たり前のような顔をしている。無弦琴子は思わず彼をよく見た。まっすぐな長髪が肩までかかり、顔の色は黒い。もじゃもじゃの眉と目が近く、四角い顎には髭が残っている。どうやら何日も剃っていないらしい。両手の親指を浅くジーンズのポケットにつっこんだまま、身体を斜めにしていて、いかにも傲岸不遜《ごうがんふそん》という面構えをしている。

その目つきに無弦琴子はいわれもなく衝撃をうけた。

女性は美しい顔立ちをしていたが、厚く塗ったおしろいも生まれつきの浅黒い肌の色を覆いかくせていなかった。彼女はくどくどと自分のことを紹介した。横浜から来た田中悦子という者で、だいぶ前に日本の国籍を取得した。若い時は花蓮のアミ族文化村の踊り手だった。現地の旅行会社が日本の観光客を花蓮に招き寄せるために、歌舞団を組織して日本へ公演に来たとき、歌舞団員として横浜に行き、そこで中年になって妻を亡くした日本人に出会って異国間恋愛曲を奏で、日本に留まった、ということだった。同行の二人はタロコ族の人で、年上のほうは退職した原住民警察官であり、若いほうの人といっしょに部族の人たちに関わる歴史的文物の整理の仕事をしているという。

歳はもう若くもないのに、変わらず身体つきの美しい悦子は、軽くステップを踏んで前に進み出、両手で一枚の招待状を無弦琴子に渡した。とっくに日本人の妻になってはいるが、悦子は途切れることなくずっと故郷とつながっていたという。今回は花蓮県政府の委託を受けて、花蓮人を代表し、横山月姫夫人に「慶修院」修復後の開眼供養式典への招待をしに来たのであった。

そんなことを話しながら、ちらりと家の奥に目をやる。

「大奥さまはご高齢ですから、お休みになっていらっしゃるんでしょうね。どうか代わりに招待状をお受け取りくださいませ」

「慶修院」はもとの「吉野布教所」である。大正時代に竣工したこの日本式の仏堂は、当時、四国から行った農民たちが故郷徳島の真言宗萬福寺をまねて建造したもので、移民たちの信仰および心の拠り所となっていた。

戦後、日本人が台湾を離れると、布教所は長年のあいだ荒れ放題になっていたが、その後「慶修院」と名を改められた。花蓮県政府が歴史的旧跡の保護と文化的な観光を普及させるために、資金を出して専門家に修築を依頼し、伝統的な日本の寺院の形と構造を復活させて、台湾では希少なこの日本式仏堂の風格を再現したのである。

横山月姫が花蓮で生まれたことは、吉野移民村の戸籍簿に載っていた。彼女に生まれ故郷に帰って式典に参加してほしい、昔のことを思い出して懐かしむことができるでしょうというわけだ。田中悦子は、台湾の民衆が選挙で選んだ総統は日本に友好的であり、前の総統などは作家の司馬遼太郎の訪問を受けた、と強調した。

客が帰ると、小さな客間はまた以前の寂寥に戻った。無弦琴子はウイスキーを取り出し、グイッとひと口呷《あお》った。慌ててむせてしまい、喉を押さえながらひどく咳き込んだ。ふと自分が初老の女のような咳をしていることに気がつき、我ながら驚いた。

テーブルの上に退職警官の名刺が置かれている。彼はまずまず流暢と言える日本語で自己紹介をした。労働省に申請したいくつかの少なからぬ基金によって、部族の人たちが伝統工芸の製作に従事できるよう指導しているのだという。彼は政府が返還した土地の、一面のバナナ畑の中に、タロコ族特有の小屋を二棟建てた。一棟では部族の人たちが製作した工芸品の展示販売を行ない、もう一棟にはパソコンを備えつけてオフィスとし、一族の古老たちにインタビューした話を溜めておいて出版しようとしているのであった。

退職警官は例の傲岸不遜な若者を指さして言った。

「文化歴史研究所は彼が責任者で、いま部族の人たちの族譜を記録しているところです。我々は文字をもっていませんが、ちゃんと歴史があり、忘れ去ることはできません。口伝によって祖先の名前を諳《そら》んじ、代々伝えてきました。彼はまた部族語の読本や神話伝説を編みました。手を加えていない元のままのもので、漢人が編んだものとは異なります」

部族の歴史資料を収集する過程で、彼らは気がついたのだが、最も早いケースでは一九〇七年から、日本人は次々に台湾各族の集落の頭目を選んで、日本で観光をさせている。さらに早くには、璞石閣《ポスコ》支庁の警察官である吉岡がブヌン族の人たちを率いて日本観光に赴いた。アミ族の野球チームも日本に遠征し、歌舞団が上野や横浜などで開催された博覧会で歌舞を披露しているのを、当時の写真が証明している。

「これらの『照片《ジャオピエン》』は最近みんな掘り起こされたものです。あ、照片は、日本語では『写真《しゃしん》』というのでしたよね」退職した原住民警官は慇懃《いんぎん》に注釈を加えた。

タイヤル族（当時セデック族とタイヤル族は同一視されていた）の頭目のモーナ・ルダオも、日本政府による慰撫政策の下で、模範的人物として日本に招待され、東京へ旅行に来て、二重橋にたたずんで皇居を遥拝した。また伊勢神宮では、柏手を打って皇国の国運長久といやさかを祈った。

「誰にも予想できませんでしたよ。後に霧社《むしゃ》事件（一九三〇年一〇月に台中州能高郡霧社で起こったセデック族による抗日蜂起事件。モーナ・ルダオはその中心人物）が起こるなんて……」

目を伏せながら、退職した原住民警官がつぶやいた。部屋の中は静まりかえり、窓の外の連綿と降りやまぬ秋雨も震えながらおし黙った。

「モーナ・ルダオが日本へ招待されるずっと前に、我らがタロコ集落の長老たちは、ぜんぶで五十人あまり、すでに相前後して五回も日本に来ていました……」自分の一族の話になると、退職した原住民警官は口調を変えた。彼が言うには、第五代総督の佐久間左馬太《さくまさまた》は在任中に、一族のなかの名望のある長老たちを東京と横須賀に招待して、兵器廠で武器の展示を見学させた。港の軍艦や海軍のいかめしさによって、好戦的で不屈なタロコ族の反抗の意図を失くさせようと考えたのである。

「実は、私個人としては、日本人にとても恩義を感じているのです。安部先生は私の一家を助けてくださったうえに、日本語を習いに姉を学校に行かせてくださいました……」

退職警官は今回の日本訪問の目的を語りはじめた。彼らは日本でしか見つからないであろう、こうしたことに関連のある照片——日本語でいう写真——を探しにきた。それと同時に、日本統治期に花蓮一帯に住んだことのある日本人を訪ね、当時の植民地での生活の断片を思い出してもらいたいというのだ。

「山でフィールド調査を行なったのですが、ある時、天祥《ティエンシアン》渓谷に住んでいる一人の老人を訪ねました。七十幾つでしたが、一本も歯が抜けていませんでした。イノシシの肉を食べたおかげです。彼はかつて優秀な猟師でした。老人はある昔の出来事を話してくれました。きっとあなたも興味があると思います。当時ドンビドン駐在所にいた横山新蔵巡査が、ある時山へ猟に行きました。当時若かったその老人は荷担ぎとして、タイワンカモシカをかついで山を下りました……横山巡査はあなたのお祖父《じい》さまですよね」

無弦琴子はうなずいた。

横山巡査は警察界の先輩にあたる。聞き合わせてみたところ、彼は日本人が仕掛けたタロコ戦役のあと、花蓮の吉野日本移民村から立霧《たっきり》山の上のドンビドン駐在所に異動になっていた。退職警官は横山巡査の娘、すなわち無弦琴子の母親である横山月姫に聞き取りを行ない、彼女が小さい時に山の上で見聞きしたことを話してもらって、異なる角度から部族の人たちの生活形態を見たら、自分たちの調査研究がより豊かなものになるに違いないと言う。

巡査の娘である横山月姫がすでにこの世の人ではないと聞いて、客たちはがっかりして、田中悦子はテーブルの上の招待状にちらりと目をやった。

「ええ、母は慶修院の開眼式典には出ることができません」

「そうですか、とても残念です」

退職警官は失望の色を見せたが、完全にはあきらめようとしなかった。彼は無弦琴子に、横山家にあるアルバムを拝借できないかと頼んだ。

「駐在所で撮った古い写真は、日本の警察の生活の様子を伝えてくれます。私は、山でのあの猟の時にきっとたくさん珍しい記念写真を撮ったのではないかと思うのですが……」

こういう頼みは、無弦琴子には対応がすこぶる難しかった。腕組みして待ちかまえている客たちをかわすため、彼女はやむなくまた日を改めて母の遺品の中を探してみると答えるしかなかった。客たちは次回会う時間を固く約束して、やっと帰っていった。あとには、去年ついに栽培に成功したという吉野米の包みが土産として残された。

ビニールの包みの上から、無弦琴子はその吉野一号有機米を撫でた。粒の丸い、かつて日本の天皇に献上した白米で、去年、花蓮でようやく収穫できた。

無弦琴子はかつて母が言ったことを思い出した。花蓮のタロコ山地の住民は、もともと米を食べず、アワを神聖な作物としていたし、麓の漢人たちは粒の細長い、粘り気の無い在来種の米を作っていて、大和民族の口には合わなかった。年越しのとき、台湾にいる日本人は誰もが在来米を蒸して作る餅に眉をしかめた。

昭和元年になって、台北帝国大学の磯永吉《いそえいきち》教授が、日本種の蓬莱米《ほうらいまい》を導入して、草山（台北市郊外に位置する陽明山の旧称）の竹子湖で改良したものを試験的に栽培した。その前には、吉野移民村の農民が、早くから四国本尾山《もとおざん》の種間寺《たねまじ》の前にあった水稲——空海が手ずから植えたと伝えられている——を吉野移民村に持ってきて試験的に栽培していた。種まきの時は非常に慎重に、村民は柏手を打って宗教的な儀式を行ない、稲田のまわりを縄でかこって、奇萊山《きらいざん》の泉の水を引いて灌漑《かんがい》を行なった。種まきをくりかえして、強い苗だけをとっておき、新しい土地を切り開いて、別に植えた。試作をつづけた結果、創りだされた品質の良い米は、天皇に献上されたため、天皇米と呼ばれた。

ある言い伝えによれば、吉野天皇米は粒がまん丸で、不思議なことに先端に丸い穴があいていて、まるで日章旗のようだという。だが、吉野移民村で生まれた横山月姫はそんな馬鹿な話はないとりあわなかった。

「米粒に穴があって、日の丸みたいだなんて……」

母親の生前の批判めいた言葉を思い出しながら、無弦琴子は慶修院修復過程の資料を開いてみた。色刷りの表紙には日本の伝統的な仏堂が載っていた。当時の移民村の吉野布教所、まさに慶修院の前身は、空海すなわち弘法大師本尊を安置する仏堂が地面から一段高いところに造られていた。土台を高くして建てる高床式に属し、庇《ひさし》のある廊下には木造の欄干がめぐらしてある。宝形造《ぎょうづく》りの四面の鉄板の屋根の上は、伏せた鉢の形になっていて、造型が優美だ。

無弦琴子は日本語の説明を読んだ。

「……木造建築の頭貫《かしらぬき》、斗組《ますぐみ》、木鼻《きばな》などの部分は、典型的な江戸時代の風格をただよわせている」

耳元に日本籍を取得したアミ族の踊り手である田中悦子があげた讃嘆の声がよみがえった。日本当局のやり方が注意深く、手を抜くことがなかったので、当時の吉野布教所の平面図が残っていたのだという。修復を請け負った建築士は総督府の官営移民事業報告書の中から出てきた布教壇の平面設計図によって、もとの寸法と少しも違うことなくこの日本風の仏堂を復元し、その風貌を再現したのであった。

日本人が帰国させられたあと、国民党の装甲部隊が吉野布教所を徴用した。その後軍隊が撤退すると、かつて吉野移民村の日本人のために働いていた人物が引きつぎ、仏堂に関帝も祀って、慶修院と改名した。もとの日本の仏堂は台湾式の廟に変わり、そのうえ幾度かの台風の被害に遭ったため、布教所はすっかり変わり果ててしまっていた。

　田中悦子はさらにこう言った。民主的な総選挙で選ばれた総統はすこぶる親日的であり、花蓮県政府は日本統治期に花蓮に住んでいた日本人や、移民として生活していた農民が以前住んでいた場所を旅行できるようにと、巨額を投じて吉野布教所を古跡として修復し、ルーツ探しにやってくる日本人がふたたび宗教的な雰囲気を味わえるようにした、と。

　日本に好意を示すために、田中悦子の話では、修復後の仏堂の庭園に新しく池を作り、四国の島と海岸線の形にした。吉野布教所にはもともとなかったものだ。

　彼女はさらにこんな話もした。当時、寄付を募ってこの仏堂を建てた川端満二は、弘法大師の遺訓にのっとって、大師が修行した四国八十八ヶ所の霊場をあまねく巡り、一つ一つの寺院の本尊の仏像を奉納して、寺の回廊に集めて祀り、信徒たちが拝めるようにした。

「仏像は絶えず外部の人間に盗まれていきました。住職は石像を仏堂の中に入れて見張ろうと考えたのですが、木造の床では石仏の重さに耐えられないのではないかと心配して、庭に運びだしました。でも、やっぱり盗まれました。頭の痛いことです！」

　八十八体の石仏のうち十七体が残った。今回の慶修院の修復にあたり、香川県の仏師、兎子尾正を探しだした。彼の家系は石仏の彫刻を生業とし、百年余りもつづいている。兎子尾正は八十八ヶ所の霊場をまねて、仏像ごとの衣装や姿態、祭具の仕様にのっとって彫刻を行ない、七十一体を完成させた。

「八十八体の石仏が全部そろったのですよ」田中悦子は両手をあわせ、感嘆の声をあげた。「ああ、これもまた一つの日台合作とも言えますねえ！」

仕事の調整がつかず、無弦琴子は亡くなった母に代わって開眼式典に出席すべく花蓮に行くことはできなかった。二十数年前、彼女は出生地の台湾に帰ったことがある。あれは日本が台湾と断交した翌年のことだ。彼女は、日本統治時代に花蓮の日本移民村で生まれ育ち、今は白髪の老人となっている人たちのグループのあとについて、彼らのかつての故郷を訪れた。

明治維新後、日本は西洋文明を導入してアジアの強国になったが、やはり一連の問題が生じた。地主制の形成により、農民の大多数が小作農に陥った。農村は日増しに困窮し、労働力は大量に外に流れざるをえなくなった。人口過剰問題を解消するため、明治末期から大正時代にかけて、台湾を熱帯植民試験基地とし、まず先に土地が広く人影まばらな「後山」と呼ばれる台東と花蓮を選んで、官営の移民村を設立した。もしも日本人移民を人口密度の高い西部に住まわせたら、台湾人に同化されてしまうかもしれないと懸念したのである。

植民地に日本村を建設するにあたっては、模範的な日本の農民を台湾の島民の手本にさせようと考えた。そのため選抜条件はきわめて厳しかった。品行方正で、勤勉かつ質素にして農業に励むこと。長く定住する気のある既婚者の家庭であること。酒やばくちなど悪い嗜好におぼれていないこと。移民事業を効果的に達成するため、台湾総督府は手厚い待遇をした。船の切符を無料で提供し、各戸に耕地を貸し与える、住居建築費や農具肥料費を補助して、一年目の農作物の種や苗、医薬品を与える、などなど。

第一陣の移民は徳島県吉野川付近の農民で、集団で花蓮市街から遠くない七脚川《チカソワン》に移り住んだ。

この地はもともとアミ族の居住地で、面積は花蓮市の二倍、沖積平原が広がり、地質は肥沃で水源は豊富、そのうえ太平洋側気流の影響を受けて、温暖な気候だった。移民たちは故郷のあのしょっちゅう氾濫していた川を忘れないために、七脚川を吉野という名に改めた。移民たちは故郷に住み着いてから五年目に、移民たちは寄付を募って真言宗の法要の場を建造し、それ以降、吉野布教所が彼らの信仰の中心となった。

つづいて九州の博多などから移民がやって来て、花蓮の豊田と林田の二ヵ所にも移民村が作られた。

日本の敗戦後、三つの移民村の五百戸あまり、三千人に近い日本人農民はことごとく帰国させられた。現在は白髪の老人になっているこうした人たちは、昔の居住地に帰って、過去の記憶を温めようとする。その中にはこの地で生まれ、生まれ故郷を探し求めて帰ってくる人も少なくない。

無弦琴子は感慨深く思った。残念ながら母親の横山月姫は同行することはできなかったが、娘の自分に、昔住んでいた場所を訪ね、吉野移民村のあの太鼓橋の下の三枚の黒い石板を見つけてくれと言った。

意識がはっきりしていた頃は、横山月姫はいつもかつて住んでいた花蓮を懐かしがっていた。七十歳の誕生日を過ぎると、彼女の思考力は急速に退化した。ひとり暮らしの彼女は、しばしば玄関の鍵をかけ忘れたり、ガスの栓を閉め忘れたりした。何度か道で迷子になって自分の家に帰れなくなったことさえあり、慌てた無弦琴子が付近の交番を探しまわり、最後にようやく白髪を葦の花のように乱した母親を、落とし物を受け取るようにして連れて帰ってきたのだった。

認知症がひどくなると、母は自分の娘さえ見分けられなくなり、ぼんやりした顔でどなたさまでしたかねと言った。手をつかねた無弦琴子は、母親を高齢者福祉センターに連れていった。

「回想法」という新しい治療法があると聞いたのだ。

認知症になった高齢者は、最近起こった出来事に対しては往々にして空白状態で、まったく記憶がないことがある。「回想法」の治療方法とはつまり患者が幼い頃か若い時に使っていた品物によって、昔の生活を思い出させ、昔に戻らせるというものだ。

訓練を受けた指導員の助けを得て、患者の幼い時のおもちゃ、通信簿、写真、あるいは洗濯板、火熨斗《ひのし》、洗面器など、昔使ったことのある生活用具によって、患者の記憶を呼び覚ます。そしてこれらのモノを話題にして、同世代の高齢者の交流をはかり、いっしょに昔のことを思い出させる。患者が自ら閉じた心の扉を開けて、認知症の症状を改善するのである。

「回想法」の診療所はある民俗館に付設されていて、昔の生活物品を収蔵しているだけでなく、館内には本物に似せた商店と住宅のセットがあり、忠実に昔の様子を再現している。患者にそれを見せると、時間が逆行し、過去がふたたび鮮明に浮かび上がってくるというわけだ。

無弦琴子は指導員の提案どおり、民俗館から大きなたらいと洗濯板を借りてきて、母に昔のやり方で洗濯をさせ記憶を呼び起こさせようとした。が、彼女は、言われるままに小さな腰かけに座った母が、背中はかがめたけれど、両手を袖の中にひっこめたままで、指導員の示したとおりに衣服を洗おうとはしないことに気がついた。

横山月姫の両の目はたらいに斜めに置かれた洗濯板を食い入るように見つめた。そしてかなりたってから、両手を伸ばしてそれを持ち上げ、地面に平らに置いた。

「黒い石板が一枚、それからさらに二枚、三枚……」

彼女が言っているのは、吉野移民村の太鼓橋の下の、あの三枚の黒い石板のことだ。横山月姫が間借りしていた家の主は山本一郎といい、七脚川の山の上で同じくらいの長さの三枚の黒い石板を掘り当てて、小さな橋の下に敷いた。敷いた時、彼女もそこにいたという。

月姫の父親の横山新蔵は移民村派出所の警官だった。彼女が生まれて間もなく、第五代総督の佐久間左馬太がタロコ戦役を仕掛け、自ら立霧山のタロコ族の討伐にあたった。戦役が終わると、横山新蔵は巡査部長に昇格し、立霧山のドンビドン駐在所に派遣された。月姫の母親は山の蕃人や風土病が娘の成長にはよくないと、月姫を移民村の山本一郎の家に間借りさせた。

横山月姫は娘に、吉野村に帰って、自分の代わりにその太鼓橋と、橋の下の三枚の黒い石板が今もちゃんとあるか見て来てほしいと言った。

ひとたび五十年前に住んでいたところのことを思い出すと、月姫の話しぶりはとつぜん明晰になった。混濁していた目もきらきら光を放ち、声さえも少女の頃のようにはきはきした甘え声になっている。無弦琴子はこの時初めて母親の顎から首筋へとつづく線がとても美しいことに気がついた。

吉野移民村はできるとすぐに強烈な台風に遭った。山脈の崖に吹きつける強風がくりかえしぶつかってきて、お化けの哭《な》き声のようなすさまじい叫び声をあげた。一夜のうちに、崖の下の大木は根こそぎ倒れ、野草はことごとく大風に吹きさらわれて、地表はつるつるになり、小さな草さえ残らなかった。

　月姫は災害から助かったという日本人移民がこう話すのを聞いた。

「家から着る物まで、塩一つまみさえ台風のために跡形もなく吹き飛ばされてしまった」

　強風のもたらした豪雨は、海嘯《かいしょう》のように山谷全体を覆い、吉野村は洪水にみまわれ大災害になった。移民たちは水害後の汚水を飲んだために、吐いたり下したりしてコレラになるか、回虫が寄生して、腹がふくれあがるかした。

　天災や疫病にほしいままにされたうえに、移民たちは毒蛇や山の蕃人たちの侵入を防いだり、イノシシなどの山の獣に農作物を食べられないようにしたりしなければならなかった。夜は輪番で見張りをし、襲撃に遭えば、全村総動員で、夜通しかけて追い払った。

　生き残った人たちは、苦労に耐えるのが農民の道だとして、強靭な意志の力によってすべての逆境に耐えた。彼らは言った。

「わざわざここまで来たのに、退却して帰るなんて、恥ずかしいかぎりだ！」

　移民村の指導員は生き残った者が総督府から金を借りて肥料や水牛を買えるように手配し、レンガ一つ瓦一つから家を建てなおさせて、諄々《じゅんじゅん》と説いた。

「内地の農民がこの土地で生活することによって初めて、日本はほんとうに台湾を領有することになるのですよ」

　再建のめどがたったあとの移民村は、かなりの規模になり、開墾や牧畜を行なう農民は、神社の前の宮前、清水、草分一帯に分散して住んだ。木造の農家は、斜めの屋根に黒い日本瓦が葺《ふ》かれ、外塀には羽目板が張られていた。村内には派出所、医療所、小学校、真言宗の布教所などの施設が設けられた。各戸の飲料水は鉄管を使って直接山のほうから引いた水で、水は澄んで汚染されていなかった。

月姫は山本一郎の家に間借りした。彼らはもともと徳島在住の小作人で、農閑期には染物によって収入の不足を補っていた。床板《ゆかいた》のない土間に寝て、家のなかは真昼でも穴倉のように暗かった。一家で囲炉裏を囲んでジャガイモを焼き、焼きあがると手の中でころがして、冷ましてからようやく皮をむいて口に入れるのだった。

吉野川の一度の氾濫は山本家の泥小屋を押し流し、家が全壊した一家はやむなく花蓮に移住して再起を図るしかなかった。月姫が言うには、山本さんは小柄で太っていて、杯中もの（酒のこと）に目がなかった。祭りなどがあると、しばしばぐでんぐでんに酔っぱらい、青白くなった顔で無理やり月姫に笑ってみせた。よろよろした足つきで田植え踊りの輪に入って行き、倒れるまで踊りつづける。酔いがさめると、悲しみに打ちのめされて、床の中でしきりにため息をつくのだった。

「山本さんはよく太陽の沈むところが見られないので、残念がっていた」

月姫が娘に説明するところによると、台湾は高い山脈が縦に貫いて伸び、屏風のように東西をわけているため、東台湾は高い山に遮られて、日没が見られないのである。

山本さんは、もともとは勤勉な農民だった。最初の頃は農作業に精を出し、タバコや水稲を作っていた。家じゅうの者が、朝飯がすむと牛車を引いて田畑に行って働き、昼には畦道《あぜみち》で白飯にきゅうりの漬物で間に合わせた。こうした骨の折れる農耕の仕方はまもなく変わった。彼の手伝いをする現地の小作農があまりにも卑屈な恭しい態度をとるため、山本さんは植民者としての優越感をもつようになってしまったのである。自分は現地の人間より一段高等なのだと思い込み、農作業のことにあまり身を入れなくなった。もはや早起きして田畑に出ようとしなくなり、真昼間から花蓮の町の日本料理屋をはしごして酔っぱらっていた。

大根足でまん丸顔の山本の妻が、心配そうに月姫に話したところでは、医者は、夫の不眠症、動悸、食欲不振、性欲喪失という症状からノイローゼにかかっていると診断したという。無弦琴子は五十を過ぎた母親が「性欲喪失」などの言葉を口にした時、耳元まで顔を赤くしていたのを覚えている。彼女は興味を覚えて、思わずこう訊いたのだった。

「じゃあ、山本さんの奥さんは？　女の人がノイローゼにかかる確率は、男の二倍にもなるっていうじゃないの」

「山本さんの奥さんは一日中にこにこ笑っていて、隣近所の人とおしゃべりをするのが大好きだった。憂さ晴らしに酒を飲んでばっかりいたダンナとはちがうわよ」

「まあ、じゃあ女の人は隣近所の人とおしゃべりし合えば、ノイローゼにならないのね！」

無弦琴子は母親の意識がしっかりしていた頃、幾度となく、あそこを離れてもう長いことたったけど、まだタバコ乾燥小屋でタバコの葉を煎っている時の強烈な匂いが忘れられない、と言うのを聞いた。

「あの頃、日本の移民が植えたタバコは、ものすごく価値があってね、『緑色の黄金』って言われていたのよ」

娘は母の花蓮への郷愁を感じとった。

幾度となく月姫は、目を伏せて藍色の絞り染めの浴衣の帯を撫でながら、娘にそっと花蓮に行ってみたくないかと訊ねた。その当時、無弦琴子は、これはふつうにただ聞いてみただけだと思っていた。かつて自分が住んでいた場所に娘にも行ってみてほしい、それだけのことで、他意はないのだと。


数十名の母親と同世代の老人たちと観光バスに乗り、彼らの故郷とする地を訪ねるとき、無弦琴子はあの時の母の探るような口ぶりを思い出した。言いよどみ、言いたいことを呑みこんでいた。その様子は何か別のことを暗示しているようだった。

母は生涯はっきりしたことを言わなかった。うつうつとした心の中に隠した秘密は一つにとどまらなかったのではないだろうか？

花東縦谷《かとうじゅうこく》をひた走る観光バスが、あるコンクリート製の橋のところまでくると、中年のガイドが達者な大阪弁のアクセントで話しはじめた。彼は、この幾何学的な美をそなえた橋は日本時代に造られたと説明し、乗客たちに橋の右側に一ヵ所突き出ているところがあるのに注目するようにと言った。橋の幅が狭いので、車両がすれ違う時のために造られたものだ。

「日本人の丁寧さが分かります」と、ガイドはつづけた。「国民党がやって来ると、橋の幅が狭いので壊して作り直そうと考えたのですが、コンクリート橋が思ったよりずっと頑丈で、どうしても壊せなかった。仕方なく新しい橋を造るのはあきらめて、結局、橋の幅をひろげたのです。皆さま、ご覧ください。左側に橋脚が足されています。セメントの色が濃いところが、後で足したところです……」

ガイドは運転手にスピードを落とすよう頼んだ。

「皆さま、ご覧になりましたか？　新しいところは右の部分より色が濃いですね。皆さんいいですか。ここからが肝心の話です。毎年台風で、太平洋低気圧が生まれ、いつも右側から直撃して来て、日本が造ったこちら側が風の向きに当たりますが、堅牢に造られているため、びくともしません。反対に、国民党がひろげた側は、風は当たらないのに持ちこたえられず、毎年の台風で橋脚が何本か折れてしまいます。工事に手抜きがされているのです。ああ、国民党の工事ときたら……」

車中の日本人は誰もがみな、無弦琴子のほかは、万感の思いでこうしたガイドの話をかみしめた。

皆さま、覚悟はよろしいですか。ガイドが車中の旅客たちに注意を促した。もうすぐ目的地に着いたら、目の前に見えるものはこの前おいでになった時とはまったく違っているでしょう。もともと日本移民村では建築物も文物もみなかなり良好な状態で保存されていましたが、日本が台湾と外交関係を断ったあと、島の人たちは裏切られたという日本憎しの思いで、めちゃめちゃに破壊しました。今はもうまったく違っています。

観光バスはひろびろとした耕作地に入った。黄色く輝く菜の花畑のまんなかに「聚會一所」（一堂に会する）と刻まれた納骨塔が立っている。それは当時、家財のすべてを売り払って遠く異郷に来た移民たちの遺骨が葬られている場所だ。

無弦琴子の後ろに座っていた二人の老人がため息をもらした。

「あーあ、補償金をもらうとさっさと日本に帰って、台湾に骨を埋めようとしなかった人もいたね」

「結局そういう人は少数だったよ。俺たちはここが家だと思っていたんだ、追い出されさえしなければね……」

納骨塔付近に「地神」の二文字が刻まれた大きな石が立っていた。日本人が祀った土地神であり、集落や家の守り神でもあって、昔はよく白いキツネの姿をして現れると言い伝えられていた。

当時の豊田移民村に入ると、派出所の向かいは国民小学校になっていて、グラウンドには青天《せいてん》白日満地《はくじつまんち》紅旗《こうき》が掲げられていた。ここは元は日本からの移民の子どもたちが通った小学校だった。敷地内には一面に茄苳《カタン》の木、黒橄欖《カンラン》、ひげ根の垂れたガジュマルの老木が植えられ、その幹の太さから小学校の長い歴史が見てとれる。

ひとりの老婦人はグラウンドのカタンの老木に抱きつき、小学生の頃を思い出して、感激のあまり滂沱《ぼうだ》の涙を流した。九州から来た、顔じゅうシミだらけの老人は、塀のそばのひげ根の無いガジュマルの木を手に持っていた杖で指した。

「あっ、この木はね、わしが植えたんだよ。昔ここは剣道場だった。ある時わしは外で木の枝を折って竹刀の代わりにした。稽古のあと、適当に地面に挿しておいたんだが、こんなに大きくなるとは思わなかったなあ！」

九州から来た老人は自分が何気なく植えたガジュマルの木を叩いた。まるで剣道の先生の叫ぶ声が聞こえたかのようだった。

「一刀は万刀と化す、万刀は一刀に帰す」

木だけが今も残っている。その他のものはみな変わった。

このバスに乗っている旅行客は全員が豊田小学校の同窓生で、みな共通の思い出をもっている。ここにきて無弦琴子はようやく旅行会社の間違いに気がついた。彼女が参加しているのは「日本豊田会」の旅行団であって、「吉野会」ではなかったのだ。日本が台湾と断交したあと、当時の豊田小学校の教師井上幸雄氏が会長になり、初めて旅行団を組んで里帰りしたのである。

小学校に近い豊田神社は、すでに碧蓮寺とその名を変えられていたが、神社の参道に入る鳥居はまだあった。傍らには空を覆わんばかりに枝葉を伸ばして高くそびえるパンノキが、東台湾の十月の晴天の下で、政権の交代と変遷の証人になっていた。

「私の家はそのパンノキのすぐそばだった」

樹木が家の指標になった。背の低い老婦人が内またで小走りに、崩れかけたコンクリートの塀に駆け寄った。手で塀を何度も撫でさすっていたが、とつぜんかすれた声で叫んだ。

「見つけたわ！」

コンクリート塀にはかすかに何かを刻んだらしいへこみが残っている。彼女はその声を聞いて近寄ってきた人たちに話しつづけた。

「この『本田』というのはね、私の実家の苗字なんです。そのころ母が妊娠したので、父は大喜びで、家の増築をはじめたの。子どもがたくさん生まれてもいいように。でも母は難産で亡くなってしまった。傷心の父はまだ生乾きのコンクリートの塀に指で『本田』って書いて、母の記念にしたんです……」

ガイドは涙にくれる老婦人を慰めた。またしても悲しい思い出だ。

和服を着た老人が鳥居の下でキョロキョロしている。彼の住んでいた家は解体されて、自分の家が見つからないのだ。

「毎日学校から帰ってくると、この参道から入った。三番目の石灯籠の後ろの住宅が、わしらの家だった」

老人には自分の家がなぜわけもなく消え失せてしまったのか理解できない。

「藤井さんのお父さまは豊田神社の宮司さんでしたのよ！」

道中ずっと彼の世話をしてきた婦人が無弦琴子に言った。そして低い声でつぶやいた。

「私、あの方はやっぱり中に入らないほうがいいと思うわ。聞くところによれば、神社はとっくに壊されて、今は廟になっているそうですもの……」

「そうです。碧蓮寺になりました」とガイドが言った。「不動明王一体だけがもともと神社で祀られていたものです」

観光バスに戻ると、みなため息をついた。

「あーあ、あの時は定住しさえすれば、それが故郷だと思っていたのに！」

旅行団の昼食はシジミ料理だった。豊田付近は湧水が豊富で、水も澄んで、シジミの成長に適しているため、獲れたてを調理したシジミは、すこぶる美味だった。無弦琴子は一人で池のほとりに座り、田んぼの中にいるきれいな紅冠水鶏《バン》や水牛の背中で休んでいるカササギ、そして羽を広げて飛んでいるシラサギを見ていた。

母の家は見つからなかった。あの日本式の太鼓橋とやらもどこにあるのか分からなかった。月姫は娘にこう話したことがある。彼女が世話になっていた山本さんの家は、吉野神社の近くの宮前と呼ばれる地区にあった。神社が祀っている神様には台湾征討中に病死した北白川宮能久《きたしらかわのみやよしひさ》親王も含まれていた。彼は吉野移民村の守り神で、毎年六月八日の鎮守の祭りはたいそう盛大に賑やかに行なわれた。

月姫の記憶では、吉野移民村では梅の花が春の到来を告げるということはなかった。五月は日本では風薫る青葉の季節であるが、吉野村ではすでに汗まみれの、額から流れ落ちる汗が、目に入って痛くなるような時期であった。農家である山本さんの家では、九里香《きゅうりこう》（月橘の一種。キンモクセイのことを言う場合もある）の低い垣根に囲まれた敷地に、バナナ、釈迦頭《バンレイシ》、ザクロなどの果樹が植えられ、玄関の右前方には白木蓮の花がよい香りを漂わせて咲いていた。家は細長くて、端から端まではかなりの距離があった。山本さんの五歳になる娘は一人でいるのが怖くて、母親の行く先にはどこへでもついて行った。

無弦琴子は母が片時も忘れることのなかったその農家を探し出すことができなかった。母が朝、山本さんの奥さんが作った味噌汁の匂いで目覚めたその家を。

2　山菜は手なずけられねばならぬ

花蓮から訪ねてきた原住民たちが帰ってから数日後、無弦琴子はガラス戸の傍らにある小さなテーブルの前に座った。彼女の母、横山月姫は生前よくここの椅子に座り、ほおづえをついてあの小さな木の扉を見ていた。扉の後ろには母の遺品が積んである。彼女が亡くなったあと、無弦琴子はそこに入ったことはなかった。

発症前の母親と長い年月を共に過ごしてきたアルバムの数々。そのなかの一冊は琴子の祖父である横山新蔵が妻を伴って立霧山で警察官をしていた時の生活の形跡を収めていた。これこそがあの日来た二人のタロコ人の探し求めていたものにちがいない。

無弦琴子は一枚の温泉の写真があったのを覚えている。母が言うには、そこは花蓮近くの瑞穂温泉で、もっぱら日本人警察官の療養用だった。

温泉は外界と隔絶した山のふもとにあって、休息用の建物には黒い日本瓦が葺かれていた。傍らにはやや低めの客室がずらりと並んでいる。写真には母屋の玄関の前にいる二人の浴衣がけの男が写っていた。格子柄の浴衣を着た男は、両手を腰にあてて突っ立っており、もう一人は白い浴衣姿で、ほおづえをつき脚を組んで籐椅子に座っている。時刻は黄昏時らしく、二人は温泉につかったあと、のんびりと前方の台地を眺めている。

彼らはここで静養中の日本人警察官にちがいない。瑞穂温泉は岩塩鉄を含んでいて、胃腸病や婦人病の治療に効果があった。気候風土が合わず台湾東部特有の風土病にかかった日本人の警察官はみなここに来て療養したのである。

白い浴衣を着てほおづえをついて座っている男は、髪形や横顔がちょっと月姫の父の横山新蔵に似ている。ただ、彼であるはずはない。彼の坐り姿がこんなにくつろいで、満ち足りた様子をしているはずがなかった。療養院に入っていた時の彼は、ずっと気落ちして頭を垂れ、まるで両手で支えてでもいなければ、重くてすぐにも落っこちてしまいそうだった。

佐久間左馬太総督が仕掛けたタロコ戦役が収束したあと、横山新蔵は療養のために瑞穂温泉に送られている。

横山新蔵は日本によるタロコ族討伐について、彼独自の捉え方をしていた。日本人が十八年の長きにわたってタロコ蕃と戦いつづけたのは、立霧渓の金《きん》のためだ、と。

いち早くやって来たポルトガル人は、タロコ族が占拠していた立霧渓を「金の河」と呼んでいた。砂金採りは露営用の毛布を谷川の底に敷いて、水の流れるにまかせておき、取り出して岸の石の上で東台湾の猛烈な太陽の光にあてたあと、パタパタとふるだけで、毛布についていた砂金が秋の落ち葉のように、ひらりひらりと落ちてくる。

スペインの砂金採り隊が噂を聞いてやってきて、すくった砂金を熔かして金の延べ棒や金塊にした。その結果、少なからぬ砂金採りがタロコ族の襲撃に遭い、後世の人がその埋葬場所で精製された金の延べ棒や陶器などを発見した。

タロコ族は黄金の価値を知らず、金の延べ棒を大甕の中にしまっておいて、客が来ると甕を開けて、キラキラ金色に輝くところを見せて眩しがらせる。彼らはそれが楽しみなのであった。その後ようやく鶏籠《キールン》（基隆の別称）や淡水《タンシュイ》などへ持って行って漢人の布と交換するようになった。

台湾が日本の領土になると、総督府は砂金署を設けて、専門に砂金採掘を監視するようになり、会社を作って金瓜石《きんかせき》で金を研磨した。また鉱物・鍛冶・地質学の専門家による老練な調査団を組織して、濁水渓流域や花蓮の実地調査を行なった。立霧渓河床の砂金含有率からして、豊富な金が埋蔵されていることが推測された。

調査に参加した横堀博士はタロコ族のことを、「金塊を枕にして眠っている」と形容した。

「砂金採りで暮らしているある漢人が」と、横山新蔵は自分の聞いた物語を話しはじめた。「腰をかがめて立霧渓の下流で水の流れを堰き止めている葦を引き抜いたら、草のあいだに真っ黄色の金がどっさりへばりついていた」

立霧渓には砂金があり、山中には金鉱がある。だが、いったいどの山なのだろう。金鉱を探すために、第五代総督の佐久間左馬太になってついにタロコに戦争を仕掛けた。これが横山の見方だった。

日本は台湾を占領すると、山の先住民に対して、最初は懐柔策をとった。樺山資紀《かばやますけのり》は初代台湾総督に就任する以前に、かつて間諜の身分で清朝の眼をごまかして東部山岳地帯に潜伏し、蕃民と親交を結んだ。彼は蕃民に対しては強硬策をとるより懐柔策をとったほうが有効であることをよく分かっていた。

日本の統治開始後、樺山資紀、桂太郎、乃木希典らの総督は、漢人による抗日運動の鎮圧に奔走して疲弊し、勇猛な蕃族を討伐する余力はなく、ただ隔離政策をとっただけであった。彼らを山に封じ込めて、活動範囲を制限し、自由な出入りを禁止した。あわせて山地と平地の境界線を、鉄条網で囲い、隘勇線《あいゆうせん》（原住民の住む山地を砦と柵で包囲して閉じ込めた防御線）を設置した。主要な拠点には監督所を置き、漢人の壮丁《そうてい》を派遣して山地人の出入りを監視させた。

日本の商社は山地での樹木伐採や採鉱、樟脳の精錬、茶栽培の利益を拡大するために、隘勇線を少しずつ山奥にずらして、山地人の耕地と猟区を縮小するよう、植民地政府に迫った。線が前進するたびに、かならず抵抗や排斥が引き起こされ、日本の商社との衝突が起こった。

児玉源太郎が第四代総督に就任してからは、漢人の抗日運動は降伏の呼びかけと討伐のうちにおおむね下火になっていった。林少猫、呉萬興、林天福による頑強な抗日運動も、淡水河の最後の一戦で殲滅《せんめつ》された。

それを継いだ佐久間左馬太総督は植民地の資源に目をつけ、全力で母国日本のために資本の開拓を行なった。彼は就任するとすぐ全島の土地の総点検を実施し、二千人の林業専門家を派遣して、台湾の高く険しい山々のあいだでしらみつぶしに緻密な測量と分類を行ない、将来の開発計画を立てた。

調査の結果、蕃人が占拠している山地は台湾の総森林面積の半分以上を占めていて、豊かな原始林のほかに、鉱物資源を埋蔵していることが分かり、財閥が財源目標として虎視眈々と狙うところとなった。

三井、三菱、藤山など各財閥系列は、温かい南台湾でのサトウキビ栽培と製糖で暴利を得て、世界第一の製糖輸出国となっていたが、今や目を蕃地の開発に転じた。その一面尽きることのない自然の原始林には、千年の古木が生え、クスノキ、スギやコノテガシワ、貴重なタイワンヒノキなどが育っており、みな内地の神社仏閣の鳥居や神殿内の柱、金持ちの屋敷の建材となっていて、タイワンヒノキは寿司を載せる上等の盛り台にさえなった。

財閥企業は次々と佐久間総督に進言した。

「……樟脳の製造、山林の経営、林野の開墾、鉱山の開発、内地人の移民計画、どれひとつとして蕃地と関係ないものはありません。台湾の将来の事業は蕃地にかかっています。山地で事業を起こそうとするなら、まず蕃民を我が政府に服従させ、正しい生活の道筋を得させて、野蛮な境遇から脱却させることです」

山の豊富な資源を開発するにあたり、先決条件は山を占拠している蕃民を手なずけることである。佐久間総督は「五カ年理蕃政策」を作成し、武力をもって蕃民を征服する計画を立てた。明治四十三年に台北州、新竹《しんちく》州のタイヤル族討伐を開始し、大正四年になると、「北蕃」に対しては武力鎮圧を主とし、「南蕃」には懐柔を主として、鎮圧を副次策とするようになった。五年のうちに十回以上の討伐と懐柔が行なわれ、東岸の立霧渓上流のタロコ族がなおも頑強に服従を拒んでいた以外、その他の各族はみな帰順や降伏をさせられた。

タロコ族はホーホス社の勇猛な頭目ハロク・ナウイが族中の壮士を率い、台湾が割譲された年よりはじめて、すでに丸十八年間日本の統治者と戦いつづけていた。

日本による台湾領有の初期には、花蓮駐在の日本軍守備隊はたびたびタロコ族のふいの攻撃に遭い、手の指を切断されたり、甚だしい場合には首を斬られたりした。駐屯所を守っていた十六名の官兵がいっぺんに斬殺されるということがあったあと、総督府は軍備を拡大し、基隆《キールン》の歩兵、台北の砲兵と歩調をあわせて、軍艦に乗ってタロコ社に進攻した。軍事の優勢に乗じてだんだんと侵入した結果、千七百人がハロク・ナウイによって深い谷に誘い込まれ、全員出撃による痛撃をうけた。日本軍には多数の死傷者が出て、ほとんど全軍が壊滅した。

日本人は立霧渓で砂金採りを行なっており、警備にあたっていた兵士がタロコ社のある既婚女性を暴行した。夫はそれをこの上ない恥であり大いなる屈辱だとして自殺をもって抗議した。このことは部族の人たちの憤慨を引き起こし、日本人が昼寝をしているすきに、皆殺しの挙に出た。遺体の収集処理のため現場に駆けつけた花蓮港守備隊長も、随行した官兵ともども首を斬られ、一人として生還した者はなかった。

日本軍のタロコ社討伐は、何度も挫折した。

佐久間総督は蕃務本署と軍警察を動員して情報を集め、三つの「タロコ人居住地探検隊」を組織して、合歓山《ごうかんざん》、能高山《のうたかやま》そして奇萊山、立霧山から別々に地形を探索させたが、いかんせんタロコ族の占拠する場所は、山は高く谷は深いため、外部の人間は入って行きようがなかった。終始、直接現地調査に入ることができず、探検隊は社内の各集落の分布状態を遠くから眺めて、ごく簡単な地図を描くしかなかった。

天皇が台湾を領有したからには、島内の土地は一寸たりとも皇土に属さないところはない。タロコ蕃は自然の要害を頼みに、大胆不敵にも探検隊がなかに入るのを拒んでいる。第五代の佐久間総督は怒り心頭に発した。

この頑迷無知で従順ならざる生蕃《せいばん》をより深く理解するために、佐久間総督は早くから台湾にやって来て蕃人の研究を行なっていた人類学者の山崎睦雄を任命し、「台湾総督府蕃務本署囑託」という身分でタロコ蕃人に関する秘密調査を行なわせた。

今回は山崎睦雄にとって五度目の台湾行きだった。先の四度の研究範囲は屈尺蕃《くっしゃく》、南澳蕃《なんおう》、渓頭蕃《けいとう》、大嵙崁蕃《だいかかん》など二十あまりのタイヤル族蕃と南部のパイワン族に集中していた。

今回の秘密裡に行なわれた調査の報告を、山崎睦雄は機密文書のやり方で直接総督に提出した。

「タロコ群落には内外の区別があります。立霧渓の上流と支流地区は『内タロコ』とされ、東の立霧渓中流・下流およびその支流は『外タロコ』となります。三百年前、タロコ系の東セデック族は、人口の増加により、狩猟地が不足しました。そのうえ食塩を求める必要もあって、南投山区の先祖以来の居住地を離れ、奇萊山、能高山、合歓山を越えて東部に移動し、立霧渓の峡谷沿いの山の斜面に分散して住みつきました。彼らはTaruko族人と自称し、清国は彼らのことをタロコ族人と呼び、居住地もタロコと呼ばれました」

自称「蕃通」の人類学者は、自分の知るルートを通じて踏査し、報告書においてタロコ族の様相を以下のように表現している。

「部族の人たちは狩猟を生業とし、首狩りの祭りを行ない、血族が集まって生活しています。焼き畑式農業を行ない、険しい山の斜面でトウモロコシやアワを育てています」

蕃人と日本の資本家との紛争、たとえば花蓮を開拓した賀田金三郎が設立した商社の社員や、樟脳を採取する「脳丁」と呼ばれる樟脳製造の労働者などが、しばしばタロコ族の襲撃に遭い惨殺されていることの主たる原因については、日本人が蕃人の信仰や風俗を尊重しないからだとする。

「……祭りの儀式のあいだは、外部の人間は集落に入れないか、集落から遠ざかっています。たがいにタバコの火を借りあってはいけない。生の麻に触れてはいけない。外部の人間と付き合ってはいけない。金属の器具を使ってはいけない……こうしたタブーが何度も日本人によって破られたため、猜疑心や仲たがいが日増しにひどくなっています。そのうえ、日本の商社は山地で樟脳を製造し、鉱山を採掘、蕃地を開墾して、蕃人の耕地をますます縮小しています。商社の賀田組は蕃人に武器や火薬を売って暴利を得、部族間の衝突を挑発して、仲たがいさせ、山地を不穏にしています」

外部の人間は彼らを「化外《けがい》の民」（国家統治の及ばない者）とか「生蕃」と呼ぶ。人類学者は報告書のなかで、自分にはタロコ族の人たちの心情がよく分かると述べる。

「有史以来、彼らはまったくいかなる外部の政権にも臣下として服したことがありませんでした。彼らは心の中で、自分たちは完全に独立した自主的な部族だと深く信じています。いわゆる『服従』、『帰順』あるいは『帰順の義務』などという言葉は、彼らにとっては何の意味ももちませんん」

山崎睦雄は清国政府による蕃人討伐を例に挙げた。

「たいてい、結局は清国軍が人的被害の甚大さに耐えきれず、和解によって事態の収束をはかりました。清国軍は財物をもって和平と交換しておいて、上層部には『蕃人はすでに帰順しました』と宣言したのです。しかし蕃人の立場からすると『清国軍が財物によって好意を示し、和解を要求した』のであって、はじめから帰順するという考え方はなかったのです」

彼らがどのように日本人に対峙したかについては、

「よしんば日本の政府筋が蕃人と和平交渉を行なったとしても、蕃人はやはり自分たちは日本人と対等の位置に立っていると考えるでしょう」

人類学者は、武力によって鎮圧し、タロコ蕃に臣下として服従するように強制しろとは主張しなかった。そんなことをしたら美しい山地が戦場と化してしまう。彼は佐久間総督を諫めて平和的な理蕃の方法を説き、総督が自分のすでに「蕃化した頭脳思考」に従うよう望んだ。彼には個人的な方法で蕃人を操り、彼らを帰順させる自信があった。

「正しく行ないさえすれば、蕃人に植民統治を受け入れさせることができるでしょう」

山崎睦雄が提案した実際の方法は、タロコ蕃の対外的な出入りを全面的に封鎖することだった。

「社の内側の土地のほとんどは岩山です。封鎖したあとは、山の上で耕作に使った農具が損傷しても、平地に行って買ったり交換したりできません。狩猟に使う槍や刀が損耗しても補充のしようがありません。蕃人たちは海岸へ来て、必要な塩を自分たちで作っています。我々が海岸線を封鎖すれば、蕃人の食塩の供給が断たれます。どうにも暮らしが成り立たなくなれば、帰順せざるを得なくなり、おとなしく臣下になるでしょう」

その秋雨の寒々とした夕暮れに、花蓮から来た三人の原住民が辞去するとき、退職警官が無弦琴子に、東京のあと、自分たちは四国の高知に向かい、山崎睦雄の旧居を訪ねるつもりだと告げた。日本統治期に初めて全面的に台湾原住民族について研究を行なったこの先駆的学者は、話によれば死後これという財産も残さず、旧居には未婚の娘が一人残っているだけだという。

彼らは直接会って話を聞いて、山崎氏の娘さんから第一次資料を手に入れるか、もしくは彼女の父親の人生のあの謎の空白期間について手応えが得られることを望んでいた。もしもその学術界の懸案事項に回答が得られたなら、彼らのこの度の訪日は無駄にはならないという。退職警官は無弦琴子に、日本で山崎睦雄というこの人類学者のことを聞いたことがあるかと訊ねた。

訊ねられたほうは考える間もなく頭を振って、知らないということを示した。同行の例のもじゃもじゃ眉の傲岸不遜なタロコ族の青年は、すでに玄関から出かかっていたのだが、ふいに足を止めて、振りかえり、憎々しげに無弦琴子をにらみつけた。そのまなざしは彼女の無知を責めていた。どうしてこんな重要な人物の名前も知らないのだ。あまりにも恐ろしい目つきでにらまれて、見送りに出ていた無弦琴子は何歩もあとずさりした。

この数年、ネイチャー・ライティングが台湾の文化圏でブームになっている。日本統治期に原住民や自然生態の研究をしていた人類学者が何人かおり、彼らがそのころ行なったフィールドワークの記録、日記、手紙などが幅広く翻訳出版されている。台湾「蕃人」研究のパイオニアである山崎睦雄は、日本が台湾を領有した翌年すぐに単身台湾にやって来て、重い写真機材を背負いながら北部のタイヤル族を踏査し、その後何度か行なった学術旅行は、範囲を南部のパイワン族にまで拡大している。

山崎睦雄の研究成果の専門書や、早い時期に撮りあさった映像や写真は、その後続々とやって来た日本の学者たちに大きな影響を与え、今日に至ってもなおこの道を志す台湾の人々の崇拝の的となっている。少し前に、台湾大学のある人類学教授が前身である台北帝国大学の古い文献資料をひもといていたとき、思いがけず大正三年に出版された『東京人類学会雑誌』に山崎睦雄の五回目の台湾調査の消息が掲載されているのを見つけた。これには彼は首を傾げた。山崎睦雄の自伝や後の人が整理した年譜にはこの台湾行きのことは記載がないからだ。

この思いがけない発見を得て、この教授は山崎睦雄の五回目の台湾行きの研究成果報告について知りたいと思い、大正初期に日本で出版された人類学報や各種の関連雑誌を広く調べてみた。だが結局どんなに探しても見つからず、ただ彼の恩師である日本人類学の父、坪井正五郎博士の短い手紙二通の中で知りえたことのみだった。それは彼が第五代総督の佐久間左馬太の委託を受けて台湾へ行き、立霧山のタロコ族の調査を行なった、ということだった。

無弦琴子を訪ねた例の二人のタロコ族人は、ひとり暮らしをしている山崎睦雄の娘に、彼女の父親のその謎の旅のことを聞いてみたかったし、行方知れずの研究報告の内容にもおおいに興味があった。彼らは、山崎睦雄の勤勉で誠実な研究の有様からして、フィールドワークの結果が皆無であることはあり得ないと考えていた。

もしかしたら四国高知に行くことによって学術界の懸案事項の謎が解けるかもしれない。

山地蕃人の全面統治の完遂を急ぐ佐久間総督は、タロコ族を閉じ込めて出入りを禁止して、おとなしく従うように迫るという、人類学者の提案を採用しなかった。彼は山崎睦雄に「非協力的な人類学者」のレッテルを貼り、自分とは考えの異なる報告書が永遠に陽の目を見られないようにして、後世の人が山崎睦雄の伝記を書く時に、五回目の台湾行きをその中に入れられないようにした。佐久間総督は自らこのようにする権限が自分にあると考えていたのである。

彼は手ずから山崎睦雄の分厚い報告書を総督室の機密文書用金庫の奥深くにしまいこんだ。鍵をかけおわって、頭を挙げると、壁の写真が眼に留まった。彼が植民地総督になって二年目、縦貫鉄道が全面開通した時に記念撮影を執り行なった。彼は高雄駅の南口に立ち、傍らには自ら揮毫した「気象雄深」（気風雄壮にして深遠）の大きな四文字が書かれている。写真の中の佐久間総督は、かすかに横を向き、視線を上に向けて、一切を睥睨《へいげい》するような傲慢不遜な様子をしている。

佐久間総督は高齢ではあるが、あいかわらずぴんと伸ばした腰をそらせ、自ら念願がかなったと感じていた。鉄道の全線開通というこの歴史的な瞬間につづけて、彼が植民地において新たに打ち立てた政務上の業績は一つ一つがさらにはっきりと数えあげられるものだった。

台北市内の水道と下水道の工事を完成させた。市の外観の美化のため、府前街と府中街の両側に英国風の後期ルネッサンス式の立体建築を建造し、二本の西洋式の美しい大通りにしあげた。彼はまた大規模な土木工事を行ない、赤レンガと白石の典雅で勇壮な、並みはずれた風格の台北州庁を建てた。東京の日比谷公園の様式をまねて、土地を切り開いて「新公園」を造り、園内には花木を植えて繁らせ、市内の日本人が余暇に出かける恰好の場所にした。

新公園内に落成したばかりの博物館は、いっそう彼の自慢の種であった。そこはもともと媽祖廟であったが、それを取り壊して雄大壮観な新古典主義の建築物を建てたのだ。主要部分はローマ風のドームになっていた。日本の設計士はヨーロッパの建築様式を間接的に台湾に移植し、植民統治者の壮大な野心と気迫を十分に表した。階段を上がり、ホールに入ると、ドームの下のステンドグラスが陽の光に照らされてキラキラと輝き、じっと見つめていられないくらいだった。

博物館は総督官邸に次ぐ、もう一つの日本帝国の特徴を備えた建築物で、識者によって「日本建築学界が提唱した近代主義のなかで、最も荘厳で、技術的にも最も円熟した作品」だと讃えられた。

佐久間総督はこの種の賛美は実際の成果があればおのずとついてくるもので、決してほめ過ぎだとは思わなかった。

日本はロシアに戦勝したあと、おおいに勢いを増し、大正時代に入ると、国力は中天にある太陽のごとくになった。佐久間総督は植民地統治を永続的なものにするために、長期にわたって台湾に留まる計画を立て、在任中に台湾総督府の建設をはじめた。この巨額を費した全島最高の総督府は、完成後、台湾の新しいランドマークとなるはずだった。

建設中の総督府は、五階建てで、日の字の形をしていた。主要な入り口は東側に設け、朝日の昇る勢いの意味合いを込めた。中央棟の塔は九階分の高さがあり、人を圧するように台北全体が見下ろせた。それに比べると、清代の四つの古い城門はいかにも見劣りがした。

古い城門は佐久間総督に官邸の裏庭にある石碑のことを思い出させた。

日本は台湾を領有すると、臨時総督府を清代末期に使われていた布政使司衙門の中に置いたが、この中国式の官庁建築は、まったく日本の植民地統治の象徴とはなりえないものだった。第四代総督児玉源太郎は東京帝国大学の建築士、福田東吾に総督官邸の設計を依頼して、最高執政官の官舎として、また総督が公務を処理する場としての両用にしようとした。総督が事務処理を行なう行政部門は官邸一階の東翼に置かれた。広々として威厳のある総督の執務室のそばに、秘書室、副官および書記室が配置され、また別に大会議室と訪問客を接待するための応接室を設けた。官邸の上層階こそが総督およびその家族が居住するプライベートな空間である。

工事がはじまると、工事主任は総督に、清代に建築された台北城の城壁を取り壊して、その石材を官邸の土台に使用することを提案した。こうすれば官邸の貫禄が増し、権力の象徴となるというわけだ。児玉源太郎はいささかのためらいもなく承諾し、四つの城門だけを残して、城壁はぜんぶ取り壊した。

佐久間総督は執務室を出て、長い廊下を抜け、ガラス戸を押し開けてバルコニーに立った。両手を後ろに組んで庭園北側の八角形のあずまやを見下ろすと、池を隔てた、八角形の建物の土台のところに、「厳疆鎖鑰」（辺境守備の要）の大きな四文字が刻まれている。それはもともと台北城の北城門の外廊下にあった門額を取りはずして、あずまやの土台としたものである。

官邸の泊まり客となった皇族や貴賓は誰でも、庭園や曲水を見てまわるとき、そのヨーロッパ風の緑色のあずまやに立つ。そこは庭園の池や景色を観賞するのに最もよい位置にあるため、どうしてもかならずこの石碑が眼に入る。そしてその来歴を聞くと、まず先にいささかいぶかしげな表情を浮かべ、そのあとにっこりする。

「ああ、もともとは清国の城門にかかっていた門額だったのか……」

現在は我々によってあずまやの土台にされている。佐久間総督は満足げに視線を石碑から転じる。回遊式の庭園に合わせて、水辺に植えた樹木も入念に植栽したものだ。楕円形の人工池に沿って、台湾ナツメヤシ、ガジュマル、ミドリサンゴ、ハマユウなどの植物が植えられて、台湾の海辺のイメージを作り上げている。西北の角には築山が重なりあって、起伏を作っている。植えられているのは、台湾北部の低海抜山地の原生植物だ。たとえば油杉《ユサン》、カタン、烏心石《オガタマノキ》、九芎《シマサルスベリ》、小葉桑《ヤマグワ》、茶梅《サザンカ》などで、わざわざ北部の山林の雰囲気と景観を創り出している。

佐久間総督は南側の水際にある広々とした果樹園が気に入っている。台湾本土の龍眼、ライチ、マンゴー、柑橘類、人心果《サポジラ》（チューインガムノキ）などの亜熱帯の果樹が植えてある。寒いところから来た日本人で、こうした果樹林を珍しがらない者はいない。去年の夏、佐久間総督の孫が姫路から訪ねてきたが、実の連なりなっている龍眼やライチを見ると、手を打って大喜びだった。夏休みの間じゅう、子どもはほとんど果樹の下に座り、ライチが早く赤くなって食べられるようになればいいのに、と悔しがっていた。

そんなことを思い出すと、佐久間総督の深い悩みにきつく寄せられた両の濃い眉が、珍しくひらいてくるのであった。

彼の孫のみならず、官邸に宿泊した皇族方も、うなずき、称賛しない者はなかった。

「このような亜熱帯の特長に富んだ木々の造景を――」と、皇族方は称賛した。「乗り物に乗って疲れながらあちこち見てまわる必要がなく、池や庭園を散歩するだけで、植民地の台湾の風情がそっくり目の前にあるとは！」

官邸の庭園に唯一欠けているのは、東部台湾の草木である。先月、長期にわたって花蓮のアミ族の村に逗留していた日本人植物学者が、台風のあと東部台湾で捕まえた穿山甲《センザンコウ》（全身が固い鱗で覆われた哺乳類）と、台湾トキワサンザシ（バラ科の常緑低木。枝にトゲがある）の盆栽を一鉢届けにきた。木いっぱいになった真っ赤な実はみごとに美しかった。台湾トキワサンザシの俗称は状元紅《ジュアンユアンホン》といい、花蓮の特産である。

植物学者も庭園設計者の創意工夫の巧みさに感嘆し、台湾の樹木種をほとんど網羅していて、庭園には象徴的な意味があふれていると言った。彼は同行の殖産局局長に園内に台湾東部の金花《ショウキ》石蒜《ズイセン》、土百合《タカサゴユリ》、越橘葉蔓榕《コケモモイタビ》なども加えるよう提案したうえに、彼が長逗留している里漏《リダウ》のアミ族村からパンノキを一本移植することを承知した。官邸に植えて庭園にいっそうの輝きをもたらすのだ。

「台湾にはもともとパンノキという喬木はありませんでした」と植物学者は言った。「アミ族の人たちが南洋から漂流して北上したときにいっしょにもってきた木で、どこの家でも植えていいというものではありません。里漏では先祖の御霊を継承していて、系譜の完璧な家だけがパンノキを植えることができるのです」

パンノキの果実は熟成したものは食用にできる。黄金色の果実は薄く切って食べると、すこぶるうまい。

佐久間総督は孫が首を伸ばしてパンノキを見上げる顔が見たくて矢も楯もたまらなくなった。彼は植物学者に丈の高い成木を選ぶよう言いつけた。ただし花蓮から台北に運ぶときに、パンノキが高すぎて、電線を切らなくては官邸に入らないということのないようにとも言った。当時、児玉源太郎前総督が金に糸目をつけずに巨額を投じて官邸を建造したため、日本の国会で抗議の声が上がり、経費を凍結せよ、樹木を植える余分な費用はないとされ、しかたなく北投温泉医院から千本に近い相思樹《ソウシジュ》（タイワンアカシア）を移して庭園に植えた。そして公務の余暇に、野菜を育てたり、読書をしたりするのに使っている別館の「南菜園」から大きなガジュマルの木を二本枝分けして、官邸の庭園に植えこんだ。運搬費用が欠乏していたので、やむなく獄中から囚人を借りてきて運ばせ、途中で電線に妨げられると、通信局に命じて通行できるように一時的に電線を切らせ、ガジュマルを庭園内に移植したのだった。

その時は、植物学者も大きな籐の籠いっぱいに、山蘇《オオタニワタリ》、過猫《クワレシダ》、山苦瓜《ゴーヤ》、龍葵《イヌホオズキ》などのアミ族の山菜も持ってきていて、総督に趣向変えに珍しいものを味わってみるようにと贈った。官邸の台所ではいくつかの山菜料理を作ってみた。干し小魚と山蘇炒め、山ゴーヤとシイタケの煮込み、林投唐辛子のひき肉炒め、鳳凰尾蕨の細切り肉炒め、クワレシダ炒めなど。

あとでコックが語ったところによると、佐久間総督は箸を取ってどれもひと口ずつ味わい、口のなかで力を込めてしばらく噛んでから、顔をぎゅっとしかめて、無理やり飲み込んだ。そして箸を置いて、こう言った。

「山菜は手なずけられねばならぬ」

総督はコックにこう指示した。天然の山菜は酸っぱくて苦くて、食べにくい。煮炊きする前に、ひととおり食べやすくするための下ごしらえをしなければならない。まずは水につけてえぐみを取り去り、さらによく揉む。揉みだしたアクは何度も何度も洗い流すこと。その野性味を手なずけたうえで調理をすれば、日本人の食べるものになるのだ、と。

口の中で山菜を咀嚼しているうちに、佐久間総督の脳裏に理蕃の青写真が浮かんだ。明治の思想家福沢諭吉の「文明開化」思想の影響を強く受けた彼は、山に住み、文明の何たるかを知らず、弓矢や槍を腰に下げ、顎の両側に網状の入れ墨をした、あれらの野蛮人を救い出し順化させてやろうと心に誓った。

彼はまず軍隊を派遣して強大な武力による討伐を行ない、猛々しく増長しているタロコ蕃を脅迫して武器を引き渡させることに決めた。彼らの武装を解除し、武を重んじ好戦的な野性を手なずければ、蕃人は狩りで生計を立てていけなくなる。畏れ多い帝国の威力の下に、必ずや妥協し歩み寄ってくるだろう。蕃人を屈服させたあと、佐久間総督の次の計画は改造を行なうことだ。

山の上に散在している部族集団を高山から山麓の平地に移し、山の民に固定型の農耕を教えこんで、養豚養蚕の農民生活をおくらせるのだ。そうなれば植民者にとって統治や管理に便利である。低劣な種族はもともと日本帝国の教化を受けるべきなのだ。

例の「非協力的な」人類学者の山崎睦雄は、政府が蕃民を征服したあと、かならず遷村政策を行なうに違いないと予見していたらしく、報告書の最後で、特にねんごろな言葉で意味深長にこう警告している。

「はるか古より高山に居住していた蕃人を無理やり平地に移住させたなら、蕃人はその伝統的な生活様式や社会組織を失って、やがて蕃人伝統社会の崩壊を招くことでしょう」

彼はまた蕃人に山を下りるよう強制することについてこう予言していた。「社にいる容姿の美しい女たちは、山を下りれば多くは漢人の妻となり、山地の男どもには配偶者がいなくなって、人口が減少し、蕃人は本来の姿を失ってしまいます」

その時になれば彼のような人類学者は、腕を揮う場所がなくなるだろう。

六十九歳という高齢の佐久間左馬太は黒いパリッとしたプロシア軍服に身を包み、胸いっぱいに勲章を下げ、腰には軍刀を帯びて、威風凜々と馬上にある。彼は八の字髭をひねりながら、はるか遠くを望み見、森槐南《もりかいなん》の詩を吟じた。この詩人はかつて伊藤博文に従って台湾を訪れたことがある。

火輪日旆《にちはい》　虹霓《こうげい》の轅《ながえ》
南荒に去《ゆ》きて看《み》る　生熟蕃
炎徼《えんきょう》もまた神州山に属す
瘴癘《しょうれい》を行化して春暄《しゅんせん》と為さん

これは森槐南の「丙申六月巡台篇」の冒頭の四句である。

第五代総督の佐久間左馬太は、自分は台湾の蕃人についてまったくの無知ではないと自負していた。早くも四十年前、船に乗っていた琉球商人の一団が、暴風雨に遭って台湾東南部の八瑤湾《はちようわん》に漂着し、上陸後誤って牡丹社に闖入してしまい、五十余名が蕃人に殺害されるという「牡丹社《ぼたんしゃ》事件」が起きた。以前から琉球の宗主国を自認していた日本は出兵して台湾を攻撃した。当時三十歳の佐久間左馬太は、中佐を拝命し、「台湾蕃地事務都督参謀」の身分で遠征軍に参加したのであった。

四十年後、彼は総督として自ら出征し、三一〇八名の軍隊、十二隊の警官三一二七名、さらに運搬作業員一万四五一四名の、合わせて二万七四九名を率いて、野戦砲四八台と機関銃二〇五丁を配置、さらに軍艦、飛行機と歩調を合わせたうえで、兵を東西の両路に分け、立霧山上の九十七社、千六百余戸、人口九千のタロコ東セデック族を挟み撃ちにした。

3 Wearing Propaganda（服飾によるプロパガンダ）

無弦琴子は東京近郊にある染色工場で布地に図案を描く仕事をしている。彼女は一九六八年の東京の学生運動に参加して、自分より年下の学生運動のリーダーと知り合い、慌ただしく結婚したため、大学の芸術史の学業を中断した。離婚後は絵画の天分を活かしてこの仕事を見つけ自活している。

染色工場社長の長谷川氏は大金持ちの絹織物商の家の出で、彼の父親は幼い頃から家族が取り扱っている高価な絹織物にうもれて育った。もって生まれた審美眼により、若くしてすでに江戸時代の精緻な手織りの織物の鑑別に長けていた。眼力が独特なうえに財力も豊かであったため、日本でも重要な着物収集家の一人となった。生前からすでに名声は遠く海外に広まり、欧米の各大博物館が主催する日本芸術品展には、江戸時代の豊麗で典雅な着物がしばしば彼の所蔵品の中から借り出された。少し前にニューヨークのメトロポリタン美術館日本美術ギャラリーが展示した友禅染の小袖は、彼の父親が生前もっとも気に入っていたものだった。

無弦琴子のボスである長谷川氏はわざとそれとは反対の道に進み、芸術大学で西洋の油絵を専攻し、洋画家になるつもりだった。父親が亡くなり、やむをえず家に戻って先祖伝来の家業を継いでみて、初めてそれまで古くさいと見なしていた日本の伝統芸術に触れた。精美この上ない友禅染や、西陣織の図案に向かい合うと、幾重もの濃淡の精微な変化や、重なり合ったぼかしの技巧の妙技に賞嘆し感服せざるを得なくなり、しだいに江戸時代の芸術品に興味を覚えていった。

長谷川氏は特に江戸文化の最高峰「琳派」の芸術を好み、尾形光琳の手になる花卉《かき》屏風や陶芸漆器の、図案化された新造形と色彩の運用が表現するところの装飾的感性こそが、日本の純粋な美意識だと考えた。長谷川氏は西洋画を棄て、伝統的な手工織物の研究と収集に身を転じた。

アメリカ東海岸のあるアイビー・リーグ大学付設の博物館が、第二次世界大戦の終戦五十周年を記念して、「Wearing Propaganda——一九三一—一九四五年　日本、イギリス、アメリカ銃後織物展」の開催を計画した。この大型展覧会のプロジェクトの責任者金泳喜《キム・ヨンヒ》教授は韓国系アメリカ人の研究者だった。彼女は長谷川家が親子二代にわたって古い貴重な着物についてもオーソリティーであることを知り、長谷川氏と親しい東アジア学部の日本人教授の紹介を通して、博物館の名義で正式な招聘状を送った。長谷川氏に今回の展覧会における日本部門の顧問になってもらい、東京、大阪、京都、広島などの収集家や当時の染色紡織工場に連絡を取り、一九三一年から四五年のあいだに日本の銃後の庶民が戦争宣伝のために作ったり着たりした着物や風呂敷などの織物類を提供してほしい、と頼んでもらおうというのである。

長谷川氏は無弦琴子を助手にした。日頃のおしゃべりの中で、彼女の家族が布地や織物との縁が深いことを知っていたからだ。彼女の母方の祖父の横山新蔵は、植民地の台湾へ行って警察官になるまえは、名古屋のある呉服店の店員だった。祖母の綾子は若いころ和裁を習っていて、とりわけ精緻で優雅な織りの帯を好み、歳をとってからもずっと着物と帯の取り合わせにこだわっていた。家伝来の教養は、無弦琴子の母親月姫の器用さに遺伝して、月姫は洋裁が得意で、洋服のデザイン画をどっさり残した。その中にはオリジナリティーに富んだ下書きがたくさんあったが、残念なことに生まれる場所をまちがえた。植民地の台湾では月姫の服装デザインの天分は活かされなかった。ただ、聞くところによると、日本に戻ったとき、ちょうど戦中の苦しい時代だったのに、無弦琴子の母親は自分のデザイン画どおりに服を仕立てておしゃれをしていたという。目立つ服装をして、パーマをかけたモダンガール、日本人のいうモガだった。

大東亜戦争がはじまると、銃後の日本人は誰もが衣食を質素なものにし、政府は女性たちが「モンペ」を着るようにと決めた。上着をたくしこんで腰回りを紐で調節する紺色の下半身用の衣服で、布の節約にもなり、働きやすかった。聞くところによれば、琴子の母親はあまり恰好がよくないと言って、その着用を拒んだということである。

先の二代の肉親の絹織物に対する深い愛が遺伝して、無弦琴子は幼い頃から目を閉じてつるつるした絹地を手のひらで撫でたりさすったりして、そのすばらしい感触をたのしむのが好きだった。物事をわきまえるようになると、彼女は絹物を撫でるとき、やさしい恋人を想いえがきながら、長いこと撫でさすった。あるとき自慰に近い快感がおこり、恥ずかしくなって慌てて手を離した。

大阪、京都、広島など各都市から集められた、戦争宣伝のために作られた着物は、全部で大箱数十個になった。長谷川氏と彼が満を持して組織した評議委員たちで厳正に選び、最後にもっとも代表的な衣類が、合わせて八十着ほど選ばれ、アメリカの展覧会に向けて運ばれることになった。

目録編集の責任者になった無弦琴子は、初めてこれらの着物を目にしたとき、ものすごく驚いた。これまでずっと、新聞、歌、映画、演劇、ラジオ、ポスター、場合によっては玩具までもが宣伝の道具になるとは思っていたが、身につける衣服までが動く宣伝になると考えたことはなかった。

着物はもっとも正式な服装である。明治維新の文明開化以後の日本ではめったに着られなくなり、一般的には特殊なケース、たとえば結婚式、葬式、茶会あるいは神社の祭りのような時にだけ着られる。

江戸時代には着物は階級の産物だった。徳川幕府は階級の違いによりそれぞれ色合いと材質のちがう着物を着るよう厳しく定めた。色華やかな、精緻な絹の着物は、貴族や支配階級の人間しか着られず、農民や職人、商人は一律に無地の着物しか着られなかった。

時代の変遷にしたがい、農と工の下でがまんしていた町人である商人階級の、商売で富を得た豪商たちがひそかに縫い手をみつけて高価な着物を作らせた。ただしやはり上着として着る勇気がなく、こっそり中に着た。織物職人は技を見せるために「襦袢」と呼ばれる下着を色鮮やかなものにし、浮世絵の美人画、目や心をたのしませる花や植物などありとあらゆる柄が描かれ、男性の力をあらわす虎や鷹や蛟《みずち》（淵にすむとされる竜に似た想像上の動物）などの図案も見られた。

これが流行になり、遊廓で働く女性たちも表には紺色の質素な着物を着ているが、襦袢や下着は目をみはるようなものにして、客の前できれいな下着を広げて見せ、そのたびに驚かれほめそやされた。

着物は着ている人の出自やセンスのよさを表す。日本女性の着物は四季をテーマにすることが好まれるので、季節に合わない着物を着ていると、教養がないとか、出自が悪いと嘲笑されてしまう。

もしも着物がそれを着ている人の素養や思想を反映しているのなら、無弦琴子にはこうした戦争宣伝の着物を着ていた人が、一般的な庶民であるとは思えなかった。

日本が長春に満州国を建国してから第二次世界大戦が終わって降伏するまで、丸々十五年のあいだ、日本の銃後にいる庶民は前線で戦っている軍人に対する応援の気持ちを示すために、軍事力をひけらかす銃砲、爆撃機、戦車、戦艦、それに軍人たちが中国大陸や南洋各地の町に攻め込んでいる戦争場面を、リアルな図案として描き、着物に織り込んだ。銃後の庶民がこの種の服飾品を身に着けることは、戦争を宣伝し、軍民が心を一つに団結していることを表しているばかりでなく、当人に前線の戦闘に参加しているような気にさせ、愛国心は人後に落ちないと感じさせるものだ。

もともと着物のデザインはゆったりしていて、あまり裁断をせず、裁ち線はきわめてシンプルだ。あたかも一枚の長い布を身体のまわりに巻き、腰のところに帯を締めるだけというようで、胸の前や後ろの布全体がすっかり見える。これはまさに戦争を宣伝しようとするデザイナーの思うつぼで、あたかも一枚一枚の画布のようなものだ。彼らは着物の特殊な形状を利用して、戦闘機や戦車や大砲爆弾のような殺傷能力のきわめて大きい武器を、完全武装した日本軍の長い隊列に取り合わせて、着物全体を貫くような連続した図案にした。また上下に分けて異なる戦争を描いているものもある。

時間が逆行し、着物や風呂敷のこうした図案が出現したことは、無弦琴子を別の時空へといざない、歴史の記憶を呼び覚まさせた。日の丸を描いた軍機が万里の長城の上空に君臨したこと、軍機の列が重慶を爆撃したこと、武器をもった日本軍が国境に迫ったこと、南京陥落前の闇夜の白兵戦……。

それは何という時代だったのだろう？　人々はこうした心を込めたデザイン、暴力的な美学に満ちた図案を身にまとって、静かな通りを大手を振って闊歩していたのだろうか？　軍国主義に駆られた政府がひたすら銃後が太平で戦争をしていないことを恐れ、どうしても戦争を各個人の生活のなかに引き入れなければならないと考えて、庶民の身体に潜水艦や戦車や軍機や数えきれないほどの武装兵を背負わせることによって、火薬庫を身に背負わせていたとは！

細心の注意をもって保存された、どれもみな新品のようなこれらの織物を見て、無弦琴子は気がついた。あの年代に流行りはじめた人絹やナイロン、あるいは冬用の毛織物は少なく、大半はほとんどみな西陣織のような極上の絹織物で、手描きの友禅染のようなものまである。品質が高く華麗であるばかりでなく、絹糸の染色が凝っていた。天然の染料が作り出す赤褐色、もえぎ色、灰青色……漂白と染色一つ一つの手順によるグラデーションの変化は微細で、濃淡の重なり合いの精密さが分かり、着物芸術の最高の美学に達している。

戦争後期の日本では物資の欠乏がはなはだしく、政府が織物やナイロンの衣料点数切符制を制定したため、庶民の着る衣服の布地は厳しい配給制になった。学生のかばんや制服のポケットに突っ込んでおくハンカチ用の布もみな制限され、女学生は髪留めさえ不足する有様だった。大蔵大臣は国民に衣食の節約を呼びかけ、雑誌『主婦之友』の「決戦家庭経済号」という号では、「衣服日常品と戦争」と題して、日本女性の衣服と日常品についての統計を示している。七歳から二十歳、二十一歳から四十歳、四十歳以上と分けられ、各年齢層がもっている衣服と日常品は、三十から四十点とそれぞれ違っている。

「これらの衣服日常品を合わせると巨大な額になる。ぜいたくで堕落している敵国アメリカの家庭でも、女性の衣服は二十着あるいはそれより少ないくらいである」

大蔵大臣は、女性が身体を美しく見せるために新しい衣服を作るのは、前線から戦闘機や武器を持ち去るに等しいと強調し、女性たちが新しい衣服を作ることを禁じた。そして古いものを直して着るように、どうしても新しいものを作らなければならないのであれば、色染めしていない白糸で縫うように、そうすれば何トンもの染料を節約できる、と言った。

国民精神総動員委員会は、「ぜいたくは敵だ」というスローガンを打ち出した。警察は市民に公共の場で華美な服装をすることを厳禁すると警告した。女性がパーマをかけたり、化粧をしたり、ハイヒールを履いたりすることはみな取り締まりの対象になった。電力を節約するために、店のネオン広告を止めさせられ、レストランや娯楽場も営業を禁止された。前線の戦場の形勢は厳しさを極め、ふつうの人が結婚式に使う布を可能なかぎり節約させられたのは言うまでもなく、皇室の婚礼さえも過度に華美になりすぎないよう気づかい、ドレスの襞が多すぎたり、裾を長くひきずったりして、民の怒りを引き起こさないかと心配した。国を挙げて上も下もみなぜいたくを罪悪と見なすことに集中しているその時代に、これらの布地をふんだんに使う宣伝用の着物は制限されていなかった。一般の庶民が着る藍染めの木綿の着物から、上流階級の華麗極まりない絹の着物や羽織まで、その生産された数量の膨大さは、唖然とするばかり。長谷川氏が大阪・京都など各地から募って集めた数十箱は滄海《そうかい》の一粟《いちぞく》に過ぎなかった。

もともとすでにあまりふだんに着られなくなっていた着物であったが、戦時中にはまたこの伝統的な装いに戻っていた。日本人はこれによって、民族本来の尊厳を示し、他国人より一段高いのだという優越感とともに、武士の精神を発揮した。この種の戦争を宣伝する着物を着ることにより、一般庶民は潜在意識のなかで古の武士と現代化された軍備や武器とを結びつけ、みな自分が現代の武士のつもりでいた。

軍国主義政府は政治的には中間層に属している工場主や商店主を利用し、彼らを通じて政治イデオロギーを民衆に伝えた。愛国戦争は一種の商品に変わり、一種の消費財とされるようになった。誰がこうした流行のファッションに逆らえるだろうか？　これらの着物を生産する紡績工場の商人は、市民の同化心理を利用して利益を図った。機に乗じ需要に応じて、大量生産と販売促進を行ない、この種の衣服を身につけることを一種の社会集団的な動力、一種のイデオロギーに変えた。政府は中間層からだんだんと民心を掌握していったのである。

4　風の前の塵

第五代総督の佐久間左馬太は官邸のアリを駆除する時のような皆殺しの手段で、立霧山に暮らして頑強な抵抗をつづけていたタロコ蕃人の掃討を行なった。

彼の前任者である児玉総督が当時建てたルネッサンス式のこの官邸は、松や杉材を主要な部分に用いて造られていたが、完成後まもなく、台風のもたらした暴風雨によって破損した。さらに台湾の多湿な気候がいっそうアリや細菌を増殖させ、掃除係が一階東翼の総督執務室の公文書の上に、いくつもの灰白色の粉が盛り上がっているのに気がついた。

総督官邸はシロアリに包囲されたのだ。

佐久間総督は大胆にも先進的な建築理念をもつ設計士の森山松之助を任用し、官邸を試験台にして、大正初期になって登場した、母国では実例不足のため安易に試すことのできない新しい建築材料を使って修復を行なわせた。床板やベランダには鉄筋コンクリートが流し込まれ、中央棟の二階に通じる階段には木材に代わって大理石が敷きつめられた。最も斬新だったのは、シロアリに食われたり菌類が付着したりするのを防ぐために、屋根をもとの木組みから鉄骨に換えたことである。

修復のあと、官邸の平面の主要構造は変わらなかったが、外観は一新された。建築様式はルネッサンス式からバロック風に変わり、マンサード屋根が勇壮にそそり立つよう、形状に工夫が凝らされた。建物はもともとの落ち着きに加え、豪華さや風格が増した。

佐久間総督はこれで完全に暗闇の隅に巣くっていたシロアリを消滅させたと思った。

自ら二万の軍隊と警察を率いてタロコ族の討伐にあたった総督は、思いがけないことに絲《セ》羅荷負幹《ラオカフニ》断崖から墜落して、重傷を負い、立霧山から担架にのせられて戻った。

日本軍歩兵第一連隊は台北駅でタロコ族平定の凱旋式を行なったが、佐久間総督は騎馬で先頭に立って、勇ましく群衆の勝利の歓呼を受けることはできなかった。このことは彼に深い遺憾の思いを味わわせた。

断崖から落ちて傷を負ったので、佐久間総督は自分でも総督用寝室に起居するのはふさわしくないと感じた。それは官邸でもっとも広く豪華な続き間だった。一部屋分もある大きな浴室は、壁はポルトガル製の青い色で絵や文様が描かれた美しい白いタイルが貼られ、真っ白なバスタブと水洗式トイレがあり、先進的で快適だった。

この豪華な凝った装飾の施された大寝室と書斎とバスルームからなる続き間は、はじめは皇室や華族の接待に使われ、彼らが植民地を巡察する際の宿泊所になっていた。官邸の創建者である第四代総督児玉源太郎は在任中、生活も質素で、一度もこの大きな部屋を使ったことはなく、階下の小部屋――もともとは民政長官の後藤新平が総督に仕え、その指図を仰ぐために使っていた――を自分のものとしたため、後藤はやむなく秘書室を移らざるをえなかった。

官邸の創建者で、植民地統治にすぐれた功績のあった児玉源太郎さえ使おうとはしなかったのである。自分が落馬して負傷したことを恥と思った佐久間左馬太は、なおのこと他人の手柄を横取りする勇気はなかった。

佐久間総督は官邸二階の東翼の洋風の寝室から、東南角の和式の居間に移って療養した。そこは官邸全体で唯一、畳敷きの部屋だった。明治時代の上流階級の豪邸では、和洋折衷が流行しており、官邸の建築士がこの設計スタイルを植民地に持ってきたのである。

和室の居間は六曲一双（六画面の屏風一対）の金地濃彩の屏風で仕切られている。屏風には二本の松の巨木が墨痕たっぷりに描かれていた。痛みに苦しむ佐久間総督は、それでも屏風が桃山時代の障壁画（ふすま・障子・杉戸・天井など、室内の壁面に描かれた絵）を模していることを見てとった。織田信長、豊臣秀吉などの武将が築いた城では、薄暗い大きな部屋をきらきら輝かせるために、絵師は屏風の満面に金箔をはり、さらに金地の上に膠《にかわ》入りの顔料で筆を揮って、極彩色の、目を奪うばかりの効果を生み出した。和室にあるこの一対の彩色された屏風は、金泥の反射する光さえも、居間全体を明るく照らした。

英雄的な気概を見せるために、片隅にはむかしの武士が出陣するときに着けた鎧兜を陳列して、傍らには陶器製の一頭の駿馬を置き、さらに黒漆の刀掛けに日本刀を飾っていた。刀の鞘《さや》から赤い下げ緒が垂れている。

病臥の無聊のうちに、和室の木材本来の姿を活かした四角い柱が、佐久間総督に能舞台を連想させた。金色の屏風に描かれた墨痕鮮やかな松の木は、能舞台に描かれているあの老松のようだ。左側の通路は演者が登退場する橋懸りに等しい。彼は能面をつけた役者が、白足袋を履いた足の裏を、ぴたりと床につけながら滑るように歩を進めているところを想像した。左足が止まった時には、もう右足を踏み出し、流れるような所作は舞のリズムを生みだす。やっぱり能の本質は足さばきの芸術だ。

軍人出身の佐久間左馬太は、同僚たちから粗野で教養がないと嘲笑されることをひどく恐れて、若い頃には和歌や蹴鞠などの貴族の遊びを懸命に習い、骨董蒐集もひととおりたしなんだ。軍人生活のなかでも暇をみつけては京都へ行き、幽玄で物悲しい能の鑑賞にいそしんだ。

「演者が勇者の風体を演じるときは、ゆめゆめ柔和の心を保つことを忘れてはならぬ。優美なしぐさをするときには、屈強の心を忘れてはならぬ」

世阿弥のこの芸術を演じるにあたっての二つの心得を、佐久間左馬太はじっくり考えて、その中に含まれている深い意味を悟った。

囃子方の奏でる調べが聞こえてくるかと期待していたのに、それは湧き起こらなかった。佐久間総督は長い病臥生活でひどく敏感になった聴覚をたよりに耳をそばだてたが、聞こえてきたのは別の音だった。和室の柱や押し入れの中からきわめて小さな、何かを噛む音がする。シロアリが木材を齧っている音だ。

若い頃、忍耐力を鍛え、より度胸をつけるために、佐久間左馬太が自分に強《し》いたのは、駒を置いていない将棋盤の前に座り、目をみはって、長時間眺めつづけることだった。それにより実際に将棋をさすとき、長く黙考しつづけることができ、軽率虚妄な動きに出て負けるようなことがないようにするためである。今、彼は集中して心で念じ、同様の忍耐心をもって精神を統一し耳を傾けた。

まさか二年前に官邸の改修工事を命じたとき、この木造の和室を漏らしたのではあるまいか、建物全体のうちで最もアリの害を受けやすいこの部屋を？

暗い隅に隠れているシロアリは、今まさに不眠不休で齧りつづけており、この和室の居間の柱を、しいては官邸全体を食い殺そうとしている。彼は結局のところ、そいつらを完全に消滅させてはいなかったのだ。

立霧山のタロコ蕃討伐で、彼は勝利を得たのだろうか？

金づちで釘を打つ音が聞こえてくる。廊下の突き当たりの和室で横になって療養している佐久間総督には、工事の人間が水鹿《スイロク》（サンバーともいう）の頭部を応接室の横梁に打ちつけているのが分かった。タロコ族征服の勝利の象徴にするのである。

もともとの計画によれば、九月八日に官邸で蕃族討伐に功績のあった将校たちを歓待することになっていた。総督は二階のあの美しいステンドグラスの前を通りぬけ、白い大理石の階段を踏んで階下に下り、将官たちに接見して表彰、そのあと応接室の引き戸を開けひろげて、総督を先頭に隣の大食堂に入り、祝賀の宴会を行なうはずだった。

勝利祝賀会の大トリは、夜に予定されていた。総督が二階の螺旋階段をのぼって官邸のバルコニーに登場し、全台北の最高地点で人々の提灯行列からあがる勝利の歓呼の声を受ける。彼は高いところから見下ろして群衆にこたえるわけである。

民政長官は佐久間総督の傷が重いうえに、高齢で傷の回復も遅いのを見て、その時に階段を下りるのは無理だろうと考え、二階の大応接室で謁見の儀式を行なうよう提言した。このバロック風にしつらえられた応接室は、しばしば台湾訪問に来た皇族や華族が貴賓たちに謁見する場所だった。

きらめくシャンデリアの下には、高級なケヤキの寄木の床板に、厚い毛織の絨毯が敷かれ、入り口には緋色の織物のカーテンがかかっている。暖炉は英国ヴィクトリア朝の磁器タイルを用いたもの。背もたれの高い椅子にはキャスターがついていて、移動時にも音をたてない。これは騒音の苦手な、ある貴族のために作ったものだった。後ろのベランダからは直接北側の庭園を眺めることができ、美しい庭石のあるすばらしい園内の景色が観賞できた。

九月八日のその日には、彼は正装の軍服を身にまとい、勲章をつけて、スイロクの頭の下の主席に座り、威厳たっぷりに儀式的な接見を行なえることをひたすら願っていた。

下級武士の家の出である佐久間左馬太は、幼い時から苦労に耐えることに慣れ、苦痛を軽視してきた。しかしながら、結局は歳には抗えず、負傷したあとは、身体は刀掛けに掛けたあの日本刀のように、毎日きちんと拭いてさえいればピカピカに光る、というわけにはいかなかった。医者の警告を聞かず、強がって身体を起こそうとして、最後にはやっぱり支えきれずにくずおれてしまう、ということが何度もあった。

がっかりして身体の向きをかえようとするが、肩や肋膜に激痛がはしり動作を邪魔した。彼は歯を食いしばり、無理やり堪えて、自分がうめき声をあげることを許さなかった。

佐久間総督にとって思いもかけないことであったが、身には雲豹《ウンピョウ》（タイワントラともいう）の毛皮をつけ、手に蕃刀を持って、背に弓矢を背負った蕃人の戦士たちは、軍も精鋭で兵糧も豊富、武器も精巧な日本軍が湖の水のように押し寄せて来ることを、少しも恐れなかった。弾が尽き食料がなくなっても、背中を見せて逃げようとはせず、逆に血肉をもった肉体を使って肉薄戦をしかけてきた。捕虜になることを望まず、集団で木に首をつって自決した。タロコ蕃の死してし已《や》まんという悲壮な気概は、意外にも日本の武士道精神に少し似かよっていた。

なるほどあの非協力的な人類学者山崎睦雄の予言どおりであった。つまり、タロコ族の人たちは日本の計画的な軍事行動に対して、彼らのGaya（伝統的規範）を犯したと見なし、もしも勇敢に敵を殺さなければ、死んだのちに悪霊となってしまうと考えた。生存の場を勝ち取るために、部族の人たちは多勢に無勢、劣勢を以て優勢に当たることになる対日戦争を行なったのだ。

激痛のはしる肋膜を押さえながら、佐久間総督は自分が今回の戦争に勝利していないと感じていた。自ら兵を率いて出征したのは、日本政府と丸十八年間も戦いつづけた神出鬼没の蕃人の首領ハロク・ナウイと戦うためだった。彼は二人の戦士が決死の戦いを行なうように、彼と面と向かってみたかった。

幽霊のようにスーッと進み出て、彼の鋭い鷹のような両の眼でまっすぐ相手の喉を押さえ、少しのためらいもなく剣を突きだして、相手を死に至らしめる。構えはできていたが、決闘がまだはじまらず、神出鬼没のハロク・ナウイの行方も分からぬうちに、足元が滑り、自分はセラオカフニ断崖から足を踏みはずしてしまった。深い谷の底に横たわった佐久間総督は自分がこのまま死んで、二度と目覚めなければよいのにとひたすら願った。

夢うつつのうちに、佐久間総督は自分の身体から跳びだし、畳から跳びあがったように感じた。彼はむかしの武士のような鎧兜を身にまとい、足を踏みはずす前の勇猛さに戻って、黒漆の木枠に掛けてあった日本刀を取り上げた。サッと精美に彫刻された鞘をはらって、冷たく青光りのする刀を抜き出し、まるで自分の身体の一部のように向きを変えると、くだんの陶器の駿馬にまたがり、胸を張って、立霧山山頂の科羅《コラ》古戦場へと馳せ参じる。ハロク・ナウイはその岩の積み重なった、桶のような形の砦の中にいる。

一刀は万刀と化し、万刀は一刀に帰する。佐久間総督は日本刀を振りかざし、勇猛な敵人と最後の決着をつけて、彼の見果てぬ夢を完成させようとした。

嘘か真か、耳元に物寂しくも美しい笛の音が聞こえてきた。ハロク・ナウイの桶のような砦が、別の時空の古戦場に変わった。金と青緑色のきらびやかな屏風に描かれた巨大な松が能舞台の老松に変わり、まさに世阿弥の「敦盛」が演じられている。この亡霊を主役《シテ》とする夢幻能は、能の精髄だ。鎌倉初期の武将熊谷直実は、並み居る群雄を睥睨する英雄であるが、ある決闘において平安末期の若武者平敦盛を一突きにする。勝利を得たものの、熊谷直実は後悔の念にかられ、深く人の世の無常を感じて、最後には剃髪して出家し、法名を蓮生と名乗った。

楽の音のなかで、扇を手にした放浪の僧蓮生が、これ以上ないというほど緩慢な舞の足さばきで二人が決闘を行なった古戦場にもどると、あたり一面に美しい虞美人草の花が咲いている。蓮生は古戦場の由来について語るその地の人に出会う。彼こそが平敦盛の幽鬼の化身で、自分の生前の身分を暗示したあと、すぐに消えてしまう。

放浪僧の蓮生が念仏を唱えていると平敦盛が昔の戦いの時の姿で出現する。囃子方に合わせて地謡が過去の一連の戦いについてもう一度くりかえし語る。夢ともうつつとも分からないうちに、佐久間左馬太は平敦盛の幽霊と、それぞれ身に雲豹の毛皮をまとい腰刀を袈裟懸けにした怨霊たちとが重なりあっているように感じた。彼の手にかかって命を落とした、あの亡魂たちの怨霊だ。苦しみにあえぐ幽鬼が、地獄から彼の命をとりに来たのだ……。

亡霊は楽の音に従って狂ったように舞い、最後に放浪僧の頭のてっぺんにまとわりついて、蓮生を死地に追いやろうとする。

ブルッと身震いして、佐久間総督は目を覚ました。この夢幻能の結末は、蓮生がいつまでも続く念仏のうちに自己救済を得て、最後に虞美人草の花を摘んで仏前に供える。そして夜が明けると、幽鬼も消えていた、というものだ。

なんとすべてが放浪僧の夢だったのである。

夢だったのか？　佐久間総督は目を見開いた。地獄から彼を迎えに来た亡霊の姿は消え、いつの間にか陽の光は和室の出窓から消えていた。彼の身体は薄暗い影に包まれ、あたりはひっそりとして死のような静寂に満ちていた。体内の最も奥深いところにあった火が消え、佐久間総督は寒さのために震えて歯がカチカチ鳴った。

官邸には階上階下、数十の部屋に暖炉があるが、みなお飾りで、いまだかつて実際に使われたことはない。植民地の冬は、年ごとに寒さを増した。佐久間総督の記憶では、彼が就任したその年は、冬には単衣《ひとえ》を着ていただけだった。冷たい水を浴びたが、それでも台湾の亜熱帯気候では心身を鍛えるほどの厳しい寒さではなく、日本にいた時のように冬に氷を割って泳ぐなどということができないと、文句を言ったものだ。

一年一年と過ぎるうち、彼は自分の着ているものがますます厚くなっていることに気がついた。去年の冬には寒波が来た。彼は袷《あわせ》を重ねただけでなく、ほんとうに暖炉を使おうかとまで考えた。が、最後にはやっぱり我慢した。

だが、今は真夏だ。

彼は老いたのだろうか？　総督になってすでに九年目だ。このように長い任期は、空前であり、おそらく絶後であろう。佐久間左馬太は六十歳という高齢で台湾総督になった。年齢のせいで決断力が鈍ってなどいないことを証明するために、彼は年齢の限界を超えて、自らに人に抜きんでるよう強いて、明治時代の「立身出世主義」を実現した。天下に不可能なことなどないという信念を持ちつづけ、植民地を実験の場として、大胆に取り組んだ。

早くも五年前、彼はすでに陸軍大将の法定退役年齢に達していた。だが、彼はこの条文の縛りを受けなかった。なぜなら彼は「五ヵ年理蓄政策」を画策していたからだ。佐久間総督とて東京から伝わってくる、彼が総督の地位に未練があって、留任するために理蓄計画を考えついたのだという声を知らないわけではなかった。この根も葉もない噂を、彼は一笑に付した。

病床で寝返りを打ちながら、佐久間総督は自分が引退すべき年齢を過ぎていると認めざるをえなかった。彼の一生はせわしなく、めったに暇はなかった。とうに一切の俗念から離れ、日本に帰って悠々自適の晩年をおくるべきなのだ。自然の造化に合わせて、四季を友とし、山林を漫遊して、静かに雲や月や花などの自然の風物を観賞する。暇なときには将棋をさし、西行の和歌を吟じるのだ。年齢をかさねるにつれて、彼はしだいにこの平安時代の禅僧の、枯淡で寂寥とした、孤絶した心持ちが分かるようになり、無常の流転は人間のみにとどまらず、山河や草木とてこの自然の法則を免れられないことを悟った。

「旅に病んで夢は枯野をかけめぐる」。もう一人、彼の敬慕する俳人芭蕉のこの句は、まさにこの心情を映したもので、たしかに「夏草や兵どもが夢の跡」である。

佐久間総督は深々と長いため息をもらした。彼は思い通りにならない身であった。下級武士の家に生まれ、日本が西洋列強の不平等条約によって束縛される時期に生まれあわせた。国内的には封建的な地方軍閥の割拠分裂にあい、道義上、後には引けず軍服を着て天皇に忠勤を尽くした。明治政府は欧州列強が中国を分割するのを目の当たりにした。ロシアはシベリア鉄道を建設して、東進の速度をますます速めていた。鉄道が一マイル完成するごとに、日本はロシアの勢力範囲にどんどん近づいていく。脅威を取りのぞき、自己防衛をするため、危機意識にかられた天皇は維新改革を行なって、国内統一と富国強兵策を取りながら、対外的には平等独立を勝ちとり、文明開化の、近代化された民族国家の建設を企てた。

天皇の赤子《せきし》である佐久間左馬太は禁欲的で、自分が旧習に溺れないよう厳しく身を守り、「質実剛健は興国の良薬、奢侈軽薄は亡国の丹毒」という訓戒に服していた。日本は小国ながら日露戦争で勝利したうえに、近代化に成功すると、それ以前の劣等感を一掃し、公然と西洋の列強に対して対等にふるまうようになった。つづいて朝鮮の独立と東洋の平和を実現するという名目で日清戦争を引き起こした。清国は台湾を割譲し、朝鮮は貢物を献上して服従し、いずれも日本の植民地になった。それ以来、日本は東洋に覇を唱え、列強を見下すようになった。

時機到来。大正以来、国勢がいっそう盛んになったこの時期に、彼がどうして身を引くことができよう！

冷や汗がしたたり、佐久間総督の着ていた白い単衣には汗が浸みとおっていた。脇の下がベタベタする。潔癖症の彼は、真っ白な着物が汚れ、汗まみれになっていると考えただけで、吐き気がした。手を動かして紐を解き、不潔な単衣を肩先から脱ごうとしたが、なんと腕に力が入らない。佐久間総督は驚いて、自分は廃人になってしまうのではないかと思った。同じ姿勢で長いあいだ横になっていた身体を動かそうと、左脚を動かすと、刺すような痛みが走った。

すでに気力が萎え、胸がカアッと熱くなって喉がつまった。老いがあっという間に痛みとともにやってきて、精気が指先から情け容赦なく失われていった。佐久間総督の鼻は自分の脇の下から発散される饐《す》えたような腐臭を嗅いだ。六曲屛風の金泥が反射する光もそれにつれて暗くなり、和室の床の間に活けられた百合の花が首をたれて、枯れしぼみ、あたりに衰亡の匂いが満ち満ちた。
一陣の風が窓越しに入ってきて、病床のかたわらにある書物の、西行が詠んだ和歌のところを開いた。もともと天皇に仕えていたこの武士は、出家したあと自分の人生に対する体得の言葉を書き記している。

世俗を離れた心のうちに、
とつぜん悲哀がわきあがる、
ただ水鳥が沼から飛び立っただけなのに、
秋の夕暮れのこと。
諸行無常、盛者必衰、驕れる者は
久しからず。まさに春の夜の夢のごとし、
勇猛剽悍の者は必ずや滅亡す。
風のまえの塵のごとし。*

＊ 前半は西行の歌「心なき身にもあはれは知られけり　しぎたつ沢の秋の夕暮れ」を、後半は『平家物語』の以下の箇所などを彷彿させる。「(祇園精舎の鐘の声、)諸行無常の響きあり。(沙羅双樹の花の色、)盛者必衰の理をあらはす。おごれる人も久しからず、ただ春の夜の夢のごとし。猛き者も遂にはほろびぬ、ひとへに風の前の塵に同じ」

5　立霧山上の日本庭園

タロコ社討伐の征戦部隊が凱旋して帰り、警視隊が花蓮の花崗山で解隊式を終えると、横山新蔵は瑞穂温泉の療養院に入院した。彼は自分が戦役中に病気で倒れて戦闘に関われず、使命を果たせなかったことを恥ずかしく思っていた。いつもうつむいて押しだまり、他人に批判的な目を向けられて、「軟弱者」呼ばわりされ嘲笑されるのではないかと恐れていた。

彼は子どものころから、控えめで自重する人間になれという教育を受けてきた。注意深く他人の顔色をうかがうようにしていただけでなく、他人に自分の言動をどう批判されるかを常にひどく気にしていた。他人に肯定された時だけ、安心感がもてた。

討伐終了後、佐久間総督は隘勇線を山の奥深くまで延長し、タロコ族の生きる空間をさらに縮小した。鉄柵には強い電流を流し、触発性の地雷まで埋め込んで、蕃民が境界線を越えて奇襲してくるのを防いだ。また山にはさらに多くの道を切り開いて、つり橋をかけると同時に、通信に便利なように警察の通信電話線を架設した。タロコ族がまた息を吹きかえして、ふたたび反乱を起こすのを防ぐためだ。山脈を横断して十九ヵ所の「蕃務官吏駐在所」と、四十八ヵ所の「隘勇線監視所」と、七基の砲台を設置した。まさに三歩歩けば歩哨が一人、五歩歩けば歩哨所が一ヵ所という具合。山上の住民を隔離する隘勇線は四三六キロに延長され、ほとんど中央山脈全体を取り囲まんばかりだった。

このように細かな防衛措置をとるためには、広大な警察力による統制が必要だ。

横山新蔵はもともと名古屋のある呉服店の店員だった。日清戦争のあと、植民地の台湾に行って警官になれば大変な厚遇を受けられると耳にした。俸給以外に、昇級も内地の警察より速く、そのうえ住宅手当も出る。日本にいれば十五年間勤務しなければ、老後に月々の「恩給」が支給されないのに対し、台湾なら十年に短縮される。

結婚したばかりの彼は、地元にいて将来が見えないまま、店員として平々凡々と一生を送るのは嫌だった。そこで、新婚の妻綾子を伴い、募集に応じて台湾へやって来た。台湾へ渡る船の中で、彼はさまざまな日本人を見知った。多くは借金逃れであり、また新天地で冒険的に投機を行なおうという者もあり、さらに日本刀をもった浪人も少なくなかった。彼ら夫婦と同室だったある大工は、大きな袋につめた工具を背負って乗船していて、お上の金を旅費にしたのだと言っていた。台湾へ行って万一免職になっても、まだ退路は残されており、もとの仕事で食っていくという。

この大工は「匪賊の巣」と呼ばれた雲林に派遣されて警官になったが、匪賊の手にかかって命を落とすことを恐れて雲隠れし、その後行方知れずになった。

佐久間左馬太総督は自ら軍服を着てタロコ社討伐に向かい、花蓮吉野移民村派出所に就任していた横山新蔵も討伐部隊に加えられた。戦いの前夜、静かな花蓮市街に、一夜のうちに一万余の出征部隊が現れた。酒場に行った荷担ぎたちが酒を飲んで騒ぎを起こし、山上の戦いがまだはじまらないうちから、平地はすでに戦場になっていた。

横山新蔵と同僚たちは治安維持のために必死で奔走した。花蓮でもっとも賑やかな春日通りと黒金通りにある商店や食堂、居酒屋は、あとの不慮の災いを避けるため、みな店を開けようとしなかった。

討伐隊のなかで、横山新蔵は軽機関銃隊に配属された。塹壕に隠れて銃をかまえ、いつでも敵を攻撃できる姿勢をとった。戦いは七十四日の長きにわたった。はじまったばかりの頃の日本軍兵士は意気軒昂で、彼も口元を引き締め、下顎を押さえて精神を奮いたたせ、大敵に臨むがごとしであった。

こうした状況がいくらもつづかないうちに、今度は連日の暴風雨にみまわれた。軍人たちは不潔な泥水を飲み、誰もが吐いたり腹を下したりした。コレラにかからなかった者も、赤痢や腸チフスのために次々に倒れた。横山新蔵は瘧《おこり》になって、塹壕の中で寒がったり暑がったりしていた。風雨が止み、猛烈な日差しが照りつけた頃には、彼はすでに青息吐息だった。かすかに大砲の音が聞こえ、すさまじい絶叫が絶えず耳に届いた。

佐久間総督がセラオカフニ断崖から落ちて負傷すると、日本軍は総督の仇とばかりに、眼を血走らせ、くりかえし集落を砲撃した。女や子どもにも容赦なく、一族皆殺し式の虐殺を行なった。

七十四日間にわたる戦役で一度も発砲しなかった横山新蔵は、日本がタロコ族を征服したあと、巡査部長に昇格して、立霧山のドンビドン駐在所の責任者になった。学歴のない彼は、この推挙には堪えないと深く感じ、むしろ直属の長官から叱責されて職を失い、日本に送り返されたほうがよいのにと思った。

赴任のために山を登っている途中、横山新蔵は自虐的になることで、自分を抜擢してくれた長官に報いた。ある渓流にさしかかったとき、彼はポケットから小さな紙包みを取りだして、流れに投げ入れた。紙包みが流れにのって消えると、彼の口元に笑みが浮かんだ。もう二度とキニーネを服用して瘧を治すまい、発病したときはむしろ熱や悪寒のためにうわごとを言ってでも、肉体を苦しめることで自分を苛《さいな》もうと思った。

冬になると、海抜二千メートルあまりの高山は寒さもひとしおだった。横山新蔵は毎日早起きして、東の皇居の方角に向かって遥拝した。それから肌脱ぎになって、氷のはりそうな桶の水を、次々に頭からかぶり、自ら不浄と思っている身体を清める。寒さのために青紫になった唇が震えたが、必死で歯を食いしばり、うめき声をあげることはしなかった。

罪滅ぼしに手柄を立てようという気持ちから、深く天皇に恩を感じる羞恥心を原動力に変え、新任の巡査部長は蕃務工作に全力であたった。大風が吹こうが雹が降ろうが、彼は毎日朝晩二回、何里も歩いて管轄地を巡回した。道路や橋が安全に通れるかに注意し、蕃民の動きを監視して、賭博やけんかなどの違法行為を取り締まった。

職務を遂行しているあいだ、横山新蔵は見聞きしたことを詳細に手帳に書きこんでおき、駐在所に戻ったあとでさらに日誌に書き写した。夜になると弱々しい灯りの下で、山の郵便事情の悪さにより時期遅れになった警察雑誌を苦労しながら読んだ。深夜まで読みつづけ、それから月例報告も書いた。彼はつねに年中無休で、毎年皆勤だった。

月姫が幼い頃、父親は彼女の手を引いて散歩し、よく石積みの記念碑のところへ行った。上には細長い木の板が立てられ、毛筆でこう書かれていた。「タロコ戦役巡警殉難諸士之碑」。父は背筋をピンと伸ばして、慰霊碑に敬意を表した。その表情はすこぶる複雑だった。

ドンビドン駐在所からそう遠くないところに佐久間神社があった。日本政府はタロコ社の征服に功績があった総督を感謝し偲んで、樹齢千年の檜を伐採し、立派な神社を建てた。神木で造った鳥居のまわりには、日本から移植した桜を一面に植えた。付近には寝室も備えた撫子小学校のほかに、療養所、教育施設、そしてバーのある快適な旅館などがあった。

佐久間神社の毎年一月二十八日の祭りには、いつも千人くらい集まった。遠く花蓮から上って来る参拝者のみならず、現地の山の民もともにこの一大イベントに参加した。

現在この佐久間神社は月姫がもっていた『台湾写真帖』の中にしか存在しない。日中戦争が終わったその年に、山に大きな台風が来て、風とともに降った大雨で神社全体が流され、日本帝国主義の敗北を決定づけた。冥冥のうちにみな定めがあるものだ。

横山綾子は夫の立霧山転勤に随《したが》って、山の砦のような駐在所の傍らにある宿舎に住んだ。四方は果てしなく広がる高い山に囲まれていた。

宿舎の前から木の階段がまっすぐ下りて、断崖の所までつづき、峡谷の絶壁にはゆらゆらするケーブルワイヤーのつり橋がかかっている。それが山のなかで唯一下界と通じる道であった。つり橋には二尺ほどの幅の木の板が敷いてあったが、幅は畳より狭かった。橋自体も長く、片方の端に立って霧の立ち込めているつり橋を見わたすと、もう一方の先が見えないことがしばしばだった。峡谷はなおのこと底の見えないほど深く、断崖から石が落ちると、水に落ちるドボンという音が聞こえるまでにかなりの時間がかかった。

このぽつんとかかっているワイヤーのつり橋に、横山綾子が肝をつぶしたのは言うまでもないが、臆病な山地の少年も渡りたがらなかった。橋のたもとまで来て、驚いて真っ青になり、必死であとじさりするばかり。いっしょにいた部族の者が少年を橋板の上まで押し出すと、彼は四つん這いになり、犬のように這って前に進んだが、やっぱり渡れず、部族の人たちは怒ってその子を殴って気を失わせ、前後をかついで渡った。

人間ばかりではなく、豚も渡るのを怖がった。横山綾子は、一頭の豚が橋のたもとでぐずぐずして渡ろうとしないため、飼い主がやむなく縄で前足を縛り、無理やり引っ張って渡ったのを見たことがある。

駐在所の日本人警官は駕籠《かご》に乗って橋を渡ったが、それにも紆余曲折があった。山地の駕籠かきはまず足で橋を蹴って揺らしておいてから、その揺れに呼吸を合わせてゆっさゆっさと橋を渡る。竹で組んだ駕籠は高さがあるし、屋根もない。駕籠に乗った人物の位置はワイヤー橋の両側のネットより高くなるので、ネットの外に出ているようなものだ。よほど肝のすわった人でもその万丈の深い谷を見下ろす勇気はない。万一落ちでもしたら、骨も残らないほどの悲惨な死に方をするだろう。

担ぎ手は駕籠に乗っている日本人が怖がるのを見ると、わざと悪さをした。橋の真ん中まで来たところで疲れたと言い、止まって休みながらタバコを吸って、威張ってみせた。

ドンビドン駐在所では警察力を強化するため、新竹から若い警官を転勤させた。彼は新婚の妻を連れて赴任してきた。妻は明らかに準備を整えてきていた。紅梅の着物の上に厚い外套を着て、頭には登山用の、防寒と雨除けのための頭巾《ずきん》をかぶり、顎の下には襟巻を巻いている。彼女は霜が降りたあとは、山の上では温度差が激しいことを知っていた。

下駄履きの花嫁がつり橋の一端までやって来て、雲や霧の立ち込めた隙間から、寒風に吹かれて揺れているつり橋を目にすると、彼女の身体もそれにつれて揺れた。高山病の発作が起きたのだ。花嫁は手で顔を撫でながら、しばらく思案していたが、とつぜんくるりと身を翻し、つり橋に背を向けて戻っていった。夫をひとりで赴任させたまま。

戻る道もそれほど平坦ではなかった。午後ひとしきり降った雨で、断崖に生えていた何本かの大木が押し流され、岩といっしょに転がり落ちて道をふさいでいた。花蓮から派遣された迎えの車も通ることができず、その新妻はしかたなく二里のぬかるみ道を泥と水にまみれて歩き、散々な姿になってやっと車上の人となれたのだった。

若い警官の新婚の妻は橋を渡る勇気がなかった。聞くところによれば、船に乗って北海道の実家に帰ったそうだ。横山綾子は残った。彼女は自分がこの山上に棄てられ、世の中と隔絶してしまったように感じた。二ヵ月間長雨が降りつづきその勢いがひどい時には、山々の遠近も見分けがつかず、一面真っ白になった。豪雨は滝となって原始林のなかに隠れ、雨音に伴なわれて昼夜を分かたず激しい勢いで流れくだった。その音のうるささに彼女の頭は割れそうに痛んだ。

雨はついに止み、山も谷も静まりかえった。横山綾子は立ち上がって雨戸を開けながら、自分の履いた足袋が畳の上を歩くときに立てる音に驚かされた。彼女は立っていられなくなって座り直し、顔を撫でた。自分がなぜここにいるのか、なぜこのヤモリやムカデの出没する山の上に追い払われ、毒蛇や入れ墨をした蕃人といっしょにいるのか、分からなかった。

横山綾子はただ一人の女として分を守り、自分の小さな世界で落ちついて暮らしたいだけだった。

彼女が嫁いだ相手は名古屋のある呉服店の店員だった。この古風な店は看板を高く掲げていて、外から厚い暖簾をめくると、赤い漆の格子戸の内側にある桐簞笥には、高価で精美な錦織や香雲紗、京都の縮織《ちぢみおり》が並べられていた。店の中は明るくてかなりの奥行があり、反物を広げて身分の高い人や金持ちの客に選んでもらうにはうってつけであった。

綾子はてっきり夫は絹織物の山の中で一生を過ごすのだと思っていた。彼女が花嫁道具の足踏みミシンを使い、和裁の先生である宮本さんの奥さんから習った腕を活かして誰かの手伝いをすれば家計の足しにできる。子どもができたら――できれば女の子がいいが――きれいな捺染《なっせん》の振袖を着せ、名古屋の川べりに晒してある絹布のあいだを蝶のように行ったり来たりして遊ばせよう！

夫が苦労のすえに番頭になったら、彼は帳場の机のむこうに座って算盤をはじく。誰かに友禅染の鑑定を頼まれるたびに、店員たちに籐あじろの上にそれらをひろげさせ、番頭が引き取るかどうか決める。また別の人はデザインした帯の図案を彼に目を通してもらい、彼の意見をもらう。もし小さい女の子の着物に合わせるのだったら、帯はあまりあっさりして上品すぎるものではなく、少しあでやかなほうがいい。そのあとで、彼が長年の経験に基づいて、手織り機で帯を織ってもらうよう適切な職人を紹介するだろう。

春になり川辺の公園の桜が満開になって、夫がいっしょに花見に行こうと誘ったら、彼女はちょっと恥ずかしそうに承知して、夫の二歩後ろから歩いて花見をするだろう。

なぜ自分を外の世界に連れてきたのだろう？　綾子は心の中で夫を恨めしく思った。


山の中の一日は長く、時間は遅々として進まなかった。やり過ごされるべき時間をどうやって過ごしたらいいのだろう？

横山綾子は化粧に時間を費した。毎朝、寝室の隅に四角な蒔絵漆の鏡台を持ちだして座り、表側の折りたたんである鏡を開いて、白い布巾で鏡の面のほこりをそっと拭う。汚染されていない山間部では、鏡は汚れるはずもなかったが、それでも彼女は注意深く何度も拭いた。

拭きおわると、あいかわらず真っ白なままの布巾をきっちり真四角にたたみ、立ちあがって土間になっている台所へ行き、水を汲んで手を洗う。一本一本の指を開いてすっかりきれいに洗う。

それから鏡台の前に戻って、下の引き出しを開け、おしろい入れを取りだす。おしろいは人に頼んで故郷から持ってきてもらったものだから、大事に使わなければいけない。ゆっくりと薄く、きめ細かくムラのないように塗って、たっぷりと時間をかける。

今朝も、綾子はいつものように鏡台の前に座ったが、あまり興がのらなかった。あのつり橋を渡ろうとせずに身を翻して下山していった花嫁の後ろ姿が、何日もずっと彼女の心にまとわりついて離れなかった。機械的におしろいを塗りおえると、綾子は鏡の中の白塗りの顔を見た。これが自分なのか？　ハンカチでそっと唇の端まではみ出しているおしろいを拭い取り、唇をゆがめた。鏡の中の口をゆがめ変形したその顔は、まるで泣いているようでもあり、また悪意をもって笑っているかのようでもあった。

あわてて上半身をのけぞらせ、綾子は目を伏せた。鏡の中の自分を見る勇気がなかった。自制心を失うわけにはいかない。

太陽が居間の出窓から上ってきた。いつもならこの時刻には、彼女はすっかり身じまいを終えているはずだった。既婚女性を表す丸髷を一糸乱れぬように梳《す》きあげ、藍の絞り染めの浴衣を脱いで、普段着に着がえ、静かに宿舎の前の山並みに向かいあいながら日の暮れるのを待つのである。

今日、彼女は髪をぼさぼさにしたままで座っている。心の中であの単身赴任の若い警官のことを想った。日が暮れたらまた簫《しょう》を吹きはじめるのだろうか？　彼の泣くような訴えるような簫の音は去っていった若妻のことを想っている。山壁のあいだを縫ってたゆたう荒涼とした簫の音は、山の上をいっそう寂しく感じさせた。

住みついたからには生きつづけなければならない。

四年半前、彼女は夫と汽船に乗って基隆に上陸した。町の様子を見ると想像していたより栄えていた。夫は花蓮に派遣されて巡査になった。綾子は嫁入り道具の足踏みミシンを持ってこなかったことを後悔した。あれがあれば、警官の奥さんたちの縫い物を手伝ってあげられるし、裕福な客家《ハッカ》人の娘のために日本風の花嫁衣裳を考えてやることだってできるのに。

あまりにも重くて運搬には不便なので、綾子はミシンを実家に置いてくるしかなかった。それがぽつんと日本に残されていることを考えるたびに、目がうるんだ。

タロコ戦役の翌年、花蓮港庁タロコ支庁に九カ所の「乙種蕃童教育所」が設立され、佐久間総督の、蕃人を文明開化に向かって邁進させようという理想が実現した。植民地政府が費用を出し、集落の児童に日本語を教えた。目的は彼らを日本人に育成することであった。

綾子は集落の女の子たちに裁縫を教えた。こうした山地の女の子たちは、とがった竹片で耳たぶに穴をあけて、真珠貝の殻をつなぎ合わせた耳飾りをつけ、首には貝殻や獣の牙、ガラス玉、ボタンなどをつないだ首飾りをかけていた。

首飾りのすばらしさにくらべ、着ているものはたいしたことはなかった。彼女たちは手織りの苧麻《チョマ》（カラムシの別称）の目が粗くて硬い布で、袖の無い筒型の服を仕立て、さらに二枚の布で下半身を覆っている。まず腰の左を覆い、両端を腰の右のところでつなげて腰布にするのである。右腰から露出する太ももを覆うために、袈裟のような肩掛けを左の肩から斜めに垂らす。男性用の肩掛けと同じで、みなPadaと呼んでいた。

綾子が山に来たばかりの頃は、苧麻織の布はみな無地で、灰色じみた黄色をしており、ごわごわしたものばかりだったが、最近、一年たってようやく、生成りの麻糸のあいだに赤や紫の毛糸を混ぜ、幾何学模様をくりかえす図案が見られるようになった。

しかしながら、横山綾子の裁縫の技術は、山地では活かしようがなかった。

住みはじめて二年間経っても、横山綾子はあいかわらず台湾の気候に慣れなかった。あきらかにもうすっかり秋になり、茶色の秋物を着るべき時なのに、ここでは浴衣を着ていても暑く、カエデの葉が色づいて落ちないうちに、枝先にはもう競いあうように新芽が出ていた。時期に合わせて咲かない花はとりわけ興醒めだった。垣根の外のブーゲンビリアの赤紫のあでやかな花は、一年じゅう勢いよく咲きほこり、しぼんで落ちることはなかった。

花は疲れも知らず咲きほこるが、見る人は逆にぐったり疲れる。

彼女は四季の鮮明な故郷をたまらなく恋しく思った。雲にも月にも花にも季節の変化に趣が感じられる。四季の美しさは綾子に幸せを感じさせる。春が来て、雪が解けると、小さな草が地下から芽を出す。早春の柳の木の新緑は、この世のものと思えないほど美しい。満開の桜が咲きほこる光景には、誰もが生きていてよかったと思わされる。

雲仙ツツジ（ミヤマキリシマ）、サツキ、シャクナゲの花が散ると、秋には山じゅうのカエデが赤くなり、次々に森を染めていく。そして初雪が舞い……。

綾子は手にした扇子をパタパタと開いたり閉じたりした。立霧山の季節には秩序がなく、彼女はどうしていいか分からず、ひどく悩んだ。彼女は故郷の家から持ってきた紙屏風を取りだした。そこには「年中行事」と呼ばれる、日本の節句、行事、旬の食材、毎月のやるべきことが描かれていた。綾子は屏風に描かれた季節に合わせて日々を過ごすことに決めた。

食器戸棚のなかに二組の食器セットがあり、屏風絵の行事暦は、夏は素麺を食べる季節であることを示している。綾子は外の天気に関係なく、夏用の食器を出して素麺を食べた。彼女は戸外では灼熱の太陽が照りつけているのにもかかわらず、八月を過ぎると、自らにもう秋なのだと言い聞かせ、夏用の白や水色の衣服をしまいこんで、まだセミが鳴いていることや、自分がまだ汗をびっしょりかいていることも気にしなかった。

綾子にしても、ただ飲食に使う道具と衣類の色や材質についてのみ、屏風の中の四季に応じてひとりよがりに暮らすことができるだけで、季節の変化に従って、故郷で行なわれていた祭りや儀式については、記憶をたよりに思い出すしかなかった。このことが綾子にとってはとても残念だった。さいわい彼女は娘の月姫をこの荒れた蕃山に連れて来ておらず、吉野移民村に預けていた。山本一郎の家で日本の農家の暮らしをさせているから、多少まともな子ども時代を過ごせているはずだ。年端も行かない娘を母親のそばに置かないでいることが、綾子にはとてもやましく思われた。月姫に会うたび、ひしと胸に抱きよせ、いとおしさに涙を流すばかりだった。

綾子が異郷と思っていることに、ドンビドン駐在所の巡査部長である夫の横山新蔵は同調できなかった。

どうして異郷などであろう？　足元に踏みしめている土地だ。彼はおごそかに言った。

「ここは天皇陛下の治められている土地だぞ！」

妻は山の上の冬の、日暮れが早いことに不平をもらした。午後四時には日陰の山壁まで行かなくても、あたり一面が暗くなる。気温が低くても雪は降らないので、いっそう不気味な冷たさを感じる。彼女の心も外の気候と同様にひんやりとしていた。

だが横山新蔵は山上の自然の景色を楽しむのが上手だった。彼はいろいろなことに目をとめた。春の朝は山頂がしだいに白んでくると、紫色の雲が広がる。夏の夜にはホタルが木々のあいだで光り、夜空の星と優劣を競う。秋の夕暮れには、遠く鳥たちが群れをなして帰ってくるのが見えた。

「冬は、そうだなあ、山の上の冬はちょっと寂しくなるなあ」

どうしたら妻にこの山上に対して帰属感をもたせることができるだろうか？　横山新蔵は家の前にひろがる一面の砂利地を見ながら、あることを思いついた。この二千メートルの山の上に築山や曲水のある日本庭園を造ろう。

彼は人に頼んでまず整地をしてもらい、まわりに草花を植えた。さらに庭の隅に棚を作り、ウリの種をまいて蔓をはわせた。横山新蔵は日本から送られてきた雑誌の中から石灯籠の写真を切りぬいて、集落の彫刻の上手な石工にそれに似せて二基の灯籠を彫らせ、人工池のほとりに置いた。

整地のために掘りだした石で、有名な水戸の「偕楽園」をまねて築山を作り、さらに庭の入り口から玄関まで細かい石を敷いた砂利道を通した。横山新蔵は日本式庭園を立霧山上に運び入れたのだ。彼は庭にたたずんで、いかにも自然に見えるが実はわざわざ積み重ねて作った築山を見ながら、すこぶる得意であった。もともとは妻のために造った庭園であったが、完成してみると、横山新蔵は我ながら上出来だと思った。

朝早く、彼は庭園の踏み石を歩いて、垣根に巻きついている満開の牽牛花《けんぎゅうか》をながめた。ひと茎摘み取って、花弁の上の露をはらうと、心打たれるものがあった。牽牛花は茶道の朝の点前《てまえ》の時に活ける花で、咲いてじきにしぼむので、別名を朝顔という。

むかし名古屋の呉服店の主人が茶会を開くとき、茶室の床の間にはいつも一輪の花を活けるだけだった。いまにも咲きほころびようとしている一輪の花。主人はこう言った。一輪の花は百輪の花よりも美しい。

横山新蔵は庭園の西の角の空き地を見ていた。あのコノテガシワの木の下に小さな茶室を造ったらどうだろう。茅《かや》葺き屋根の草庵にして、割り竹と生石灰を混ぜ合わせた土で壁を作れば、素朴な農村の自然の趣を発散して、禅の雰囲気に富む。茶室は小さくて、畳二畳分の大きさ、夫婦ふたりがやっと向かいあって座れるくらいでなければいけない。

綾子はその台湾コノテガシワをどけて、日本の松の木を植えるよう提案した。地面には踏み石を並べ、つくばいと石灯籠を配せば、茶室の静かで趣のある風情が出てくるというのだ。

綾子は茶の生産で有名な静岡県に近い村で生まれた。付近の茶摘み女たちは夕方仕事が終わると、よく綾子の家のそばの道沿いにある茶室に集まって、質素な陶器の茶碗で茶を味わっていた。茶を飲むまえに、まず茶碗を手の中でまわし、陶器の美しさを味わった。綾子の和裁の先生である宮本夫人はさらに茶道にも詳しかったので、綾子は見たり聞いたりしているうちに自然と覚え、多少は茶道の心得を学んで、季節の花や掛け軸の取り合わせ方を知っていた。

結婚後、夫に随って神戸から汽船に乗り台湾にやって来た。途中で、陶器で有名な瀬戸を見物した。川べりの工芸品の茶碗を売る小さな店で、綾子は自分が茶陶について知っていることをたよりに、旅行用の織部焼の茶碗を一セット選んでそこを訪れた記念にした。

これらの茶碗は著名な茶人千利休の弟子である古田織部の風格をまねていた。彼の作った陶芸茶碗は初期の淡い単色の釉薬《ゆうやく》から一転して、多彩の作品で知られるようになった。豪放で重厚な造形、釉薬は厚くかけられ、しかもわざと不均衡にかけてある。暗褐色と緑色で色づけされた海草や植物は、輪郭が大胆で簡潔に描かれている。

この茶碗は木箱に収めたまま、まだ使ったことがない。もし蕃人の住む山でうまく使えたなら——と横山新蔵は考えた——かなり意味のあることができるだろうに。彼は茶室が出来上がったあとのことを想像してみた。仕事から帰ると、茶室の外で金モールのついた黒い帽子を脱ぎ、警官が身から離すことのないサーベルをはずす。桃山時代に茶道を奨励した豊臣秀吉のように、武士は茶を賞味することにより心を静めるのだから、茶室に入るまえに、刀や脇差などの武器を庵の外に置いて、狭い茶室の中ににじり入り、碗を手にして雑念を取りのぞくのだ。

横山新蔵は仕事のあいまには時間を作って茶室にこもり、心静かに茶を飲み、自分の心を見つめたいものだと思った。

綾子は夫の手から陽にあたってしおれかかっている朝顔を受けとり、そっとため息をもらした。この紫色の花はひょうたん型の陶器の花瓶に挿したら、どんなにか斬新なものになるだろう！夫の影響で、彼女も茶室の構想に興味が湧いた。

西の隅に炉と茶釜を置き、黒木の箱に茶をたてる時に使う湯杓《ゆしゃく》や茶さじなどの道具を置く。彼女はそこに並んでいる木の箱の中から瀬戸で買った茶碗を取りだして、夫婦で向かいあいながら茶を味わう様子を想像した。

「……春に濃茶を飲む。新緑の萌えはじめに、取り合わせる花は菖蒲だ。水盤に美しい菖蒲を活け、床の間の掛け軸は春の色合いのものを……」

夫の花をながめている姿に引きよせられて、庭に下り立った綾子が、今見たばかりの屏風の上の季節では、春に飲む茶についての道理が語られていたのであった。

茶室の工事がまだはじまらないうちに、ブヌン族の住む丹大山《たんだいざん》カシバナ駐在所で事件が起きた。十月のある日の正午ごろ、巡査部長の南彦治と駐在所の部下の九名の警官とがテーブルのまわりに集まって昼食をとっている時のことだった。とつぜん十数人の蓬頭垢面《ほうとうこうめん》のブヌン族の人たちがひどい剣幕でやってきて、茶碗を割ったり、テーブルをひっくりかえしたりし、蕃刀を振りあげてめちゃくちゃに切りつけた。たちまち銃声が起こったが、十名の日本人警官は全員首を斬り落とされた。蕃人たちは斬り落とした首を刀の鞘にくくりつけ、建物に火を放った。駐在所は燃えさかる火の中で焼けおちた。

日本人はブヌン族を「高山を縦横に行き来する者」と呼び、彼らの気質が剽悍《ひょうかん》で、順応性が低いとする。集団で海抜二千メートル以上の高山を歩きまわり、行動は敏捷で、統治者が山地に切り開いた交通経路から遠くに離れていて、日本の警察がもっとも頭を痛めている民族だと認定していた。

高山で独立独歩の生活をしているブヌン族は、立霧渓畔に住むタロコ族とはべつに仲が好いというわけでもなかった。しかし、両族とも日本人による統治に対して同じような敵愾心を抱き、共通の敵とみなしていて、ともにこれを取り除くことを快とする気持ちをもっていた。

カシバナ駐在所の惨劇のことが広まると、タロコ社の人々の心は浮きたった。横山新蔵が聞いた情報提供者の報告によると、蕃人たちは山林場の漢人の伐採作業員がタロコ族の若い女を誘惑したことに不満を抱き、それを口実に首狩りを考えているという。族中の額に入れ墨をした勇士たちが断崖の林のなかに出没して、仲間からはぐれた伐採作業員を襲撃し、まず身の毛もよだつような恐ろしい叫び声をあげて、敵の肝を打ち砕く。

首狩りは成功し、歓呼の声が山じゅうに響きわたった。斬り落とした首は刀の鞘にくくりつけられている。一族の人たちは凱旋してきた勇士のために祝宴を開き、夜通し歌い踊った。その無類の騒がしさにより、わざとドンビドン駐在所の警官たちに勢いを示した。

横山新蔵は腕組みをし、暗い顔をして考えこんだ。今回、タロコの蕃人たちは漢人の頭を斬り落としたのみならず、山の中腹に住む漢人の家を攻撃し、弓矢を使って火を放ち家を焼いて、家の中にいる人たちが出て来ざるを得ないようにしむけた。攻撃された側はほら貝を吹いたり銅鑼を叩いたりして警報を発し、ひどい騒乱状態になった。横山新蔵はタロコ蕃の弓矢の技術の高さをよく知っていた。彼らはこの無音の武器に精通していて、けっして無駄な矢を放つことはない。

横山新蔵は自分の管轄下にある蕃人たちがいまにも動き出そうとしているのを感づいた。万一彼らがブヌン族に呼応して、連合して謀反を起こしたなら、大乱になり、中央山脈全体が危うくなる。彼は海鼠《ナマコ》山に駐屯している日本の軍隊が出動するまえに、妻に夕食を特別なご馳走にするよう言いつけた。彼は援軍の到着以前に、みなが難に遭ってしまうことを心配した。

綾子はずっと使わずにいた陶器の大皿を取り出した。それは茶道具のセットといっしょに瀬戸で買ったものだ。古田織部に似せて作られた扇形の皿で、蓋のつまみは竹の節の形をしている。わざときっちり蓋が閉まらないようになっていて、隙間から皿の底の模様が見える。蓋を開いたあとは、食べる人が食べ物を挟みとるにつれて、しだいに底の模様があらわれ、食べながら鑑賞できるようになっている。

横山新蔵は大事にしまっておいた月桂冠の清酒を開け、夫婦で盃を交わしながら飲んだ。彼は酒で湿った八の字髭をしごきながら、かすれた声で言った。

「ああ、これが最後の食事になるかもしれんなあ！」

夫婦はたがいに杯を挙げて飲みほし、そして泣いた。

夫が山に来て以来見せたことのなかった気弱そうな様子をしているので、綾子は不安ながらも愛おしさがつのり、自然と彼にもたれかかっていった。ほろ酔い加減の夫は盃を置き、とつぜん荒々しい動作で彼女を畳の上に押したおした。妻の着物の裾をまくりあげ、これまでにないほど情熱的に彼女と情を交わした。人生最後の激情は、激しさのなかにも自暴自棄なところを帯びていた。

夫としては自分の胸のなかで両肩を震わせている妻が、これほど魅力的だったのは意外で、思わずうつむいて、何度もその白い首すじに口づけをした。

翌日秋セミの声で目覚めると、彼は肘枕をしながら、これまでになかったような目つきで黎明のなかの妻の横顔を見つめ、昨夜の激情のために少し傾いた丸髷を撫でた。まさにこの瞬間、彼は妻が好きになった。ともに白髪まで添い遂げたいという想いが、ふいに強烈にこみあげてきた。

綾子は目を覚ますと、目をみはって傍らの夫を見た。身体の向きを変えて彼と抱き合い、喜びのあまり泣きだした。

また一日生きのびた！

昼にならないうちに、蕃人たちがまた歌を歌いはじめた。山壁にこだましつつやってくる歌声は谷じゅうに鳴りひびいて彼らを包囲している。声をそろえた歌声は、魂を突きぬける。その声はあまりにも寂しく悲しげで、まるで尽きることなく無辜《むこ》の思いと怨みを訴えているようだ。心配でいてもたってもいられない綾子は耳を澄まして、幽かな歌声のみなもとをさぐった。歌っている者たちは誰かがその出どころを探っていることに気づいたかのように、とつぜん歌声をやめた。綾子は驚きうろたえた。

今夜もまた長々しい眠れぬ夜になるだろう。夜も更けた頃、あの恐ろしいほどに煌々とした月が木の梢まで昇ってきた。ほの暗い林の後ろからしきりに獣のほえる声が聞こえてくる。まるで狐の提げた提灯の赤い光が山の麓をころがって行くようだ。

綾子は夫に、この危険きわまりない山を離れて、日本の両親に会いに行かせてくれと頼んだ。異郷での歳月が彼女と肉親を疎遠にしていた。

「家を離れてからずいぶんになるわ。田舎の言葉も忘れたら、帰れなくなるかもしれない」

ほんとうは自分がまた身ごもったことを話そうと思っていたのだが、夫があまりにも厳しい顔つきをしていたので、彼女の口から出たのは、実家の庭にあった二本の柿の木の話に変わっていた。

「きっとぎっしり実がなっているはずよ。ひと目でいいから木になっている柿が見たいわ」

「実家の柿の木を見に帰るだと？　こんな時期にか？」

夫は承知しなかった。

カシバナ駐在所の惨劇が発生してから二カ月半たった。立霧山の蕃人が首狩りに出たあと他の動きはなかった。横山新蔵は自分を慰めるかのように妻に言った。

台東のある駐在所の巡査部長は、プユマ族の頭目の信頼を得るために、自分の十一歳になる一人息子の太郎を頭目の家にあずけたという。その子に山の民の勇ましさを見習わせたいということで、二カ月後に迎えに行く約束をした。妻は息子がこれきり戻らず、生き別れになると思って、身も世もなく嘆き悲しんだ。

「約束の日になると、朝早く、太郎はプユマ族の人たちに守られて、無事に玄関先に現れた。しかも頭目の贈り物のイノシシの肉やニワトリや卵などをどっさりもって……」

綾子は自分のまだ平らな腹を撫でた。彼女は二人目の子はここでは産むまいと思った。


妊娠した綾子はいっそう憂うつになった。

ある日横山新蔵が仕事をおえて家に帰ると、畳の上にまるく縮こまっていた綾子が、ぶるぶる震えながらいざり寄ってきて、夫の太ももに抱きついた。昼間、褐色の肌の蕃人が、身体をかがめて宿舎のまわりの木の茂みに潜み、じっと家のなかをうかがっていたという。

横山新蔵はそれを聞いてはじめは驚いたが、じきにわけが分かった。そして妻にそれはあり得ないと言った。彼女としても山の砦にある宿舎の防衛体制は厳しく、ほとんど鉄壁の守りであることは知らないわけではなかった。

「周囲には何丈もの深さの塹壕が掘られているし、鉄条網に流す電流も最近また強化された。誤って鉄条網に触れて感電死した野兎を、警護の者が毎日大きな籠にいっぱい拾ってくるくらいだ。蕃人たちはそのすごさを知っている。あれこれやたらに考えるものではない」

綾子の耳に夫の言葉は入ってこなかった。

山頂に建てられた宿舎は、日本の書院造り風に建てられている。この形式と構造は自然に近づき一体化することに重きが置かれているので、中にいると、鳥や虫の声が聞こえる。四方の障子や襖を取りはらってしまえば、柱と屋根しか残らない。家の中にいる人はまるで外に晒されたのも同じで、遮るものがない。たとえ戸や窓をぴっちり閉めたとしても、壁は薄く、戸は紙でできている。

綾子には安心感がなかった。

蕃人が家の中を覗いているのが見えたと思いこみ、真っ昼間も戸や窓をぴったりと閉じて、黒い布で覆った。ひたすらそうすることで外界と隔絶して、あの落ちくぼんだ眼を外に追いやれるようにと願った。どんなに蒸し暑い日でも、綾子は二度と障子を開け放して、以前のように縁側に茣蓙《ござ》を敷いて寝ようとはしなかった。

その覗きの目は始終横山綾子についてまわった。

山に霧が深く立ち込めた十一月のある日、夫は彼女を連れて露天の深水《ふかみ》温泉へ行った。この温泉は花蓮分区の大隊長である深水少佐の発見によるもので、彼の名がつけられている。日本人が谷底の火山岩を開鑿《かいさく》したところ、ゴトゴトと温泉が湧きだしたので、上の洞穴を目隠しに利用して、秘密の天然浴場を造ったのだ。

横山夫妻が温泉に到着したとき、あたりはまだ完全に暗くはなっていなかった。渓谷の対岸の林が綾子の目に入った。数日前の暖かさで、様々な色の山ツツジが丘一面に時ならぬ花を咲かせ、四人の武装した警護が温泉の外で見張っている。綾子は安全だと思った。

夫の後ろに跪いて、ヘチマでその背中をこすった。湯気がもうもうと立っている中で、彼女が夫の肩越しに見やると、岸の白い山ツツジの茂みがちょっと動いたような気がした。丘の上に人がいる。綾子は花の茂みをかき分けるザワザワという音も聞きつけた。

彼女は、弓を背負った人が、つま先立ちに、猿のように斜面を登るのを見たと言った。これは山道を歩きなれている蕃人特有の歩き方だ。

あの覗きの目はずっと彼女に付きまとっている。

横山新蔵は花蓮へ職務報告に行くため下山した。綾子ひとり残して。例の目が黒い布で覆った障子を突きぬけ、彼女の家に侵入する。のしのしと畳を踏む足音が遠くからして、一歩一歩と近づいてくる。綾子は頭からかぶっていた掛け布団がどけられ、蕃刀を喉元に突きつけられたような気がした。彼女は自分の悲鳴を聞いた、まるで遠くから聞こえてくるような……。

横山綾子は、自分は「心の風邪」をひいたのだと言った。鼻が詰まって、ひどい鼻声だ。彼女は自分が創りだしたこの新語に苦笑した。長いあいだ不眠がつづき、朝は起きる理由が見つからず、昼間でひとりでいられない。こうした症状はいっこうに好転しなかった。

6 出生の謎

仕事で体があかないため、無弦琴子は母の月姫の代わりに花蓮へ行って吉野布教所再建後の開眼式典に参加することができなかった。彼女は毎日、朝は早く出かけ夜は遅く帰るという状態で、全身全霊を「Wearing Propaganda 展」の目録作成に傾け、戦争宣伝のための着物類と日夜ともに過ごした。

次から次へと出てくる男物の羽織。長いのもあれば短いのもある襦袢という下着は、袖が大きくゆったりしており、ほとんど千篇一律に戦艦や爆撃機や大型戦車や幾何学模様風の軍隊を印画法で染色してある。一枚また一枚と銃撃や砲撃で都市を攻め落とし土地を略奪している図案。この類の戦争の場面をいやというほど目にし、焼かれた村から螺旋状に立ちのぼる黒い煙を見ていると、無弦琴子は火薬や硝煙の臭いを嗅いだような気がした。

突撃して陣を落とす戦いは男の仕事で、女とは無縁だ。女の天職は増産による報国、最もよいのは大きくなったら軍人になれる男の子を産むことだ。今度の展覧会では女性の着物は数枚選ばれただけだが、日本民族の柔和な一面をもって、婉曲で含みのある手法で戦争を宣伝するものになっている。

薄紅、薄紫、早緑《さみどり》など、色合いが一貫して柔和で優雅な女性の着物は、香雲紗や京都の丹後ちりめんなどの布地に地模様があるだけで、どう見ても普通の着物と変わらない。よく見ると、デザイナーは帯に工夫を凝らしていた。落下傘や飛行機のプロペラや、ジェット戦闘機を帯の上に駐機させ、それによって戦争を宣伝している。しかしながら色使いや造形は優美なことこの上ないすばらしい出来ぐあいで、たとえその中に銃をもって前進する兵士だらけの帯があったとしても、男性用の着物の図案のように一触即発の雰囲気はない。

女性用の着物にはどちらかというと象徴や隠喩を示す図案が好んで用いられる。帯に桜の花が刺繍してあれば、自己犠牲を象徴し、それを身につけている女性は天皇や国家のために死ぬことを誓っているというわけだ。

無弦琴子は一枚の、ある女物の着物に目をとめた。それは日本が満州国を建国して、おびただしい数の日本人が満州に移住しはじめた後、メーカーが移住する顧客のために特別にデザインして提供したものだ。図案はすこぶる人目を引くもので、上半身には日の丸の旗と満州国の国旗がならび、着物の裾には天皇と皇室を象徴させる菊の花がいくつか浮き出ている。中国の領土に満州国を建設し、退位した清朝の皇帝である溥儀《ふぎ》を擁立したことは、日本帝国にとって深い意味をもつもので、両国の国旗をならべた似たようなデザインが、きっと数えきれないほどあるのだろうと、無弦琴子は思った。

念入りに選んで展覧会に出品した女物の着物のうち、彼女がいちばん気に入ったのは特別な絞り染めの、手織りの美しい着物だった。全体は深紅色で、爆撃機が停まっている四本の滑走路は白色になっていて、流麗でしなやかな書道の線のようだ。路は肩から袖へと螺旋状に下がっていく。曲線の部分に淡い灰青色の飛行機が見え、両翼それぞれに日の丸の旗が見える。

この配色やデザイン構想の巧みさにより、ほとんど一分の隙もなく行なわれた着物による宣伝は、いわゆる戦争の美学の域に達している!

おびただしい数の戦争を宣揚する男の子用の着物には、無弦琴子は釈然としなかった。展覧会用に選んだ八十着のうち、男の子用の着物は意外なほど高い割合を占めていた。

日本では一貫して子どもを重視し、とりわけ男の子を大事にする。男の子が生まれてひと月目に神社へ抱いていって祈禱を受けることを、重要な儀式と見なしている。金持ちの家ではその日男の子が着る着物にこだわり、わざわざ人に頼んで意匠を考えてもらう。身分が高く官職などについている家では、さらに世襲の家紋を入れる。

男の子は五歳になると、七五三のお祝いをし、神社に参拝に行く。五月の端午の節句には、男の子のいる家では、屋外に鯉のぼりを掲げて、室内に兜を飾り、子どもは紙で折った兜をかぶって遊んだりする。

父母は、男の子が大きくなって天皇に忠誠心を抱き、お国のために尽くすようにという期待をこうした子ども用の着物のなかに表現する。無弦琴子は男の赤ん坊の腹掛け姿が、戦場に赴く戦士の兜や袖なしの羽織のように描かれていることに注目した。その額には日の丸の国旗が鉢巻としてまかれ、手には手りゅう弾を握って、集団をなして波に向かって前進している。未来の戦士は海を越えて敵を討ちに行くのだ。

ある子ども用の着物では、鉄兜をかぶり長銃をもった三人の男の子が、軍神の旗の下、大砲を背にして突撃前進している。これは実際の事件で、国のために殉死した三人の日本の英雄が、この子ども用の着物の図案では三人の男の子になって英雄の実績をほめたたえている。爆弾を抱えた三人の勇士が中国のある堡塁《ほうるい》を爆破して大穴を開け、日本軍が敵地の長い距離を破竹の勢いで進めるようにしたのだ。敵とともに滅ぶ兵士というのは自爆者の先例であり、のちの神風特攻隊の前身でもある。

この着物を着た子どもたちの父母は彼らが大人になって自爆要員になることを願っていたのだろうか。彼らの位牌が靖国神社に祀られるように？

その他の男の子の着物は戦時中に、小学生の科学教育の教材として出現した。国家の未来をになう大事な子どもたちに、早くから飛行機や潜水艦や砲弾など様々な近代的な武器を知らしめるものや、男の子たちが列になって靖国神社に参拝し戦死した軍人を追悼しているものや、前線の兵士に慰問の手紙を書いたりしているものなどもある。

ある男の子用の、生後一カ月の宮参りの着物を見るなり、無弦琴子はゾッとした。長さは一尺半にも足らず、生地は極上の豪華な錦織で、図案は恐ろしいことに日本軍が南京に侵攻し火の手が天を衝いている光景なのだ。ほかにもう一枚、やはり赤ん坊が生まれて初めて神社に参拝するときに着る物だが、場面はもっと血なまぐさい。小さな着物の背中に右上から斜めに大砲が刺繍してあり、戦闘機から爆弾が落とされている。一面焦土となった地上には地図があって爆撃された南京の位置を示している。

無弦琴子は目をそむけた。

仕事をおえて家に帰る道すがら、彼女はどのような父母が生後一ヵ月の赤ん坊にこのような着物を着せられるのだろうかと考えてしまった。この世に生まれたばかりでまっ先に触れるのが、こともあろうに戦争だとは。何という時代であろう？

生まれてからこの方、ずっと彼女にまとわりついていた疑問がこの時また浮かびあがってきた。軍国主義者が大東亜戦争を発動し、アメリカが台湾を爆撃したあの年、彼女自身はどこにいたのだろう？　台湾それとも日本？　そのとき彼女は何歳くらいだったのだろう？

無弦琴子の子ども時代には空白がある。彼女はほかの日本の女の子とちがって、柄の着物に帯を大きな蝶結びにして、髪にきれいなリボンを結び、お人形のような恰好をして、母に連れられ、七五三の三歳の女の子のお参りに行ったことがない。

家に帰ると、彼女は母が亡くなったあと一度も開けたことのない小さな木の扉を開けて、母の遺品の山の一番奥にしまってあった家族アルバムを取りだした。無弦琴子は自分の写真の無いアルバムの中に自分の子ども時代を探し求めた。記憶のない過去を呼び戻して、何も分からない昔のことを追憶しようとした。

この横山家のアルバムで一番多く頁を占めているのは母親の月姫だ。生まれたばかりの赤ん坊の時の写真や、様々な表情や角度から撮ったひとりのものから、母親の綾子の胸に抱かれているもの、ぷっくりした両足を見せて父親の膝の上に坐っているものまである。その後は、月姫が四、五歳のとき、手に縁飾りのついた麦わら帽子をもって、愛らしげに両親に寄りかかっているものから、月姫が七、八歳になるまでのかわいらしい姿まで、ひとりで撮ったか誰かといっしょに撮ったかにかかわらず、一枚一枚に父母の愛娘をいつくしむ心が現れている。

花蓮の立霧山駐在所の宿舎のまえで撮った家族写真では、無弦琴子の祖父横山新蔵はまだ若かった。とても背が低くて、首が短く、八の字髭を生やしている。腰にはサーベルを下げ、金モールのついた警察帽をかぶっている。また帽子はかぶらず制服だけ着て、足にゲートルを巻いているのもある。その中の一枚は縞柄の浴衣を着て門がまちに寄りかかっているもので、あまり気むずかしげには見えない。

無弦琴子はこれまでに幾度となく、この家族アルバムには、どうして自分の子どもの時の写真が一枚もないのかと、母親に訊いたものだ。

娘の質問に、横山月姫はいつも同じことをくりかえして答えた。

「あなたが生まれた時はちょうど戦争中で、世の中が乱れていた。空襲から逃げるのさえ間に合わなかったのだから、写真どころじゃなかったわ！」

そして娘が他の質問をしないように、機先を制して言った。

「あら、戦争で世の中がめちゃめちゃだったのは、ほんとうよ。あなたのお父さんだって出征して、それっきり帰って来なかった」

この話をするとき、月姫は目をそらして、けっして娘のほうを見なかった。

物事が分かるようになってから、無弦琴子は日中戦争についての歴史的な記録をいくつか読んだ。台湾がアメリカ軍の爆撃をうけたのは、真珠湾攻撃のあとだ。母の話によれば、彼女が三歳の時だった。一九三八年の台湾はまだ平穏で、盧溝橋事件後の中国の抗日戦争は、植民地の台湾にとって、しょせんまだはるか遠くの話であった。

平穏な時代に生まれ、優位な立場にいた日本人が、初めて生まれた赤ん坊の写真を一枚も持っていないなんて、ほとんどあり得ない話だ！

自分の幼いときの記念の写真が見当たらないので、無弦琴子は母に対して強い敵意を抱き、母は自分を愛したことがあるのかとまで疑った。母娘のあいだの亀裂はまさにここからはじまったと言えよう。

表紙のほこりを払い、無弦琴子は深々とため息をもらした。

それに彼女がこれまで会ったこともない、謎のような父親のことがある。

無弦琴子の記憶では、小学校から帰ってくると、母はよく窓辺の籐椅子に座っていた。膝の上にこの家族アルバムを開き、ほおづえをついて、窓の外の小さな庭を見ながらもの思いにふけっていた。時に琴子の帰りが遅くなると、母は電灯もつけず、暗闇の中に座ったまま、心ここにあらずの体《てい》で、琴子が何度も呼びかけて、ようやく我に返った。

こうした習慣は彼女が中学を卒業するまでずっとつづいた。

あるとき彼女が遅く帰ると、母親が暗闇の中に座っていた。パチッと母親の傍らのスタンドのスイッチをつけた無弦琴子は、母の膝の上のアルバムに気がついた。開かれていた頁にあった三枚の写真が引きはがされていて、残った一枚がことのほか目を引いた。

一種不思議な力に引きよせられて、無弦琴子はその残された写真を覗きこんだ。十数歳と思われる若者が一人、茅葺き小屋の前に立っている。着ている着物は写真を撮るためにとっさに羽織ったものらしい。写真はすでに黄ばんで古びていたが、それでも彼の肌の色が黒く、目がくぼみ、輪郭が日本人とは異なることは見てとれた。

この人、誰？　母は言葉を濁し、結局はっきりしたことを言わなかった。

母親の遺品を手にしていると、何十年ものあいだ無弦琴子が忘れることのなかった、茅葺き小屋の前のあの若者の風貌が、数日前に訪ねてきた二人のタロコ族の原住民のうちの、あの若いほうの、傲慢不遜な顔といくらか似ているように思われた。


無弦琴子は娘として花蓮県政府の招待を受けたいと思った。亡くなった母の代わりに、現在は慶修院と改名された吉野真言宗布教所の修復後の開眼供養式典に参加して、この機会に吉安《ジーアン》郷役場に行けたらよいのにと思ったのだ。前回花蓮に行ったとき、彼女がぜひ訪ねてみるべきだったのに、説明しようのない心持ちのために行けなかった場所である。

彼女は吉安郷役場の資料室に行って、日本統治時代の保存資料、すなわち戸籍や身分証明書など、どんな資料でもいいから調べたいと思った。自分の正確な生年月日を知りたかった。母が自分を連れて日本へ帰ったあとで届けた日付は正確ではあるまいと疑っていた。

身分証明書の父親の欄は渡邊照になっている。琴子はその人に会ったこともなく、母がどうして自分の名の上にこの姓を冠したのか分からない。昔の自分があんなに軽率に結婚してしまったことを、無弦琴子は苦々しく思った。実を言えば、母が自分の出生について何かごまかしていることに腹を立て、欺瞞に満ちたこの「渡邊」姓を捨て去るために、彼女は適当な人間を見つけて結婚し、一年もたたないうちに離婚したのだ。夫の家を出るとき、彼女は何も持たず、ただ彼の姓、「無弦」だけを持ち去った。

出生は謎につつまれ、自分の誕生日も実の父親もはっきりしない人間だが、出生地が台湾の花蓮であることだけは確かだった。

母は時によって、真珠湾攻撃のとき彼女は三歳だったと言ったかと思うと、今度は日本の敗戦後、満一歳になったばかりの彼女を連れて国民党政府により日本に送り還されたと言った。彼女は一文無しで、船のなかでは吉野移民村の山本家の小作人にもらった餅を、お腹をすかして泣いている娘に食べさせたという。

もしその言葉が正しいなら、彼女は一九四五年生まれでなければならない。母親に証拠を求めると、意外にもすぐまた言うことを変えて、日中戦争が激しくなり、台湾で皇民化運動が励行されていた時だと言う。総督府はアメリカが台湾を爆撃する前に日本人を引き揚げさせ、彼女たち母娘もその中に入っていたのだとか。二歳の彼女を連れて、到るところ破壊された日本に戻ったが、どこにも行くところがなく、母親は娘を連れて四国徳島の山本家をたよっていった。しかしながら、故郷に戻ってみると、すでに家も田畑もなく、台僑と呼ばれ、冷遇され蔑視された。しかたなく、母親は娘を連れて東京に出た。

結局のところ、彼女はいったい何年にこの世に生を享《う》けたのだろう？　どこの母親が、前と後で話をちがえ、自分の娘の誕生日がいくつもあるように言うだろうか？　無弦琴子は母親の苦衷《くちゅう》を思いやることを拒んだ。一人の「湾生」として台湾で生まれた女性が、素性のはっきりしない娘を連れて階級制度のはっきりしている日本社会へ戻ってきたのだから、落ち着き先を見つけるまでには様々な困難があったことが考えられる。

母親に対する怒りから、わざと母親に逆らって、無弦琴子はありとあらゆることをやった。離婚、中絶、乱交、大麻、六〇年代の全学連、全共闘、デモや授業ボイコット、暴力的デモ行進……すべての過程を歩んだ。

疲労困憊して家に帰ると、母はいつものとおり、膝の上にあの家族アルバムを広げていた。また昔の日々を懐かしんで、記憶の中で生きているのだ。夕日が斜めにガラス戸に射して、母の髪の毛を赤く染めた。彼女の横顔には深いしわがいっぱいに寄っている。無弦琴子は初めて母が老いたことに気がついた。

足音を聞いて、母が振りかえり、自分は今どこにいるのかと娘に訊いた。花蓮、それとも東京？　庭の柿の木を指さしながら、この木を初めて見たと言った。

母の足元に跪くと、無弦琴子は母の膝の上にあったアルバムをどかし、その膝頭を撫でながら、ぴたりと身を寄せて、声を忍んで泣いた。

横目でテーブルの上にある花蓮県政府の招待状にちらりと目をやった。横山月姫に慶修院の開幕式典に参加してほしいという。無弦琴子は招待状に挟まれていた当日のスケジュール表を抜きだした。四国徳島県真言宗萬福寺の住職、福島誠浄氏が祈禱を行ない、賓客を案内して回廊にある八十八体の本尊の仏像をめぐる。そのあと、午後は吉安郷役場の二階会議室で日本と台湾の高齢者たちによる、吉野移民村の生活史をテーマとする座談会を行なうとあった。

何とか母の代わりに花蓮へ行けないものだろうか。この機会を利用すれば吉安郷の役場へ行ける。彼女は役場の資料室には当時の移民村にいた日本人の戸籍資料が保管されているに違いないと信じていた。移民村の派出所に派遣されていた横山新蔵は、娘の月姫が生まれたとき、きっと出生届を出したに違いない。花蓮県政府がその線をたどって探したからこそ、この招待状は母が当地を離れてから半世紀もたった今ごろ、東京に届いたのだろう。

無弦琴子の想像では、彼女の出生証明書はきっと吉安郷役場の分厚い資料の山の奥底にしまわれ、きちんと保管されて、その当事者である彼女が訪れて発掘するのを待っているにちがいない。この目で見るまでもなく、無弦琴子には分かっている。実父の欄にある名前は渡邊照などであるはずがない。

それなら、いったい誰なのか？　結局、誰が実の父親なのだろう？　無弦琴子はぶるっと身ぶるいをした。まさに真相が明らかになるのが怖かったからこそ、前回の花蓮行きのとき、彼女は吉安郷役場まで行かなかったのかもしれない！

7 太鼓橋の下の黒い石板

母親が亡くなったあと、無弦琴子はある新聞記事を目にした。アメリカの療養所では認知症の高齢者を美術館や音楽ホールへ連れていき、視聴覚芸術によって患者と感情のコミュニケーションを図る。大多数の認知症患者には言語障害があって、話をすることでは自己を表現できないが、ある絵画に向かいあうとか、ある曲を聴くことによって、脳が反応し、甚だしい場合には潜在的な創作能力を喚起して、それまで絵筆など持ったことのない人が、筆を走らせはじめることもあるという。記事によれば、著名なアメリカの抽象表現主義の画家ウィレム・デ・クーニングは、老年になって認知症を患ったが、作品数も多く創作力も旺盛だった。

もっと早くこの記事を読んでいればよかった。無弦琴子は視覚芸術によってコミュニケーションをとるまえに、母が死んでしまったことを残念に思った。

彼女も最近になってやっと母の芸術的な天分に気づいた。あの雨の降った日の夕方、花蓮から訪ねてきた原住民族の客を見送ったあと、無弦琴子が母親の遺品の中に母親の若い頃の台湾の写真がないか探していると、たまたま洋服のデザインのスケッチが出てきた。中にはさらにきちんとたたまれた原寸大の型紙が何枚か挟まれていた。彼女は初めて母の描いた図案を目にした。木炭のスケッチの線は滑らかで、自信に満ちている。

前回、無弦琴子が台湾に行く前の数日間というもの、母は夜、熟睡できずにいた。琴子は何度も夜中に起きて、母親が暗い小さな客間に座っているのを見た。ある時などは部屋じゅうの灯りをつけて、娘になぜ夜が明けないのだろうと訊いたりした。出発の前日、無弦琴子は早起きしたが、母はもっと早く起きていた。あるいは一晩中床に入らなかったのかもしれない。彼女は窓辺のいつもの場所に座って、低くうなだれ、窓の外のほの白い光をたよりに、じっとテーブルの上にひろげた画集を見つめていた。

こっそり母の背後に近づいて肩越しに覗くと、それはアンドリュー・ワイエスの絵『クリスティーナの世界』だった。小児まひの女性が、鑑賞者に背を向けて、草地を這って前に進み、左手の指で前方の農家を指している。

「彼女の顔は見えないけど、彼女が幸せなのは感じられるわ」

ずっと話をするのも大変だった母親が、すらすらと後ろにいる娘に話しかけた。

「どうして分かるの？」

指で絵のなかの農家を指しながら、横山月姫ははっきりした口調で言った。

「だって彼女はあの家に行こうとしているんだもの」そしてちょっと間《ま》をおいて、さらにつけくわえた。「あたしも行きたい」

彼女が指しているのはどの家のことだろう？

「豊田会日本移民村帰郷の旅」の旅行団は、花蓮を後にすると台北市外双渓《シュアンシー》の故宮博物院見学に行き、外務省の雙十節（建国記念日）晩さん会に招かれて、ルーツ探しの旅を無事終了、翌日日本に帰った。

無弦琴子は団からぬけて残り、一人で花蓮をうろついた。

ガイドは彼女が日本人女性一人きりで、言葉も通じないのを見ると、親切にも何軒かのレストランの名を書き出し、花蓮の台湾料理を試してみるよう勧めた。多くの料理が日本料理と混じりあっているため、味も独特で、台湾の他の場所では味わえないものになっている。日本人は海鮮が好きなので、ガイドは現地の特産であるマンボウの腸料理を食べてみるよう勧めた。食通は龍の腸があればこんな味だろうと言っているそうだ。そしてさらに彼女のために一連の観光プランを考えてくれた。文化民俗村でアミ族の民族舞踊を見物し、漁船に乗ってホエール・ウオッチングをしてから瑞穂で温泉に入り、有名な掃叭《サッパ》石柱遺跡を見学する。それから東台湾海浜高速道路に沿って一路南下し、北回帰線標塔を見学する。これらが東部へ来た日本人観光客がかならず訪れる場所だ。

無弦琴子はこうした観光名所のどれに対しても頭を振り、丁重にお断りした。ガイドは彼女のことを珍しいものを目当てにやってきた独身の女性客だと考えて、ルカイ族の老女の手の入れ墨を見に台東へお連れしましょうかと提案した。

「タイヤル族の顔の入れ墨は、珍しくはありませんが、手の入れ墨は珍しいんですよ。ルカイ族は貴族にしかこの特権がありません。しかも両親が特にかわいがっている場合にかぎるのです」

ガイドは老女の両手の甲、腕から指先まで、一筋ずつトーテムの入れ墨があるのだと話した。紋様は部族全体に共通のものもあるし、家族特有のしるしもあるのだという。

「手に入れ墨をするのはかならず処女じゃないといけないんです。そうでないと入れ墨は失敗します」

彼はまた語気を強めて言った。

無弦琴子はあいかわらず頭を振るばかりだった。彼女は一般的な観光客ではないのだ。

彼女は去年の暮れに病気になった母の代わりに生まれ育った場所を訪ねに来ている。母のために記憶の中にある吉野移民村の日本風の太鼓橋を見つけ、橋の下の三枚の黒石板が、まだ今もちゃんとそこに、無事にあるかを調べたい。

「吉野日本移民村ですって！」

またもや故郷探訪にやってきた日本人だ。ガイドはしょっちゅう帰って来ている宮崎さんという老人のことを話しはじめた。父親が吉野尋常小学校の先生で、彼はここで生まれた。自らを太平洋で泳いで育ったと称している。父親は戦争がもっとも激しかった年に日本に帰ろうとしたが、乗っていた船にアメリカの潜水艦が発射した魚雷が命中した。息子の言葉で言えば、父親は自分の肉体を台湾の海に返した。

宮崎老人は「吉野会」の会長で、花蓮に帰るたびにお土産を持ってきて昔の友人たちに贈り、鉛筆や野球道具、絆創膏や外用薬を吉安小学校に寄贈する。

「ご老人はみんなに好かれていて、帰ってくるたびに、昔の友人たちが孫を連れてホテルに会いにきます。昔の話をしたり、日本語の『故郷《ふるさと》』を歌ったりするんです。ご老人は子どもたちに『こがね虫』などの日本の童謡を教えたりして、それは賑やかなものですよ」


吉安と改名した吉野村はどこにあるのだろう。

晩年は病気になっていたとはいえ、彼女の母は移民村の方向と位置はすらすら言えた。春日通りを出て、アミ族の蕃社へ通じる道は高砂通りと呼ばれていた。吉野移民村に行くなら、筑紫橋通りを通る。この道に沿って、筑紫橋まで来ると、橋の上から移民村の農家が見えた。屋根は黒い日本瓦で葺かれていた。朝早く、内地の農家の娘が麦わら帽子をかぶり、牛車をひきながら、村を出て花蓮の町に野菜を売りに行く……。

「そう、筑紫橋、橋の名前がとってもきれいなのよ！」

無弦琴子は母親に、子どもの頃、山本さんが橋の下に敷いた三枚の黒い石板を見たというのは、その橋のことなのかと訊ねた。

老年になって認知症になった月姫は、珍しく意識がはっきりしていて、はきはきした口調できっぱりと答えた。

「あら、それは絶対違うわ。筑紫橋は大きな橋で、車も通れるの。しかも移民村の外では、その道は橋の名にちなんで筑紫橋通りと呼ばれていたのよ。山本さんは七脚川の山から掘り出した黒石板を宮前用水路の——神社の前の小さな太鼓橋の下に敷いたの」

月姫は娘の馬鹿さかげんを咎めた。風景の片隅にある小さな橋と、車の行きかう大きな橋とを、どうしていっしょにできるもんですか。

数日前までの豊田移民村ルーツ探しの旅で、故郷に帰った老人たちは、滄海変じて桑田となるという思いを味わった。戦争の勝敗が故郷を異国に変えていた。無弦琴子はこれから訪れようとしている吉安に対して、少しも楽観していなかった。

「もしかしたら宮崎さんみたいにしたらいいんじゃないですか？　古い知人と会って、昔のいろいろなことを思い出し、小さい頃よく歌った日本の歌を歌うんです」

ガイドは彼女にあまり期待しすぎないようにと言った。


母が記憶の中の移民村について話したところによると、日本式の農家が一列ずつ整然と立ちならび、屋根は日本瓦で葺いてある。骨組みと天井板はみな檜で組み立てられ、壁は編んだ竹に黄土と藁を混ぜたものからできていて、壁の表面には石灰が塗ってあった。檜の羽目板の外塀で覆われていた……。

「家はちょっと粗末だった。だけど、移民に雨風をしのげる『家』をくれたのよ」と月姫は言っていた。

美しい名前の筑紫橋がすでに存在しないのは、無弦琴子がとうに予想していたことだった。当時、四国からの移民は故郷から優れた稲もみを携えてきて、澄んだ甘い砂婆礑《シャーポダン》渓の水を使って灌

漑し、天皇に献上する吉野一号米を生産した。これもすでに歴史となっている。無弦琴子はまっ
すぐなアスファルト道路を行った先に、母の記憶の中の、本島人とは隔離された移民村が出現す
るだろうとは敢えて期待しなかった。そこには日本式の黒い瓦屋根の農家、診療所、小学校、真
言宗の布教所などがあったはずだ。

日本の敗戦後、移民村の農民はことごとく日本に帰らされた。国民党政府の規定では旅費とし
て一人千円だけの現金と、スーツケース一つを持って行くことだけが許された。彼らはとうに田
畑を売りはらい、家産もすっかりなくなって、帰る家もない母国へ帰った。同胞たちはこれらの
帰国した「台湾村」の農民を蔑視し排斥し、歓迎されざる人たちとして、人肉を食らうところか
ら来たかのように見なした。

移民たちが残した吉野日本村は、国民党政府の市区再開発計画によって、道路を拡張され、も
とは碁盤の目のように整っていた日本式村落はめちゃくちゃに壊されていた。当時、北白川宮能
久親王が台湾を帰順させた功績を記念して建立された吉野神社は、記念碑一基のみを残して、蚊
や蠅の飛び交うビンロウの林のなかに打ち捨てられた。無弦琴子は小さな黒蚊の大群に襲われ、
母の思い出のために撮って帰ろうと思った写真の一枚も撮れなかった。

あわててビンロウ園を飛び出し、人々に宮前の日本式太鼓橋は今どこにあるのかと訊いた。住
民たちは誰もがみな首を振って知らないと言う。最後に昔日本人の小作人だった農民を探しあて
た。髪も髭も真っ白になった老人は彼女を兵営の塀の外に連れていってくれた。一本の名前も分
からない大木の下に、「拓地開村」という石碑が立っていた。まわりにはまだ泥がついていて、

掘り出されて間もないらしい。碑文は部分的に厚くセメントが塗られていて、ひと目で故意に破壊されたことが分かる。

　無弦琴子は近寄ってはっきり見えない碑文を読み取ろうとした。老人の説明によれば、日本が台湾と断交したとき、腹いせに壊されたのだと言う。断交のあと、かなり長いあいだ日本人の姿は途絶えていたが、最近また続々とやって来るようになった。吉安郷の郷長が石碑をきれいにするよう命じ、碑文はまた陽の目を見た。

「昔この一帯にはたくさんの日本人住宅があった」老人は腕を左から右へ振って大きな円を描いた。「彼らがいたときは、台湾人を入れなかった。うちの息子が日本人の子どもが野球をしているのを見て、いっしょに遊ぼうとしたんだが、結局日本人のガキにバットで叩き出されちまった。叩きながらどなっていた……」

　無弦琴子はカメラを取り出して、セメントでふさがれた「拓地開村」の石碑にピントを合わせたが、シャッターは押せなかった。彼女は落胆してカメラをおろし、あいかわらずしつこく老人に訊ねた。

「神社の前に日本風の小さな太鼓橋があるんです。私は宮前を探しているんです。太鼓橋の下に敷かれた三枚の黒い石板が見たくて……」

　それが無弦琴子の花蓮に来た目的だ。

「なんの箸《はし》のことを言っているんだね？」

　日本語では「橋」と「箸」は同じ音だ。少し耳が遠くなっている老人は日本語の理解も十分ではなく、こんがらがっている。無弦琴子はあわてて橋のこと、しかも小さな太鼓橋のことなのだと説明した。しかし鶏がアヒルと話しているようなもので、話が通じない。しばらく手まねでやってみたが、やはり要領を得ない。最後に彼女は持っていたガイドブックの上に小さな太鼓橋の絵を描いた。

「小さくて、こんな形をしていて、宮前の神社近くにあったのですが……」

老人は近寄ってよく見たあと、記憶をたどっていたが、結局は頭をはげしく振って、きっぱりと言った。

「宮前には橋はなかった。こんな太鼓橋はなかったよ。日本人がいなくなったあと、わしが最初にここに入って来たんだ。太鼓橋はなかった、まちがいない」

老人は彼女にこう言った。日本人がいなくなったあと、小作農たちが吉野移民村の家屋を使いはじめたが、住んでみるといろいろな問題に気がついた。

「日本人はきちんと整った大通りが好きで、家の門はみんな通りに面している。台湾人の家は東向きなので、西向きの門を閉じて、東から出入りする門に変えた。日本人の台所は、土間というんだろ？」

無弦琴子はうなずいた。

台湾人は大きな台所が好きなので、土間を広げて使いやすくするか、別棟を建てた。それに日本人のように家の中で履物をぬぐという習慣もなくなった。

日本式の農家に移り住んだ客家人は、時がたつと、家の修理が必要になり、費用を節約するために、日本家屋の梁や柱を使って新しい家の基礎にした。

「ある日本人がむかし住んでいた家を探しに来たが、あんたと同じで何も見つからなかった」老人は思い出していた。「わしはその人を客家人の家に茶を飲みに連れていった。日本人はむかしの自分の家の梁や柱がまだあるのに気がついて、古い知り合いに会ったかのように、眼を真っ赤にしていた……」

老人は街角に建てられたばかりの合作金庫銀行を指さした。

「ここにはもともとでっかい日本人住宅があった。去年取り壊して、新しいビルを建てたんだよ」

移民村の日本式太鼓橋は、母親である月姫の作り話なのかもしれない。彼女が想像で作りあげたもので、実際には存在しなかったとか？

無弦琴子はこの考えを否定した。筑紫橋のほうはきっとほんとうにあったのだ。そうでなければ、移民村から花蓮市街に通じているその道を、筑紫橋通りと名づけるはずがない。

移民村の宮前用水路にかかる日本式の太鼓橋は見つからなかった。彼女の手には母が持たせてくれた「花蓮港市街図」があった。彼女は町のなかを地図どおりに尋ね歩き、一歩一歩少女時代の月姫の足跡を訪ね、母がかつて暮らしていた空間をめぐって思いを馳せてみたかった。

往時、カナダの宣教師馬偕《マッケイ》が丸木舟に乗って東台湾に到着し、福音を広めた。彼は自分の目に映った花蓮港についてこう描写している。

「砂と石で築いた海辺の堤防の上に、二列の苫屋《とまや》と二フィート幅の道があり、郊外には少数の平埔《へいほ》族がいる。住民の大部分は漢人で、蕃人との交易に従事し、付近には兵営もあった」

「東部の日本化」という政策の下、植民地政府は花蓮に目をつけ、日本の延長線と位置づけて、そこに日本の都市の複製を作り出した。日本の神道信仰を凝集させるために、まずアミ族の巨人神話伝説の地である美侖《メイロン》山麓に大きな変化をもたらした。荘厳で静謐な大神社を建て、アミ族の聖山を日本の神域に変えてしまった。五基ある鳥居のうち、一の鳥居は勇壮壮観なもので、千年の檜をそっくり使い、全台湾で最も大きいと言われている。どこまでもつづく長い参道には白い玉石が敷きつめられ、両側の石灯籠のあいだごとに日本から移植した松の木が植えられて、神社には天照大神が祀られた。美侖山はもはや天皇の神道を広める自然の地となったのである。

武を好む日本人はさらに山のふもとに武徳殿を建立し、剣道や柔道、武道の試合を行なった。武徳殿とそこから近いところにある野球場は、ともにこれまで見たことのない新しい地域の景観をもたらした。

全面的に計算された計画経営の下に、わずか数年のうちに無から有が生まれ、花蓮は「母国から一千里離れた最も美しい内地式の都市」として建設された。

市街地は交通のかなめである駅から放射状に延び、横に網状に広がる通りがめぐらされた。にぎやかな繁華街である黒金通りや春日通りには、コロニアル調赤レンガ造りの西洋建築の官公庁や公共建築、銀行、郵便局などが林立していた。稲住通り、福住通りには日本風の旅館や居酒屋、歓楽街、花屋などがあり、夜になると客と酒場の女が歌を歌いあった。歓楽を求める客たちは酔わずに帰ることはなく、たらふく酒を飲んで、歌ったり踊ったりした。日本料理屋はいっそうすき間なく並んでいた。

旅行に来たある日本の作家は花蓮の印象を「街角に立つと、日本の市街と変わらない」と形容し、彼をして「あたかも内地の街頭の一角に入っていくような気持ちにさせた」。

日本の下駄を履いた中学生が路地で追いかけっこをしながら笑いあい、着物姿の日本女性が二、三人ずつ連れだって買い物かごを手に、郵便局の脇の市場から出て来る。作家はこう描写している——木の板で造った平屋建ての市場は、「肉屋、魚屋、八百屋果物屋が衛生的な場所に集中して営まれている」。

これらの日本人主婦たちのある人は「勝山堂」の羊羹を買い、ある人は日本人経営の商店で東京から船で届いたばかりのカステラを買う。ある人の買い物かごには京都の有名な「福神漬」や「澤醃《さわえん》」の梅干しや味噌やたくあんなどが入っている。

一人の赤い下駄を履いた妙齢の娘が店を出たとたん、我慢しきれなくなって森永のミルクキャラメルをひと粒取り出すと、包み紙をむいて、誰も見ていないすきにすばやく口に入れた。手で口をおおって嚙みながら、しのび笑いをしている。

作家はこのように書いた。彼はさらに市街地にある三軒の映画館のことに触れている。中でもモダンな設備の筑紫座では、映画の上映のほかにも芝居を上演し、自ら「映画と芝居の殿堂」と誇っていた……。

無弦琴子が母親から聞いた話では、花蓮港庁の建物は賑やかな繁華街である黒金通りの道しるべになっていた。門柱には二つの門灯が置かれ、建物の玄関の二階は塔の形をしており、上に避雷針があった。花蓮港庁は月姫の父で無弦琴子の祖父である横山新蔵に、日本の大阪城を想い起こさせた。当時、橋と同じ名前だった筑紫座が大火に遭って焼け落ちたあとは、観衆は大洋館へ芝居を見に行くようになった。数年後、日本が皇民化運動を推し進めて台湾に対し同化を強化すると、大洋館は日本の武士の任侠話や現代劇の上演に転じた。そして太平洋戦争の勃発後は、布《ポ》袋《テ》戲《ヒ》（人形劇）の人形に和服を着せ、民心を鼓舞するようなストーリーを上演するようになった。


　無弦琴子はバイクと乗用車が競い合いながら走っている繁華街を通りぬけていく。世の中が移り変わって、黒金通りは中華路と改名され、古い地図にある町名はいくら探しても見つからない。大火事で燃えた筑紫座の跡地には三商デパートが建った。もう一軒の大洋館は花蓮で最高級の美《メイ》琪《チー》飯店《ホテル》に変わった。無弦琴子はホテルのコーヒーショップに座り、若い頃の月姫がかつてここで日本の現代劇を観たことに遠く思いを馳せた。

　彼女は誰と芝居を観たのだろう？

　その人がその後自分の父親になったのだろうか？

　みぞおちを撫でつつ、無弦琴子はこの考えに驚かされた。

　もしもかわいそうな母のために日本移民村の太鼓橋の下の三枚の黒い石板を探すという、母自身では叶えられない願いを叶えてやりたいという思いがなかったら、無弦琴子は花蓮の土を踏むことはなかっただろう。ここ数日彼女は自分が生まれた土地にいるのにもかかわらず、帰ってきたという感覚はなかった。彼女はコーヒーショップにいる男女や、通りを行き来する人たちとかかわりを持たないようにした。これらの人々は彼女が日本人だと分かると、ご機嫌取りのために、争って日本語で話をしようとする。旅行会社のガイド然り、ホテルの従業員然り、料理屋の女将さん然り……彼らは一方的に自分たちは彼女と同じ言語で話すと決めつけて、これ幸いと彼女に近づいてくる。こうした訛のある、あるいは発音のおかしい「日本語」が無弦琴子の耳元をよぎると、彼女はいつも腹立たしくなり、知らぬ間に顎を上げ、純粋な東京言葉で返事をしていた。まるでそれによって彼らとのあいだに境界線を引くのだと言わんばかりに。

無弦琴子のこの標準的な東京言葉は学校で苦労して習ったものだ。彼女は早くから自分は完璧な日本人ではないと感じていた。この純粋ではないという意識が自分に欠陥があるような思いを呼び、クラスメートに馬鹿にされないために、アクセントに注意をはらった。あたかも標準的な発音を身につければ、自分が「湾生」二世であり、しかも父親が不詳であるということも忘れられるのだとでもいうように。

なぜ母は最後には追い出されるような場所に生まれ、娘まで巻き添えにしたのだろう？　無弦琴子は心中恨めしく思いながら、コーヒーショップを出て海辺の方向に歩いていった。自分たち母娘があの時ここを離れるために船に乗った港が見たかった。

南浜に着いたとたん、急に視界がひらけた。青い空に無弦琴子は思わず口に出していた。

まあ、日本晴れだわ。

港の岸壁に立って、遠くを眺めると、初秋の東台湾はあいかわらず猛烈な陽光の下にあり、見渡すかぎりキラキラと輝く太平洋が一望できた。范姜義明《ファンジアン・イーミン》の『台湾写真帖』で見た、真っ白な奇萊鼻灯台が今もなおそこに立っている。花蓮港は霧社事件が起こったとき、討伐用の軍需品や弾薬を運ぶために建造された。無弦琴子は母がそう話したのを覚えている。

若い頃の月姫は、しょっちゅう海辺に来て、全体が真っ白な奇萊鼻灯台に向かいながら胸いっぱいに秘めた思いを抱いていた。彼女は一度も娘に心に思っていることを話したことはなかったが、港が拡張される以前に、幾度となく海岸で目にした珍しい光景については無弦琴子に語っている。

日本から来た汽船が入港すると、台湾に嫁いできた花嫁が甲板に立って、白い絹の大判ハンカチを振った。岸のうえで妻を迎え待つ新郎はもっと興奮していて、こちらも必死になってハンカチを振る。一組の新郎新婦は水と陸に隔てられながら、ハンカチを振ることによって一日を一年のごとく思いあっていたことを示していた。

汽船がしだいに海岸に近づき、汽笛が響く。ついに手に手をとって思いのたけを言い尽くせると思った新郎新婦は、感動のあまり目がしらを濡らした。ところが思いがけないことに大波が襲ってきて、汽船を果てしなく広がる海に押し戻した。甲板にいた新婦はすばやく後ろに引き下がり、港の上空にむけて投げられた白いハンカチは、白い蝶のように海中に沈んでしまった。

岸にいた新郎は焦って地団太を踏み、失望の涙が眼からあふれた。海はけっきょく人間の気持ちをよく分かっている。新郎新婦のもどかしさと切なる思いを知り、慈悲の心を発して助けてくれた。一つの大波が汽船をまた岸に近づけたのだ。水と陸に隔てられた新郎新婦はふたたび希望に燃えあがり、熱烈な期待をもった。甲板にいる新婦がますます近づいてきて、今にも上陸して、堅い大地を踏めるというばかりになった。

「海はわざと人をからかっているみたいだった」月姫は目をしばたかせ、いじわるそうに笑った。「また一つ大波が打ち寄せて、汽船はまた海に戻されたの。こうして午後いっぱい、潮が寄せたかと思うとすぐ引いて……」

「最後にはどうなったの？」

「はっ、あんたまであの人たちのために気を揉むのね。結局はやっぱり上陸できなくて、船は高雄《たかお》まで潮の流れに乗っていった。白いハンカチを千切れるほど振って、そのうち見えなくなってしまったわ……」

無弦琴子は母が他人の不幸を喜んでパンッと手を叩き、嬉しそうに笑ったのを覚えている。運よく岸にあがることができた新婦は、彼女によれば、下駄を履いて長くてでこぼこの険しい海岸をよじ登り、こう誓ったと言う。たとえ夫婦仲がうまくいかなくなって離婚したとしても、船に乗って日本に帰ることはしないだろうと。


彼女たち母娘もこの場所から花蓮を離れたのだった。母はかつて、自分はそのまま花蓮に残りたかったのだと言ったことがある。母の言葉が何を指しているのか、無弦琴子には分からなかった。戦時中に自国民の帰国を護送した日本政府に対してそう求めたのか、それとも日本敗戦後になってから、台湾を接収した国民党政府に対して、日本に送還されないよう願ったのか。月姫が話したのはただ、政府が最初は承知したのに、後になって言を改めたため、母娘はやっぱり母国に戻ったということだけだった。

　そこには何年もの開きがある。母が彼女を連れ大阪商船の貴州丸に乗って花蓮を離れたその年、彼女はいったい何歳だったのだろうか？

　また、彼女の父親は誰なのだろうか？

　自転車に乗った若者の一群が、彼女のそばをピューッと音をたてて通っていった。彼らは美しい東海岸沿いに、七星潭《チーシンタン》まで行って清水断崖の夕日を見物するのである。風のように過《よ》ぎって行く後ろ姿を見送りながら、無弦琴子は花蓮の『台湾写真帖』の中の、神社のつり橋の上で自転車を押しながら写真におさまっている范姜義明のことを考えた。

8　東部台湾への避難

横山月姫が持っていたアルバムの中で、分厚くて、版型が一番大きく、装丁が最も精美なその一冊には、台湾の風土や生活の実情の画像が収められている。一枚一枚の風景や人物の写真には、構図の角度や光線へのこだわりがあって、ひと目見ただけでちゃんとした教育を受けたカメラマンの手によるものだと分かる。

この『台湾写真帖』の扉には横山月姫への献辞がある。添え書きされている范姜義明こそ写真帖の著者にちがいない。二頁目は中肉中背の若い男性が一人で写っている写真だ。手で真新しい自転車を押して、つり橋の上に立っているところは、見るからに元気はつらつとしている。背景は花蓮港神社で、遠くに勇壮な鳥居が見える。

無弦琴子は母にこの若者はどういう人なのかと訊いた。

「范姜義明さんはね、写真家なの。花蓮市のにぎやかな入船通りで写真館を開いていた」

月姫は写真の中の人物が押している自転車を指さして言った。

「范姜さんの自転車はね――二〇年代にやっと日本から台湾に輸入されたもので、とっても珍しかった！」

范姜義明は自分の自転車を見せびらかしている。道理で元気はつらつとした顔をしているわけだ。無弦琴子はもう一度、いったいこの人は誰なのかと問いつめた。

まだ中年だった月姫は娘の手をとると、しばらくぼんやりと彼女を見ていたが、何も答えなかった。

十数歳だった琴子は自分の出生がはっきりしないことに戸惑っていた。身分証明書にある「渡邊」は絶対実の父ではないだろうと疑い、勝手に范姜義明のことを母が花蓮で知りあった日本人で、かつて人に言えない秘め事があったのだろうと思い込んだ。

「范姜」という姓は、琴子に彼は日本人であると思わせた。だが実際には、彼は元の姓を潘《バン》とい い、幼い頃に二文字姓である范姜という客家人の産婆の養子になって、姓が変わったのだった。

范姜平妹《ピンメイ》は新竹州芎林《きゅうりん》の客家人で、祖先が海を越えて台湾へ移住し、必死に働いて何畝《ムー》かの痩せた田畑を切り開いた。日本人が台湾を接収すると、軍隊が芎林に進入し、砲車が音を立てて通った。日本軍は小銃を手に、山の樹林のあいだにある草葺き小屋や洞窟に行き、抗日的な農民を捜しまわった。彼女の父親はシャベルを手に畔道に立ちふさがって、苦労して耕作した畑を守ろうとしたため、日本軍に針金で縛られ、抗日の村民といっしょに数珠つなぎにされて林の中に連れていかれた。

日本兵は彼らをすでに掘ってあった穴に向かい一列に並んで跪かせた。上官がひと声命令を下すと、刀が振り下ろされ、人間の頭が次々に穴の中に落ちた。依然として跪いたままの身体を、兵士たちは穴に蹴り入れて埋めた。

サトウキビ畑に隠れていた范姜平妹は、その目でしかと黒い軍服に白いゲートルを巻いた日本兵が、たいまつに火をつけて池のほとりの苫屋に投げ入れるのを見た。それは彼女の家だった。薄い板でできた壁にたちまち火がつき、炎が苫屋の屋根にもぐりこんだ。燃えさかる火は牛小屋にいた水牛を驚かせ、悲鳴が上がった。豚や鶏やアヒルは驚きあわててめちゃくちゃに逃げまわった。

家を焼きはらわれ、母親は二人の弟をつれて銅鑼《トンルオ》の実家に身を寄せた。十七歳の平妹は日本兵に犯されないよう、東部台湾の花蓮に避難する遠縁の親戚に託された。母娘の別れのとき、母親は火事の中から救いだした掛け布団を娘の脇の下に押しこんだ。

平妹は遠縁の人のあとについて避難した。宜蘭《イーラン》から険しい山道に沿って歩き、丸半月かけてようやく東部台湾の花蓮の土を踏んだ。そのころの東部台湾は首狩りを行なう蕃人が巣くっているところ、風土病が蔓延し、木々の生い茂る荒涼としたところだった。清朝が入山禁止令を出したため漢人は二の足を踏み、殺人者や犯罪者や借金取りに追われて行き場のない者、あるいは失意落胆した人たちだけがこの不毛の地に我が身を放逐していた。

遠縁の者は彼女を連れて客家の同郷人が集中して住んでいる鳳林《フォンリン》にやってきた。ここは古称を「馬里勿《マリウ》」といい、アミ族の言葉で「坂を上る」という意味である。客家の先住者が入植したとき、籐の蔓が巨木に巻きついている様子が、鳳凰が羽を広げて、林の中に群れ集まったようであったので、鳳林と名づけたのだ。住みついて何日もしないうちに、平妹は全身が震えて止まらなくなった。暑い最中に母からもらった掛け布団にくるまっていたが、それでも寒くて震えが止まらない。そうかと思うとまた、あっという間に額のあたりがカアッと熱くなって、全身にひろがり、着ているものをすっかり脱いでしまいたいくらい熱くてたまらなくなった。

寒さと熱さがせめぎ合っている最中に、一人の歯のすっかり抜けた老婆が黒い薬草の碗を持ってきて、へこんだ唇をもごもごさせながら、これは自分のお祖父《じい》さんから伝わった民間療法だと言った。

「……薬草をよく擣《つ》いて、仔犬の毛を混ぜ入れてある。手や腕に塗っても治る。子どもは何に効くのかと訊いてはいけない。訊いたら効き目がなくなるぞ」

平妹が何度か犬の毛の混じった薬草を飲むと、瘧はけろりと治った。老婆が言うには、平妹は東部台湾に来て気候風土が変わったのに、大病はしても死ななかったのだから、かならず住みつづけることができるだろう。そしてさらにこう言いきかせた。風土病は治ったが、おまえは絶対にバナナを食べてはいけない、食べれば完治できないぞ。

平妹の遠縁の者は寿豊を通ったとき、日本の財閥の賀田金三郎が経営する賀田組製糖工場からサトウキビ糖の甘い香りが漂ってくるのを嗅ぎ、生計を立てるために、サトウキビ農になって、日本人のところで働くことに決めた。平妹はそのことでけっして彼を許さなかった。

遠縁の者は他に選択の余地がなく、日本人のサトウキビ農と同じ仕事をしながら賃金が異なるという差別待遇を受け入れざるを得なかった。灼熱のサトウキビ畑で働いていると、喉が渇いてたまらないこともあり、勝手にサトウキビを折って食べたため、日本人の監督に派出所につきだされ、盗みの疑いで拷問されて一カ月間拘禁された。

頼るあてのなくなった平妹は親切な同郷人に年寄りの「おんな先生」に引き合わされた。その人が村で赤ん坊をとりあげるとき、平妹は彼女の助手をした。おんな先生が亡くなったあと、范姜平妹がこの仕事を継いだ。彼女は一生結婚しないで、産婆として自活して生きることに決めた。夜遅くであろうが風が強かろうが、戸を叩く音がすれば、彼女はすぐに助産に必要な器具の入った黒い風呂敷包みを胸に抱き、戸口に置いてある唐傘をつかんで、あたふたと出かけていった。

安産の護符が貼ってある産室に入ると、どんなに暑い日でも、密閉された薄暗い産室では、隅に炭火のおこったコンロがあり、絶えずその上に食塩をまいて、煙で穢《けが》れを追い払っていた。平妹はしばしば部屋じゅうにモクモク立った煙に燻《いぶ》されて目が開けられないことがあった。

破水すると、慣習に従って、お産のはじまる産婦はベッドから降ろされる。助手が彼女の背中を支えて、腰を浮かさせ、イグサを敷いた床に寝かせる。その上を黒い布で覆い、産婆が目のまえに立って、生まれ出てくる赤ん坊と胎盤を受けとめるのだ。出産が順調なら、彼女はすぐに赤い絹糸でへその緒を結んで、はさみで切り、胎盤を処理した。

結婚しないと誓ったこのおんな先生は、その手で、次々に新しい命をこの世に送り出した。

万一難産だったり、逆子だったりした場合、彼女は必死で産婦の腹を揉みさすり、胎児の位置を直そうと試みた。俗に倒踏蓮花（蓮の花を逆さに踏む。難産の一つ）というように、逆子のまま、足から先に出てきたとか、あるいはへその緒が首に巻きついていた場合、おんな先生はその家の人に急いで道士のところに行き法術を行なってもらうよう促す一方で、子宮に手を入れて胎盤を引っ張り出した。往々にして、あれこれ試みているうちに、母子ともの命が彼女の手の中で失われてしまうことがあり、また順調に子どもが生まれても、産婦が消毒することを知らず、衛生に気をつけないために、産褥《さんじょく》熱にかかって死ぬ者も少なくなかった。

総督府の衛生署の役人は、嬰児の死亡率が高すぎるのは、お産のときに衛生観念と消毒の知識が欠けているせいだと考えた。民間の女性が出産する時のタブーや迷信は枚挙にいとまがない。そうした悪習を取りのぞいて、すみやかに台湾人の出生率を増加させ、植民地政府の労働力を増加させるために、衛生署は「台湾産婆規則」を制定して、台北医学校に産婆講習会を設置した。

本島の女性を対象とする講習会は、新式の助産技術を教え、総督府が奨学金の補助を行なった。学費が全額免除になるだけでなく、研修訓練に参加すれば、手当ももらえる。募集を開始した当座は、誰も応募する者がなかった。衛生署が頼んだ日本人講師は全部日本語で授業を行なうため、本島人の女性たちは言葉が通じないのでしり込みしていたのである。その後、カナダ人の宣教師であるマッケイの娘が先頭に立って宣伝し、台湾語の通訳をつけると言明したので、ようやく十三人の女性が集まった。

范姜平妹は手当がもらえるほうに応募した。彼女の日本語は聞き取り訓練の授業で習ったものだ。講習会では現代的な助産技術を教えるほかに、修身の授業があり、「教育勅語」を覚え、日本の皇室を表す東のほうに向かってお辞儀をしなければならなかった。三カ月間の課程を終えて、花蓮に帰るときには、平妹の行李のなかに置時計が一つ増えていた。

講習会の講師は授業の始まりと終わりの時間を厳守した。授業のたびに用務員が一分一秒の狂いもなく鐘を振り鳴らして時間を知らせ、ちょっと遅刻しただけですぐ罰を受けた。宿舎の規則はさらに厳格で、生徒が外出する時には、まず先に届け出をして、自分の名札を掛けておかなければならない。決められた時間内に帰って来ないと、遅刻者は看護婦長に厳しく叱られ、長時間、罰として跪かされた。

時間の観念が欠けていた平妹は、訓練を受ける以前は暦による季節の区分や、日が沈み月が昇る様子、鶏の鳴き声や星の傾き具合などに基づいて暮らしていたので、すぐにはそんな分刻みの時間に適応できなかった。講習期間中に何度も規則を破り、みんなの見ている前で罰を受けた。これは気位の高い彼女にとっては恥辱以外の何物でもなかったので、講習が終了すると、もらった手当の大部分をさいて置時計を買い、花蓮にもち帰った。

現在の彼女は毎朝起きると、客間でテーブルの上の時計を見ながら半時間ほど体操をする。講習を受けていた時の習慣で、体力を鍛えるためだ。彼女は自分の生理的な時間を改めることを学び、チクタクという音のなかで時間を守って、時間を惜しむという新生活を送っている。范姜平妹はもう、今年は今までのようにこっそり伝統的な旧暦の年越しをするのをやめようと決めていた。彼女はすでに日本人の決まりを受け入れて、陽暦で新年を過ごすつもりだ。明治維新後、日本は太陰暦を廃止し、陽暦の一月一日を新年と改定していて、植民地もそれに倣うよう強制した。けれども、職業柄、産婆の彼女は、いつでも待機状態でいなければならない。毎日サイレンにあわせて機械的に決められた時間に出勤と退勤をし、食事や休息をとっている、あの寿豊製糖工場の工員たちのように、判で押したように時計にあわせて生活することはできない。産婦はいつ破水するかも分からないし、胎児もいつ何時オギャアと生まれ落ちて、この世に降臨するか分からないのだ。

明け方鶏がまだ時を告げないうちでも、またどんな真夜中でも、ひとたび戸を叩く音が聞こえたら、范姜平妹はやっぱりねぼけ眼で、戸口に置いた唐傘をつかみ、急いで出かけなければならない。以前とちがうのは、講習を受けて帰って来て以来、あの洗いざらしの黒い風呂敷包みを提げて行くことはなくなった。今や彼女は、肘に白い小さな箱をひっかけて出かけるだけである。中には体温計や消毒済みのはさみ、白手袋などの助産用具がきちんと並んでいる。彼女はもう伝統的なおんな先生から、現代的で衛生的な助産技術を身につけた産婆になったのだ。人と話をする時も、講習を受けた時に習った日本語が混じっていた。

伝え聞いた話では、結婚しないと誓いをたてていた彼女は、授業をしてくれたある日本人医師にひそかに恋をしたという。花蓮に帰ったあと、初めてのお産で、首にへその緒が巻きついた、いわゆる「数珠掛け」という難産の例にぶつかり、日本語でその医者に手紙を書いて教えを乞うた。

手紙を出したあと、平妹は毎日机の上の置時計とにらめっこしながら、郵便配達が手紙を届けに来るのを待った。日一日と過ぎたが、日本人医師からはまったく音沙汰がなかった。最後には平妹もあきらめるしかなく、黒い布でその置時計を覆ってしまった。誰かが赤ん坊を取り上げてもらうために戸を叩いて、出生時刻が人間の思うとおりに操れない胎児を人間界に迎えたとき、彼女は一刻一秒を争うように時間を守る日本人に仕返しをしたような快感を覚えた。

だが、彼女はやっぱり日本人に感謝せざるをえなかった。今、彼女が取る料金は以前の二倍も高いのである。一回のお産ごとに一銭（約三・七五グラム）の金《きん》が買えた。金の指輪一つ買うのと同じだ。忙しい時には、一カ月に二十五個の指輪に換えることができた。彼女は赤い木綿糸に指輪を通して一つなぎにし、黒漆に金の鳳凰が描かれた革の箱にしまった。そして鍵をかけて、ベッドわきの箪笥の秘密の場所に隠した。日々の生活は以前とかわらず質素で、食事はいつも漬物や豆腐乳（醗酵させた塩漬け豆腐）ですませていた。

二十五歳をすぎると、范姜平妹は既婚の客家女性の髪形に結い、男の子を養子にとって跡継ぎにするという噂をながした。話が伝わったとたん、すぐに貧しい家の人たちが息子をつれてやってきた。彼女は四十数人にのぼる、ほとんど全部自分が取り上げた男の子の中から、選りに選った。まるで家畜を買いでもするかのように、歯を調べ、骨格に触って、最後に潘家の眉目秀麗な男の子に決めた。

潘家はもとはいくらかの痩せた畑をもっていて、落花生やサツマイモを植えてどうにかこうにか暮らしていたのだが、日本の財閥の賀田金三郎による樟脳産業の拡充のために、その畑は強制的に徴収されてクスノキ（樟脳の原料となる木）を植えられてしまった。田畑を失った一家の生活は窮地に追いこまれ、やむなく六歳の息子を彼女の跡継ぎにするために手放すしかなかった。

平妹は養子に義明《イーミン》と名づけ、自分の姓の范姜《ファンジアン》として届けた。養子の教育にはとりわけ熱心というわけではなかった。彼女には分かっていたのだ。日本人の天下では、本島人が人の上に立って大きなことをやれる可能性はほとんどない。養子には日本語の五十音を学ばせ、手紙が書けて、算盤と帳簿付けができるようになれば十分だ。平妹には分不相応な考えはなく、養子が日本人子弟専用に建てられた小学校に入れるとも思わなかった。

　このランクが上とされた小学校は、花崗山のふもとにあって、景色がすばらしく、晴れた日に学校の国旗掲揚台に立つと、遠く太平洋が眺められた。小学校には形だけにごく少数の台湾人の子弟が入学していた。生徒は中上流階級の子どもに限られ、戸籍調査を行ない、厳格な筆記試験を経たうえで、ようやく入学が許された。一クラス五、六十人の生徒のうち、本島人の子弟はわずか十分の一の、五、六人しかいなかった。

　范姜義明が通った鳳林公学校は寿豊渓の向こう側にあり、彼は毎日何里も歩いて通った。裸足になって、養母が縫ってくれた布靴《スリッポン》は手に持ち、学校に着いて足を洗ってから履くようにした。裸足だと日本人の先生に笑い者にされるからだ。

　渇水期になると、寿豊渓の水位が下がる。まだ童心の残る范姜義明は、わざと両岸のあいだに架けられたつり橋を渡らず、裸足で河底の石を踏みながら流れに逆らって渡った。雨の日になると、教科書を布で包んで体に斜め掛けにし、麻袋をひっかぶって雨合羽にした。麻袋には雨水が浸みとおり、それを背負って歩いているうちにどんどん重くなった。

　それでもやはり台風が来たときに、山津波が起こって谷の水があふれ、水がほとんど上まで届きそうになっているつり橋を渡るよりはましだった。彼は、万一うっかりして水に落ちて、魚の腹の中に埋葬されることにでもなったらと恐ろしかった。やっとの思いで学校にたどり着くと、本田先生が籐の蔓でできた鞭を手に待ちかまえていて、頭からぴしゃりと打たれた。彼のことを、臆病者の用なしの中国野郎め、いつも遅刻ばかりしおって、と罵った。

本田先生は学歴がなく、検定試験で教員資格をとったのだった。教え方はいい加減で、何かというと生徒を殴ったり蹴ったりした。とりわけ范姜義明を目の敵にした。それは本田先生が売春婦の阿珠《アージュー》の家に行ったところを、折悪しく彼に見られたからだと言われている。

范姜義明が中学に入ったとき、初の文官総督の田健治郎《でんけんじろう》が就任した。その頃の日本は中天にある太陽のごとき勢いで、大正デモクラシーの時期であった。国際的な人権平等の呼びかけに呼応して、植民地政府は台湾統治政策を変更した。初期の隔離政策をやめて、内台一体の理念を広く宣揚し、内地延長主義を実行したのである。

同化政策の下に内台共学が標榜されたが、実際は有名無実だった。日本人は台湾人子弟がそれ以上の教育を受けるのを阻止するため、試験の成績いかんにかかわらず、中等学校で台湾人子弟の入学者数を制限した。定員に満たなくても本島人からは補充せず、落第した日本人生徒を入学させた。刻苦勉励する本島人の生徒はしばしば一番をとった。本来なら卒業式には成績の一番優秀な生徒が答辞を読むのだが、日本人はそれでは面目を失なうと考えて、官立学校の一番はかならず日本人生徒でなければならないと限定した。

公学校を卒業すると、さらに二年間高等科に進んだ。養母は台湾人の将来にも変化がありそうだと感じて、范姜義明に医学を勉強するよう勧めた。

「一番金儲けできるのは医者、次はアイスキャンデー売りさ」

平妹はこんな言葉を口にした。彼女は花蓮で最初の産婦人科医師である黄賛雲《ホワン・ザンユン》を例に、養子に向かって大義を説いた。黄医師は日本人が日台共学制で改名を行なってからの、台北医学専門学校の第一回卒業生だ。

台北で三年間研修したあと、黄医師は故郷に錦を飾り、花蓮市の一番賑やかな春日通りで開業した。診療所は清潔で明るく、先進的な助産設備がみんな揃っていた。真っ白な壁に掛けられた難産の場合の費用はというと……

嬰児が大きすぎて分娩に障害がある場合、鉗子手術十円、開腹手術十五円、骨盤位外回転術四円、縫合手術三円、陣痛促進剤注射三円……

思いもよらないことに開業して半年で、すっかりさびれてしまった。保守的な妊婦が男の医者の前で着物を開いて検査をうけるのを嫌がったのだ。何人かの妊婦は比較的先進的だと思われている夫に送られて診察を受けに来たが、自分の番が回ってくると、死んでも診察台に上がるのを嫌がり、戸を突き開けて逃げてしまった。

産婦が彼に子どもを取り上げてもらいたがらないので、やむを得ず、黄医師は獣医も兼ねるようになり、難産の牛や羊の出産を手伝った。

「アイスキャンデー売りと比べないでくれよ」と范姜義明は養母に反論した。「黄先生が牛や羊のお産を助けても、稼げる金は産婆である母さんより少ないんだよ」

養母は、彼が医学を勉強したがらず、農業や農学校への進学にも興味がなさそうなのを見てとると、その次の案を持ち出し、台北に行って国語の師範学校を受験するよう勧めた。そこなら公費だし、卒業後は教師になれることが保証されている。

范姜義明が目指していたのは日本に留学して東京写真学校に入ることだった。養母は一組の写真が米一斗分になり、それは花蓮港庁長の月給より二円多いのだと聞いて、承服させられてしまった。

平妹はベッド脇の箪笥の奥の、あのこっそりしまっておいた黒漆に金の鳳凰を描いた革箱から、赤い糸に通した純金の指輪を五個取り出し、東京行きの船の切符を買うようにと養子に渡した。

出発の日時が決まると、范姜義明は鳳林公学校に戻った。校内をじっくり見てまわり、運動場の国旗掲揚台のまえに長いこと座っていた。毎朝の朝礼のとき、教師生徒全員で明治天皇と皇后のご真影を祀った奉安殿に向かって最敬礼をしたことが、まるで昨日のことのように思われた。彼は身体をゆらゆらさせながら朝礼に駆けつけてくる女生徒の姿を見たような気がした。彼女は纏足《てんそく》していたので、歩くのが大変だった。范姜が先頭に立って彼女のまねをしたため、彼女は学校に来られなくなり、自分から学校をやめた。そのことを思い出すと、彼はその女の子への申し訳なさに心がうずいた。

出発前の晩、養母は戸を閉じて、彼のために早めの年越しをしてやった。平妹はやっぱりまた旧暦の年越しの習慣に戻っていて、毎年できあがった餅は梁の上に隠し、日本人の警官がとつぜん検査に来た時にそなえていた。范姜義明は養母が夜中に石臼で上等の米を搗《つ》いて蒸しあげた餅を持つと、南浜へ行って黒い煙を吐いている汽船の宮崎丸に乗り基隆に行き、そこで内地台湾間航路の外航旅客船に乗り換えて、青い波に揺られながら東京に着いた。

　日本に着いて気がついたのは、故郷で見受けられる、あの台湾人を顎で使っていばりくさり、えらぶっている日本人教師や警察官は、日本社会においては中下流の人間にすぎず、本国にいる日本人はどちらかというと温和だということであった。


　東京写真学校での最後の年、范姜義明は学校のそばの小さな飲み屋の女給に片思いをした。小さな飲み屋で、中年の女が一人で客の相手をし、まだ若い女給が呼び込みを手伝っていた。毎日午後、范姜が授業を終えて、飲み屋の前を通りかかると、たいてい若い女給が畳の上に座って、卓上の盃や皿を拭いているのが見えた。その動作の一つ一つが、いつもひどく真剣だった。

　范姜は飲み屋のまわりをうろうろして、女給の古風であどけなさの残る横顔をぼうっと見ていた。彼女のために芸術的な肖像写真を一枚撮ってやりたいと、心から思った。畳の上の女給は屋外から自分に注がれる視線を意識すると、首筋まで顔を真っ赤にして、恥ずかしさに振りかえることもできないでいた。

　范姜の日本人の級友が彼の気持ちに気づいて、彼に自分は九州福岡の人間だと言うように勧め、勇気を出して女給に言い寄るよう励ました。范姜は日本人の級友が自分の日本語が不十分で、台湾訛りがあるのを嘲笑しているのだと思い、猛練習をしようと決心した。鏡を手に自分の口の形を見ながら五十音を練習した。彼が満足のいく状態になった時には、その女給はもう飲み屋にいなかった。訊き合わせてみると、故郷に帰ったということだった。

范姜義明の初恋はまだはじまらないうちに、こうして終わりを告げた。

ボロボロの気持ちで卒業式に出席し、貸間に帰ると、畳の上に一通の手紙が置かれていた。養母の筆跡だった。仲立ちをしてくれる人が、范姜義明が鳳林に送った彼が一人で写っている写真を使って、縁談をまとめてくれたという。相手は璞石閣の曾《ツォン》という大地主の娘だった。養母は彼に、卒業証書をもらったら、すぐに旅支度をして帰国し、吉日を選んで結婚するようにと書いていた。

養母が決めてくれた縁談相手の家は、地主で妻や妾が大勢いて、百甲（一甲は一ヘクタール弱）もの田畑を持っている。その広大な土地はみな大した苦労もせず簡単に手に入れたものだ。曾地主は妻や妾の娘が結婚するたびに、惜しげもなく何甲もの土地をもたせた。この気前の良さが范姜平妹の耳に届き、彼女の胸を躍らせたのである。

地主の曾がいとも簡単に広大な土地を手に入れた次第については、今でもなお璞石閣付近一帯の農民たちに地団太を踏ませ、悔やんでも悔やみきれない思いにさせている。

日本が台湾を領有すると、総督府は土地政策を定着させるために、農民たちに自分の土地に縄をはって境界を作らせ、登記に便利なように田畑ごとに名札を結びつけさせた。どこから飛んできた噂か知らないが、ひとたび土地の登記に名前が載ると、重税が課せられて、あとは一生日本人の農奴になってしまうとささやかれた。子孫も身分を変えることはできず、しかも登記後は凶暴な日本人が農民の田地まで奪って耕作してしまうかもしれないから、二重に損をすることになる……。というわけで、多くの農民は自分の土地に縄をはって名札をつけることを嫌がった。

人受けの悪い曾某は、多くの村民の怨みを買い、みな彼のことをひどく憎んでいた。役場の官吏から結び目を作った縄で測量して登記するようにと通知があったとき、彼とそりの合わない農民は報復の機会がやって来たと考えた。あたりが暗くなってから、家じゅう総出で、自分の家の田畑や付近一帯の山坂に縄をはり、すべて曾某の名札をつけて彼を陥れようとしたのである。翌日、曾某が見てみると、百甲にのぼる土地がみな彼の名義で登記されていたので、真っ青になって、日本人の官吏にこんな広い土地全部ではないと弁明した。官吏は縄につけられた名札の名前がはっきりしているため、彼の強弁などとりあわず、登記を強行してしまった。

曾某は一夜にして大地主に変身した。課税されるどころか、彼を陥れようとした農民のほうが逆に彼の小作人になってしまった。

范姜平妹はつまりこの嫁入りの資産に目をつけて、養子のために縁談を決めたのだ。彼女は土地に対して深い思い入れをもち、「土地こそ財産だ」という信念を抱いていた。一生涯衣食を節約し、食べるものも着るものも惜しんで、産婆として得た報酬を、先には金の指輪に、そして後にはひと巻ずつの紙幣にして、全部残らず家や土地の不動産に投資した。

この生涯未婚だった客家の女は、中年になると、後ろに結った髷を黒い布で包んで巻きつかせ、その布を首の後ろまで垂らしていた。全身黒ずくめの身なりで、土地仲介者のあとについて東部台湾をくまなくまわり、アミ族やタイヤル族から「蕃人の田畑」を買い取った。

この二つの原住民族はともに、土地というのは身を落ち着ける場所であって、いかなる人にも属するものではないと考えていた。自分が耕作している田畑に対して境界線という概念はなく、適当に田畑の四すみに石を積み上げて土地の境としているだけだった。

だんだん東部台湾に移り住む漢人が増えてくると、彼らは原住民族と耕地を争うようになった。漢人はこっそり石を内側に移動させ、アミ族やタイヤル族の耕地をどんどん狭めていった。さらには原住民が土地の境としていた石が風に吹き飛ばされてしまったと嘘をつく者もいて、漢人はこうしてやすやすとその公有地を占拠してしまった。

土地をだまし取る別のやり方は、漢人が蕃地に家を建てて住み、雑貨屋を開くというものだった。そして西部から塩やマッチやタオルや布などの生活用品を持ち込んで、集落の住民に提供する。山地人が現金で払えない場合、雑貨屋の主人は気前よくツケにしてやる。ツケはどんどんふくらんで、最後には土地を抵当にしなければならなくなる。鯉魚潭《りぎょたん》のまわりの広大な土地はこうして漢人の手に落ちた。

山地人は印鑑を使わない。土地を譲りわたすときは、代書屋の目の前で、手のひらを大きく広げ、印肉をつけて、契約書に捺《お》す。大きな手形で登録するのである。范姜平妹の寝室のベッド脇の箪笥の中には、秘密の引き出しがあった。中には大量の土地契約書が鍵をかけてしまわれていた。その全部に血のように赤い大きな手形が捺してある。すべて「蕃人の田畑」の契約書であった。

范姜義明は養母から来た間違いだらけの日本語の手紙をくちゃくちゃに丸め、ほおっておいた。

つづいて何通か催促の手紙が来たが、どれにも返事をしなかった。養母は一計を案じ、養子への経済的援助を断ち切ると脅した。言ったことは実行され、翌月にはすぐ送金が止まった。

銀行からすべての預金を引き出し、范姜義明はさらに三ヵ月間東京でぶらぶらした。蓄えが尽きると、しぶしぶ養母と条件を話し合った。彼は花蓮に帰ってあの大地主の娘と見合いをすることを承知した。会ってみて気に入っても、結婚は急がない。自分は花蓮の市街地に東部で最初の写真館を開きたい。事業が軌道に乗ってから結婚したって遅くはない、と彼は思った。

汽船の片道切符を握りしめ、身に染みるような寒風と降りしきる雨のある午後、外航汽船に搭乗した。悲しみと不安でいっぱいの范姜義明は愛する東京に別れを告げ、甲板に立った。彼は実際、養母のあの伝統的な暗くて意気消沈するような家には戻りたくなかった。東京で何年か暮らすうち、彼はもう彼女と一つ屋根の下に暮らせなくなっていた。毎日、養母のあの苦虫を嚙みつぶしたような、寡婦そのものの不機嫌な顔と向き合って、毎度の食事は漬物と豆腐乳で日々を過ごすのである。

台湾の方角に向かいながら、范姜義明の心の中に悲壮な想いが湧き上がってきた。彼の心中の想い人は、バラ色の肌をしていて、両頰がいつも恥じらいに赤く染まっているような娘でなければいけない。大地主の娘とやらではないのだ。

東京から基隆へ行く内地台湾間外航航路のあと、范姜義明は黒い煙を吐いている宮崎丸に乗り換えて花蓮の南浜に到着した。海岸は凹凸が激しく、五百トンの汽船は接岸や停泊ができないため、海中に錨を下ろして、旅客は小船に乗り換えて上陸するしかなかった。

范姜義明はサンパン（港内の通い船）に乗るとき、逆巻く波を見ながら、腹立ちまぎれに考えた。もし海に身を投げたら、波が彼を花蓮から遠ざけてくれるかもしれない。こんなもう懐かしさも感じない場所なんか！　まだ上陸しないうちから、彼はもう東京赤坂の料亭や銀座のカフェや酒場、歌舞伎座、上野公園の桜などを懐かしく思いはじめていた。とりわけ学生たちを連れて喫茶店に行って授業をした藤井先生のことを想った。

もの思いにふけっていると、小船が揺れ、正面から大波がぶつかってきて、彼の背広はびしょ濡れになった。しばらくくりかえしていたが、波があまりにも大きいため、サンパンはやっぱり岸につけられなかった。最後には作業員たちが波の中に飛び込んで、力を合わせてロープを引っ張り、ようやくサンパンを砂浜に引きあげた。

家に帰って息つく暇もなく、養母は彼に銅門《どうもん》の保正《ほせい》（村長に相当）のところへ自分のほうから挨拶に行くようにと促した。彼女はあの一帯の土地がいつかきっと値段が上がるだろうとふんでいた。養母がいくら頭がよくて気が強いといっても、やっぱり女だ。日本人の権威をたのみに、自分の同胞に対して虎の威を借る狐のようにふるまう保正をいくぶん恐れていた。彼女は養子が日本へ留学したことを笠に着て、保正とわたりあうことを望んだ。

養母は范姜義明にこう言った。鳳林街の理髪店の主人は、保正に仲立ちしてもらってその腕で日本人警官を籠絡《ろうらく》した。ただで「金モール」の上級警官の頭や髭を剃ってやり、そのうえ花蓮街仔路の「朝鮮亭」で彼らに酒を飲ませた。朝鮮人の女給にやさしくサービスされ、しこたま焼酎を飲んだ日本人たちは、手ぬぐいで鉢巻をして、手足を伸ばして踊りだし、ドスンドスンと床を踏み鳴らした。

「金モールは酔っぱらって、理髪店に十六枚の蕃人の田んぼを棒杭で囲っていいと言ったんだよ」范姜平妹はそう言って、両手をパチンと合わせた。「棒杭を立てて囲った土地がぜんぶ理髪店のものになったのさ！」

養子は世の中にそんなうまい話があるはずがないと疑った。

范姜平妹は言った。

「そうでもないさ。若い頃あたしを花蓮に連れてきたおじさんは、懐中時計一個に、置時計を一個足して一甲の蕃人の田んぼと換えた。昔は、花蓮の広い土地もいくらにもならなかった。知らなかったのかい？」

范姜平妹は養子に向かって昔のことを話しはじめた。

嘉慶年間に、李《リー》という姓と荘《ジュアン》という姓の二人の漢人が、噶瑪蘭《クヴァラン》から山を越えてやってきて、反物を使って奇萊五蕃社の通訳と土地を交換した。北は荳蘭《ドウラン》から南は覓里荖渓《ミーリーラオシー》の地までの、花蓮の広大な土地を、たかだか五二五〇個の銀貨で手に入れた。

范姜義明は養母に反論した。

「もういいよ！　日本人がそんなにちょろいと思うかい？　頭を剃ってやるとか、朝鮮人の女給に接待させるとか、一飯の恩義だけで、広大な土地をそいつのものにさせるものか」

よく聞いてみると、理髪店のおやじが手に入れた蕃人の田んぼは、沼地で、足を踏み入れたら抜け出せず、牛をそこに入れるのは生き埋めにするようなものだった。

范姜平妹は養子にうまく銅門の保正とのつきあいをさせて、日本人警官のツテを作ろうという考えをやめた。黒頭巾をかぶって自分で仲介人に会いにいき、最低の代金で欲しかった土地を手に入れた。箪笥の引き出しの奥に隠した赤い大きな手形を捺した土地契約書はどんどん積み重ねられていった。

彼女は病気で床に就くようになっても毎日あいかわらず大きな目をあけて、ベッドの脇の箪笥を見守り、夜も目をつぶろうとしなかった。范姜平妹は養子が夜中に部屋に入ってきて引き出しをこじ開け、自分が生涯心血を注いで手に入れた分厚い土地契約書の束をこっそり盗んでいくことを恐れた。なんと言っても、彼は彼女が腹を痛めて産んだ実の子ではないのである。

生涯のうち、若いころ花蓮に来たばかりのときに、東部台湾の風土病にかかって何日か寝込み、民間療法で治したほかは、范姜平妹はまったくの病気知らずで、ついぞ風邪を引いたこともなく、ましてや病気で寝込んだこともなかった。

ところが、養子が汽船に乗って東京から戻ってきて間もなく、彼女はとつぜん病気で倒れた。まず全身がだるくなって力がなくなり、関節を動かして何かに当たるたびに激痛が走った。髪を梳く時は櫛が頭皮にあたったとたん、もう少しで気を失うほど痛かった。櫛に髪がごっそりへばりついてきて、頭をちょっと手で撫でただけでも、またどっさり抜け、あっという間に半分禿げ頭になってしまった。鳳林の年寄りの漢方医が脈を取り、薬を処方してくれた。毎日馬の尿を飲むように、それも絶対に交配したことのない牡馬の、朝一番の尿でなければならないと言う。平妹はきちんと指示を守ったが、髪の毛はあいかわらず少しずつ抜けつづけ、なんと唇のあたりに黒い髭が生えてきた。

病状は急転直下し、彼女には頭が重く足が軽くなったように感じられた。道もまっすぐ歩けず、視界の中にはいつも小さな黒い点の群れがあって、目に映るものの姿が幾重にも重なっている。目を凝らして見てみると、どうやらいくつもの形を成していない肉の塊みたいだった。范姜平妹は心のうちで悲鳴を上げた。彼女はそれらの丸い頭の形をした、人間の形になれなかった嬰児の霊が祟っていると思った。彼女の助産技術がお粗末なのを恨み、胎児のまま腹のなかで死にたくなかったと、次々に群れを成して産婆をやっつけにやってきたのだ。

つづいてすぐに、腹部や太ももに次々と赤ん坊の手くらいの大きさの紫色の発疹が出た。赤ん坊の霊が彼女と決着をつけに来て、彼女の体じゅうをつねって傷だらけにした。やがて何を食べても吐き戻すようになり、飲んだ馬の尿は全部そのまま吐いてしまった。范姜平妹は、かたき討ちに来た小僧どもがみんなでいっしょになって自分を飢え死にさせようとしている、喉を絞めつけて水も飲みこめなくさせている、と言った。

馬の尿を飲むのをやめると、平妹の全体の様子が急変した。まだ五十にもならない彼女が、幾日もたたないうちに百歳の老人のように老けこみ、痩せ衰えてしまった。義明はそれを見ると、驚いてもう少しで家から飛び出すところだった。

病気になった范姜平妹は、養子と地主の曽の娘との結婚話をしばらく棚上げにするしかなかった。それでも約束を守って、貯蓄からいくらか持ち出し、養子に花蓮の海岸沿いの入船通りに写真館を開かせた。范姜義明はその店にすこぶる禅語のような「二我」という名前をつけ、日本から持ち帰った三台の手動一眼レフのカメラをショーケースに並べ、高いレンタル料で貸し出した。ことが落ち着いて軌道に乗りはじめると、范姜義明は、鳳林から花蓮の市街地までが遠く、往復するのが面倒だという理由をつけて、写真館の暗室わきの物置に畳を二枚敷き、夜はそこで寝た。病床で寝返りをくりかえしている養母のところにはたまにしか顔を出さなかった。

写真館のまえの小川は、底まで水が澄み、岸辺には柳が垂れている。商売をはじめてから、范姜義明は中国式の長着を着た一人の老人が毎日杖をついて岸辺を歩きまわっているのに気がつき、こらえきれずに近寄って言葉をかけた。老人は長い顎髭をしごきながら、水中に落ちて漂う花に向かい、口ずさんだ。

傍花随柳過前川　　花に添い柳に従い河畔を過ぎる（宋代、程顥の詩『春日偶成』）

世間話の末にようやく聞き出したところによると、彼の祖先は清代の秀才（官吏登用試験、科挙の合格者・受験者）で、この入船通り一帯の土地はもともと彼の家のものだったが、日本人が強制的に彼の一族の先祖伝来の大きな屋敷を取り壊したため、この一帯の様子は全く変わってしまった。老人は頭を振ってすこぶる興廃の感ありという様子を示し、さらに杜甫の詩を二句ばかり吟じた。

王侯第宅皆新主　　王侯の邸宅はすべて新しき主となり
文武衣冠異昔時　　文武の衣冠も昔と異なる

老人は子どもの頃から日本式の教育を受けてきた范姜義明には中国語が分からないことに気づき、彼から紙とペンを借りると、この詩句を書きつけ、杖をつきながら立ち去った。

通りの真ん中にたたずんでいると、范姜義明の目に向こうからやって来る二人の着物姿の日本人女性が見えた。買い物かごを提げた彼女たちは市場からの帰りらしく、十字路に来ると日本語でさよならを言い交わし、なんどもお辞儀をくりかえす。商店の日本語の看板がひしめく下にいる二人の着物姿の女性を見ているうち、一瞬、范姜義明は東京郊外のどこかの町にいるような気がした。

何年か見なかっただけで、花蓮付近一帯の様子はまったく変わってしまい、范姜義明にはほとんど見分けがつかなかった。いくつもの、彼が出国前に目印にしていた、昔からずっと変わらずそこに建っていたらしい石柱などは、もうどこかに行ってしまった。彼の幼い頃の記憶の中にあって、出国したばかりの頃しょっちゅう夢に現れた場所も、とうにどこを探してもなくなっていた。

范姜義明が気づいたところでは、鳳林近郊のいくつかの村が、もともとの名前を抹消されて、大和とか瑞穂とか舞鶴とか寿豊とか初鹿などという、日本内地の地名に変えられている。彼はこうした地名を使うことによって花蓮に移住してきた日本人の郷愁を慰めているのだろうと考えた。

村の名前が変わっただけではなく、道の両側に植えられた街路樹や草花もこれまで見たこともなかった新しい品種になっていることに気がついた。瑞穂山の斜面には日本の紅桜《べにざくら》までが何列も植えられていた。

築港町の十五万坪を占めるゴルフ場はなおさら前代未聞だった。二年前に就任した港庁の庁長が、金もあり勢力もある日本人商人や地方の名士を呼び集め、資金を分担させて建設したのだ。見渡す限りの草地は大地に緑色のビロードの絨毯を敷いたかのようで、真ん中にあるピラミッド型のあずまやがひときわ目を引いた。

ゴルフは貴族の遊びだ。入会費もすごく高いが、クラブ、鋲の打ってある革製の靴、手袋などプレー用の道具の値段には、さらに驚かされる。范姜義明が聞いたところによると、このモダンなスポーツをやろうとする者や、それを身分の象徴だと考える名士たちは、黒金通りの高級料亭に集まり、部屋をぶち抜きにして、日本から招いたコーチに畳の上で打球フォームの手本を見せてもらうということである。

9　荒れ果てた日本人宿舎

その時の花蓮行きでは、無弦琴子は母の月姫が生活していた立霧山を訪ねることをあきらめなかった。彼女の目的はもっぱらタロコに行きドンビドン駐在所の跡地を訪ねることだった。

そこへ行く前の日、無弦琴子は思いがけず長らく帰らずにいた故郷に戻るような落ち着かない気持ちになった。タクシーは峡谷の断崖の上をゆっくりと上っていく。流れの急な立霧渓の対岸には、奇峰が連綿と連なっている。七千万年前の造山運動の結果だ。太陽の光がそびえたつ断崖絶壁を照らし、影が谷間にからまりついている。無弦琴子の手にしたガイドブックにはこう記載されていた。

昭和三年、『日日新報』がタロコを台湾八景の一つに選び、林学者の田村博士がコメントした。雄大、荘厳、豪放、神秘などの形容詞は、タロコ峡谷について言うなら、逆にあまりにもうつろに響く、と。

タロコの山景色は日本では見られないものである。

絶壁のあいだの洞穴を入ったり出たりした車が、ある急カーブを曲がると、対岸の山腹に螺旋を描いて上っていく横貫の山路が、初秋の陽光のもとにくっきりと見えた。この能高越嶺と名づけられた古い道は、台湾の第五代総督佐久間左馬太が、当時、山奥に住んでいたタロコ族を征服するために、膨大な費用を惜し気もなく使い、大量の人力を動員して、垂直に屹立している絶壁を真ん中から切断して切り開いた警備用の道路だ。

峻厳な高山の険しい峰に道を造るのだから、工事の困難さや、死傷者数のすさまじさは想像できる。聞くところによれば、長さ八キロにおよぶ天長トンネルは、予想外なほど頻繁に死傷者が出て、幽霊の祟りのようなことが次々に起こったという。

今はすたれて使われていない越嶺古道には、当時殉職者のために記念碑が建立され、不動明王像を祀り、渓谷のほとりに茶店まで作られた。冬には桜の花が満開になり、付近には飛雁瀑布や屏風岩などの名勝もあった。

越嶺古道には総檜造りの日本人宿舎があった。月姫は無弦琴子に、それは自らタロコ蕃討伐の指揮を執った佐久間総督のために建てられたものだと話した。聞くところによると、それは高山の頂上にあるにもかかわらず設備は完全で、剽悍なタロコ蕃の襲撃を防ぐために、四方を石綿セメントの薄い板で囲ってあり、中の檜の建材がよい香りを放っていたそうだ。

事は半世紀余りも前のことである。この檜の香りを放っていた宿舎はいまいずこ?

向かい側には独立峰がそびえ、濃い灰色の鳥の群れが中腹のあたりを旋回している。まるであまりに高い独立峰の山頂までは飛んで行けないとでもいうようだ。まさに千山鳥飛ぶこと絶え、というところ。そこはハロク台で、かつて同族を率いて日本人統治者と十八年の長きにわたる戦いをつづけたタロコ族の頭目ハロク・ナウイの根拠地であった。

無弦琴子は長春橋の近くで車を降りた。ガイドブックにはこうある。「当時のタロコの特殊な景観は空にかかっている仙寰《せんかん》橋から幕が上がる。幅わずか三尺しかないワイヤーロープのつり橋は、風が吹くか人が上を歩くと、ゆらゆら揺れて、完全に空中に浮いているような感覚になる。そういう時に、もしも風が底の見えない渓谷から白い霧を吹き上げれば、橋の上にいる人は仙人になったような気分になるだろう」


天祥飯店に着いたのは、すでに霧の立つ黄昏時だった。黄色い雲や霧が筋になって次々にホテルの前の山門を取り巻く。四方から無弦琴子を取り囲んでいる山々の、その中でも突出した三角形の頂上が、夕暮れの雲に縁どられて、神秘的かつ荘厳である。それはタロコ族の東セデック人移住の歴史における聖山であり、山中の牡丹石は部族の発祥の地とされている。

言い伝えによると、石のそばに天まで届きそうな大木があり、根元の木の精霊が男女二体の神と化して、子孫を残した。これがすなわち東セデック人の由来である。聖山は部族の人たちによってずっと神聖な立ち入り禁止区域と見なされ、大胆にタブーを破って禁止区域に立ち入る者がいても、一人として戻ってくることはなかった。

夜になると、無弦琴子は上着をはおって外に散歩に出た。星あかりを踏んで霧の立ち込めた山の小径を歩いていると、全身が軽くなり、いまにも浮き上がりそうな気がした。

その晩、無弦琴子は睡眠薬をつかわずに、夜明けまでぐっすり眠れた。朝早く目覚め、ホテルの部屋がとても創意工夫に富んでいることに気がついた。ベッドルームとバスルームは透明なガラスで隔てられているだけなので、バスタブに浸かっていると、ベッドや電気スタンドがすっかり目に入るばかりでなく、一枚戸のガラス窓の外の木々もひと目で見渡せ、泊まり客は戸外の大自然と一つにつながっているような気持ちになる。

部屋を出てホテルの外に行き、頭を上げると、タロコ族の人々が崇拝する聖山がすぐ目の前にあった。聖山を仰ぎ見ながら、無弦琴子は心の中で長いこと感じたことのなかった静けさを感じた。

早朝の空気の水分が、薄絹のように山野を包み込んでいる。深呼吸をすると、鼻が朝露に濡れた青草の発する香気を嗅ぎつけた。一枚の葉がひらりと彼女の肩に落ちた。無弦琴子はそれを手に取り、山の上の秋の息吹を感じ取った。

長い年月の中で彼女がこんなにも自然の身近にいるのは初めてだ。山々に囲まれ、風や雲や草木とともにいる。その後の数日間で、彼女は山上の朝夕の光と影だけがもつ色彩の変化を味わい知り、日本の山では見たことのない樹木をたくさん発見した。それらが青空の下にそびえ立っているところは、いっそう重々しく荘厳に見えた。

例の日本統治時代の立霧山脈のタロコ山の古い地図を両手でもちながら、無弦琴子は立霧渓に面して大きな断崖の上に建てられた、山峡の要衝に位置するドンビドン駐在所を探した。

母の語ったところによれば、山頂にそびえ立っている駐在所のそばの日本人宿舎からは、顔を上げれば三方の山の地勢全体を望むことができ、絶えず雲や霧が目の前を筋状になって過ぎて行って、手を伸ばしさえすれば、一つかみにできそうだったという。

宿舎の前の坂道を下りていくと、二つの崖のあいだで揺れているつり橋に着く。晴れている時は、峡谷の断崖の線が鬼神の描いた絵かと思われるほどみごとで、その比類のない壮観さや神奇さに、大自然の偉大さを称賛せずにはいられない。黄昏時には霧が起こった。渓谷の底からゆっくり昇って来る雲や霧のために、ちょっと手足を動かしただけでも、雲や霧に乗って自由に行き来しているような気分にさせられた。

雨が降ったあとは、雨水が山の後ろに千丈の白絹のような滝となって流れ落ち、その滝の音は人の夢を破るほど騒がしかった。

月姫の言ったドンビドン駐在所はどこにあるのだろうか？

無弦琴子は台湾の退役兵士が切り開いた横貫公路《ホンクァンコンルー》の上をそぞろ歩いた。どれほど歩いたものか、一つの急カーブを曲がると、左側の分かれ道の斜面に、風にそよいではためく青天白日満地紅旗が見えた。そこは山地の天祥警察署で、制服姿の当番警官が、絶えず外を見張って動静を観察していた。

警察署を見ると、無弦琴子は日本統治下博覧会の古いポスターを見たことを思い出した。それはもともと母方の祖父である横山新蔵がもっていたものだ。ポスターは警察官を救世済民の観音像に仕立て、上側に「南無警察大菩薩」と大きな字で横書きにしてあった。中間には黒帽黒制服姿の警官が右手に刀を執り、左手に念珠をもって、蓮華座の上に座っている。ほかの何本かの手は、それぞれ思想取り締まりや犯人逮捕、悪疫予防などの仕事をつかさどっている。日本統治時期の警察の神通力は無限で、治安、戸籍、交通、納税、衛生と、関わらぬものはなかった。

面白いことに、彼女の母方の祖母である綾子は、警察界の高い職位に就き、一地方を統率した夫に対して、少しも偉い夫を持ったという栄誉を感じなかった。頭に階級を示す金モールのついた帽子をかぶり、腰にサーベルを下げ、八の字髭をひねりながら、肩で風を切って歩く横山新蔵を見ながら、綾子は見慣れない人のように思った。どう見ても、彼女が嫁入りした頃、名古屋の呉服店で半纏を着て下駄を履き、反物を買いに来た上流夫人たちにぺこぺこと頭を下げて、満面の笑顔をみせていた店員とは似ても似つかなかった。

警察署の警員（警察官の階級の一つ）の監視の目を避けて、無弦琴子は傍らの小径を上がっていった。突き当たりまで来ると、目の前が急に開け、自分が丘の頂上に立っていることに気がついた。前方には山々が重なっている。悠然と山をながめ、彼女は思わず深呼吸をした。ちょうど、岩にでも座って、午後になって湧いてきた雲を眺めながら、自分を天地のあいだに融け込ませてみたいと思っていたところだった。

斜めに身体の向きを変えると、ある不思議な光景が無弦琴子の視線をとらえた。荒れ果てた草むらの中に、思いがけず朽ちかけた日本式宿舎の建物が建っている。濃い褐色の門扉は無残にも剝がれ落ち、雨風の浸食による年月の傷痕がいく筋も刻まれていた。壊れて半分傾いている屋根には何枚かの日本式黒瓦が残っている。無弦琴子にはその一つが俗に「鬼瓦」と呼ばれる特殊な意匠の瓦当《がとう》であることが分かった。家屋を邪霊から守る働きがあるといわれているものだ。数日前、彼女は豊田日本移民村を見学したのだが、かつて診療所の医者の家だったところの、玄関の上にも似た意匠の瓦当があった。

一面の廃墟の中にも、やはり宿舎が日本の書院造りの建築であったことが見てとれる。家の構造は大自然と一体に融け合い、家の中にいても、虫や鳥の声が聞こえる。四方の障子や襖を取りはずしてしまえば、家には木の柱と屋根が残るだけだ。

当時、彼女の祖母の綾子はタロコ蕃人が侵入して来るのではないかと怖がっていた。駐在所の薄い壁や障子でできた宿舎に住むのは、彼女には安全とは思えず、いつも自分が屋外に晒され、少しも覆い隠されていないような感じがしていた。恐怖のあまり彼女は神経衰弱になり、夫によって静養のために日本に送り返された。

崩れて傾いた建物の前の、雑草の生い茂っている庭は、すでにかつての生活の営みの跡を見い出すことはできないが、残された二基の石灯籠に無弦琴子が思い出したことがあった。当時、妻の目に不毛の地と映っていた異郷になじませるために、横山新蔵は人に命じて整地を行ない、住宅の前の砂利地に築山や曲水のある日本庭園を造らせた。そして集落の石工に二基の石灯籠を図面通りに刻ませ、錦鯉を飼う「心」字形の池のほとりに置いたのだ。

立霧山のどこに隠れているのかも分からない、水戸にある有名な庭園を模したその築山も、今はただ廃土や壁が残っているだけだろう。横山夫妻はもともと庭園の西の隅にさらに、あのまっすぐ伸びるコノテガシワを植え、小さな田舎家風の茶室を建てるつもりであったが、ブヌン族の反乱のために実現できなかった。

人去りて木なお存す。無弦琴子は世の移り変わりを想ってため息をもらした。

荒れ果てた住宅の、家から庭園に下りる踏み石はまだあった。無弦琴子はそこに腰をおろして、あたりを見まわした。目に入るものは白いススキばかり。山の上の秋は早く、見渡すかぎりのススキが、風に揺れ波のようにうねっている。琴子は両の二の腕を抱きよせ、祖母の綾子が数年間の山での生活をどのように耐えたのかに思いをめぐらした。もしかしたらあまりの不幸に絶望して度を失い、山坂に一面果てしなくつづくススキの原に入り込んで、茫然と目的も無しに前に進みながら、ひたすら自分をススキの原の中に埋没させ、悲しさや寂しさもいっしょに消してしまいたいと願ったこともあったのではないだろうか？

綾子にそんなに大胆になる勇気があっただろうか？　彼女はあの、すべての行動、一挙一動を作法通りにしなければならない古風な日本女性だった。無弦琴子は思った。祖母はよしんば本当に我慢できなくなって、たまたま一時的にコントロールを失い自分でも驚くような行動に出たとしても、きっとすぐに普段の状態を取り戻し、夫が帰宅すると、畳に頭をこすりつけて、自分の失態を何度も詫び、許しを乞うたのではないだろうか？

無弦琴子は傍らのススキの白い穂を引き抜いて、手の中で弄んだ。小原流の華道を習ったことのある綾子が、秋はススキの季節だと考え、花材にするために、穂がふくらんで姿の美しいススキを探して、ススキの原に入ったことはおおいにありうる。枯れた籐蔓や玉石と組み合わせ、風流な、たっぷり野趣に富んだ花を活けて夫を喜ばせようと。

綾子は夫によって療養のために日本に送り返された。改築後の基隆の新しい港は面目を一新していた。横山新蔵は設備の整った快適な汽船の上で妻と別れの言葉を交わした。安心して療養につとめるよう、じきに娘を連れて日本に会いに行くからと慰めた。神戸・基隆間の交通は近年非常に便利になり、週に三往復している。

綾子は甲板に立って夫に別れの手を振った。彼女は乗客たちが投げおろした紙テープのあいだにしだいに遠ざかっていく夫の影を探した。汽笛が鳴り響き、横山綾子は汽笛の余韻の中で台湾を離れた。


日本に帰ると、夫と娘は傍にいなくなったものの、横山綾子の顔色はずっとよくなった。弟に代筆してもらった手紙には、写真が一枚入っていた。晴れやかな顔をして家の庭のモチノキの垣根のそばに立っている。背景は遠くにみえる富士山の頂で、彼女は手紙の中でしきりにほめたたえていた。

「富士山の裾野のあの優美な曲線はいつまでも見飽きません」

綾子はふたたび四季の鮮明な故郷に帰ったことを喜び、季節の変化を感じながら、花や木の示す時の移ろいに従って、日々を過ごした。

「なんと幸せなことでしょう。春は桜、夏は一面の緑で、シャクナゲの美しいこと。山じゅうが紅葉になる秋のあとは、初雪が舞って、冬が来ます。台湾の山の上にいた時のように、一年じゅう緑の山景色ばかりで、ぐったりさせられるなんてことはありません」

綾子は手紙の中で夫や娘に対する思いを述べ、家族が早くいっしょに暮らせることを願っていた。彼女は自分が母親としての責任を果たしていないという自責の念にとらわれ、娘と離れ離れになっているために心の休まる時はなかった。あのとき夫は彼女が病気療養のため日本に帰るのであることを理由に、月姫を連れて帰ることを許さなかった。綾子は、娘を吉野移民村の山本一郎の家に預けて、ちゃんとした日本の教育を受けさせてくれるのでなければ、どうあっても自分一人で日本へ帰るわけにはいかないと言い張った。月姫を野放しのまま成長させることは考えるだけで恐ろしかった。

綾子は吉野移民村の日本人学校の道徳教育ならまだ安心できた。内地の学校には及ばないけれど、娘が人間として必要な道徳上の教訓や性格の陶冶《とうや》を学び、従順、誠実、勤勉で、よく本分を守るという美徳を身につけるだろうと信じていた。

もっとも大きな彼女の気がかりは、娘が病気だらけの植民地に住んでいることだった。「幸い日本村に住んで、比較的ちゃんとした医薬設備が整っているからいいですが、くれぐれも衛生に注意してください。健康でいることが孝行の始まりです」

送られて来る手紙は、常に娘を教え戒めることを忘れなかった――言葉遣いや振る舞いに気をつけるように、がさつで無礼なことはしないように。どんな動作や物言いをするときも上品で礼儀正しくしなければならない。座っている時は、両手を平らに膝の上に置き、身体を動かしてはいけない。どうしても動かさなければならない時は、まず襟もとをかき合わせ、膝を少しずらしてからにする。いつどんな時でも、貞淑できちんとした居住まいを保っていなければならない。綾子は何度も娘に日本人であることを忘れないようにと言った。天皇陛下の統治下にある台湾では、いつも自分の身分のことを忘れず、よき日本人としての精神修養を見せなければならない。関東大震災のあと、綾子は震災発生時の讃嘆すべきことや感動すべき出来事について書かずにはいられなかった。特に挙げた例は、娘と同じくらいの年齢の玉江の話である。彼女は勇敢にも三人の妹を連れて寺に逃げ込み、大惨事を避けた。災害に際しての玉江の沈着冷静な態度は、おおいに娘が学ぶに値するものだった。

娘の将来ということになると、母親としてこう表明した。もし月姫がどうしても台湾に留まらなければならないとしたら、もっともふさわしい仕事は、学校で日本語を教える女性教師になり、植民地の生徒のために日本精神を培ってやることだ。日本語というこの比類なき愛情深い母親は、日本人の精神的血液である。それを本島人の身体に融かし込み、彼らの体内の精神的血液と一つにして、彼らを日本人に仕上げる。月姫はこれを自分の務めとすべきだ。綾子がとてもすばらしいと思ったのは、男性教師が式典の時に、文官の礼服を着て、金モール付きの帽子をかぶり、腰にサーベルを下げて、威厳を見せることだった。

女性教師が着る白いブラウスに地味なスカートも端正で威厳があって優雅に見えるが、それでも、娘が本当に教職に就いたら、卒業式や慶祝行事には、綾子はやっぱり着物がいいと思う。着物は見た目も洋装より正式で重厚な感じがするばかりでなく、植民地の台湾においてはとりわけ意味がある。

綾子は人に託して四本の金色の上等な紙の扇を持っていってもらった。扇のおもてにはそれぞれ四季折々の風景が彩色で描かれている。月姫に季節の変わるごとに取り換えて、宿舎の玄関に広げて飾っておくように言いつけた。綾子は、日本の四季に合わせて景物を描いた扇など、立霧山の上ではまったく時宜に合わず役に立たないことは十分承知していたが、手紙を書くたびに大事なこととしてねんごろに言い含めた。

綾子が病気療養のため日本に帰ったあと、彼女の夫と娘は寄りそいあって暮らした。綾子は季節の変化に応じて手ずから娘のために縫った様々の色や材質の衣服を送ってよこした。春には薄緑や薄紫の上着、夏には青色の紗の着物、十二月には娘に紅梅の着物を着させた。

無弦琴子は綾子が寄せ集めた一冊の家族アルバムの中に、娘時代の月姫の写真を見つけた。満開の桃の花の下にもたれている。きっと彼らの宿舎の前の日本庭園で撮ったのにちがいない。写真の中の月姫は、両手をかさね、かたくなな笑みを浮かべて、綾子が望んだとおりのきちんとした恰好をしている。きっと綾子に送るためにわざわざ撮ったものであろう。唇の端をあげた微笑に、無弦琴子は月姫のお転婆ぶりやふざけ好きを見たような気がした。

病気の母を見舞うよう、警官の父親によって名古屋に送られたあの時、月姫は当時流行していた耽美派の文学に触れた。谷崎潤一郎の感覚に耽溺し、官能を享受し、好色的で審美的、抒情的な小説に夢中になり、母親の生活があまりにも規範的でつまらなく思えた。月姫は一日も早く倫理道徳の規範を免れて、心を自由で広々とした天地におきたい願いと、官能の歓びにあふれるほどの好奇心と憧れを抱いた。自分が青春の入り口に立っていることを感じ、ひたすら揺れ動く情緒に陶酔して、自己の満足を追求し、人生の内容を豊かにしたいと思った。

小説の中で古代の日本人が性愛の神の時間帯は夜だと考えていたことを読んだ。男女の愛と性は漆黒の夜に生まれる。男が女の家に求愛に行く場合、夜訪れて朝に帰る。一夜限りだ。女が男の顔をまだはっきりと見定めないうちに別れなければならない。最後のフレーズに月姫は首筋まで真っ赤になるほど恥ずかしくなった。そしてまた、このつかの間の逢瀬ですぐに離れるという恋人たちに哀感を覚えた。


荒れ果てた庭園の枯渇した池のほとりに、斜めに立つ一本の花木があでやかな赤い花を咲かせていた。無弦琴子は写真の中で月姫がもたれかかっていた桃の木ではないだろうかと考え、思わず踏み石から身を起こして、その満開の花木に近寄った。と、その椿の木の下に半分泥に埋まった石碑が見えた。それは墓だった。墓はもう崩れ落ちていて、気をつけてよく見なければ、すぐに見過ごされてしまいそうな小さな墓碑があった。無弦琴子は手を伸ばして表面に巻き付いている山籐の蔓を払いのけ、墓碑の文字を読み取ろうとしたが、残念なことに風雨に晒されて、もうはっきり読めなかった。

彼女はカメラを取り上げて、その墓の写真を一枚撮った。

崩れた墓は彼女に母の夭折した腹違いの弟のことを思い出させた。

「半分は蕃人の血が流れているのだけど、弟はとても優越感を抱いていて、同族の子どもたちにひどいことをしたの。その子たちを馬にして乗って、籐の鞭で血の痕ができるまでひっぱたいた。あんまりだったわ」月姫はかすかにため息をもらして言った。「そんなだから長生きできなかったのよ！」

タロコ族の女は立ってお産をする。無弦琴子は母から聞いたことがあるが、いざ産まれそうになると、ふつうは夫がきつく産婦の腰を抱きしめて、赤ん坊がおぎゃあと生まれ落ちるまで、両手で力いっぱい下腹のほうへ揉み下ろすのだそうだ。

妻が日本に帰ったあと、横山新蔵は初の文官総督である田健治郎の推進した内地延長主義に応じて、内台一体の同化政策を実行した。日本国内で制定された法律を、植民地にまで拡大して実施したのだ。

同化政策の条例の一つは日台人の通婚の開放で、日本人が山地蕃の女性と結婚することも政策の中に入っていた。横山新蔵はタロコ族ホーホス社の頭目の娘と結婚した。彼は、このことは彼個人とは関係なく、まったくもって政府の方策に従ったまでであり、彼個人の価値は完全に母国日本の利益になるかどうかによって決まるのだと公言していた。

「日本人の優れた血を未開の野蛮人に注入することが私のなすべき義務だ」彼はそう言った。

だが実際には、横山新蔵はとうの昔にその頭目の娘と関係を持っていた。朝早く彼が蕃人の女の家から竹垣を閉めて帰って行くところに、早起きの族人たちが何度も出くわしていたのである。

「あら、それじゃあ綾子おばあちゃんの心を傷つけたでしょうね、万一おばあちゃんに知られたら」

これが無弦琴子の当時の反応であった。

「父さんはこうするのが統治のために有利なんだと言っていたわ」

横山月姫はその蕃人の女が日本の下駄を履いて歩き、もう少しで転びそうになった時のおかしな様子を事細かに話した。その後結婚はしたものの、彼女の父はけっして蕃族の女を駐在所の宿舎に泊めることはなく、あいかわらず自分が毎日朝早く露の降りた竹垣を開けて帰った。異なるのは、以前は姿を現すことのなかった蕃人の女が、今では白い花柄の筒袖の着物を着て、両手を膝に置いて深々と腰を折り、彼にお辞儀をしながら別れの挨拶をすることだった。

「その女の人を見たとき十分に光はあたっていたのに、なぜだか分からないけど、どうしてもその顔がはっきり分からないのよ」

月姫は娘にそう言った。

祖父は自分が蕃人の女と情を通じていることを妻に知られたら、ショックを与えるかもしれないと思って、綾子を日本に帰らせたのだろうか？

無弦琴子は問い詰めたが、返事はもらえなかった。

当時は多くの警察官が家族を日本に残し、単身で山地に赴任して頭目か長老の娘を妻にしていたが、元の妻とも離婚はしていなかった。月姫はさらにかばうように、自分の父親は実は蕃民から敬愛されていたと言って、見聞きしたことを話した。

そのころ彼女はもう娘盛りになっていて、ある時吉野移民村から山の上の駐在所に帰った。車から降りると、何人かの蕃人が道端にしゃがんでビンロウを嚙みながらおしゃべりをしていた。彼女の姿を見ると、その中の一人が急に立ち上がり、彼女に向かってペラペラとひとしきり何か言った。

「あたしはそのとき身体じゅうがこわばって、胸がドキドキしちゃった。襲われるのかと思って、すぐに逃げようとしたら、そのうちその蕃人がしきりにうちの父さんの名前を口にしていることが分かったの。仲間もうなずいていた。父さんをほめていたのよ」

月姫は思い出した。巡査部長だった父は、見回りの時は、車に小旗を挿して、威風堂々としていた。社の蕃人たちは車が通るのを見ると、両側に立って、頭を下げた。あるとき、父は迷子の子どもを見つけると、自分でその子の家に連れて行き、その母親に会うなりビンタをくらわせて、しっかり子どもをみているようにと叱りつけたのだった。

荒れ果てた草むらの中の小さな墓碑の前に立っているうち、無弦琴子の頭にとつぜんある考えが閃いた。もしかしたら祖母の綾子はほんとうはそこを離れたくなかったのかもしれない。彼女の夫が自分の自由にできるよう、無理やり彼女を日本に送り返したのであり、綾子の神経衰弱さえも単に彼女を遠ざけるための一方的な言い分だったのではないだろうか？

胸をさすりながら、彼女はこうした考えに驚かされていた。

横山綾子の手紙には何度も、夫婦が別れて暮らしていると、ますます夫のことが分からなくなるのではないかと心配だと書かれていた。実は、彼が六年間勤めた呉服店をやめるときっぱり決め、台湾に行って警官になった時から、綾子は彼が分からなくなっていた。

綾子は人づてに知った自分にとって非常に大事なことに言及していた。夫の以前の雇い主である呉服店の主人は、実の息子に家業を経営する能力がないと考えて、血縁関係のないよそ者に跡を継がせた。その新しい主人は夫よりも何年も遅く店員になった人なのである。

もしも夫がもとのところに残っていたら――綾子は手紙に、幼い主人の後見人は夫以外にはいなかったのに、と書いていた。その言葉には残念でならないという様子がみえた。

実際、横山新蔵は妻の願いどおり、紙や硯を並べた事務机の前に座る仕事に就くことができた。ただし彼は呉服店の主人になったのではなく、机の上には算盤や帳簿もなかった。彼ははるばるこの山の上にやってきて、これまでの身分から方向転換し、夢にも見られなかった権威を手に入れた。胸を張り、両手で机の角を押さえて、部下に命令を下す。小柄な彼だが、声は肺活量が十分だった。

台湾の山の上で茶室を作れなかった埋め合わせに、綾子はすでに家の裏庭のあのイチョウの木の下に、竹や茅を使って小さな茶室を作るつもりだった。夫が娘を連れて帰ってきた時に、茶をたてて心を静めることができるように。

日本に帰った時のことを、綾子は手紙にこう書いてきた。客船が神戸に着いたとき、綾子は別れてきたばかりの夫がひどく恋しくなって、ふたたび瀬戸に行った。七年前に夫婦で訪れたあの陶器店はまだあった。彼女は感傷的になって赤と黒の対の楽窯風の夫婦《めおと》の湯飲み茶碗を買い、さらに茶道に必要な、湯杓や茶さじ、そして茶筅《ちゃせん》などの道具を買い求めた。

彼女は毎日毎日、夫が一日も早く帰ってくることを待ち望んだ。その時には茶室も出来上がり、モチノキの垣根は赤い柔らかな芽をほころばせて、満開の花の春になっているだろう。彼女は炭火をおこし、茶釜を置いて、釜の蓋を取って茶をたてる。夫婦は向かい合って茶を味わい、床の間の水盤に活けた菖蒲をめでるのだ。

横山綾子は夫と娘が身近にいない生活を寂しいものだと言った。「一種の燦然と輝く寂しさです。なぜ燦然かというと、異なる季節の花が日の光の下で変化する色を楽しむことができるからなのです」

月姫の前半生のアルバムをめくってみたが、無弦琴子は月姫が女性教師になって卒業式に参加した集合写真を見つけることはできなかった。月姫は母親の期待に応えなかった。しかしながら、月姫はたしかに教師になったことはある。ただ正式なものではなかっただけだ。総督府は理蕃教育を推進するにあたり、まず蕃童教育から着手した。駐在所の警官が責任をもって集落で教室を開いて日本語を教えるもので、蕃人の母語を廃止し、日本語を標準語とした。

横山月姫は駐在所の警官の手伝いで、ホーホス社の子どもたちを集めて、あいうえおから日本語を教え、正確に発音できると、飴を一つほうびにやった。彼女はまた年長の山地の女の子たちを一列に並ばせ、日本舞踊の手足の動きや童謡を教えた。月姫は子どもたちに親しみ愛された。

田健治郎総督の就任後は、蕃族の子どもたちが山を下りて漢人の公学校で勉強し教育を受けることが奨励された。学費を全額免除したうえに、無料でシャツやズボンや靴、それと紙とか鉛筆などの文房具を支給した。父母たちは子どもが山を下りると漢人に誘拐されてしまうのではないかと心配して誰も行かせようとしなかったが、月姫が何度も説得に当たったので、家長たちもようやく子どもたちが山を下りて勉強することを承知した。

ここここそが母のほんとうの家なのだ。無弦琴子はそう思った。

琴子は木々のあいだにある岩に腰をおろし、緑色に連なる山々の最も高い峰——白い雲に縁どられ、秋の日差しの下で神秘的なタロコ族の聖山に向かって、この地と自分自身そして母親である横山月姫との関連についてじっくり考え、母の時空のひび割れた支離滅裂な過去をつなぎ合わせてみた。完璧に一つの輪郭を描くのは難しいことは分かっている。

以前頭がしっかりしていた時なら、母は無弦琴子に花蓮にいた頃の昔話をすることができたはずなのに、あれこれ若い頃の話をするたびに、月姫の顔には胸を打つような情愛にあふれた表情がうかび、完全に過去に浸ってしまっていた。

だが、ある程度の時間が過ぎると、深い情を込めて思い出していた事がらを一つ一つ否定し、頭を振って、そんなことははじめから起こらなかったと言った。同じ一つの出来事が、無弦琴子の生年月日と同じように、くりかえしているうちに、何種類もの異なるバージョンになった。

すでに聞いた記憶に基づいて、無弦琴子が母親に前に言ったことと違うと注意すると、返ってくる反応はただ茫然とした表情だけで、ひどい場合には、何を言っているの、ありもしないことをでっちあげて、と娘を責めた。

ありもしないことをでっちあげているのは母のほうであった。

無弦琴子はいともたやすく例をあげて反駁することができる。

月姫の話では、彼女は吉野移民村小学校を卒業すると、さらに二年間高等科で学び、つづいて花蓮港高等女学校に進んだ。彼女は第一期の卒業生で、花蓮市政府からもかつて初期の花女の同窓生として母校に招待されたことがあるという。しかしながら、時期を計算してみると、彼女が花女に通っていたという時期は、実はちょうど佐藤さんの奥さんについて洋裁を習っていた頃だった。

だが、月姫は花女での学校生活について事細かく話すことができた。学校は花崗山の上にあって、花蓮神社から近かった。神社の階段の両側には一対の雄々しい馬の銅像が建てられていた。無弦琴子はたしかに母親が銅馬の下に立っている写真を見たことがある。だが彼女が着ていたのは高等女学校の制服ではなかった。

母親の話では花女の初代の校長は、進歩的な思想の持ち主で、学校ではヨーロッパの言語の教育を行なった。その頃すでにフェミニズム意識の芽生えていた無弦琴子は、半世紀前のその進歩的な校長に対し、つよく興味を惹かれた。

「生徒が外国語を習うのは、結婚してから、夫のために蔵書を整理するとき、本を正確な場所に置けるようになるからよ」

それを聞いた無弦琴子は、泣きも笑いもできなかった。

実は、月姫と花蓮高女との縁は一度きりだった。佐藤さんの奥さんについて創立間もない学校へ裁縫の授業で洋服の裁断の手本を見せに行ったとき、月姫はそばで助手をつとめたのだ。証拠の写真もある。無弦琴子はこの矛盾を指摘するのに忍びなかった。

月姫が語る中で、彼女の「級友」の真子とタロコ族の狩人ハロク・バヤンとの恋愛話だけは終始一貫していた。思い出の中に生きていた母はあまりにも寂しかったので、他人の恋物語を娘とともに楽しもうとまでしたのだろう。はじめのうち無弦琴子はそう考えた。

「すごく特別な恋愛だったのよ」部屋の中には母娘二人しかいないのに、月姫は身を乗り出して、娘の耳元までかがみこみ、他人《ひと》に聴かれたら困るとでもいうように声をひそめて言った。

「彼女、蕃人を好きになったのよ」

初めて出会ったとき、その蕃人はまだ少年だった。歯痛のため頬を押さえながら、クスノキの下に立っていた。時は春、枝や葉が傘のように生い茂ったクスノキには、よい香りの花が咲いていた。日本人の女学生が赤い漆の下駄を履いてクスノキのほうに歩いてきた。頭目の息子に声をかけるつもりのようだ。頭のかぶり物にキジの羽根を挿した裸足の頭目の息子が、日本人に贈られた日本刀をシャーシャーと振っているので、日本人の少女の注意を引いたのかもしれない。だが、彼女は歯の痛いのを無理やりこらえて眉ひとつ動かさないでいるハロクに、やさしく歯医者に連れて行くと言った。その口ぶりはまるで自分の弟に言うようだった。

「でもほんとうはね——蕃人の少年は彼女より丸々六歳も年上だったのよ」

拒絶する間もなく、ハロク・バヤンが気づいた時にはもう彼女の後について、坂の上のあの奇怪な日本人歯医者の家に向かって歩いていた。

ホーホス社の辺鄙な坂の上に、日本人の歯医者が一人で住んでいた。家の中には書物や奇怪な器械が所狭しと置かれ、戸棚には歯の模型がずらりと並んでいた。

月姫が娘に語ったところによると、日本人が台湾に来る前は、マッケイというカナダの医師が歯を抜いて痛みを取り除いてやっていた。はじめは鉗子がないので、彼は削って尖らせた堅い木を使って、虫歯を抜いた。歯を抜いてもらった人は喜び極まって泣き出し、次々に洗礼を受けて神に帰依した。マッケイ医師は抜歯にかこつけて福音を広めていたのである。

立霧渓の山にいるこの医者は、彼らの「抜歯」の風俗に特別の関心を抱いていて、部族の人の歯を抜いてやる機に乗じてイノシシの肉やビンロウを齧っているタロコ族人の歯の特徴を研究していた。

「『抜歯』って何かというとね」月姫は自問自答して言った。「蕃人は上顎の両側の門歯を一本ずつ抜いて、口を開けて話をするとき、隙間から舌が見えるようにするの。彼らはそれが恰好いいと思っているのよ」

日本人歯科医の抜歯の道具は金属の鉗子だった。

裸足で、両頰を手で押さえながら、クスノキの下に立っていた蕃人の少年。クスノキ――月姫はそれが彼女のいちばん好きな木だという。クスノキを詠んだ歌の入っている『古今和歌六帖』を読むと、クスノキの枝の多いことが、人々の強い慕情の比喩となっていて、月姫はしばしば涙を流さずにいられなくなる。

無弦琴子の目の前に、何年も前、夜遅く家に帰った時のことが浮かんできた。母は暗闇の中に座っていた。膝の上に広げたアルバム。破られなかったあの一枚の写真。十数歳の少年が一人で写っていた。日本の着物を着ていて、肌の色は黒く、目が落ちくぼんでいる。

この人、誰なの？

無弦琴子は母に訊いたが、答えはなかった。

その後、母は級友の女の子が蕃人を好きになったことを思い出した。無弦琴子はすぐに写真の少年のことを思った。

「その蕃人は山の上に住んでいたんでしょ。母さんの友だちはどうやって彼を歯を抜きに連れて行ったの？」

「あっ、それはあり得るわよ。彼女——あたしの友だちも山に住んでいたんだもの！」

「山に住んでいて、どうして花蓮高女に通えたの？」

「ああ、それはその後のことなの。蕃人も彼女について山を下りたのよ」

「ということは、母さんの友だちも最初は山に住んでいたということね？　その人のお父さんも警官だったの？　うちのおじいちゃんと同じように。そうなの？」

「そうでしょうね」月姫はそうとも違うとも言わなかった。

娘に問い詰められるのを恐れるかのように、月姫は話をそらし、娘に「湾生」とは何のことか説明しはじめた。

「湾生というのはね、台湾生まれの日本人のことを俗にそういうの——」

「あたしたち親子は二人ともそうだわ」

「でも、あんたは小さいうちに帰ってきた。あたしは違うの。本当は台湾こそがあたしの故郷なんだけど。でも変なの、心の中ではまたそれを否定しようともしているの。植民地生まれはちょっと下に見られてイヤな思いをするような気がして。もしあたしの故郷が日本なら、卑屈になんかならないいんじゃないかと……」

月姫は自分が日本に対して奇妙な、何とも説明のしようのない郷愁を感じていることを認めていた。台湾で生まれたがために、寄る辺なく漂うことになってしまった。

「湾生」という言葉はかすかな憐憫と軽蔑を帯びている。

「お友だちの真子さんも湾生なの？　よりによって見下されている蕃人を好きになっちゃったということなのね？」

無弦琴子はこの言葉に対する母の反応をたいそう不思議に思った。なんと顔を真っ赤にして、恥ずかし気にうなだれてしまったのである。

「あたしその人はいい人で、ただ惜しいことに蕃人だったというだけだと思うわ」

結局、これは母を慰めるために言ったようなものだった。

10　月見草

　空がぼんやりと明るくなった。ハロク・バヤンは腰に片刃の鋭利な猟刀をさしこみ、長い時間をかけて準備した弓矢や獲物を捕獲する罠などの猟具を背負うと、小屋の戸を閉めて家を離れた。小屋の前の古いセンダンの木のそばを通ったとき、足を止めてちょっと見上げた。幼い頃、父親が山へ狩りに出かけるたびに、彼は、友だちと鳥のひなを捕まえに山の手前まで行ったり、草むらで捕まえたバッタを二つに裂いて喜んだりするようなことはしなかった。ハロクは遠くへ行かないようにした。毎日センダンの木の下にしゃがんで、父親が猟から戻るのを待った。彼には父親が獣の膀胱を持ってきてくれるのが分かっていた。それを乾燥させて、息を吹き込み、ボールのように蹴って遊ぶのだ。

　センダンの木に紫色の花が咲くと、ハロクには亡くなった母のことが思い出された。母が生きていた時は、いつも息子にセンダンの木のようになりなさいと言い聞かせた。土地の痩せた石ころだらけのところで育っても、センダンの木はどの部分をとっても役に立たないものは無い。葉はスープにできるし、それで身体を洗えば、皮膚のひび割れを防いだり、皮膚病を治したりできる。枝を使えば腰かけが作れる……。

ハロクはフーッとため息をもらした。

今回は寂しい猟になった。集落の伝統にしたがえば、猟師が猟に出発する前の晩には、かならず狩猟祭を行なう。シャーマンが祭司をつとめて祭礼の歌や祈禱をあげ、尊敬する祖霊がタブーを固く守る猟師に対して幸運をもたらし、猟場から獲物をどっさり担いで戻れることを祈るのである。

シャーマンはこんな祈禱からはじめる。

「わたくしが真心をもって御前に奉りましたものは、猟師どもの進呈いたしますお供物の、牙のある生きた雄のイノシシでございます。なにとぞ猟師たちに幸運をお与えくださいますよう……」

ハロクは自分が今もシャーマンの祝詞《のりと》を覚えていることを幸いに思った。日本人はタロコ族の伝統的な祭りや儀式を無視し、彼らの神霊や守り神を日本の神社の神といっしょにして、それぞれ家の中に神棚を作り、神社の参拝に参加するようにと命じてきた。

ハロクは気持ちが落ち着かなかった。今回日本人を案内して山に猟に行くのに際し、事前に狩猟祭を行なわなかったし、祖霊や猟の神に祭りの儀式を捧げていない。出発前、彼は三晩つづけて悪い夢を見た。ニシキヘビやカラスや黒猫など不吉な予兆の夢を見、夕べなどは家が火事になり、一家全員が火の海の中で命を落とす夢まで見た。彼は心の底から夢占いの霊験を信じていた。

神霊が夢に託して、このたびの猟では災難に遭うというお告げをしたのだ。たとえ無理やり山に行っても、良くて手ぶらで帰ることに、悪ければ身に災いが起こるだろう。

今回の猟では彼は案内役として、ドンビドン駐在所の三人の警察官を連れて山に行くだけだ。出発の日時、猟を行なう日数、同行者の人数、連れて行く猟犬の数や狩猟範囲等々は完全に日本人が決め、彼には口を挟む隙も無かった。

実施日を変えることができないからには、ハロクはどうしても今回の山行きでどんな危険に出遭うのかを知り、対策を考えたかった。以前なら猟に出発する前に、族中の壮士がみな尊敬するシャーマンのヤワス・クムに教えを請い、筮竹《ぜいちく》でその回の狩猟の吉凶や首尾不首尾を占って、予測してもらった。顔に入れ墨をしたヤワス・クムは人の心まで見透かす鋭い眼を持っている。彼ならどこか秘密の静かな場所で、猟師と猟具を前にして、シャーマンが「達然《タラン》」と呼ぶ八寸ほどの小さな竹の棒を、両の手のひらでこすりながら、口の中でぶつぶつと、敬い謹んで呪文をとなえ、神霊の降臨を祈るだろう。

シャーマンは呪文をひとくぎり唱えるごとに、猟師と猟具を指さして吉凶を尋ねる。一問一答のあいだに、「タラン」が自動的にシャーマンの手のひらにへばりついて、神霊が霊験を顕し、霊媒者の口を借りて猟師の吉兆や善悪についての問いに答えるのである。

残念なことに、最も部族の人の尊敬を集めていたシャーマンのヤワス・クムは、日本人によるタロコ族討伐戦役のあいだに失踪し、今に至るまで行方が分からない。ハロクは問うにも問いようがなく、黙って心の中で念じて、神霊の加護をお願いするしかなかった。

「……謹んで日の出日の入りの際に福をお授けくださいますようお願いします。いつでも巨大な角をもったスイロクや大きな牙のイノシシなどの獲物が現れて、好きなだけ捕らえることができますように……」

もともと、駐在所のトップである横山新蔵は彼にこう言った。春も暖かくなって花の咲く頃が山での猟に最適な時期だ。それに春になると大地にほころび咲く様々の野の花を見て楽しめるし、鳥も観察できる。自分は高山にいるサンケイの仲間の美しい鳥類が、春に姿を現すことを知っている、と。

ハロクは命令に従うことを拒否した。毎年三月から五月にかけては、タイワンカモシカ、スイロク、山羌《キョン》（台湾に生息する小型のシカ）、イノシシ、ムササビなど様々の動物が次々に子どもを産む子育ての大事な時期だから、部族の人たちは春の出猟を禁じ、動物の乳飲み子を食べたら天罰がくだると考えている。夏は台風が多く、山上の風や雲は急変しやすく、長雨に災いされれば猟の道が陥没してしまう。無理に山に入って猟をしても、捕まえた獲物をすばやく下に運ぶ手立てがつかず、あたり一面が死骸だらけになってしまう。真夏も毒蛇や毒蜂が猖獗《しょうけつ》を極める季節であるため、禁猟期と見なされている。

農閑期の秋こそが最も猟に適している。

横山新蔵は彼を説得しきれず、辛抱づよく天高く爽やかな秋の九月まで待つしかなかった。

ふだんだとハロクは日本人の命令など馬耳東風で、近道をして部族の人たちが踏んでできた小道を歩くのだが、これから日本人の警官と会うのだと思い出すと、決まり通り広い道を行くことに決めた。ジープを運転できるくらい広く平坦なこの道路は、日本人統治者が山の民を管理するのに便利なように、集落と集落のあいだをつないで開通させたものだ。

ハロクはドンビドン駐在所のほうへと歩いて行った。

彼は今回、銃を担いだ日本人と山へ猟に行けることを長いあいだ待ち望んでいた。部族の人たちの猟銃が第五代佐久間総督によって凶暴な武器であると見なされ、ことごとく強制的に没収されたあとは、タロコ族の人たちは手足をもがれた蟹と同じで、生きるすべを無くした。

ハロクは深々とため息をついた。本来なら勇猛果敢なことで知られていた祖父から伝えられた男物の帽子をかぶりたかった。それには十何頭もの祖父が射止めたイノシシの牙の飾りがついていて、帽子の縁には赤いリボンまでついていた。日本人の前で目立ち過ぎないためにあきらめて、交ぜ織りのゆったりした服の上から刺繍の胸当てをつけ、腰につけた籐の箱にその鋭利な猟刀をしまっておくだけにした。

男児たるもの腰に刀を下げれば、山林のどんな猟場も歩きまわることができる。ハロクはこの刀で草を刈って道を開き、仕留めた獣を切りさばくつもりだった。

山の砦のようなドンビドン駐在所が見えてくると、ハロクの足どりは緩慢になった。

駐在所の周囲百里にある土地は、もともとは彼の家族に属する三つの猟区のうちの一つで、部族の人たちはこの二千メートルの混合樹林の高山で、海抜の低いところに暮らす小動物を捕らえていた。たとえばもっぱら針葉樹の芽を食べるのが好きな殺し屋で、樹上に棲む白面と黒面のムササビ。その肉はとりわけいい匂いがして美味であり、胃腸とその他の内臓でスープを作れば、解熱や胃腸の不調を治すのに効果がある。夜になって姿を現す果子狸《グォツーリー》は、両眼の上側に白い点があるため、別名を白鼻心《ハクビシン》という。山に住む部族の人たちが最も好きなご馳走で、冬、スープにして身体を温め滋養補給にする。昼は隠れていて夜になると出てくる野兎やコジュケイなども、猟の対象だ。

ハロクの家族は集落の掟を厳格に守っていた。三つの猟区は年ごとにその中の一つにしか入って狩りをすることができない。三年に一度ずつ順番に使って、猟区の中の動物が繁殖し成長できるようにする。こうして初めて猟場を永く利用することができるのだ。

猟区を守ることは部族の構成員の共同責任だ。猟を行なうのは山に暮らす者が山に頼って生計を立てるということだけでなく、集団の求心力を維持し、敵対する集団の侵入を防ぐことでもある。猟場の周囲を石積みか葦で囲んで、境界の目印とし、部外者は許可がなければ、勝手に入ることはできない。

タロコ戦役の後、日本の警察は彼の先祖伝来の猟場を無理やり占領し、山頂に駐在所と家族用の宿舎を建て、斜面の下のまわりに何丈もの深さの塹壕を掘って、鉄条網で囲って電流を流し、蕃人が範囲を越えて入って来るのを防いだ。

戦役が終わると、花蓮港庁は生き残った蕃民の中から五十名を選び、台北へ連れて行って日本の閑院宮戴仁《かんいんのみやことひと》親王に謁見させ、総督府官邸の側面東南角の空き地で歌舞を演じさせた。親王は階段の上の背もたれの高い椅子に座って観覧した。

演舞のあとの集合写真には、最後列でうつむいたまま、レンズに顔が写るのを避けている人がいる。役所が保存している写真集の中では、このうつむいている人物は問題のある人物として丸印を付けられた。この人物がハロクの父親である。

ずっと戦争の痛手から立ち直ることのできなかった彼は、国土とも思っていた猟場を異民族に侵略され、集落の法律や制度を侵されて、先祖の霊に顔向けできなくなった。彼は怒り嘆き悲しんで、苫屋に閉じこもったまま酒で憂さを晴らすようになった。ハロクの祖母が食べ残しのアワを使って醸した酒をみんな飲んでしまったうえに、彼女を脅して祭りのために取っておいた酒まで出せと言い出す始末だった。

祭り用の酒を飲みつくしたハロクの父親は、ぐでんぐでんに酔っぱらうどころか、かえって酒《アル》精《コール》の中の精霊に意識を呼び覚まされた。彼が重い頭を振ると、身体全体がしゃっきりしてきた。

祖先から伝わった猟場を、彼はまったく自由に行き来することができた。誰も、たとえ鉄条網に電流を通した日本人であろうとも、彼が自分の猟区に入るのを阻止することはできない。その夜、彼はこっそりドンビドン駐在所の要塞の下に忍び込み、すっかり様子の変わってしまった猟区を徘徊した。自分が掌中にあるごとく熟知している地形に沿って、ハロクの父親はくぼみになっているため電流が届かない小さな穴から、身体をかがめて入り込み、猟区に戻った。自分の背丈よりもずっと高く繁った葦をかきわけ、記憶にある大木のところへ行って、夜のあいだ、そこをねぐらにしているコウライキジをつかまえた。

ハロクは今でも覚えているが、緑色の頭に白い首、尾が長く黄金色の毛をしたその大きな鳥を、父親が茅葺きの家の泥地に放つと、壁がむき出しのあばら家に彩りがあふれ、にわかにまばゆく輝いた。そのコウライキジは彼の子ども時代の、最初の遊び友だちになった。

その後、月のない晩に、父親は猟区に潜入して、以前のように鉄製のトラバサミを仕掛けて灰褐色の野兎を捕まえたり、くくり罠を用いてずんぐりした体形の、クルクルという鳴き声のミヤマテッケイを捕まえたりした。日本の統治者が猟師たちの鉄砲を没収したため、生計の道を失った父はこうした小型の獲物を獲って、一家の命を支えたのだった。

何年もたって、葦をかき分けて闇夜に潜行するのはハロクに変わった。彼は父親の発見した例の穴に沿って、電流の流れる鉄条網を避け、彼の一族の猟区に潜入した。ただしハロクは家の食卓に野生の味を載せるために、ワシ、タカ、ベンガルヤマネコ、そして野犬と争って灰褐色の野兎を捕まえるつもりなのではなかった。

ハロクは草むらに隠れ、目を凝らして砦の日本人宿舎を見つめた。黄昏の灯りが障子に透け、部屋の中にいる彼のリムイ（Rimui. 部族の言葉で「慕う」の意。想い人）――彼はいつも彼女のことをそう呼んでいた――は、一面の暖かな灯りを浴びている。彼は彼女に寄り添っていたかった。灯りが消えるまでずっといてから、ようやく未練たっぷりに立ち去った。

帰り道、ハロクは草むらの中に黄色い小さな花がいくつも咲いているのを見つけた。彼のリムイが話してくれたことがあるが、夜更けに月あかりの下で静かにほころぶ黄色い小さな花は、月見草という。月が沈むと、すぐにしぼんでしまう。

月見草は、日本人が来てから草むらに現れるようになった花である。

ハロクは先頭に立ち、猟に行く三人の日本人警官を連れて猟道に沿って山を登った。山道は険しく、イラクサとその茎や葉がひっからまってくる。一行は押し黙って歩いた。

鉛のようにどんよりした空模様だった。ぼんやりした灰色の空の光が生い茂った木々のあいだからもれ、薄暗い光と影をあたりに注いでいる。この一面コノテガシワと台湾杉が混生している林を歩いていると、黄昏時のような感じがした。

出発するとき、日本人たちは秋の日差しを見ながら「おお、日本晴れだ！」と声高に叫ぶことができなかったので、失望のあまり意気消沈していた。

ハロクは足取りも軽く静かに歩いた。彼は子どものころから部族の猟師たちのあとについて山へ狩りに行っていた。毛抜きと内臓の処理を終えたスイロクやキョンなどの獲物を背負って、黙々としんがりを務め、時には半日もつづけてひと言もしゃべらないこともあった。狩りは静かに行なわなければいけない。騒がしくしていると獲物が驚いて逃げてしまう。山は祖霊の居ますところであり、侵すべからざる聖地であって、精霊が至るところにいる。ハロクは子どもの時から大自然を畏れ敬うよう躾けられてきた。深山渓谷で水遊びをしたり喧嘩をしたりすると、大人から大目玉をくらう。ましてや気ままに大声で叫んだりふざけたりするなどもってのほかで、小便さえもしゃがんでしなければならなかった。

同行者のうち照日三郎警員は、職に就いて日も浅かった。一番の年若であり、しかも赴任したばかりなのをいいことに、間違ったことを言っても大目に見てもらえる。道中ずっとしゃべりっぱなしで、恥ずかしげもなく大口をたたき、今回の最終目標は台湾で最大の猛獣である、体重二百キロの黒熊を捕まえることだ、戦利品として駐在所に連れ帰り檻に入れて飼う、と宣言した。

彼の前を歩いていた、小柄な、職階の高い巡査の横山新蔵は、この軽薄な部下を叱ろうともしなかった。照日三郎は自分が中学校卒業であることで優越感を持ち、他の人より上等だと思っていて、何ということなしにいつも学歴の無い上司に沈黙の威圧感を与えていた。彼が自分の家に客にきて、しおらしく畳の縁に座っていても、横山新蔵はやっぱりその傲慢さを意識してしまう。

「熊は人間を恐れますが、台湾熊は特に日本人を怖がりますね」

照日三郎は得意げに胸を張り、自分が勇猛であることを示した。

ハロクは自分の経験からこう彼に言った。黒熊は体が大きいので、容易には撃ち殺せません。人間に怒らされると、その殺傷反撃能力はきわめて凶暴な恐ろしいものになります。タロコ族の猟師は黒熊を捕獲の対象とはしません。山奥でふいに黒熊に出くわしたら、相手にしないのが一番です。

そう言いながら、大股で険しい坂道を上って行った。銃を担いだ三人の日本人警官は弱みを見せまいと彼の後を追おうとしたが、ずっと遠く後ろに離されてしまった。照日三郎はしきりに立ちどまっては汗をぬぐう。横山新蔵は胸にぶら下げた望遠鏡をもちあげ、立ちどまって高く雲までそびえる台湾杉を仰ぎ見ながら、景色を見ているふりをした。

杉林を過ぎるとカエデの林だった。警官たちは朝じゅう登りつづけ、厚い腐葉を踏みながら、イバラを切り開いてきたので、ズボンはトゲだらけの籐茎にズタズタにされ、袖から出ている腕は傷だらけになってしまった。

一行は立霧渓の上流に着いた。二頭の猟犬は先を争って急流を渡る。警察官たちものろのろと谷川を遡るようにして渡り、傘のように枝の広がった、巨大なクスノキの下で休憩した。照日三郎はわざとハロクから離れて座った。彼は鼻にしわを寄せ、小さくもない声で同行の警官に、自分には蕃人の体臭は耐えられないと文句を言った。二頭の猟犬は歯をむき出して、一人で岸辺に座っているハロクのまわりをぐるぐるまわり、彼の臭いを嗅いだ。

これこそ類は友を呼ぶだ！　照日三郎はハロクの目や鼻が猟犬のように利き、スイロクやイノシシなど獲物の位置を嗅ぎつけ、それらの呼吸を聞きつけてくれればいいのにと思った。

谷川のほとりに色づいた一本のカエデの木があった。真っ赤な葉はハロクの眼から見ると、流血のように、谷川の水を赤く染めていた。

ハロクは渓流を指さしながら、振り向いてちょっと意地悪げにクスノキの下にいる日本人警官たちに言った。

「部族の人たちはこの流れを洗頭渓と呼んでいます」

日本人たちはけげんそうに彼を見た。

昔、ハロク・ナウイは――ハロクはそう言いながら、鋭い目つきで横山新蔵をまっすぐ見た。彼は三人の警官のなかで唯一佐久間総督に付いてタロコ族討伐に参加した人物だ。彼ならきっとこの勇猛果敢な頭目のことを知っているだろう――彼は集落の壮丁を率いて首狩りに行きました。帰りがけに獲物の人間の頭を渓流に入れて血の跡を洗い落としました。それでこの谷を洗頭渓と呼ぶようになったのです。

血は渓流の水を赤く染めた。

六つの眼が一斉にハロクの背の籐蔓の網袋に注がれた。日本人たちはたがいに顔を見合わせ、疑心暗鬼になって、その網袋にもかつては人間の頭を入れたことがあるのではないだろうかと疑った。照日三郎は嘔吐するまねをして、喉をおさえた。もう一人の警官は無意識に手を伸ばして猟銃を握りしめた。横山新蔵は口笛を吹いて、二匹の白い胸毛のある獰猛な猟犬を自分の近くに呼び寄せた。


猟の道に沿ってさらに上に登った。一行は地面を這っている様々なシダ植物を踏み、雲杉やイワヒバやヒカゲヘゴなどがうっそうと茂った広葉樹林を抜けて歩いた。遠くで滝がすすり泣き、猿の叫ぶ声がはっきりと聞こえた。猿たちは密林の茂みのあいだをぶらんこのように行ったり来たりして、まるでこの招かれざる闖入者たちを威嚇しているようであった。

険しい岩や切り通しをよじ登ると、ふいに視界が開けた。これは奇萊群峰と立霧山とのあいだの広大な連峰で、スイロク、タイワンカモシカ、キョン、イノシシ、ムササビがしょっちゅう崖の断層のところに出没した。

照日三郎は半日のあいだ背負っていた猟銃を下ろすと、手に取って静まり返った山の峰に狙いをつけ、ムササビを撃とうと探しながら、嬉しそうに叫んだ。

わあっ、猟師の楽園だ！　彼は腕前を見せたくてしかたがなかった。

高山の気候は瞬時に変わる。重なりあう山々の峰に、濃霧が風に乗って、綿のようにひらひらと落ちてきた。ハロクは湿った空気を吸い込み、葉が落ちて枝だけになったシマサルスベリの林を透かして、黄昏時のように薄暗くぼうっとしている空模様を観察した。雲と霧が凝り集まった水滴がぽたぽたと彼の顔に落ちてきて、雨が降りはじめた。日本人警官たちは急いで身をかがめて懐の猟銃が雨に濡れないようにし、ハロクの後について懸崖《けんがい》のところにある飛び岩の下に飛び込んで雨宿りをした。

頭や顔の雨水を拭いているうち、彼らは飛び岩の天然の障壁の下に、低い木造小屋が建っていることに気がついた。

そこはハロクの部族の人たちの狩猟小屋だった。戸口に掛かったイノシシの肝は、狩猟小屋が勇士のための小屋であることを示している。彼は二枚の杉皮を押し開けた。山の湿気のために膨張して、戸はぴったり閉まらなかった。中は散らかり放題で、支柱はあっちこっちに傾き、樹皮の壁は裂けて崩れている。一面の腐葉や動物の排泄物は、どれもみな真っ白なカビに覆われていた。

日本人が彼らの猟銃を没収してから、猟師たちはもう山に登って猟をすることがなくなり、狩猟小屋もこのように荒れ放題だ。

背負っていた猟具を下ろすと、ハロクは雨をついて崖のそばの大木のところに行き、雨に当たっていない乾いた枝や枯葉を拾って来て、火をおこした。狩猟小屋の精霊を温めてやろうと思ったのだ。

横山新蔵がちらっと腕時計に目をやって、言った。

「雨になってしまったから、ここに泊まることにしよう」

二人の荷担ぎに散らかった小屋をかたづけるよう命じると、アルマイト製の弁当箱を取り出した。三人の警察官はハロクに背を向けて、車座になって弁当を食べはじめた。

嗅覚の鋭いハロクは、豚肉の匂いを嗅ぎ取った。猟でもっとも忌まれるのは肉の入った食べ物を持って山に登ることだ。狩猟とは山林の精霊にむかって獣の肉をくれるよう求めるのに等しい。もしも自分で持って行ったなら、山の神が獣の肉をやる必要はないと考えて、獲物無しで帰ることになるかもしれない。

ハロクはため息をもらした。雨が小降りになったのを幸いに、外に出て籐の籠いっぱいの高山の蕨類と、名前も知らない何種類かの山菜を摘んだ。芭蕉の葉で雨のため水かさの増した谷川の水を汲むと、三個の長方形の石を立てて三角形のかまどを作り、陶器の鍋を掛けてアワ粥を炊いた。

ゆらゆら立ち上る湯気が、ハロクに部族の人たちが我先に語り伝えていることを思い出させた――天地のあいだのどこにでもいる精霊は、煮炊きした飯やおかずの湯気を吸うだけで満腹する。

日本人と同じ屋根の下で食事をするのは、これが初めてではない。燃えさかる薪《たきぎ》の火を見ているうち、ハロクは日本の登山家、宮本研二のことを懐かしく思った。彼は宮本氏のガイドとして能高山に登ったことがある。この日本人は、厳冬の高山にあっても上半身裸でいられるような、たくましい山地人の身体と気力を羨んだ。彼は、ハロク・バヤンの母語であるタロコ族東トルクの言語を習っていた。山に登る時は、日本人の食べ物を持たず、山の民と同じようにサツマイモを食べ、アワ粥をすすった。おかずは一本の塩漬け大根を、何人かで順番に齧り、また鹿の生血も臆することなく飲んだ。

黄昏時には、部族の人たちの哀愁をおびた歌声が山あいにこだまする。宮本氏はそれを聞くと、いつも粛然と襟を正して座り、悲しそうな顔をした。

もう一人、堀井先生がいる。彼はハロクのホーホス社に住んでいた言語人類学者で、もっぱら彼らの言語を研究しに来た。堀井先生は顔に入れ墨をした頭目に祭祀の時だけにうたう部族史をうたわせた。つづいてハロクと同年齢の男の子数人を一列に並ばせ、順番に口を開けて単音節の部族の言葉を発音させた。堀井先生は大げさに耳をそばだて、注意深く子どもたちの発音を聴いたあと、最後にハロクを連れていきたいという手ぶりを示した。母親は息子がさらわれてしまうのではないかと思い、彼を抱きすくめて放そうとしなかったが、顔に入れ墨をした頭目に説明されて、ようやく日本人が彼を研究対象に選び、坂の上の小さな木造の家でいっしょに暮らそうとしているのだということが分かった。

堀井先生の家には本や紙類が山と積まれ、棚の上には魚の骨の化石、猿や他の野生動物の頭蓋骨が並んでいた。木造の家には床に木の板が張られていて、ハロクが足を洗ってそこに上がると、ひんやりした。白っぽい紙が張られた窓のような戸を軽く引くと、戸全体が他の一端の方向へ引っ張られていった。ここは背籠や杵が吊るされている彼の家とはひどく違っていた。ハロクは自分の部屋をもった。寝るのは自分の家のように、木材で枠を作り葦や荻や細竹を編んで張ったべッドではなく、床板の上に厚い蓆《むしろ》が敷いてあって、堀井先生はそれをタタミと呼んでいた。

母親が彼に会いに来る時は、いつも竹筒飯をもってきた。それは部族の節句あるいは大事な客をもてなす時だけに作るごちそうだった。米を竹筒に入れ、中の薄膜でそれを包むようにして蒸すもので、竹の清々しい香りがゆっくりとあふれ出し、すこぶる美味だった。竹筒飯のほかに、食べ残しのアワを使って醸した酒もあった。堀井先生は母が作ったアワ酒が大好物だった。

彼は毎日ハロクに机の上の鉄の箱に向かって発音させ、部族の言葉を言わせた。一文字一文字くりかえし、声に出して読ませる。単調だし面白くもない。朝から晩までやりつづけてすっかり声も嗄れてしまった。傍らにいる堀井先生は絶えることなくノートに文字や絵を描きつづけた。

ハロクは鉄の箱の中に悪霊が隠れていて、ぐるぐるまわるリールに声を吸い取られ、自分はじきに口がきけなくなってしまうのではないかと怖くなった。三カ月もたたないうちに、彼は堀井先生が熟睡しているすきにこっそり逃げ出した。

速く走れるように、彼は日本人からもらった下駄を脱いで、懐に入れ、裸足で走った。走りながら思い出した。日本人が来てからというもの、彼の部族の人たちは——おおかたは女だが、裾周りの狭い日本の着物を着て、下駄を履いてしゃなりしゃなりと山地を歩き、ちょっとうっかりすると、もう少しで転びそうになる。彼はおかしくて仕方がなかった。

堀井先生はハロクにこう言った。

君たちは辮髪《べんぱつ》にしていない。私たちと同類だ。

彼は、山に住んでいる部族の人が山を下りるのを喜ばず、顔に入れ墨をした頭目に、部族の者が山から下りるのは月に一度を超えてはいけないという決まりを作るよう求めた。このようにするのは、山の民の純真さを守り、漢人の悪影響を受けないようにするためだ。堀井先生は山の下の漢人たちのことを貪婪《どんらん》だとか、偽善的で不誠実だとか言った。そして部族の人たちが獣の皮や珍貴な薬材や肉桂を漢人の布やマッチや塩に換えているのを、平地人にぼろ儲けされていると考えていた。

深山の天気は変幻きわまりない。綿の実の繊維のように雲と霧が筋になって次々と山の壁を漂い過ぎていき、雨が止んだ。日本人たちが狩猟小屋を出てみると、雨上がりの険しい山々が彼らの面前に迫ってきていて、壮観の極みだった。横山新蔵は思わずかぶっていたラシャの帽子をとり、敬意をこめて山々を仰ぎ見た。二人の警官も、このように高くそびえる山々を統率している天皇の威儀に讃嘆した。三人は東のほうを向いて一列にならび、皇居を遥拝して、教育勅語を諳《そら》んじ、君が代を歌いだした。

君が代は、千代に八千代に、さざれ石の、巌となりて、苔のむすまで
心中ただ願うは、日本の万世一系の天皇家が、永遠に栄えますように

照日三郎は手にした日の丸の国旗を岩の隙間に挿して、心からこう誓った。登山した先輩勇士に倣って、今後峰々を踏破し最高峰に登頂した暁には、頂上に記念の文字を記した木片を挿そう、

と。彼にはすでに腹案ができていた。

ハロクは断崖の岩の上に座り、立霧渓を隔てて目の届くかぎりを見渡した。北岸に連綿とつづく山の頂の、一か所は岩が積み重なって砦のようになっている。形が桶に似ているので、部族語で「コラ」と言う。桶という意味だ。日本人と十八年のあいだ相対峙しつづけたハロク・ナウイは、弓を担いで矛を手にした戦士たちを率いて密林に神出鬼没し、日本軍とゲリラ戦を行なった。最後の一戦では、敵が潮のように押し寄せてきて、タロコ族に対して民族を抹殺するような大虐殺を行なった。強大な威力をもつ砲弾が集落を爆破して山の暮らしを破壊しつくした。寡をもって衆を敵となす。武器でははるかに日本軍の精良さにおよばないハロク・ナウイは、残った戦闘力と部族の人の命を護るために、コラ戦場に退き、天然の要害であることを頼りにこの最後の砦を死守した。

部族の人々はこの総頭目の不屈の志と節操を敬い慕って、コラ戦場に石を積み重ねて彼を記念した。

第五代目の佐久間総督はタロコ族に対する致命的な討伐作戦をはじめる以前に、一度ならず探検隊を派遣し、善意の訪問を装って、夜はハロク・ナウイの家に泊まらせた。長老たちは日本人が地形を探りに来たのを知って、ひどく怒った。夜になると、火を焚いて部族の人たちが集まって飲んだり歌ったりしたが、雰囲気は憤慨に満ち、人々はすぐにも探検隊員を斬り殺して怒りをはらそうとした。

けれども、ハロク・ナウイは時間をかけて戦いの準備をしようと考えていて、すぐに決戦の火ぶたを切りたがらず、部族の人たちが軽はずみな行動をとることに反対した。人々が夜間に日本人探検隊員を襲うことがないように、敵とともに寝て、翌晩には副頭目に自分をまねるように言った。その結果、探検隊員たちは何事もなく無事に戻っていった。

ハロク・バヤンの名はほかならぬこの勇猛果断な総頭目から取った。部族の習慣に従えば、一般には父親の名前を踏襲することになっているのだが、勇猛さと知恵とを併せ持つことで知られたこの戦士に敬意を表すため、彼はその名前になったのである。

岩の上にいるハロク、その横顔の輪郭の剛毅なことときたら刀で削ったようだ。望遠鏡で山々を眺めていた横山新蔵は、ハロクの肩越しに、前方にある遠くの山を見ているようなふりをした。彼はほんとうは望遠鏡を隠れ蓑にして、まさにこの、耳に貝殻を綴り合わせた飾りを下げ、肩にかかるざんばら髪の、腰に蕃刀をさしたタロコ族の青年を観察していたのだ。

彼は一つの謎であった。横山新蔵は彼をどう扱ったらいいか分からなかった。

彼は目の前に見える高山のように沈黙し、ただ静止している。まるで内在するすべてを止めているかのようだ。彼はすぐ傍に座っているのだが、横山新蔵にはこのタロコ族の人間が遠く空の果てにいるように感じられ、その頭の中で何を考えているのか皆目見当がつかなかった。彼が自らを暴露したいと願わないかぎり、横山新蔵は永遠に彼のことが分からないだろう。

表面的には彼はおとなしく従順で、ちょっと人を避けているようでもあった。落ちくぼんだ眼にはすばしこそうな警戒心が閃いている。横山新蔵は彼が日本人を信用していないことを知っていた。だが、彼は岩の上のハロクと内なる対話を行ない、内なる思いを吐露させなければならない。横山新蔵は彼の人となりを見ぬこうと焦っていた。娘の一生の幸せがこのタロコの青年にかかっていた。だが、彼の静止状態は徹底していて、まるでもうそこに存在していないかのようだった。

横山新蔵はひたすら彼が存在しないことを願った。

彼の十七歳の娘、月姫は、大阪商船の貴州丸に乗って、先週また花蓮に戻り、ふたたび吉野日本移民村の山本一郎の家に間借りをはじめた。横山新蔵は娘に日本に帰って神経衰弱の母親の世話をするように命じた。買い与えたのは片道の乗船切符で、母娘が寄りそいあうようになれば、月姫は長く日本に留まるだろうと考えたのである。

思いがけないことに帰国して二ヵ月にもならないのに、また自分で言いだして戻ってきた。父あての手紙の中で何度も、孝行を全うせずに申し訳ないと詫び、日本に帰ると母の気持ちが予想以上に落ち着いていたので、娘としても安心したのだと書いていた。

「……きっと故郷の身内や気候とか風土が母さんのためによく働いて、回復の助けになっているのではないでしょうか……母さんは私に、自分は台湾の生活に慣れなかった、一日たりとも好きになれなかったと言いました。でも私は違います。台湾は私の生まれたところですし、宿命だとも言えるでしょう……母さんは、私が父さんの言うことを聞いて、花蓮の佐藤さんの奥さんに上級者クラスの洋裁を半分まで習ったところで、日本に帰るために途中でやめたことに同情してくれています。ちゃんとした技術を身に着けるために、私は佐藤さんのところに戻って、中断した勉強をつづけたいのです。

母さんはこれを聞くと安心して、私がまた花蓮に戻ることに賛成してくれました。私は未完の夢を叶え、立派な洋裁師になりたいのです……」

娘の月姫は、いま岩の上にいるタロコ族の青年のせいで戻ってきたのだ。横山新蔵は苦々しい思いで望遠鏡をおろした。二人を切り離すために、彼はいくつもの手を打った。月姫に母親の布地好きが遺伝しているのを知ると、娘に山を下りて花蓮へ洋裁を習いに行くよう勧め、監督しやすいように山本一郎の家に間借りさせた。移民村は出入りが厳しく、自然と日本人の小王国になっていて、外部の人間が入るのは難しい。

彼はこれで安心できると思った。ところがなんとハロク・バヤンが月姫の後をつけて山を下り、彼女の間借りしている家の付近で様子をうかがっているのが見うけられたのである。移民村の日本人農民は、イネの初穂が出るのを祝って祭りをする。月姫はハロクを伴い、人群れに混じって踊った。横山新蔵は噂の真偽のほどを疑ったが、二人が月あかりの下でいっしょに七星潭の浜辺へ行って石を拾いながら遊び戯れていたことは信じた。

月姫は山の上の駐在所に帰ると、真夜中に駐在所の宿舎を抜け出して、一度ならずハロクと深水温泉まで行き、肌脱ぎになって向かい合いながら温泉に浸かった。このことが横山新蔵の耳に入ったので、彼は船の片道切符を買って月姫を日本に帰らせたのだった。

娘はまた戻ってきた。

もしも横山新蔵が日本に帰る前に月姫が何をしたかを知ったら、父親たる彼はきっとびっくり仰天したことだろう。その時彼女は台北の本屋へ洋裁の図録集を買いに行った。たくさんの中から選べるからという理由だったが、それは口実にすぎなかった。彼女はバスに乗ったり汽車に乗ったりして危険がいっぱいの蘇花公路《スーホアこうろ》を、難儀をしながら一路台北に向かった。日本の水彩画家山口於俊を訪ねるためだった。娘がこの著名な画家を訪ねた目的を知ったなら、彼は驚きうろたえてなすすべを知らず、自分の育てた娘を、まるで知らない人間のように思っただろう。

画家は英国へ留学したことがあった。明治天皇に忠誠を示すために自ら志願して従軍し、台湾総督府で翻訳官になった。かつて佐久間総督の命を受けて、軍隊の駕籠で埔里《プーリー》から次高山《つぎたかやま》に担いで行ってもらい、山の上に画卓を置いて、四方を士官たちにより組織された銃装兵に守られながら、水彩画で蕃界の隘勇線の実景を描きとめた。

兵隊による警護のほかに、十数名の隘勇線警備の壮丁が銃を手に、草むらに隠れ、いつでも樹林が動けばそこに向かって威嚇射撃をした。そのような緊迫した雰囲気の中で、画家は思いがけず自然の山河と混然一体になって我を忘れることができ、生涯忘れがたい経験をした。彼は台湾の山の上は日本中で最も色彩が鮮やかで変化に富んだところだ、と称賛した。

山地の美しい風土人情に魅せられた画家は、山地人の野性的な純真さも気に入り、日本に帰る時にタイヤル族の男女一組を連れて帰った。

もしかしたら画家ならハロク・バヤンを日本に連れて帰れることもでき、二人はそこで再会できるかもしれない。十七歳の月姫はそう望んだのだった。

月が山壁の向こう側から上ってきた。日本人たちは狩猟小屋の外の岩の上にテントを張って露営の準備をした。

ハロクは彼らに悪霊の祟りに気をつけるよう警告した。狩猟小屋はもう長いあいだ捨て置かれていたため、木の扉に掛けてあったお化けを追い払うスズメバチの頭部ももうどこかに行ってしまったのだから。照日三郎は胸を叩いて、蕃人の悪霊は彼を害することはできないという素振りをした。

「もしかしたら伝説の日本の山のお化けが出るかもしれん」そう言って彼は卑猥な動作をした。「できればきれいな化け狐でもテントへ来て、いっしょに寝てくれるといいんだがなあ！」

月は冴えわたり風がやんだ。三人は酒を飲みながら月をながめている。夜も更けたが、高山の奥にあるいくつかの白絹の滝は休むことなく落ちつづけている。日本人たちはそれが喧しいと嫌がり、また闇に紛れて黒熊に襲われるのではないかと心配になった。そこでしぶしぶテントをたたんで、狩猟小屋に戻り、順番に物語りなどしながら長い夜の時間をつぶした。

一晩じゅう、ハロクは次々に悪い夢を見た。日本人警官たちが狩猟小屋の外にテントを張ったことは、彼の深く埋もれていた記憶を呼び起こした。それは彼が七歳の時だった。夜眠りについて、翌日目覚めてみると、この手のカーキ色のテントが変種の大キノコさながらに、いくつもいくつも山野一面に張られていた。彼は弓を背負い矛を手にした父親について何日間も葦の茂みの中に身を隠した。日本軍は弾薬を使って集落を爆撃し、山の村全体が平地になってしまった。父は腰にさしていた蕃刀を抜き、こらえきれずに飛び出そうとした。銃を持って押し寄せてくる敵に体当たりしようとしたのだ。ハロクは必死になって父を抱き止め、力いっぱい押しとどめた。父子はみすみす斜面にある家が灰燼《かいじん》と化すのを見つめていた。

立霧山が日本人に占領されたあと、部族の人たちが最も恐れる三大天災が全部やってきた。干害、水害、冷害に次々と見舞われたのである。

実は、災難は日本軍の爆撃よりずっと前からはじまっていた。日本人は山を切り開いて道路を開通させるため、強制的に部族の働き盛りの男たちを召集し、すこぶる困難な道路工事に加わらせた。険しい谷も壮丁たちをくじけさせることなく、垂直にそびえる岩を火薬で爆破し、断崖に道路を開通させた。だが不慮の事故が頻繁に起こり、死傷者が大量に出た。

ハロクのおじたちや何人ものいとこが、天長トンネルを作る時に爆発に遭い、遺体も残らなかった。これらのきちんと土の中に埋葬されなかった寄る辺なき魂が、山谷の間に満ち満ちて、夜ごと幽霊の痛ましい哭き声が聞こえてくる。

日本人が部族の山へ猟に入る時の道を広げたことは、監視するのには便利であったが、獣たちを驚かせ、猟師たちの生活の道を断ってしまった。同族の人たちが耕作していた山の畑は、ずたずたに寸断され、アワやトウモロコシを植えることができず、飼っていたあか牛や豚などの家畜も大量に減った。部族の人たちは飢餓の淵に立たされた。

人災のあと、絶え間のない天災がつづいた。日本人が立霧渓を占領した翌年、古老たちの記憶の中でも未曾有の大干ばつになった。谷にある大小さまざまの渓流や河川は底が見えるほどに涸れ、魚や川エビなどの生き物が河床に晒され干上がって死んだ。部族の人たちは先のとがった石で地面を掘って種をまいたが、出てきたのは舞い上がる塵埃ばかり。あの神話伝説の中の射落とされた太陽が、ふたたび天上に戻ってきたかのようで、人々は二つの灼熱の太陽に代わる代わる照らされて青息吐息だった。

大干ばつのあと、翌年は台風に見舞われ、山が揺れ地面が動いて、大洪水になった。

もっとも深刻だったのは、次の年の冬にやってきた冷害だった。

大干ばつの年につづいた水害の一年で、社の人たちはすでに窮地に陥っていたのに、災難はまだ終わらなかった。日本人による占領から三度目の冬、山の上は酷寒に見舞われ、気温は氷点下になった。身体の弱い老人や子どもたちが生きながら凍死した数は知れず、人々は耕作するのをやめた。山ネズミや野兎、キジなどの獲物も天地も凍る寒さにまったく姿を消し、集落の機能は完全に破壊された。

食料不足のため、部族の人たちはやむなく住んでいた場所を離れ、山を下りて荷役作業や養蚕の手伝いなど、労働力を売って口過ぎをするしかなかった。集落の祭りは行なわれなくなり、悪霊があちこちに現れて悪さをした。盗賊沙汰も頻繁に起こり、山の上には流れ者が大量に増えた。幼いハロクを最も怖がらせたのは、悪霊に取りつかれ、魅入られて正気を失った狂人だった。

ハロクはあれこれ思いまどい、寝返りを打った。日本人が来ても、彼の部族の人たちは自分たちの土地を離れなかったが、身を落ち着ける場所を失い、家を失った。彼らは山中を歩き回り、足裏は褐色の大地をつかもうとするが、留まることはできず、まるで旅人のようだった。部族の人たちは哀愁を帯びた歌声で家を失った悲しみや苦しみを表し、悪霊の祟りで今後、幸運が逃げていくことを恐れた。

軍刀で傷つけられ、砲弾でバラバラにされた。傷つき悲しみに暮れる心は慰められなければならない。部族の人たちは尊敬するシャーマンのヤワス・クムなら、神霊から賜った力を具えていると信じ、彼に災いを払いのけ幸福を祈ってもらいたいと思った。儀式を行なって、砕けた一つ一つの心を治療し、人々の元気を取り戻してもらうのだ。

ヤワス・クムは失踪した。頭目は、彼の秘密の法術用の祭壇の上で薬草袋を一つ見つけた。中はからっぽで、師本人はどこへ行ったか分からなかった。

佐久間総督が自ら兵を率いて討伐のため山に登る一ヵ月前のこと、ヤワス・クムはうっそうと木々の生い繁った樹海のあいだに座り、聖山の牡丹石に向かって瞑想しながら、流れ動く霧や靄から神霊の啓示を受け取っていた。チーチーという鳴き声が遠く近くからひとしきり聞こえ、一羽の灰鼠色の頭に灰褐色の体をした、目の周りが白いメジロチメドリ、すなわちタロコ族にとっての神鳥が、彼のほうに向かって飛んできた。

神鳥は神の使いだ。シャーマンは恭しい心持ちでじっとその予兆するところを観察した。神鳥は彼の上空を左から右へ鋭く長い声で鳴きながら横切り、それから彼の頭上をぐるぐる飛びまわって、いつまでも鳴きつづけた。飛ぶ方向から判断すると、これは最も不吉な予兆だった。もし猟師が猟を行なう前にこのような啓示が示されたら、猟師は狩猟をあきらめて計画を取りやめ、日を改めて山に入らなければならない。

しかしながら、強敵による討伐に直面した部族の人たちはどうすればよいのだろう？　ヤワス

・クムは心配のあまり気が気ではなかった。習性として群れることを好む神鳥は、ふだんは集団で飛ぶものなのに、今回神霊が一羽だけを遣わして、恐ろしい危険を警告したことは、シャーマンの心をいっそう重くした。彼はうつうつとして山頂の儀礼用の密室に戻り、笠竹で部族の人たちの安否を占ってみた。ふだんはこの占いで病状を診断していた。
結果は予想通りだった。シャーマンは籐で編んだ薬草摘み用の袋を背負った。山の奥深くに入ってくまなく百草を味見し、特別な霊薬を採集して、持ちかえったそれらで日本人に傷つけられた心身の様々な病気や苦痛を治療することにした。

顔に入れ墨をしたシャーマンは薬草袋を背負い、杖をつきながら、一歩一歩と聖山に向かって歩いて行った。これが部族の人たちが彼の姿を見た最後だった。戦乱のあと、人々は我に返って彼のことを思い出したが、すでに行方が知れなくなっていた。シャーマンの失踪により、ホーホス社の祭りは廃れて行なわれなくなり、その精神も次第に分散し委縮してしまった。

「運よく風が私たちのほうへ吹けば、動物は人間の匂いを嗅ぎ取れず、逃げることも知りませんから、いろんな動物が見つかります。スイロク、タイワンカモシカ、キョン、ミカドキジ……」

猟に出発する前、ハロク・バヤンはそう日本人たちに話した。

たっぷり朝の時間の大半を、一行は生い茂る針葉樹林の中をぐるぐるまわって過ごした。でこぼこの道をいばらの茂みを踏みしめて歩き、やっとのことで一つの小山を越えた。日本人たちが期待した広く平らな猟場など現れず、前面の断崖が彼らの行く手を遮った。

さらにまたもう一度、ハロクはみなを率いて険しい急坂をよじ登った。日本人たちはひと息つく暇もないままに、眼前の光景の恐ろしさに呆然となった。彼らの立っている崖の縁から、一歩でも踏み出せば、下は万丈の深い淵だった。

もと来た道を戻らなければならない。照日三郎はチョークを取り出して木の表面に印をつけた。彼は集落を巡回するとき、道に迷わないよう印をつける。後ろにつづく二人の荷担ぎも道々葦の束を作り、道端に置いて位置が分かるようにした。同じ轍を踏んで、抜け出られなくなることがないように。

照日三郎は思わず文句を言った。この蕃人はどうしようもないやつだ。道も分からないくせに、猟をするなんて！　横山新蔵は心の中でひそかに怯えていた。このタロコ族の青年はわざと自分たちに山の中をでたらめに歩かせて、体力を消耗させ、最後には獲物無しということにしようとしているのだろうか？

東京帝大のある博物学者が、立霧山に登って植物標本を採集するとき、ドンビドン駐在所に仮り住まいをした。彼はいわゆる「蕃通」で、タロコ族への同情心にあふれていた。自分たちの土地を守るためには、日本の統治者に逆らうことも厭わないという、彼らの苦衷をよく察していた。

土地には生霊があふれ、見えないエネルギーをもっている、博物学者は横山新蔵に言った。蕃蕃人たちは、自分たちの魂は土地から生まれたもので、彼らと土地とは歯と唇のように密接な関係にあると信じ、自らを大自然の一部だとみなして、土地を失うことは、自己を失うことだと考えている、と。

「奥山への旅行や探検の際は、蕃人に好意的な案内をしてもらえて、彼らの豊富な山林に関する知識を十分に活用することができれば、調査旅行の目的を気持ちよく達成できるだけでなく、半分の手間で倍の効果をあげることができます」

これが博物学者の経験談だった。

「反対に、私たちが独断専行して、偉ぶって蕃人を顎で使うなら、たちまち彼らの信用は得られなくなります」

横山新蔵は照日三郎に歩み寄っておさえ、悪態をやめさせたが、逆にこの年若い警察官は不服そうに彼をにらみつけた。

「どうです？　私の言ったことは図星でしょう？」

ハロク・バヤンが今回の狩猟の案内役だと知ると、照日三郎は目を丸くして、いぶかしげに言った。

「私はまだ来たばかりですが、こいつが問題の人物だということは聞いていますよ」

「君が言っているのは、彼は駐在所の警丁になったが、指揮に従わないので、クビになったということかね？」

「そのことだけじゃありません。思想的にも問題があるんでしょう！　いずれにせよ、やつのあの陰険そうな様子を見ると、私は頭が痛くなります」

横山新蔵は少々気が咎めた。彼は自分のたくらみが見破られ、部下が自分とこの蕃人との別の係わりあいに気づくのではないかと心配した。なぜなら彼は個人的な理由のために、彼に案内をさせているからだ。駐在所のトップはそこでひどく厳粛な態度で、照日三郎に対し道理を説いて諭した。

「霧社事件のあと、上層部から我々に蕃人政策の欠点を検討するようにという指令が来ている。公布されたばかりの『理蕃大綱』が改めて制定した統治方針を、君はちゃんと読んだかね？」

「読みました。今後はもっと人道的な管理を行なえというものです」照日三郎はちょっと考えて、こう言った。「巡査部長のお考えは分かりました。まず問題人物から着手して、彼を手なずければ、他の蕃人も制御しやすくなるということでしょう」

横山新蔵はこわばっていた頬をゆるめて言った。

「もしかしたら出発前に、まず彼から狩猟の心得を聴いておけばよかったのかもしれんな。たとえばそれぞれの動物の足音の聞き分け方とか、獲物の追跡の仕方とか、動物を待ち伏せる時のコツとか……」

彼が知らなかったのは、今朝のハロク・バヤンの気持ちが平静でなかったことだ。日本人は高山を開墾し樹木を伐採して、森を一日一日と狭め、その姿をすっかり変えてしまった。彼は自分の家族がもっていた一つ目の猟場への道順もまったく分からなくなった。いつのまにか山にはたくさんのくねくねした林道が切り開かれて、血管さながらに森林を吸い込んでいて、自分は悪霊に取りつかれたみたいに、林の中をやたらに走り回されるようになってしまった。

ハロクはしきりにサトイモモドキの葉を摘んでは、漏斗《ろうと》状に折り、山の泉の水をすくって喉の渇きをいやして、胸騒ぎをしずめた。日本人の林場で木を伐採している音がするのも彼の気を散らした。狩りは絶対的に静かにやってこそ、精神を集中させることができ、嗅覚も聴覚もするどくなる。そうして初めて、四方八方のことを見聞きすることができ、獲物の隠れている場所を見つけることができるのである。

朝からずっと、蚊の睫毛の落ちる音さえ聞き分けると称賛されている彼の聴覚が、伐採人のたてる木挽きの音に乱されてしまっていた。一年じゅう雲と霧に覆われている高山には、うっそうとした檜の森が育っている。日本の財閥が三千メートル級の山林を占有する前は、ハロクは彼の部族の猟師たちとサルオガセなどの地衣類やミズゴケなどの蘚《せん》類がいっぱいに生えている針葉広葉混交林を駆け巡って待ち伏せし、スイロクを追いかけていた。けれども今は、あの千年以上の檜の原始林でできたうっそうたる長城は、一本一本伐り倒された。ハロクは古木の精霊が永遠の居場所を失い、憑依するところもなくなって漂泊の幽霊になるのではないかと心配した。

日本に行ったことのある部族の頭目がハロクに話したところによれば、東京の明治神宮の入り口の大鳥居は、何人もの大人が手をつなぎあってやっと抱けるくらいの太さで、傍にある立札には、木材は台湾の丹大山から伐り出された、樹齢千五百年の赤檜であるという説明があったという。

それで彼は思い出した。社のある長老が息子の嫁取りにあたり、新婚夫婦にベッドを作ってやろうと家の前の赤檜を伐ったら、林場の日本人現場監督につかまえられ、林木盗伐の罪で牢屋に入れられてしまった。

日本人が部族の猟を禁止してから、生きるために、若くて力のある者は日本人が経営する林場に木材担ぎとして雇われ、体力を頼みに伐り倒した原木を集積場まで担いでいく仕事をしていたが、悪辣な日本人組頭が彼らの給料を持ち逃げして山を下りてしまった。

木材を積んだ荷運び用のケーブルカーが、雲や霧の漂う深山渓谷を行き来する。ワイヤーロープの滑車の音響がハロクの心をかき乱し、彼は山の中で迷ってしまった。

一匹の動物がぴょんとはね上がり、あっと言う間に走り過ぎた。ハロクはその細くて小さな蹄からキョンだと分かった。その消え去った方向を見やると、まだ完全には伐採され終わっていない森に崖が露出していて、褐色の毛皮、長い角のタイワンカモシカが数頭、夢中になって高山のシダ類の若芽を食べている。

タイワンカモシカは物音を聞きつけると、機敏に上のほうに跳びあがった。この動物はすばしこく、前足の蹄の先で着地すると、後ろ足の筋肉を使ってさらに高いところに跳びあがり、すばやく絶壁を登って行った。

ハロクは負けずに追いかけた。これは猟銃を使う絶好のタイミングだ。獲物までは距離がありすぎて、竹の矢の射程距離では及ばない。横山新蔵は一瞬ためらい、すぐに銃を渡さなかった。崖をよじ登っていたタイワンカモシカの姿はすでに消えていた。

ハロクは地団太を踏むしかなかった。

追いついてきた照日三郎は好機を逃したことをひどく残念がり、肩から猟銃を引っ張り下ろして、横山新蔵のほうをちらりと見た。上司がうなずいたので、銃をハロクに手渡した。また一頭のタイワンカモシカがすばやく崖から飛び出してきた。ハロクは銃をかまえて撃った。手慣れた様子で指のあいだに挟んだ弾をすばやく装塡し、単発の村田銃を半自動のライフル銃のように使った。

タイワンカモシカに命中した。警官たちは歓呼の声をあげ、倒れた獲物のほうにとんでいった。横山新蔵はこのタロコ族の青年の銃のかまえ方、射撃法や姿勢が、日本人とはおおいに異なることに気がついた。彼の半分うずくまった射撃姿勢は、照星《しょうせい》（狙いを定めるための銃身の突起）に照準を合わせる必要はなく、ジャンプしているタイワンカモシカに照準を合わせて銃身をすばやく移動させて撃つのである。

カモシカを仕留めたハロクは、銃身をささえに、半ばうずくまり、黄褐色の顔を輝かせている。もう一度銃を手にして、獲物が銃声とともに地に倒れる瞬間の、あの一瞬で仕留めるスピードの快感を味わうために、彼は同族の人たちから非難の視線を浴びながらも、日本人を連れて猟をしに山に登ったのだ。道中、彼は日本人警官が肩に掛けている銃に嫉妬と羨望を感じた。翻って自分が携帯している竹弓は、恥ずかしくてたまらなかった。それは部族の人たちの伝統的な猟具ではあるが、父の代には、すでに猟銃が弓にとって代わり、猟師の武器になっていた。竹の茎で作る竹弓は、彼の代になるとすでに競技場で行なわれる射的試合での、武芸スポーツの道具になっていた。第五代の佐久間総督が部族の猟銃を強制的に没収した後、彼らは過去の狩猟方式に追い戻された。

ハロク・バヤンが愛おしそうに銃床を撫でている姿を見て、横山新蔵はある人のことを思った――娘の月姫である。このタロコ族の青年は彼女をリムイと呼んでいる。

ある衝動が起こる。横山新蔵はなりふりかまわずとびかかって、あの村田銃をハロクの手から奪い取ってしまいたいと思った。月姫を彼の傍から引き離すのだ。ここへ来る道々、彼はハロクと絶えず無言の、内なる対話を行なっていた。彼はこのタロコ族の青年が自分の敵意をもった目つきを見て、リムイがまた戻ってきたことを読み取っているのを感じた。ハロクは彼女に会いたくて、いてもたってもいられなかった。今すぐにでも山を下りて花蓮にとんでいき、彼女が日本に帰国する前に約束した密会の場所に駆けつけたかった。ハロクはとうに彼のリムイが自分のために戻ってくることを分かっていた。

横山新蔵はいまいましげに顔をそむけた。彼はすでに明日は来た道を戻らないと決めていた。三井林場へ行って山林技師の安田信介と娘との縁談を進めるのだ。安田は月姫に会ったことがあり、彼女に好感を抱き、結婚したいとほのめかしていた。その前に、彼は家風や国家や民族を辱めるこの不祥事にまず決着をつけなければならなかった。

ハロクは自分が撃ち止めたタイワンカモシカを仰向けにひっくりかえすと、腰につけた鋭利な蕃刀を抜いて、サーッと腹を引き裂き、動きを停めたばかりの心臓を取り出した。真っ赤な血が彼の肘に沿って流れ落ち、草地の上に点々と血の跡ができた。

照日三郎は顔をそむけ、見ようともしなかった。ハロクは塩粒を獣の肉にまぶすとき、わざと血の滴るタイワンカモシカの心臓を高々と持ち上げた。部族の人たちが狩りに出た場合の習慣に従えば、このタイワンカモシカは狩りに加わった人たちで切り分けて分配すべきものだった。敬意を示すために、ハロクは前脚を横山新蔵に分けようと考え、まさにそうしようとした。ところが、この駐在所の巡査は荷担ぎたちに、処理したタイワンカモシカをそっくり、他の獲物のムササビやキジといっしょに戦利品として、駐在所に持ちかえるよう命じたのであった。

険しい坂道を上ると、トカゲが枯葉の中でかさかさと音を立てた。目の前には高くそびえる岩壁が行く手を遮っている。ハロクは足取りをゆるめ、耳をそばだてた。彼がまた道に迷ったのではないかと、照日三郎が癇癪をおこそうとしたまさにその時、突然ハロクが上に跳んだ。両手で岩壁に垂れ下がっていた籐蔓をつかみ、手足をたくみに使って、ずっしり重い背中の荷物ももともせず、なんと猿さながらに、切り立った千仞《せんじん》の岩壁をまっすぐよじ登っていったのである。

ハロクの登山用ロープや鋼釘《ペグ》などの装備を使わない登山の技を目の当たりにして、三人の日本人警官は驚いて呆然となった。彼らが我に返った時には、岩壁を垂直に登っていたハロクの姿はすでに影も形もなかった。

彼はただならぬ水の音に引き寄せられて登っていったのだった。それは淵でパチャパチャと水と戯れているような音だった。ハロクは足を止めて岩の後ろから聞こえてくる音に耳を澄ませた。猟師の直感で、彼は機を逸すべきでないことを知った。回り道をしている暇はない。すぐに籐蔓と尖った石につかまってよじ登る近道をとり、音の来る源を探した。

タイワンカモシカや猿はこうしたけもの道を通りたがる。タロコ族の猟師のあいだには有名な格言があった。

岩崖に木があるか、岩壁に茅がありさえすれば、どこでも通行できる。

日本軍が侵入したとき、彼らはいつもこうした直線に上るけもの道をよじ登って、あっという間に姿を隠し、敵をあざむいた。

岩壁の後ろで、ハロクが目にしたのは別天地だった。広々としたススキの原の真ん中に淵があり、深い青色の水が灰色の空の下で荘厳に見える。黒褐色の、巨大なスイロクが一頭、浅瀬で戯れ、いかにも楽しげにパチャパチャと音を立てている。頭上の角がいくつもに枝分かれしている、成年の雄のスイロクだ。

ハロクは息を止め、水の中でころがりまわっている、この二百キロもある動物を静かに見つめた。猟銃をすでに日本人に返してしまったことが残念でならなかった。弓矢の威力では、この並外れた角をもつ、台湾の山で最大の草食性の原生動物を屈服させるには不十分だ。

水遊びを終えると、スイロクは淵から立ち上がった。身体についたキラキラ光る水滴を振り払って、ゆっくりとあたりを見まわし、威風堂々と前足を高々とあげて、また下ろした。草原がまるで舞台となって、スイロクが思うさまゆっくりした歩みの演技を披露するに任せている。

スイロクを我がものにしようがないので、ハロクはあっさりと腕組みをしてどっしりした岩の上に座り、白雲たなびくタロコ人のあがめる聖山と向き合った。しだいに心が落ち着いてきて、彼は山岳の自然の中に融け込んだ。鼻先を若々しく柔らかな青草の匂いがかすめた。彼にはそれが野生の蕨の柔らかな葉の毛細孔から出たものであることを知っている。彼は風が自分に話しかけ、彼の髪を撫でているのを感じた。山林の様々な生き物が精霊の眼となって、たがいに親しげな挨拶を交わしている。

ススキの原のスイロクがそぞろ歩きをやめ、目を上げて遠くからハロクと顔を合わせた。スイロクは崖の上に腕組みをしてしゃがんでいる彼が穏やかな雰囲気に包まれているのを感じ取ったので、少しも警戒することなく檜林に取り囲まれた山脈で青緑の新芽を食《は》みつづけた。するとと異なる人種の足音が響き、岩壁をめぐって一歩一歩近づいて来た。その足音は敵意に満ちている。スイロクは警戒して前足を広げ、風のように飛んで逃げて、一瞬のうちに林の中に姿を消した。

よほど腕のある猟師でも、その後をつけるのは難しい。

ハロクはひたすら自分がスイロクと同じように、跡形を残さず行き来できれば良いのにと思った。彼は日本の警察の獲物だった。彼に関することをすっかり知り尽くし、彼の巣作りの方法や残した足跡を把握して、すでに罠を仕掛け、彼がかかるのを待っている。彼は横山新蔵が追いかけている獲物だ。先ほどまっすぐ岩壁に登ったのは、一時的に振り切って、敵の追跡を逃れたのに過ぎない。猟師は彼の隠れている場所を推測し、彼を探し当てて、今まさに銃を持って一歩一歩、彼に向かってきている……。

11　筑紫橋はたしかに存在していた

筑紫橋はたしかに存在していた。

四十数年前、横山月姫嬢の足跡をたどろうとして、入船通りの二我写真館の主人、范《ファン》姜《ジアン》・義明《イーミン》は、橋のたもとに立ち、コダックの小型カメラを高く捧げ持って、レンズ越しに吉野移民村を見やっていた。彼が片思いをしていた日本人の少女は現地人から隔離された、自ら別世界を作っている移民村の中に住んでいた。

囲いの中では、櫛の歯のように並ぶ黒い日本瓦屋根の農家の下を、麦わら帽子姿の、牛車を引いた内地の農婦が歩いている。范姜義明はカメラの距離を調整し、農婦の鞭を執る手にピントを合わせた。それは関節の太い、いつも田畑に出て働いている手だった。

横山月姫嬢のほっそりした美しい手は、畑に出て農作業をすることとは無縁だ。彼は、横山月姫嬢はきっと吉野尋常小学校の女性教師で、そのほっそりした十本の指でオルガンを弾き、生徒たちに唱歌を教えているのに違いないと思った。

あの日彼女は二我写真館に入ってくると、肖像写真を撮ってほしいと言った。范姜義明は彼女の清らかで気品のある物腰から、日本人の女性教師に違いないと思った。彼は暗箱《あんばこ》の後ろにもぐり、黒布で自分の頭を覆うと、機器の小さな穴からほしいままに被写体を眺めた。逆さになった映像に慣れているので、彼女の装いや髪形など細かい部分についても、静かにじっと見つめて味わい楽しみ、どんな細かいこともらさなかった。彼はゆっくりと彼女を発見していった、上下が逆さではあったけれど。

撮られているほうの横山月姫は、暗く馴染みのない環境にすぐには適応できず、奇怪な暗箱に向かいながら、顔の筋肉はひきつり、絞り出した笑顔は固まり、膝に置いた両手は緊張のあまり震えていた。

彼は彼女の手に注目した。それは細くて優雅で、十本の指先に小さな丸い爪のついた、本当に愛らしい手であった。シャッターを押すその瞬間、范姜義明はその両の手と、その手の持ち主の目尻や唇の端にうかぶ何とも不思議な微笑に恋してしまった。

彼はちょうど仙人の伝奇本を読んでいるところだった。「久米の仙人は、深山に入って仙薬の処方を学び、葉を食し、オオイタビを服した。ある日空を飛んでひなびた村にさしかかったとき、女の人を見てふいに好き心を起こしたため、たちまち墜落してしまった」

久米仙人は水辺で洗濯をしていた女のふくらはぎの白さに心を奪われて神通力を失った。女の手足の肌がふっくらとしてつややかで凝脂《ぎょうし》のようであったのは、肉体本来の色相である。久米仙人は女のふくらはぎに惑わされた。彼、范姜義明は横山月姫の繊細な玉《ぎょく》のような手に魅せられて、自分でもどうしようもなくなった。

横山月姫は約束どおりの日に現像した肖像写真を引き取りに来た。それは美しい初春の夕暮れ時のことであった。彼女は自分の全身が顔と頭髪と両の肩に縮小されている姿を見ると、唇を突きだし、少し驚いたようだったが、すぐにまたいたずらっぽく口をゆがめ、にっこり笑った。写真を胸にあてて、すこぶる満足げであった。

代金を払いおえると、礼儀正しく写真家に礼を述べて帰ろうとする。范姜義明は思わず彼女についていて店の外に出た。月姫は何度もお辞儀をした。夕暮れの月あかりの薄暗い時分で、彼女は満開の桃の木の下で丁寧に別れの挨拶をしている。その女らしい媚態を、范姜は生涯忘れることができなかった。

客はついに身を翻して立ち去った。范姜義明は彼女の歩く姿にすっかり惹きつけられてしまった。赤い下駄を履いたつま先を、かすかに内側に向け、身体の位置を移しながら細かな足取りで歩いて行く。頭が少し下がっているのは、足元の道路を見ているのか、それともうつむいて何か考え事をしているのか。

彼はこの娘の立ち去る姿を眺めているうち、ある短歌を思い出した。ひとりの仙人が女の履いた下駄を削って笛を作ると、妙なる音色で鳴った。毎回笛を吹くたびに、秋鹿の群れが惹きつけられてきて耳を傾けるという。

次第に遠ざかっていく月姫の後ろ姿が見えなくなるまで見送っているうち、いつの間にかあたりはすっかり暗くなっていた。范姜義明は戸口の外にたたずんだまま夜の景色をながめ、そこを去りがたく思った。

我に返ると、彼はガンガン自分の頭を叩いた。月姫の住所を聞いておかなかったのだ。彼女が写真を持ちかえったので、取引は終わったようなものだ。いったいどこへ彼女を探しに行けばいいのだろう？

それからというもの、范姜義明は昼間、筑紫橋のたもとに来て、西の山に日が沈むまでずっと、奇跡の到来を待つようになった、片思いの相手がうまい具合に移民村から出てきて、ひょっとして出会えるかもしれないという希望がついえると、夜、彼は机にへばりついて彼女に思いのたけをぶちまけるべく、灯りをたよりに日本語でラブレターを書いた。范姜義明は日本語の仮名を使わなければ、思いのたけを伝えようがないことに気がついた。生まれて初めて自分が徹底的な日本語教育を受けたことを満足に思い、誇りに感じた。日本語は彼に思いを吐露する勇気を与えてくれ、ラブレターは書けば書くほど長くなった。

毎晩寝る前に、書いても出しようのないラブレターを、ベッド脇の写真立ての中の月姫に向かって読んで聞かせた。彼は自分に先見の明があったことを喜んだ。あの日、月姫が写真を撮りに来たとき、彼女に気づかれないうちに、自分用に一枚余分に撮っておいたのである。

彼は月姫の肖像を三×五インチに拡大し、拡大鏡を使って、未婚の女の髪形である、彼女の桃割れの髪を細かく修正し、手で色彩をほどこして肖像に命を吹き込んだ。かすかに上にめくれたサクランボのような唇を本人どおりの暗紅色にすると、肌の白さが引き立ち、頬骨にうすく臙脂色を塗り、着物の両肩や襟をもとの薄紫色にすると、写真の人物を弱々しく憐れげに見せた……。

范姜義明はフレームの中の美しい姿に向かってラブレターを読みながら、しばしば自分に感動してはらはらと涙がこぼれそうになった。感動すべき月姫は、残念ながらフレームの中でぎこちなく微笑んでいるばかりで、ラブレターの作者をいたく残念がらせた。

長らく病の床にあった養母はついに息絶え、ベッドのそばの簞笥の奥深くにしまわれていた土地売買契約書ももはや守りきれなくなった。范姜義明は鳳林の老大工に頼んで、一本の鉄釘も使わず、完全にほぞだけで組み立ててある簞笥を解体してもらった。解体された木片を一つ一つ地面に並べ、最後に隠し錠を叩き開けると、数寸の厚さの土地売買契約書がついに再び陽の目を見た。

范姜義明がその中の一枚を引っ張り出してみると、バカでかい真っ赤な手形が捺されていた。それは鯉魚山東南部の、ある傾斜地のものだった。もとはアミ族の人の赤もち米の田んぼで、養母が発病後に買った最後の土地であった。

横山月姫に想い焦がれた彼は、あれこれと思いを馳せ、自分がこの風光明媚な土地を選んで、山を背に湖に面した日本風の別荘を建てることを想像した。

彼が建てたいと思ったのは、純日本風の別荘だ。台湾のどこでもよく見受けられる日本式住宅のような、例外なく台湾色のにじみ出ているようなものはいらない。ただし、ある建築士は彼にそれはしかたのないことなのだと言った。日本の松やコノテガシワなどの建材は、台湾に持ってくると、この地の高温多湿の気候に適応できず、すぐにだめになってしまう。もし范姜義明がほんとうに別荘を建てるつもりならということで、建築士は彼に材料を現地調達することを勧めた。林田山日本財団が経営する林場で選んだものを使って、深山で伐採した檜を建材にしたほうがいいという。

范姜義明はぜったいに建築士にそのような台湾式の日本家屋を設計させないつもりだった。その建築士が示したのは、シロアリ発生防止のために、基礎を高くし、さらにコンクリートの基礎打ちをする。黒瓦の屋根の軒下に通風孔をつけ、引き戸を多く作って空気の対流を強化する。さらに外には雨除けの鎧戸をつける。これが台湾の天気に対応して手直しした設計だという。

日本人の横山孃が住むべきなのは純粋な日本家屋だ。范姜義明は完全に自分の考えに基づいて設計した別荘を想像した。つまり、間仕切りされた室内は、彼が東京に留学していた時に住んでいた家と同じで、ぜんぶ畳敷にする。外側の座敷は客間、内側は居間だ。室内と屋外が呼応し合う半開放的な空間を縁側と呼ぶ。范姜義明はこれが日本家屋の最もロマンティックで最も詩情に富んだ設計案だと考えた。

彼は日本に留学していたとき、京都の醍醐寺を訪れたことがある。庭園には何本も桜の古木があって、幹の太さは両手で抱えきれないくらいだった。ガイドの話によると、豊臣秀吉は縁側の前の石段に座って満開の桜の老木を眺めるのを好んだという。彼はそれを聞いて非常に感動し、自分も長いことその石段に腰かけて、一代の梟雄《きょうゆう》が花をめでる豪華絢爛な様子を想像した……桜の木の下には美しい幕が張られ、花見の人々は帽子をかぶり、あでやかな着物を着て、花の枝や扇を手に舞い踊る。傍らの楽師たちは笛を吹き、太鼓を叩いている。花の海に身を置くこの光景は、天国でしかない……。

自分の別荘ができあがったら、天気のよい日には縁側の障子を開けて、鯉魚潭の湖から来るそよ風に吹かれ、自然の妙なる境地を味わう。夜は長い縁側に横たわって、ゆったりと足を高く組み、天上の織姫や彦星などの星をつぶさに眺める。雨の日には障子を閉め、身体をベランダに閉じ込めるようにして、雨の音に耳をかたむけるのだ。

范姜義明は横山月姫が自分とともに鯉魚潭の季節ごとの草花や木々を眺めてくれることを切に願った。春にはイチハツ（アヤメ科の多年草）が湖のほとりで満開になり、藤が棚に巻きついて、あたり一面が絢爛たる花景色になる。夏には湖の中で十里（約五キロ）ほどにわたって蓮の花が満開になるだろう。

この別荘はいつになったら着工できるのだろうか？

筑紫橋一帯をうろうろしたが、必死で待ち受けている横山月姫が奇跡的に姿を現すことはなかった。だが范姜義明は、毎日大きな郵便物の袋を背負って日本移民村に入っていく、制服姿の一人の郵便配達員に目をつけた。ある日、彼は一本のビワの木の下で配達員を呼び止めた。きっと移民村の各家のことを知っているにちがいないから、横山月姫嬢の名前を言えば、かならず何とかしてラブレターを彼女のもとに届けてくれるだろう。

自ら邱《チウ》と名乗ったその配達員も鳳林の出身で、とうに二我写真館のことを知っており、范姜義明が肩にさげていたコダックの小型暗箱カメラにひどく興味を示した。彼はとっさに思いついて、配達員に写真の撮り方を教えることを交換条件にもちだした。

「名前を書いてください」

邱という配達員は紙に書かれた四文字を長いことためつすがめつしたあと、目を泳がせながら、自分が知っている人名の中に該当者を探し、しばらく首をかしげていたが、ついに残念そうにあきらめた。

「申し訳ないけど、日本村にはこういう娘さんはいませんよ」

この言葉は強力なパンチのように、范姜義明を打ちのめし、後じさりさせた。彼の絶望した様子に配達員は心を動かされた。彼の肩にあるコダックの暗箱カメラをじっと見つめながら、心を決めてこう言った。

「この名前をもって移民村の指導所（移民村の中心に設置され、移民の保護、監督、指導に従事し、村の居住、農事、衛生等を管理した）へ行って訊いてみます。彼らは住民の戸籍登録をもっています。手紙が来たことがないから、その人がいない、ということではないはずですよね」


吉野移民村郵便局の邱という配達員は、はたして范姜義明を落胆させなかった。職業上の便宜によって、毎日郵便カバンを背に本島人の入ることのできない日本村の中を歩きまわって、家ごとに郵便物を手渡すとき、ついでに横山月姫の名前を出したのである。こうして訊ね歩くうちに、彼女が山本一郎の家に間借りしており、最近になって帰省していた名古屋から帰ってきた、ということを聞きだした。

探しに探して、ついに彼女の行方をつかんだ。横山月姫は彼のことを知らないが、とにかく彼女がたしかに移民村に住んでいることが分かったのだ。范姜義明の気持ちは落ち着き、邱という配達夫にどうお礼をしたらいいかと訊いた。訊かれた者の眼は彼の肩にかけたコダックの小型暗箱カメラに釘付けになっていた。

范姜義明は彼が吉野移民村の郵便局の写真を撮れるようにカメラを貸してやった。日本人が建てた公共建築は、様式はみな似たり寄ったりだが、移民村の郵便局は花蓮港の本局と比べてずっと規模が小さく、中庭に植えられた三本のヤシの木が東台湾の風情を醸し出していた。范姜は自分の手元にネガを残し、三×五インチに拡大したものを記念に彼に贈った。

佳人は視野に入ったとはいえ、また一方では遠くて手が届かない。

横山月姫の住んでいるところが分かって以来、彼は灯りの下で片思いの相手の写真を見ながら次々にラブレターを書き、配達員の邱に頼んで郵便物のあいだに挟み、いっしょに山本一郎の家に届けてもらった。范姜はこれなら万が一にも失敗することのない妙案で、ラブレターはかならず宛名の人物に届くだろうと思っていた。残念ながら一カ月あまりたっても、彼が手紙で打ち明けた恋心はひと言の返事ももらえなかった。

恋に苦しんだ范姜義明は美侖山の南麓にある神社に参拝することを思いついた。日本神道のやり方で柏手を打って感応《かんのう》を得られるように祈れば、神と人の合一に達し、天照大神の庇護を得られて、きっと願いが叶うだろう。

うつうつとしながら二我写真館を出た范姜義明は、黒金通りの南の「千石」という通りを抜けていった。通りの名は裕仁（昭和）天皇の従兄がつけたものだ。吉野移民村の巡視に来たこの皇族を接待するため、花蓮港庁の庁長は住民たちに海辺で石を拾わせた。大きさは蕃石榴《グアバ》くらいと決められ、ぬかっている道路に敷き詰めた。天皇の従兄は道全体に何千何万もの美しい白い栗石が敷き詰められているのを見て、思わず口走った。「おお、千石だ」

范姜義明は美侖山のふもとにやって来ると、神社の五つある鳥居の最初の一つをくぐり、玉石の敷かれた参道に足を踏みだした。つり橋を通り過ぎ、石段の傍らの勢いよく跳ねている銅の馬のそばに立った。范姜義明は両手をあわせ、深々とお辞儀をした。それから石段に沿って一段一段登り、山の斜面一面に日本の松が植えられている神社に上った。

結婚式を挙げたばかりのカップルが、日本風の婚礼衣装姿で神社にお参りに来ていて、夫婦円満の象徴のゴマ菓子を食べていた。ますます多くの本島人が神社で日本式の結婚式を挙げるようになり、范姜義明の写真館で撮る婚礼写真の少なからずが、日本式の結婚衣装を着たものだった。

彼はこのカップルを見ながら、日本についての体験や理解は彼らより自分のほうがずっと深いはずだと思った。彼は日本に留学したことがある。東京での何年かのあいだに日本人の仲間に入って過ごした。学友たちと行動をともにし、着物を着て、日本料理を食べた。日常生活や立ち居振る舞い、行動はすべて大和民族の礼儀や規範に適わないものはなかった。あらゆる面で謙虚と節約の習慣を養い、考え方も日本人と変わらないようにと願った。

彼の養母である范姜平妹はむかし台北総督府衛生署の産婆講習会に参加して、新式の助産技術の教育を受け、流暢な日本語を習得した。平素、家ではよく彼と日本語で話をしていたから、早くから典型的な国語家庭になっていた。彼女は時間厳守の観念も養い、家には鳳林の一般家庭ではめったに見られない大きな時計があって、毎日時計に合わせて働いたり休んだりしていた。養母は生前、日本人を認めていたし、彼自身はさらに何かにつけて日本精神を示した。

神社に参拝したあと、范姜義明は東京から輸入されたばかりの、真新しく美しい日米商標の自転車に乗り、花蓮近郊の村へ気晴らしのサイクリングに行った。寿豊まで来ると、この日本風の地名は、月姫のことを思うあまり、日本的なものすべてに対して郷愁をおぼえる范姜義明に、いくらかの慰めを与えてくれた。

寿豊唯一の大通りに沿ってまっすぐ進んでいくと、前方の田舎劇場の入り口に大勢の入場待ちの観客が集まっていた。この設備のお粗末な劇場は、たいていは歌仔戯《ゴアヒ》（台湾歌劇）を上演しているのだが、時には映画館にもなって、無声映画を上映する。「弁士」を一人頼んでスクリーンの傍らであらすじを解説してもらい、楽隊が物語の展開に合わせて伴奏で興を添えるのだ。満州事変以後、日本は同化政策を強化するため、伝統的な歌仔戯を演じることを禁じ、日本の武士や任侠物の芝居で民心を奮い立たせようとしていた。刀をもった武士にはすべて現地の人が扮した。

自転車に乗った范姜義明がなにげなく劇場の前で開演を待っている人群れのほうを見やると、ふいに目の前がパアッと明るくなり、一人の着物姿の若い女が彼の視界を横切った。彼女は紅梅の筒袖の着物を着ていて、中は紫色の長襦袢だった。こんな派手な色合いは、くすんだ色の対襟（向かい襟）の漢人服を着ている地元の観衆の中ではとりわけ目を引く。

その姿は彼が朝な夕なに思いつづけている横山月姫にそっくりだった。范姜義明は胸がドキッとした。本来ならスピードをあげてさっさと通り過ぎるべきなのに、足が言うことを聞かなかった。それどころか自転車から飛び降りて、それを押しながら狂ったように前のほうへと走った。

その着物姿はあっという間に見えなくなり、人群れの中に消えた。

范姜義明は自転車のハンドルを握りしめたまま、呆然自失になどならなかったどころか、逆に自分のことを笑い出した。きっと思いが強すぎて、人違いをしたのだ。お嬢さまの横山月姫がこんな田舎の劇場に現れるはずがない。ここの観客は本島人が主である。花蓮市内の豪華で快適な大洋館こそが、彼女や一般の日本人がお出ましになるのにふさわしい場所だ。そこは正月の大火事で焼失した和劇の殿堂、筑紫座に取って代わっている。

慌ただしい一瞥で、ちらりと見えたあの横顔は、ほんの一瞬にすぎなかったが、これ以上ないほど鮮明だった。まるで彼があのコダックの小型暗箱カメラで、距離を対象に合わせ、ピントが合った時のその瞬間のようであった。あのわずかに仰《あお》のいた横顔が、自然の光線を受けて、まるで写真スタジオで特殊な照明に当てられたかのようだった。その照明は被写体のために、特別に滑らかで、輝くような完璧な肌、まっすぐな鼻筋、めくれた上唇を作りあげ、あらゆるディテールをことごとく現していた。

彼女の眼は見えなかったが、范姜義明はあの月姫嬢に特有の、情愛のこもったまなざしは、彼の家の枕元にあって日夜共にしている彼女の美しい姿と同じはずだと思った。

ほんとうに横山月姫だったのだろうか？　彼は胸がはりさけそうだった。

彼女は誰を待っていたのだろう？　まさか人目を避けるために、わざわざこの辺鄙な田舎の劇場を選んでこっそり誰かと逢っているのだろうか？　范姜義明は手で喉元を押さえたまま、それ以上考えつづけられなかった。

自転車にもたれ、彼は腕組みをして考えた。劇場の外で最後に人が出て来るまでずっと待って、彼女がいったい誰といっしょに出てくるか見てやろうか？　范姜義明はすぐにこの考えを翻した。結局彼には物事に直面する勇気がなく、自転車にまたがると、飛ぶように田舎の劇場から逃げ去った。

彼は誰かに自分の心の内を話さずにはいられなかった。そこで年の違う友人である、花蓮で最初の産婦人科医師、黄賛雲《ホワン・ザンユン》のことを思い出した。彼は台湾総督府医学専門学校で学んだ現代的な医術に基づいて、相次いで何人かの難産の妊婦に陣痛促進剤の注射をしたり、大きくなり過ぎた胎児を手術で取り出したりした。その結果、母子ともに無事で、医術が優れているという噂が一気に広まった。そのため、おんな先生が出産に立ち会うとき、胎児のへその緒が首に巻きついているとか、逆子だった場合に、以前のようにただ産婦の腹をさすっていれば、胎児は正常になる、という考え方をしなくなった。田舎の伝統的な産婆も、難産のとき、産婦の家の者にすぐに道士を呼んで来させて念仏や祈禱をしてもらう一方で、産婦の子宮深くに手を突っ込んで、胎盤を引っ張り出す、ということをやめた。

現在の女医や産婆は一応基本的な医学知識をもっているし、人命の大切さを知っているので、手に負えない産婦の場合は、すぐに家の者に車を呼ばせ、春日通りにある黄賛雲医師の広々として明るい、様々な器具のそろった診療所へ送る。

黄医師は苦労のかいあって何とか出世した。范姜義明は自分がちょうど将来のことで迷っていた頃、学校を卒業し故郷に戻って開業したばかりの黄医師が、患者が見つからず、しかたなく牛や他の家畜の助産を行なっていたことを覚えている。それで彼は写真撮影という仕事の道に入ったのだ。それが今は運が巡ってきて、黄医師の診療所は大流行りだ。

名医となった黄医師は、見栄をはって母親のために派手に七十の祝いをやった。福住通りの最高級の貸座敷で誕生祝いの宴をはり、さらに家じゅうで二我写真館に来て記念の家族写真を撮った。范姜義明は黒布をかぶり、暗箱の針のような穴から、近ごろ医療技術のおかげで出世した、この医師をじっくり眺めた。逆さになった影像の、一糸乱れぬ真ん中で分けた髪は、ポマードを塗りすぎて、額まで油光りしている。背広にネクタイ姿で、ちょび髭を蓄えた唇をぎこちなく引き締め、自信満々の顔をしていた。

写真館の棚に並べられた一眼レフのカメラが黄医師の興味を引いた。彼はバカ高い借り賃を払って范姜義明に、どうしたら適切な時間を捕らえ、瞬間的にシャッターが押せるのか教えてほしいと頼んだ。写真家は彼を連れて町中をぬけ、公園の自然の大気を感じる場所に行って、光線の来源に注意を払わせた。

「一日のうちで、光線が最もよいのは朝で、黄昏の夕日が沈んだ後は光が一番柔らかく、出来上がりに詩的な効果が出ます」

范姜義明は彼に、目に見える光景に内在するものと格闘して、事物の本質を写し出さなければならないと言った。

「そこにどんなものが存在しているかではなくて、あなた自身が何を見たかなのです」

彼は黄医師の家での集まりの上客になった。最近の集まりでは客の中にかなり日本人がいた。黄医師は彼に緋色の着物を着た、しとやかな様子の花蓮高女の女性教師を紹介してくれた。夫といっしょに客に来ていたのだ。妊娠していた女教師は授業中に破水してしまった。予定日より一カ月半も早かった。主治医の日本人医師はちょうど大阪に帰省中で、やむなく臨時に黄医師に救急手当をしてもらった。女教師は早産ながら無事出産したので、日本人のあいだで彼の名声が高まった。保健衛生に注意を払っている本島の女性たちも、婦人科の病気について、黄医師のところへ分からないことを聞きに来るようになった。

黄医師はまた別の、島田髷に結った優雅で古風な女性を彼に紹介した。娘の千代子の日本語の家庭教師だという。

一人娘の千代子が花蓮高女を卒業したら、黄医師は彼女を京都の女学校に進ませようと思っていた。

「千代子にまず日本女性が知っているべき礼儀作法を学ばせたい。早めに京都弁を習っておけば、行ってから、あまり隔たりを感ぜずに、容易にみなさんに受け入れていただけるだろうと思うんだ」

赤いビロードのカーテンの下で、何人かの着物を着た娘たちが膝を突き合わせて座り、小さな声でおしゃべりをしている。黄医師は彼女たちの柔らかなで肩の着物姿を見ながら、日本女性はしとやかで従順で、実に愛らしいと思った。

范姜義明が黄医師の視線の先を見ると、千代子も膝を突き合わせておしゃべりをしている女の子たちの中にいた。ふっくらとした顔が灯りの下の赤いカーテンの色に染められて、バラ色になっていた。

「先にお嬢さまだと知っていなかったら、日本人かと思いましたよ！」

黄医師はこのお世辞を聞いて、満足そうに相好をくずした。

「え、ほんとうかね？　私は娘を日本人のように育てたいと思っているんだ」

「お嬢さまは日本人のようなまなざしをしていて、凜としていらっしゃいます。きりりとしているとも言え、本島の子どもたちにはこんな気質はめったに見られません――」

これは言い過ぎたと思い、范姜義明は首をすくめた。

「あーあ、職業病が治りません。こんな風にお嬢さまのことを決めつけるべきではありませんね。思わず言ってしまったのです、お許しください」

黄医師は気にもしていなかった。

「まもなく千代子は南国を家に、東瀛《とうえい》（東方の大海。転じて日本）を国とするようになる。あんたがあの子に、記念になるようないい写真を撮ってくれるといいんだがね」

恋に悩む范姜義明は植物学者の馬《ば》耀谷木《ようこくぼく》を訪ねることに決めた。彼は月姫嬢と同じ日本人だ。彼に教えを乞うて、その洞察力に富んだ考えを聞かせてもらおう。彼はかつて范姜義明を里漏に誘ってくれた。電灯もなく、夏の夜はホタルに照らされるあのアミ族の村へ行こうと。彼は谷底に寝転がって、空の星を数え、心の悩みを取り除きたかった。

二我写真館開業から二カ月目のこと、一人の日本人がやってきた。彼は棚の上に並べた三台の一眼レフカメラを仔細にながめている。范姜はプロが来たなと思った。この身体つきの頑丈な中年男性は、頭を角刈りにして、カーキ色のベストを着ていた。上下四つのポケットはみなパンパンに膨れている。亜熱帯の太陽の光で真っ黒に灼けた肌の色から、彼が旅行者であることが見てとれたが、口もきかない段階では、内地のどこから来たかとも推測できなかった。

来訪者は火の消えたタバコで、壁にある白黒の引き伸ばし写真を指差した。背広を着て旅行帽をかぶった一人の西洋人の紳士が、険しい岩山の道を歩いている。ずっしり重そうな撮影機材を背にのせたラバの綱を引き、この人物は今まさに、すばらしいカメラショットをものにするために、はるか遠くの異郷へ向かおうとしている。

下に書かれたキャプションは、「一八八五年頃の写真家の装備」。

来訪者はこの写真に向かい感動のあまりため息をもらした。斜めに肩に掛けていたボロボロの革の箱をおろし、中を開けると、旧式なガラス乾板の写真機が出てきた。いかにも悩まされているという様子で、本島の暑さと湿気について恨み言を言った。臭化銀乳剤が劣化したせいで、彼が今回山の上で撮った写真は一枚も残っていないという。

范姜は彼の損失に深い同情を示し、売り出されたばかりの小型のコダックのカメラを取り出した。二人は共通の話題ができたので、熱く語り合いはじめた。

「馬耀谷木といいます」日本人は自己紹介をした。「立霧山で植物標本の採集をして下りて来たばかりです」

「あっ、馬耀さんは植物学者なのですね！」

范姜のほとんど訛の無い日本語に日本人は好感をもち、知り合ったばかりなのに専門的なことを話しはじめた。

「私は今回六十枚のガラス乾板を持って山に調査に入ったんです。蕃人を荷担ぎに雇ってね。彼らは担いでいるのが銀だと思った、ひどく重いですからな。こっそり開けてみると、真っ黒に光る板ばかりなので、びっくりして跳びあがってしまった。縁起でもない物に出くわしちまったってね！」

そう言いながら、手を打って大笑い。范姜義明もつきあいで笑った。

親しくなったあと、范姜は彼を誘って花蓮市で一番有名な日本料理屋の「潮屋」へ行き、刺身を食べて清酒を飲んだ。ほろ酔い加減のうちに、馬耀は自分の身の上話をはじめた。自分は正規の教育を受けておらず、中学校時代には学校をサボって野外で石器などの遺物を探し歩いて、二年間留年したことを認めた。彼は台湾で蕃人の調査を行なった人類学者の鳥居龍蔵をとても尊敬していて、鳥居の足跡をたどり、五年前に本島の土を踏んで、花蓮に落ち着いたのだった。

「鳥居教授は東部のことを『人類学者の博物館、最良の実験室だ』と言っているが、まさにその通りだ！」

彼は写真機を背負い、ポケットに計測器をつっこんで、立霧山に登りタロコ族について実地調査を行なった。蕃人の身長や肩幅、頭のサイズ、歯や足の指などを計測した。もともとはその実地調査の結果をふまえて、タイヤルとパイワン両族との人種学的な比較を行なうつもりだった。いったん山に登ると、彼は山野一面の日本では見たこともない珍しい花や草に惹きつけられ、ついに植物学者に転向して、標本を採集することに決めた。

「どのみち人種学の研究において、私は鳥居教授の業績を越えることはできない」鼻をこすりながら、馬耀はまんざらでもなさそうに言った。「鳥居先生は私と同じように、正式な教育を受けていない。小学校三年で退学させられて、独学で大成し、後に恩師と言うべき日本人類学の父、坪井正五郎《つぼいしょうごろう》に出会ったんだ」

馬耀はもう一人、本島に来て実地調査を行なった伊能嘉矩《いのうかのり》のことを話題にした。伊能は岩手県で師範学校に学び、学生運動に参加したために退学させられた。だがその後、英語、フランス語、ロシア語などいくつもの言語に造詣を深めた。

「明治時代の学者の、学術のために探検を行ない、未知を探求する精神には敬服するよ！」

彼は親指を突き立てて称賛したうえで、二人の学者の実地調査のやり方を比較した。馬に乗ったり、牛車に乗ったりするというほか、伊能嘉矩は総督府学務局成員という身分をもって、しばしば駕籠に乗って旅行に出かけ、両脇に武装した蕃人の護衛がついていた。

「ある時タパロンから花蓮に行くのに、四人担ぎの竹の駕籠に乗り、三十五人の完全武装したアミ族の護衛がついていた。そりゃあ威勢がよかった！」畳の上でかいていたあぐらの膝頭を叩いて、馬耀は笑いながら言った。「私が頼みにしているのは二本の足だがね！」

彼は父親が残してくれた遺産を探検調査の費用に充てていた。范姜は、金が命だった養母がそれを聞いたら、きっととんでもない無駄遣いだと決めつけたに違いないと思った。

酒が進むと、馬耀谷木は目をパチパチさせて、范姜義明に傍に寄るように示し、ある秘密を告げた。その声はきわめて低かった。

「鳥居、伊能の両名の学者は、プユマ族の頭を二つ盗んでいった。真っ黒にくすんだ髑髏《どくろ》を油紙に包んで、こっそり山を下り、東京帝国大学理学部の標本室に送ったんだ。研究のためにね！」

酔っぱらってわけの分からなくなっている范姜義明は盃をあげ、それに合わせた。

「研究のために……」

よろよろした足取りで「潮屋」を出ると、ふたりは暗闇の中で別れた。

馬耀谷木は神出鬼没で、范姜義明と何度か酒を飲んだあと、糸の切れた凧状態になった。その後数ヵ月を置いて、とつぜんまた二我写真館に現れた。

冬至の前のある日の午後、彼はフェルト帽にツイードのサファリ・ジャケットという姿で、ほこりだらけになって范姜義明に会いに来た。この疲労困憊した旅人はタバコに火をつけ、今回の山行きは予想外に大変だったと文句を言った。そのうえ天候も最悪で、山の上では何ヵ月も雨が降りつづいて瘴気《しょうき》がひどかったという。しかし、こうした一切のことは彼の熱意の妨げとはならなかった。望遠鏡を覗いて崖の上に一株の珍しい植物を見つけると、彼は危険を顧みず手足を使って急な崖を登り、その珍奇な高山植物に手を触れた。

「雷に打たれたようだったよ」

今思い出しても、興奮が冷めやらないようであった。

馬耀谷木は『台湾高山地帯植物誌』を編纂中で、実物標本を台北に落成したばかりの総督府博物館で展示しようと考えていた。彼の最大の望みは、何か特殊な植物の最初の採集者となり、自分の名前をそれにつけることだった。

范姜義明は彼をもてなすために、酒を耳たぶの熱さに燗をして、旅の疲れを癒してやった。気持ちの昂ぶっていた馬耀谷木は自分の住んでいるところへ植物標本と写真を見に来ないかと范姜義明を誘った。

「願ってもないことです。光栄です！」

身に余る光栄に驚いた范姜は両手で盃を捧げ持って彼に差し出した。

この謎めいた行動をする日本人が、里漏のアミ族の集落にもう何年も住んでいると聞いて、范姜はすこぶる興味を持った。

「里漏、薄薄、荳蘭の三つがくっついている南勢アミ族村で、海に面した里漏は、港があるため、日本人によって船津と改名されたのではなかったでしたっけ？」

「だけど私は里漏と呼ぶほうが好きだね」馬耀はアミ族の言葉で発音した。彼は自称「蕃通」、「アミ族通」で、彼の姓、馬耀は、アミ族の言葉では、月のまわりの星たちを守る、という意味だった。

ほんとうは彼にこう訊いてみたかった。

「え、馬耀って、あなたの、もとからの日本の姓ではないのですか？」

なぜか分からないが訊ねなかった。

日本人はアミ族の集落でのんびり自由に暮らしている様子を語った。夏には土地の言葉で「八芝律《ファシドル》」と呼ぶパンノキの木陰で、井戸端の石板を枕に、大きな木の葉が風にたてるサワサワという音に耳を傾ける。黄昏時になると、村の女たちが頭に甕をのせて水汲みに来る、そのなよなよした歩き方を見物する。まったく熱帯情緒たっぷりの一幅の絵画だ。

「写真家の楽園さ」

彼は言った。夜のとばりが低く垂れこめると、水汲みの少女たちは頭に花輪をのせ、頭目の家に集まって歌ったり踊ったりする。髪の毛の先から濃厚な花の香りが漂い、夢見心地を誘う。秋の庭先の月の光を、馬耀谷木はこう形容した。

「自分が魚になって、月光の中で泳いでいるような気にさせられるよ」

彼はアミ族の人々がおっとりして楽天的であることや、その純良な天性をほめた。これまで彼らが警戒の目つきをしたり、少しでも疑う様子を見せたりしたのを見たことがない。集落の人たちの憂いも心配もせず、何事も気にしない生活スタイルは彼に大きな啓示を与えた。

「アミ族の人たちがだらだらしているのにはそれなりの道理と魅力がある。日本人は何事にも汲々あくせくし、征服することや暴利をむさぼることばかりを考えて、余裕なく生きている」

日本社会では、誰もが一挙一動、一定の規範に従わなければならない。もしこの規範から外れると、他人から批判されるのではないかと心配する。すべての行動は一定の様式に従って行なわれ、何かが定型化されると、それは一種の脅迫的な行為となり、様式にのっとって行なわれないと、だらしない感じがしてしまう。そう彼は言った。

馬耀は日本政府の台湾近代化の意図に対して遠回しな意見を述べ、資本主義が日本に入って以来の様々な害毒について批判した。酒が進むと、彼は親しげに范姜の肩を叩いて、本島にいる内地人の、自分は台湾人より偉いと思っているあの優越感が気に入らないと言った。そう言いながら、盃を挙げ、台湾の知識人たちから広く尊敬を集めている日本の民権運動の闘士、板垣退助の宣言を読み上げた。

「……天は人の上に人を造らず、あらゆる人種においてそれより上の人種はない……すべての人が平等な権利を有するのは世界の潮流の赴くところであり＊……」

しかし、彼は板垣退助の「台湾人と日本人は同化すべきだ」という観点には賛同しない。彼は、山に暮らす蕃人を含めて本島人たちは、彼ら自身であるべきだが、彼らを隔離してはならないと考えていた。

日本人の口から、人は生まれながらにして平等であるべきだ、本島人は二等公民と見なされるべきではないという言葉を聞いて、范姜義明の眼はうるんだ。

「里漏に行くと、あそこには時計がない。夜は電灯がなく、ホタルが村じゅうを照らす。君も谷底に寝転んで、空に輝く星を仰いでみたまえ。きれいだぞ！」

范姜義明は一軒のタビビトノキが植えられている家の庭に来た。伝統的なアミ族の住まいで、

＊「『天は人の上に人を造らず人の下に人を造らず』と言えり」は福澤諭吉『学問のすすめ』冒頭の一節。

梁や柱は籐蔓でしばり、屋根は茅葺き、塀の角には海辺から拾ってきた流木が並べられている。范姜は直感的に、これは日本人の住まいだと思った。庭はほかのところより清潔で、地面には砂利が敷き詰められてあり、彼に日本庭園を思い出させた。石を敷きつめた庭に幾鉢もの、俗称を状元紅という台湾トキワサンザシの盆栽が並べられている。赤いつやつやした実をつける、日本人が大好きな木だ。

馬耀谷木は客を湖のほとりに連れて行き、黄昏の中をシラサギが巣に帰る珍しい光景を撮影するために、三脚を立てるのを手伝った。

「湖の向こうの、あの大きな茂みを見たまえ。まるで森のように密生している。もう少ししたら何十羽、多い時には百羽を越えるシラサギが飛んできて、木の上に止まるんだよ」馬耀は戸惑っているという風に頭をふった。「ふしぎなことに、鳥たちは一つの大きな輪を作る。毎日同じようなな、まん丸の大きな一つの輪なんだ。単独の一羽とか、あるいは小さな群れになったシラサギが、茂みの真ん中や端に止まるということはない。不思議だろう?」

この不可解な現象を探究するべく、さらにシラサギの習性を知ろうと、馬耀は集落の一人の青年に、林の中にテントを張って、シラサギといっしょに暮らさせた。シラサギたちの動態を観察させ、毎日帰巣するのが同じシラサギの群れかどうか観察するように言った。挙句の果てはこのアミ族の青年にシラサギたちに番号をつけるよう言いつけたのだった。

悩み多き范姜義明が、目を凝らして湖の向こう岸をながめると、木々の茂みのあいだにびっしりと立ち並んだ農家が見え隠れした。斜めになった屋根は黒い日本瓦で葺かれている。そこは日本の農民が集まり住んでいる吉野移民村だった。彼は横山月姫が間借りしている家を想像してみた。家の外まわりは雨除けの羽目板が釘留めしてあり、四方にはぐるりと七里香《しちりこう》（月橘。シルクジャスミンとも）が植えられている。日本人はこれを生垣にするのを好む。

今この時、彼女は家の中で何をしているのだろうか？　縁側の障子にもたれて彼の手紙を読んだりしていないだろうか？　数日前に范姜義明は郵便配達員の邱に託したばかりだ。手紙の末尾に、彼は我慢できなくなって、不躾にも彼女には双子の姉妹がいやしないかと訊ねてしまった。寿豊の劇場で、彼女にそっくりの人を見かけたのだと。

范姜義明はいささか自分の軽はずみを後悔した。この何日か油をつけたり撫でつけたりする気持ちも起こらなかった髪を掻きながら、彼は馬耀谷木を友だちと見込んで、開襟を開いて自分の悩みを打ち明けた。

日本人は彼の話を聞き終わると、考える間もなくそんな思いは棄てたほうがいいと言った。

「彼女のことは忘れたまえ！　花蓮ではいい女には事欠かないよ」

そう言うと、ひょいと小石を一つ拾いあげ、腕を振って湖の中に投げ入れた。范姜義明はその前に飛び出して、大声で日本人に詰め寄った。

「彼女のことを忘れろですって？　そんな簡単にはいきませんよ」

相手のにらむような視線をかわすと、馬耀谷木は顔をそむけて、彼の知り合いの台南人のことを話しはじめた。州庁で公職に就いているという。

「彼も東京に留学したことがある。一心に文官になりたがっていたので、私は理由を聞いてみた。なんと彼は文官の白い制服が着たいからだと言った」

范姜義明は頭を撫でた。日本人が何を言おうとしているのか分からなかった。

「彼は最近、湾生の日本人女性を妻にした」馬耀谷木は彼を振り向いて言った。「湾生ってなんのことか分かるかね？」

「台湾生まれの日本人……」

「そのとおり。その台南人は彼女と結婚しただけでなく、妻の家の養子にまでなった。こうして彼は内地人の戸籍になれた。給料は六割増しになった。彼は私を家に招いてくれたが、家でも着物を着ていた」

馬耀谷木はちょっと話をやめ、独り言のように言った。

「こういう手を使えば、名前だけは日本人になれる」

范姜義明はそれを聞くと、侮辱されでもしたかのように顔が真っ赤になった。

彼は思い出した。東京に留学中に、学校の近くの飲み屋の女給に片思いをしたら、日本人の学友が彼に、九州出身の日本人だということにしろと知恵を授けたことを。

「なんで九州出身なんですか？　私の日本語が純粋じゃないからですか？」

「君の日本語は日本人とおなじくらい上手だよ」

「えっ？　じゃあ九州福岡の人は、南の太陽が強いせいで、花蓮出身の私のように肌が少し黒いからですか？」

日本人の学友は意味深長な目で彼を見、言葉を濁したが、范姜義明に迫られて、ひと口に言った。

「いずれにせよ、日本人だと言ったほうが、より勝算があるんだよ!」

12 彼のリムイ

雨あがりの山嵐が峰々を取り巻いている黄昏時、天祥飯店の車は無弦琴子をのせて泰山トンネルの東の入り口に着いた。高くそびえる山壁が対峙する下で、立霧渓谷の流れは大蛇さながらに、くねくねと流れていく。黒いペンキを塗った鉄橋を渡り、無弦琴子は一歩一歩石段を下りて行った。温泉が火山岩の岩壁から噴き出し、野渓（山の中で湧きだした渓流）の傍らには反り返った庇のように突きだした岩があって、天然の障壁になっている。渓流の底に横たわる大理石は日本統治時期に発見され、深水少佐が開鑿した天然の浴槽だ。その記念として、野渓の温泉には、彼の名前がつけられた。日本のガイドブックでは今でも深水温泉となっている。

天然の温泉水は、身体を洗うだけでなく、そのまま飲むこともできる。温泉は立霧渓の目と鼻の先にあり、冷たい渓流水で温泉でほてった身体を冷ますことができるため、すばらしいサウナになっている。日本中どこを探してもこのような風景が見られ楽しめるところはない。無弦琴子のガイドブックにはそう書かれていた。

文山《ウェンシャン》と改名した露天の温泉は、今でも横山新蔵夫婦がいた頃の原始的な味わいを保っている。何十年も前に、綾子は警察官だった夫に連れられて温泉に来た。夫の後ろに跪いてヘチマでその背中をこすってやった。温泉の外には四人の銃装備をした警護が見張りをしていたが、綾子はそれでもなおくぼんだ蕃人たちの眼があらゆるところから自分を覗き見ているような気がした。もうもうとした湯けむりの中から、彼女が夫の肩越しに見やると、岸の上の白い山ツツジの花の茂みがちらっと動いたような気がした。丘の上に誰かいる。綾子はさらに花の茂みをかき分けるザワザワという音も聞いた。

綾子は恐れていた。ザンバラ髪の、鶏のような足爪をもった、小さな布切れで陰部を隠しただけの裸の蕃人が、警察官の夫がいないすきに彼女のところに押し入ってきて、蕃刀を喉元につきつけて、彼女を強姦する……。

あまりの恐ろしさに彼女は膝の震えが止まらず、ついには堪えきれなくなって温泉の中にへたり込んだ。

同じ温泉の、しかも当時綾子が座った場所で、無弦琴子が熱い湯に浸かりながら自分の家族の物語をつなぎ合わせてみると、目の前にかつて見たことのある一枚の自画像が浮かんできた。彼女が次第に記憶を失っていく母の月姫を連れて高齢者福祉センターに「回想法」の治療を受けに行ったとき、診療所の告知板にあった一枚の絵が無弦琴子を惹きつけた。それは木炭で描いた自画像で、四つに区切られていて、異なる時間に描きあげられたことが示されていた。右上は病人が治療を受ける前の自分自身のイメージを描いたもので、一塊のぼんやりした影のようなタッチで、画面は混乱して識別しにくく、大部分が空白のままだった。右下の絵は治療を開始したころ描いたもので、目が現れていて、首や肩がぼんやり見える。顔立ちはあいかわらず不完全で、鼻と口は描かれていなかった。左側の三番目の絵は治療が終わりに近づいていた時の画像で、四番目にはついに全体の容貌のアウトラインが描かれディテールも描きこまれていた。眉根をきつく寄せ眼鏡をかけた老人の姿が生き生きと描かれている。

無弦琴子も自分と家族の過去の画像を考えてみたが、自分が掘り起こしたものが人生のどの段階のものなのか分からなかった。

彼女の母が過去の記憶を包み隠して、娘である彼女がその憂うつな心の奥底に入り込めないようにしているだけでなく、祖母の綾子は、なおのこと彼女の植民地での過去を全部抹殺しようとしていた。人に会うと、月姫は名古屋の呉服店の前に置かれていた捨て子で、自分が拾って来て育てたのだと言った。娘が台湾で生まれたことをなかったことにしている。捨て子のほうがあの貧しい山の中で育った実の娘よりよほど体裁が良いと思っているのであろう。

月姫は拾い子だ。それなら自分は？　無弦琴子は母を問いつめた。渡邊照という出生届に書かれている父親は、どうして一度も姿を見せたことがないのか、自分の父親はどこにいるのか、それにその人の親戚は？

「おばあちゃんに訊いてごらん。きっと教えてくれるわよ！」

だが綾子はしきりにこう言うばかりだった。

「あなたのおかあさんは純潔な女《ひと》です！」

それからは、彼女は孫娘を厳しく躾けた。本物の日本人になるようにと、一挙一動が礼儀にかなうようにさせ、無弦琴子にちゃんとした座り方を教えた。彼女が手本を見せる時は、畳の上でいつまでもきちんと正座していた。

雨のあとで人影のない乳白色の温泉に浸かりながら、無弦琴子は両側に迫った大理石の絶壁を仰ぎ見、山の向こう側に思いを馳せた。日本人よりずっと前から、タロコ族の人たちはもう集まって住んでいた。彼らは山坂に沿って一軒一軒形の異なる石板の家や茅葺き屋根の家を建て、そのあいだを石段でつないでいた。顔に入れ墨をした老婆が門口に座り、籐や竹を細かく裂いて、手提げ籠や物入れ用の背負い籠やアワをふるう箕《み》を編んでいる。裸足の子どもたちが、大きな目をまん丸に見開いて追いかけっこをしていた。

一陣の山風が向かいから吹いてきた。無弦琴子は何かが空気の渦の中に隠れているような気がした。ぐるぐるまわっているのはどうやら一つの顔らしい。

それはハロク・バヤンの顔だった。

花蓮に向けて発つ前に、無弦琴子はようやく母から、友だちの真子が蕃人のハロクを愛してしまった話を聞いた。長いあいだ、月姫は見たところいつも放心状態で、魂がどこを漂っているのか分からない風だった。顔には常に笑みを浮かべ、何かにとらわれているらしく、話しかけても相手にされなかった。これまでずっと月姫のきつく牡蠣のように閉じていた二枚の殻に、裂けめができはじめたのはこの時である。彼女は初めて真子のことを話題にした。そして言うには、彼女は花蓮高女の同級生で、二人は同じ食べ物を食べ、肩を並べて眠り、いっしょに温泉に入るくらい仲良しだった。ともに洋裁が好きで、いっしょに佐藤さんの奥さんのところに行って型紙の作り方を習った。

好奇心を抑えきれず、無弦琴子は月姫に同級生の真子がどうやって蕃人のハロクを愛するようになったのかと訊いた。

彼女は花蓮で行なわれたある運動会の時に、彼の競技している姿に惹きつけられたのだった。日本の統治者はアミ族のタブーを無視して、神霊の聖地とされている場所を冒し、フィールドのあるグラウンドにした。初めての年の運動会では、とつぜん海面からフェーン現象が起こり、まだ四月だというのに耐えきれないくらい暑くなって、選手たちは誰もが呼吸困難に陥った。フェーン現象は荒れ狂い、グラウンドは暴風と砂塵に覆われた。周囲の何丈もの高さのコクバンノキが音を立てて倒れ、弓道場の的は全部吹き飛ばされた。

選手たちは射るべき的もなくなり、審判は中止を叫ぶしかなかった。サッカー場ではチームが風に逆らってボールを蹴ると、球場の半分にも届かなかった。午後の太陽の光は暗くなり、空から黄色い熱い塵が降ってきて、いくらもたたないうちに厚く降り積もった。

日本の当局は、アミ族の聖地を冒し、神霊の怒りに触れたためにフェーン現象に祟られたなどというのは、根拠のない話だと考えた。二年目には運動会への参加団体を拡大し、これまでアミ族とは不仲であったタロコ族の血気盛んな若者たちを召集して競わせた。

運動会はアミ族の相撲ではじまった。

部族の言葉で「マラルフ」と呼ばれる相撲は伝統的に一月のミドルッ祭の二日目に行なわれ、寒空の中で村の男たちが裸で参加し、運動能力を鍛えて、他の部族の侵略に備える。競技場所は、伝統的な決まりによれば、まず先に祭祀の儀式を行なわなければならない。

日本人はマラルフを運動会の種目に加え、試合前の祭儀を省略して、新しい決まりを作った。参加する男たちはすべからく日本の相撲の恰好をしなければならない、日本式にまわしを締め、草履を履き、所作までまねろという。

呼子《よびこ》を吹いて開始を告げたアミ族の老頭目は、頭には魚の骨で作った箍《たが》に白鷴《ハッカン》（山地に生息し、白地に黒い模様の羽をもつキジ科の鳥）の羽根飾りをつけたヘアバンド状のものをしているが、着ているものは日本の着物という、なんともちぐはぐな恰好だった。ハロク・バヤンを含めた、タロコ族の選手たちは、みな老頭目を笑い物にした。

「その時の運動会にね、あたしは吉野移民村の女の子たちを連れて——あ、違った」月姫は用心深く言い直した。「同級生の真子がね、花蓮高女の生徒たちを引き連れて薙刀《なぎなた》の演技を披露したの。日本女性の伝統的な武芸よ」

フィールドでは一本の投げ槍が高く飛んで、ヒューッと音を立てて空《くう》を裂いた。真子が人垣に分け入ってみると、ハロク・バヤンが会場で投げ槍を握り、いままさに力をためて投げようとしているところだった。身につけているのは短パンだけ、他には一糸もまとっていなかった。黄褐色の胸や背、腕には健康と美の均衡のとれた筋肉が盛り上がっている。堂々とした立ち姿は真子に雑誌で見る古代ギリシャの英雄の彫刻を思い起こさせた。それと同じように筋肉隆々で、気迫にあふれている。

呼子が鳴ると、ハロクは投げ槍を高々とかかげ、裸足で風のように走り出した。長い髪が高く舞い上がって、林の中の強く美しい雲豹のようだ。まっすぐ真子のほうに向かって走ってきたかと思うと、矢のように一瞬で通り過ぎた。裸足の足が黄色い砂塵を巻き上げ、脇の下や鼠径部から発散される汗の匂い、山地人特有の体臭が空気と混じりあい、風に乗って真子の鼻に届き、彼女の肺腑の中に深々と吸い込まれた。

彼の体臭は真子を完全に魅了した。直感的に、もし今すぐ逃げ出さなければ、自分は欲望の網にかかって、あの匂いの虜になってしまうだろうと思った。

けれども、真子は膝が萎えてしまった。彼女は逃げることができなかった。

それは一種の宿命だった。横山月姫はそう言った。山地人ハロクの体臭は彼女——真子にとって致命的な吸引力をもっていた。

この兆候はすでに数年前にあった。

あの時ハロクを日本人歯医者のところに連れていき、ダメになった歯を抜いた。かなり血が出たので、真子は千羽鶴の模様のハンカチを渡して、腫れた頬を押さえさせた。別れる時、ハロクはハンカチを彼女に返した。真子はハンカチに残された匂いを嗅いだ。まだ少年に過ぎなかったのに、彼の体臭はすでにとても強烈だった。

ハンカチの匂いを嗅ぐと、真子の顔は耳元まで真っ赤になった。まるでハロクの身体のもっとも秘密の部分の匂いを嗅いだみたいだった。若い娘の羞恥心が彼女にすぐ蕃人の少年が触ったこのハンカチを捨ててしまおうと思わせたが、またなぜか捨てるにしのびず、家に持って帰ってこっそり箱の底にしまった。それ以後は彼のことを思い出すたびに、ハンカチに残された匂いを嗅いで、ハロクの身体を自分のものにしているような気持ちになった。

ハロクのたくましい腕の筋肉、剛毅な顎、脇の下や毛髪から発散される匂い、すべてが真子をうっとりとさせ、彼が恐ろしくもあり魅力的にも感じ、そこから逃れることはできなかった。月姫は娘にそう話した。

ハロクの不器用さは彼女の心を動かした。彼は無視され冷遇されている子どもだ。真子は彼の頭を自分の胸元に引き寄せ、愛情たっぷりにその太くてごわごわした髪の毛を梳いてやった。彼女はいずれにしてもハロクには自分の助けが必要なのだと思った。

このブクブクと湧く硫黄の匂いの立ちのぼる温泉、綾子が蕃人に覗かれて至るところに危険が潜んでいるように感じたのと同じ温泉で、真子は自分をタロコ族のハロクに与えた。

それはあるすばらしい月夜のことだった。ハロクに部族の言葉で「慕う」という意味の言葉で呼ばれた恋人は、片手にタオルや衣類を入れた籐の籠をもち、片手できつく彼の手を引いて、石段を一段一段踏みながら山谷の温泉にやってきた。ハロクは彼女のうなじにほつれてかかっている髪の毛に目をやった。ひんやりした月あかりの下で一本一本がくっきりと見える。それは処女の純潔な髪の毛だった。

彼女の温かくやわらかな、指の細い小さな手に引かれながら、ハロクの石段を下りる足取りはためらいがちだった。ただし駐在所の巡査部長である彼女の父親に、彼の娘と深夜に二人きりでいるのを見つけられて、ひどい罰を受けるかもしれないことは恐ろしくはなかった。また部族の人たちの自分に対する警告も平気だった。彼らはこう言った。異民族の女と親しくなったら神霊を激怒させることになり、その年、天然痘が流行ったように、災難や疫病を引き起こす、と。彼の唯一の心配は今夜この露天の温泉で、彼のリムイが貞操を失おうとしていることだった。

地底から湧き出す熱い乳白色の温泉は、湯けむりが立ち込めて、月あかりの下でたいそう神秘的に見える。彼のリムイが岩陰から着換えをして出てきた。木綿の浴衣を着ている。素足のままの、真っ白な両の足で水辺の栗石を踏みながら、一歩ずつなよやかに近づいて来る。まるで人間界に入ろうとする精霊のようだ。その神聖で清らかな姿に、彼は眼をあげて正視する勇気もなかった。

クスッと笑い声がした。彼女はいつもそんな風に笑う。ハロクは思わず声のするほうを振り向いた。彼女は石の上に座り、裸足の両足で谷川の水を撥ね飛ばしている。月あかりの下、彼女の丸い真っ赤になったきめの細かなくるぶしが、何とも愛らしい。彼はどれほどそれを自分の胸に持ち上げ、やさしく抱きしめてやりたいと思ったことか！

「ああ、何てすばらしいお月様なんでしょう！」

彼女はそっとため息をもらし、両手を膝に置いた。まったく無邪気な妖精のようだ。彼女はハロクに口琴を吹いてほしい、その音色が谷間をめぐってこだまになるのを聴いてみたいと言った。付近で夜番をしている警衛たちを驚かせないかと心配だったが、彼はやっぱり小さな竹片を薄く削って作った口琴を取り出し、唇を孔にあて、彼女の足元に座って、そっと吹いた。谷には風もなく、笛の音は軽やかに舞い上がり、両側にそびえる岩壁のあいだを巡った。彼女は目を閉じ耳を澄まして聴いている。ハロクが下から見上げると、彼女の鼻孔はちんまりとして、かすかに上に反った睫毛が、扇のように目を覆っていた。

今宵の月は実にすばらしい。

リムイは着ているものを解き、彼にいっしょに温泉に入ろうと言った。彼女には抗えない。彼女と温泉に入る前には、ハロクはどうしても自分の身体を洗い清めなければならなかった。彼は立霧渓の下流の谷間に小さな滝があるのを知っていた。子どもの頃よく水遊びをしに行き、水のない時期には友だちと滝の下を通り抜けたりして遊んだものだ。

ハロクは小さな滝の下にやって来ると、肌身離さずもっていた蕃刀をはずし、陰部を隠していた下帯もいっしょに解いて、全裸になって白絹のように美しい水の落ちる中に立った。力強い水は鞭のように彼の身体を打ち、ザンバラだった髪がおとなしく垂れ下がった。両手で水をすくって額や鷲のような鼻を洗い、頬を撫でた。彼は自分の顔に入れ墨がないこと、耳から口元までの縦状の入れ墨をしていないことを幸いに思った。部族の人たちから勇ましい猟の戦士の証とされているこの印は、日本の統治者によって野蛮とされ、やめさせられてしまった。彼は山の下の漢人たちが一種の笑い話としてこう言っていることを知っている。部族の人間の額に入れ墨された線の数は、首狩りで挙げた戦果の数を示しているのだと。

大きく口を開けて中を漱ぐ。下の奥の臼歯が一本抜けて、穴が開いており、水がよけいに溜められそうだ。思い起こせば、ずいぶん前のこと、彼が頬を押さえて歯が痛いのをこらえていると、彼のリムイが姉のように、日本人の歯医者のところへ虫歯を抜きに連れて行ってくれたのだった。ハロクの心の中に温かいものが湧き起こった。

坂の上に住んでいる日本人の歯医者は、ひんやりした金属製の鉗子で悪い歯を抜き、ハロクに細長くて、先っぽに柔らかな細毛がついているものに浅皿に入れた白いものをつけてよこした。彼にはそれが塩だと分かった。彼の祖先はまさに食塩を求めて、山脈の向こうから山をよじ登り峰を越えて、川が海に入る海口に近い立霧山に移ってきたのである。日本人歯医者は手本を示してから、彼に、塩をつけた歯ブラシを口の中に突っ込んで上下左右にこすり、そのあと口を漱ぐようにと言った。

ハロクは塩水を吐き出すのが惜しくて、そっくり腹の中に飲み込んだ。

日本人歯医者がくれた歯ブラシとひと包みの塩を持って集落に帰ると、大勢の人が見物に来た。遊び友だちは順番にその歯ブラシで歯をこすり、母親は塩の包みをとりあげて煮炊きに使った。

彼は力をこめて必死で全身を洗った。足の指と指のあいだや足の裏もおろそかにしなかった。願わくば、小さな滝の水に漂白作用があって、彼の褐色の肌を少し薄い色にしてくれたらいいのだが。ハロクは堀井先生のことを思い出した。先生は風呂好きな日本人だった。彼の家に泊まっていたとき、暑さ寒さに関係なく、毎日夕方になるとかならず風呂場の大きな木の桶にうずくまって身体を洗っていた。あんな大きな手足を折りまげて木桶の中にしゃがみ込むなんて、なんて窮屈なことを！

幸い先生はタロコ族の人間ではない。さもなければ、そのうずくまる様子は部族の人が死んで葬られる時の姿勢なのだ。ハロクは何人かの遊び仲間を呼び集めて、堀井先生の小屋の後ろの川べりへ行き、スコップで火山岩を一枚ずつ掘り起こした。彼が思った通り、湯が地底から噴き出して、四方に流れた。彼らが掘った小さな天然の温泉を見るなり、堀井先生は大喜びで叫び声を上げた。それからというもの、先生は毎日温泉に浸かった。

忘れがたいのは初めて堀井先生の身体を見た時のことだ。その皮膚の白さにびっくりした。胸や太ももがハロクよりずっと白いのである。先生が手で黒褐色の塊をつかんで、水につけ、身体の上をこすると、白い泡が立った。ハロクは堀井先生の皮膚はこうして白くしているのだと考え、自分もこっそりまねしてみた。

あのリールのぐるぐるまわっている箱に向かい、一日中大きな口を開けて部族の言葉の発音をくりかえす無味乾燥さに耐えきれなくなり、真夜中に堀井先生の家から逃げ出した。水に触れると泡が出る物は持って出なかった。あれは彼の物ではないからだ。唯一持って出たのはすでに袖を通したことのある青い縞柄の浴衣だった。堀井先生が自分には短いからと彼にくれたのである。堀井先生は温泉から出るたびに、一枚の布切れで身体を拭く。タロコ人が自然に乾くのを待つのとは違う。それから先生は浴衣をはおり、部屋に入ってタバコに火をつけ、窓際に立って遠くの山を見ながら悠々と煙を吐く。いかにもくつろいだ様子で。

ハロクも堀井先生のまねをして、風呂からあがったあと、先生にもらった浴衣をはおって竹キセルでタバコを吸ったことがある。ただ眼鏡はかけなかったが。

無性に堀井先生のことが懐かしかった。思い返してみれば、先生が教えてくれたことはすべてハロクのための準備だった。先生はいつか彼がリムイと出逢うことを予想して、たくさんの文明的なふるまいを教えてくれたのだ。料理は箸で取るもので、手で食べ物をつかんではいけない。便所のような決まった場所で用を足し、野良犬みたいに好き勝手な所で大便や小便をしてはいけないなどなど。彼はとりわけ堀井先生が彼の日本語の発音を直してくれたことに感謝した。彼のリムイが言うには、警察官である彼女の父親は、純粋で混じりけの無い国語が日本精神の血液だと考えている。彼は彼のリムイに愛されるのにふさわしいと言えよう。

もしも堀井先生の教えを受けていなかったら、彼は彼のリムイの前できっともっとどうしていいか分からなかっただろう。ひどく堀井先生が懐かしい。先生は日本に帰ったそうだ。

ハロクのリムイは温泉に浸かっている。水面に出ている肩は、能高山の山頂の積雪のように真っ白で、その唇は紅桜のように真っ赤だ。彼は引け目を感じて、岩の陰に隠れ、彼女から遠く離れたまま、まともに見る勇気もなく、天の星を見上げていた。両側の絶壁が高々と空の際まで入り込んでいるため、彼は自分が井戸の底にいるような気がした。夜空は一本の線に変わっている。

リムイが彼にもっと近くに寄るようにという身ぶりをしたが、彼は動くに動けなかった。こんな近くで彼のリムイと向き合っていられるだけで、もう十分満足だった。

日本人は本当に風呂に入るのが好きだ。とりわけ温泉に入ることを好む。彼のリムイが言うには、毎年秋になって木の葉が色づいてハラハラと散る頃、男も女も同じ温泉に入る。たがいに裸で顔を合わせるわけだが、邪念はない。一家でいっしょに入って、妻が夫の背中を流すことなど、ごく自然なことと考えられているという。

これはハロクの想像を絶することだった。彼の部族は男女の隔てを固く守り、集落の中で男女が出会った場合、おたがいにそのつもりがない限りは、誤解を恐れて、自由に言葉を交わそうとしない。けれども、彼のリムイはなかなか部族の決まりを理解できなかった。たとえば、未婚の男女が同じ部屋にいるのはかまわないが、肌を合わせてはならないという風習だ。

彼は彼女にこう説明した。男女が同衾してもそれ以上の親密な行為を許さないのは、相手の精神力を試しているのである。女は貞操を守るために、下半身を二重の布できつく巻き、一晩中まんじりともしない。彼らにはさらに一種の略奪結婚の風俗がある。集落の中で狩りに長け、雲豹のように強くたくましい勇士が、意中の娘を略奪してきた場合、山の中か親戚友人の家に隠しておくことしかできない。もし自分の家に隠したなら、それは強姦罪に等しく、極めて厳しい懲罰を受けることになる。

ハロクと彼の部族外の女であるリムイは、露天の温泉の中で裸で向き合っている。彼女が温かくて柔らかな、小さな手指を伸ばしてハロクを手招きした。彼にもっと近づけというのだが、彼はやっぱり勇気がなかった。そこで彼女は白くてすべすべした鱗の無い魚のように、彼のほうに泳いできて、血のように赤い唇をパクパクさせた。もしも彼の唇で吸い取って受け止めてやらなかったら、その血がこぼれてしまうとでも言わんばかりだ！

彼女が彼に向かって泳いでくると、砕けた玉のような熱い湯のしぶきがあがり、彼の頰と彼女の頬をなめて、二人の唇をつけた……。

彼のリムイがそっとため息をもらし、うめいたので、彼の胸の鼓動はいっそう高鳴った。ここで逃げなければ、次の瞬間に彼は木っ端みじんになってしまうだろう。彼は小さな滝の下に立ったまま、冷たい水に打たれて身を灼く激情を鎮めなければならなかった。

思いがけないことに彼のリムイもいっしょに温泉から飛び出し、バスタオルを巻いてすぐ後からついてきた。昼のように明るい月あかりの下で、彼女の白い素足が湿った柔らかな砂地を踏み、一つ一つかわいらしい足跡をつける。温泉で赤くほてった彼女の足指は、右の小指がかすかに開いていて、何ともいとおしい。跪いてそのほっそりした足を捧げ持ったままずっと口づけしていたい、彼は心からそう思った。

どこから湧いた力か分からないが、ハロクはやっぱり小さな滝の下に身を隠し、白絹のように流れ落ちる水の鞭に打たれて彼女に対する渇望を鎮めた。ハロクのリムイは小さな滝の前にある、ベッドのように平らな大石のところに来た。彼が滝の水のすきまから見ていると、彼女は深呼吸をして、心を決め、浴衣を脱いでそれを平らな大石の上に敷いた。それから水の中を歩いてきて、渇水期で水量のあまり多くない滝から彼を引っ張り出した。彼の手を引いて大石の上に来ると、自ら先に空を仰ぐようにしてそこに横たわった……。

無弦琴子には、真子がハロクに身体を与えたことに対して、かつては彼女なりの見方があった。それは愛情ではない。彼女は、日本の女性、しかもあの時代の日本女性と、植民地台湾の山の上で暮らす原住民とのあいだには、越えられない隔たりがあったと思った。

范姜義明の『台湾写真帖』には何枚かの蕃人の肖像が挟まれている。撮影の仕方や構図からすると、彼自身の手によるものではないように見えるが、誰の作品か分からない。一枚にはごろた石と枯れ木の中に、ザンバラの髪に鶏の爪のような足指をした野人たちが並んでいる。男の胸や肩はまろやかでつやがあり、局部を小さな布で覆っただけの、全裸姿だ。女は一枚の大きな袈裟のような肩掛けで身体を覆っている。別の一枚では二人の人物が地面に座っている。顔に入れ墨をして、一人は貝殻の耳飾りをぶら下げ、腕には真珠の飾りをつけている。もう一人は短い笛を吹いている。いかにも足の前に置いてある丸いもののために吹いているといった風だ。無弦琴子が写真を明るいところに持っていって見ると、それは人間の頭であった。

首狩り族。

道理で祖母の綾子が会う人ごとに、月姫は名古屋の呉服店の前に棄てられていた捨て子で、自分が拾って来て育てたと言っていたわけだ。どうあっても捨て子のほうが貧しい山の中で育った実の娘より体裁がいいということなのだろう!

もしかして月姫の話の中の真子は、異国情緒に魅入られて、美と醜、原始と開化の観念が逆さまになり、辺鄙な山に住む野蛮人に惑わされ、好奇心のおもむくままに、身体を許すまでに至ってしまったのだろうか？

もしも月姫の記憶にまちがいがないなら――こうした心に刻みつけられるような日は覚えまちがいするはずがない。彼女の話の中の真子がハロク・バヤンに身体を捧げた時期は、霧社事件が起こって間もない頃だった。自分の身体を――一人の日本人女性が身体を捧げたのは、日本統治者の残酷非道を詫びるため、罪悪感に駆られて、自分を贖罪の代償としたのではないだろうか。ハロクの属するタロコ族は、もともと霧社のタイヤル族の支族で、ただ言葉が異なるだけなのである。

無弦琴子は、この推測は比較的理にかなっていると思った。

彼女はドイツ人フェミニストの女性監督の映画を見たことがある。ヘルマ・サンダース＝ブラームスとその同世代人たちは、みな第二次世界大戦の最中に生まれた。女性監督のいくつかの映画はナチス・ドイツにおいて、一群の女性たちが生き抜いた経験を描いている。最も好評を博した『ドイツ・青ざめた母』は、ブレヒトの詩をタイトルにして、ドイツを息子（ナチス）により包囲されて嘲笑の的となった母親に喩えた。女性監督の別の映画『無情なる社会』は、父権社会での男性による女性の身体的コントロールを批判している。上流家庭出身のヒロインは、世にありあまる戦乱の苦痛を受け止めきれず、自分は救世主イエスを見たと妄想を抱き、自分の属する階層のために贖罪を行なう。社会の底辺の男たちを憐れみ、自分の身体を慈善的に外国籍の労働者や黒人、アラビア人、障害のある人などに捧げた。だがしかし、これらの男たちはみな彼女をただの性欲のはけ口としただけだった。

同じく罪悪感に基づく自己犠牲であるが、異なるところは月姫の話の中の真子は、植民者側の女性として、その献身は自発的であり、彼女とハロクの肉体関係において主導権をとったことである。

ほんとうにそういうことだったのだろうか？　無弦琴子は自問した。

立霧山の上まで来ると、山紫水明の自然が、この恋愛に対する彼女の見方を改めさせ、これまで彼女が考えていたような、真子が国家や民族のために十字架を背負って身を捧げたという考えは覆された。

山野で育ったハロク――天地と精神的な往来を行ない、大地と自然の言葉を解するこの若者は、愛するリムイの手を引いて山林に入った。大自然が呼び起こした彼女の自我覚醒と、一つ一つの細胞の官能的な憧れが、万物と感応し合った。彼は彼女に目を閉じさせ、言葉では伝えられない大自然の奥義を身体で感じさせた。ハロクは彼女を連れて、蜘蛛が糸を吐くところや断崖にある巣のあいだを飛び交うツバメを見させ、クスノキやキササゲのあいだを自由に行き交う猿たちを見上げたり、木にぶら下がっている黒熊を遠くから眺めさせたりした。動物たちは自然に守られて、山林の木々のあいだを動き回っても体が傷つけられることはなかった。

無弦琴子は想像してみた。ハロクと彼のリムイが山林の奥深くで、大空を天幕に大地を褥《しとね》にして横たわり、密林を目隠しにして寄り添いあっていると、暖かな流れが地の底から湧き出て、この肢体をからませ合った男女の中に流れ込み、彼らの肢体を温める。微風が彼らの露わになった腕や肩をそっと撫で、何度も愛の性的な痙攣を起こさせる。大自然が美しい性愛を隠し、ハロクと彼のリムイはたがいに愛撫しあい、彼らを夢見心地にさせる花の香りを嗅ぎ、大地の甘露を吸って、融けきれないほどの濃厚な愛のエネルギーにしっかりと包まれている。

かすかに山林の風が吹いてきた。はじめはそっとささやく程度であったものが、しだいに強くなり、ますます激しくなって、山林の巨木の穴を震わせた。口のような穴や、鼻とか耳のような穴が、一斉に唱和して、熾烈で激情的な騒動は長いこと止まなかった。

どれほどの時がたったろうか、大風は吹き止み、穴は静かになったが、木の枝はまだ揺れている……。

山に来てからこの何日か、自然の大地に親しんで、無弦琴子は自分の内面が微妙に変化したのを感じた。母親が生活していた土地に対し、彼女は深く山林の美しさを感じ、星の移ろいや日の出など宇宙の奥義を身体で感じ取った。

小雨降る午後、彼女は傘をさしてホテルを迂回し、山道を歩きまわった。ひっそりとして人気《ひとけ》のない竹林は、けぶる雨の中で、まるで空気までもが透明な緑色になったようだった。奥に行けば行くほど静けさが増して、無弦琴子は自分でも大気のすき間で自由に遊びまわっているような気がした。これまでずっと俗世間のことに巻き込まれてきた心の緊張が解けて、感覚器官が眠りから覚めはじめた。

月も星もない夜、彼女はなじみになった小径に沿って散歩した。ホテルの灯りが届く場所を抜け出ると、大地は一面の闇となった。幼い頃から暗闇が苦手だった彼女は、たちまち身体全体が暗い影に呑み込まれたように感じた。以前だったら、彼女はきっと恐ろしくなって引き返していたかもしれない。だが、ここ数日、大地と親しくなったおかげで、彼女の内なるエネルギーが目覚めさせられ、無弦琴子は恐れることなく前に向かって歩きつづけた。その、ほとんど凝固していて、どれくらい深いとも知れない、計り知れないくらい厚い暗闇に向かって。

道の突き当たりに、新月が雲の層を突き抜けて、空の際に斜めにかかっていた。塵一つない山間の月があまりにも安らかで神秘的だったので、彼女は思わず足を止めた。大地を驚かせたくなかったのだ。

無弦琴子には、この、天地と一つになった恋人たちのことが少し分かりはじめていた。

13 「真珠湾を忘れるな」

「Wearing Propaganda展」の展示品の中に、一枚の絹の風呂敷があった。まわりをぐるりと囲んだ鈍色が、茶褐色の内側を縁取っている。そこにはサツマイモ形の台湾の地図が描かれ、縦貫鉄道に沿って北から南まで、各地の物産が示されている。サトウキビ糖、樟脳、木材、砂金、米、パイナップル、そしてさらに温泉の記号まで見える。右下の角は日本軍が騎馬で街に入って来る光景だ。背景は古風な城門で、歓迎する民衆が通りの両脇に分かれて立ち、子どもが手に持った日の丸の旗を振っている。

無弦琴子の思いは風呂敷の台湾地図から、何年も前のあの花蓮行きに飛んだ。彼女は母親が片時も忘れず懐かしがっていた吉野移民村の、小さな太鼓橋の下の三枚の黒い石板を見つけ出すことはできなかったが、思いがけず母とつながりのあることを発見した。

あの日、彼女は「豊田会」のルーツ探しに来た老人たちのあとについて、小学校の向かい側にあるコミュニティセンターを見学した。そこはもともと日本統治期の派出所だったところだ。彼女が改装された作業室に入っていくと、二人の女性が電動ミシンの前に座って堆布繡《ドイブーシウ》（堆繡ともいう。パッチワークや押し絵の手法が使われる）を縫っており、デザイン担当らしい若いほうの女性がちょうど前かがみになって、チャコを手に花柄の布地の上に図案を描いていた。

見上げると、無弦琴子の目はちょうど壁にあった黄ばんだ拡大写真と向き合った。洋裁班の集合写真だ。花蓮郊外一帯でよく見かける藁葺き屋根の下に、六台の踏み板式の旧式なミシンが一列に並び、各台の後ろにそれぞれ裁縫を習っている若い女性が座っている。彼女たちが着ているのはおそらく自分の手で作った、流行遅れのデザインの洋服だ。純真無垢の顔には野暮ったさがあり、後ろのススキで編んだ壁には何枚もの花柄布が斜めに掛かっている。あきらかに写真撮影のためにわざわざ飾ったものだ。

ガイドは前に出て無弦琴子のために説明した。これらの嫁入り前の娘さんたちはこの家に集まって洋裁を習いました。ミシン縫いの技術を習得して、結婚したあと、夫や子どものために衣服を縫ってやるんです。彼女たちの着ているものや髪形からすると、日本統治期末期にちがいありません。

このコミュニティの女性たちの裁縫室、とりわけ壁に飾られた黄ばんだ写真に、無弦琴子は自分の母とのつながりを見つけた。彼女が吉野の山本一郎宅に寄宿して、花蓮駅の傍の佐藤さんの奥さんに洋裁を習ったのも、こうした嫁入り前の年頃だったのであろう。

壁一面に掛けられた堆布繡を、ずっと見ていくうちに、ほとんどどれもがみな日本の風土を題材にしていることに気がついた。桃太郎、富士山、桜の木、それと日本統治期の豊田に残された旧跡、たとえば日本式の住宅、医者の家、日本式のタバコ乾燥小屋などだ。

指を折って数えてみると、無弦琴子が花蓮に行ったその年は、すでに終戦から二十九年目にあたっていた。日本があいかわらず現地の人たちの生活の中に生きていて、日本統治時代をこのように忘れがたく思っているとは、思いがけないことであった。

机の上にひろげた台湾地図の風呂敷を見ていると、激情に突き動かされ、無弦琴子はずっと風呂敷の対角になっている角をつまみあげて結び、もう一つの対角も同じようにした。

こうして、台湾全体をくるんだ。

最近、無弦琴子は不可解なことにぶつかった。彼女のパソコンが展覧会と関係のある一通のメッセージを受け取った。一枚のアメリカの絹のスカーフの上に「真珠湾を忘れるな」という英文が印刷されている。それは今回の展覧会の総企画者である、金泳喜《キム・ヨンヒ》博士から送られてきたものだった。

無弦琴子はこの第二次世界大戦の銃後の宣伝に関わる織物展覧会の関係者には、日本人のほかに、イギリスやアメリカの人もいることを知っている。

なぜこのアメリカの展示品の写真を日本部門の目録編集の責任者である彼女に送ってきたのだろうか？

金泳喜博士はアメリカの国籍を取得した韓国系の学者だ。彼女の母方の祖父は日本の朝鮮統治時代の著名なジャーナリストで、幼い頃から民族の英雄である安重根《アン・ジュングン》を崇拝し、この朝鮮義勇隊の指導者が、敢然とハルビン駅の歓迎の人々の群れから飛び出して、日本の総理大臣伊藤博文を銃撃したことに心から感服していた。安重根は逮捕されたあと、かつて初代韓国統監を務めた伊藤が大韓帝国の王室に迫って亡国の屈辱的な「乙巳《いっし》保護条約」に調印させ、非合法で朝鮮を併合したことなど十五の罪業を訴えた。

金泳喜の祖父が長ずるに及んで東京に留学したのは、第一次世界大戦終結の時で、国際社会の民族自決に対する関心が空前の高まりをみせていた。彼は大正デモクラシーの高揚に乗じて、留学生の推し進める朝鮮独立運動に参加した。祖国内にいる覚醒した労働者や農民と連合して独立宣言を発表し、日本帝国による植民的束縛から脱するために、「大衆化、一元化、非暴力」という行動要綱を提起した。世にいう「三・一独立運動」である。

武装蜂起運動が日本植民者の残酷な鎮圧にあって失敗したあと、金泳喜の祖父は退学して朝鮮に戻った。意気消沈した彼は、農村の実家に隠棲して、花を育て茶陶をめでて余生を送るつもりであったが、その後日本の関東大震災から奇跡的に生還した同郷人の話は聞き捨てならないものだった。地震後の混乱の中で、日本の警察が「朝鮮人がこの機に乗じて事を起こし、暴動を起こそうとしている」という流言をまき散らし、大掛かりな捜査や逮捕を行なって、軍隊が出動した。その結果六千人の日本在住の朝鮮人が、警察と市民が自発的に組織した自警団によって殺害されたという。

「けれど、この凶暴な虐殺について、日本国内ではほとんど何の抗議もなされていないのです」

生存者のこの感慨は、金泳喜の祖父をおおいに恥じ入らせた。日本当局が全面的に虐殺のニュースを封じ込めてしまい、まったく何も知らない朝鮮人たちは抗議のしようもなかったというのである。この事件は猛烈に彼を発奮させ、新聞を発行して情報を伝える決心を固めさせた。

金泳喜の祖父はしょっちゅう彼の新聞の社説で日本植民者の不公平や不正義を批判し、朝鮮人民の自決を要求する言論を発表したため、まもなく暴行扇動の罪で捕らえられ獄につながれた。何度か監獄を出たり入ったりして、最後にはやっぱり獄中で迫害されて死んだ。

金泳喜は小学校の教科書で祖父の抗日の義挙について学び、その後医学の勉強をしていた両親とともにアメリカに移民した。彼女は大学院で主として韓国近代政治史を学び、論文指導教官に勧められて、自分の学んだことと祖父の遺した三冊の獄中日記に基づき、英語で彼の伝記を書いて、直系の親族の見地から日本の植民者の暴行を西洋社会に向けて公にしようとした。

道義上避けられない使命感を抱いて、金泳喜は大学院生としての資料収集の腕を発揮した。彼女の小さな寄宿舎の部屋には天地を覆い隠すかと思うような、一九一〇年から第二次大戦終了までの日本の朝鮮植民統治の文献や史籍が積み上げられた。調査範囲を広げるために、彼女は日本語の学習に努めた。天賦の語学力に恵まれた彼女は日本語で執筆できるレベルにまで達した。

祖父の伝記はずっと完成しなかった。金泳喜はその後、文化研究の学位を修得して、博物館に就職し、装飾芸術やデザインや文化の展示を担当するようになった。この「Wearing Propaganda展」はひとえに彼女の立案によるものだ。

電子メールを通じて、彼女は日本部門の連絡係になった無弦琴子とつながった。二人の独身の中年女性は二年あまりのメールのやり取りによってたがいに親近感をもつようになり、展覧会のことだけでなく、個人的な生活についても少し話すようになった。

無弦琴子は自分が大学時代に学生運動の過激派だったことに触れた。その頃の彼女は自己破壊的な衝動に駆られていただけではなく、全世界を敵にまわして、警察の暴力的な排除と対峙していた。あのころ手元に銃があったら、本当に撃っていたかもしれない、と言った。

学生運動が終わると、離婚した。心理状態が最悪の時は、いっそオーブンに頭を突っ込んで、死んでしまおうかとさえ思った。だが死なずに、逆にニューヨークのモーニングサイド・ハイツに飛んだ。学生運動が盛んだった時代に、そこは左翼の文学者や芸術家の集う場所であった。彼女はコロンビア大学に行き、当時の学生が授業をボイコットして占拠した図書館や教室のそばを歩いた。学生運動が盛んだった頃、ある学生カップルが、ゲバラやレーニンや黒人民権運動の指導者マルコムXのポスターの貼られたその教室で、蠟燭に火をともして結婚式を挙げた。無弦琴子はそれが世界で一番ロマンティックな結婚式だと思った。

コロンビア大学のキャンパスの芝生の上で、その教室に向かい合いながら一晩を過ごし、自分が学生運動の中でいい加減に一生の大事である結婚をしたことを思い返していた。母親の月姫の祝福が得られなかったことに思い至ると、つい涙がこぼれた。無弦琴子は自分が意外にも今でもまだ涙を流せることをたいそう不思議に思った。

もともとは彼女の崇拝するケルアックの足跡をたどり、この失われた世代の代弁者が当時自己放逐を行なったように、ドライブで点と点をつなぎながらアメリカ大陸を横断して見てまわるつもりであった。大地の上を絶え間なく移動し、大麻やアルコールの力を借りながら終点まで行くのだ。ニューヨークを離れる前の日に、彼女はクリスティーズ・オークションのプレビューで奇跡的に小説『路上《オン・ザ・ロード》』の生原稿を見た。旧式のタイプライターで一字ずつ間断なく打ち出されたもので、つながった長い巻物になっていた。

ケルアックの『路上《オン・ザ・ロード》』の原稿を目の当たりにして、無弦琴子の放浪の旅に出たいという気持ちは失せた。そして東京にもどると、ひとり暮らしの母親が老年性認知症になっていることに気がついた。彼女は母親を自分の家に引き取り、母が亡くなるまでずっといっしょに暮らした。

無弦琴子よりかなり年下の金泳喜は一九六八年の学生運動に間に合わなかったことをひどく残念がったが、彼女は無弦琴子の心の旅路について完全に理解できた。

二人は趣味や嗜好についても話し合った。金泳喜は自分が茶陶を収蔵していることや、家にはむかし朝鮮で作られた手触りの粗い茶碗がいくつかあり、みな祖父が生前に使っていたものだということを話題にした。

彼女は祖父の伝記を書くために資料を収集する過程で、幅広く日本の文化や歴史についての書物を読んだ。日本の茶陶について書かれたある専門書に、次のようなくだりがあった。豊臣秀吉は朝鮮に出兵して功なく戻ったが、朝鮮の陶工を捕虜として連れて帰った。陶工らは瀬戸で日本人に茶器の焼き方を教え、のちに美濃に移った。

「朝鮮李朝の陶磁工芸は日本の茶陶の技術と芸術性に影響を与えた」

専門書にはさらにこう書かれている。

「江戸時代に日本に連れて来られた朝鮮人の李参平《りさんぺい》は九州の有田で磁器用の土を掘り当てると、窯を作って磁器を焼き、顔料の混じった釉薬を使いはじめた。伊万里という日本の磁器が明代末の戦乱状態にあった景徳鎮《けいとくちん》の磁器に取って代わり、欧米に輸出されて異彩を放った」

なんと朝鮮の陶芸と日本の磁器はこうしたゆかりまであったのだ。それ以後、金泳喜は日本の茶陶に興味を覚え、ついには師匠を見つけて日本の茶道を習いはじめた。この段階の歴史はかなり彼女の気持ちをやすらかにさせた。

茶陶のことから、金泳喜は無弦琴子に自分がボストンで日本の茶道をもう何年も習っていること、師匠は千利休派の伝承者で、自宅で教えており、茶室は小さく簡素である――ということなどを話した。

「もちろん京都の妙喜庵の千利休の茶室とはちがうけれど。畳二畳分の広さで、先生は順ぐりに十数人の生徒を教えているの」

金泳喜は茶室の外の日本風の庭が小さくて手が込んでいることや、最近は菖蒲が満開で、美しいことこの上ない、というようなことを言った。

日本の茶道を習っているというので、無弦琴子は彼女に川端康成の『千羽鶴』を読んだことがあるかと訊ねた。それは文学作品としてすばらしいだけでなく、小説の中の茶道の礼儀、茶会の作法、それに茶道具への凝りようが、精緻に生き生きと描かれ、読者は自分がその境地にいるかのような気持ちになる。

数日後、無弦琴子はお礼のメールを受けとった。金泳喜は『千羽鶴』を読み、文学作品によって日本の茶道の思想と美学がいっそう理解できたそうだ。川端康成の英訳本をすべて購入し、小説の物悲しくも美しい日本情緒を事細かく味わうつもりでいるという。

金泳喜は熱っぽく川端康成の文学に関する感想を述べ、長い文章を書いた。だが無弦琴子からはずいぶんたってから簡単な短い返事が届いただけだった。しかも言葉の使い方が間違っていた。金泳喜はそこでようやく気がついた。相手の英語力は十分ではなく、ふだんの仕事のメールのやりとりには差し支えないが、文学について語るとなると、語彙不足でしどろもどろになるのだ。相手の自尊心を傷つけないために、金泳喜はこう提案した。自分も少し日本語が分かるので、このやりとりの機会を利用してちょっと練習したいと思う。これからは日本語で書くことにするので、文法的な間違い、特に敬語を直してほしいと。

無弦琴子は彼女の心遣いに感謝した。金泳喜は学生時代に習った日本語を駆使して、最初のメールを書いた。自分でも驚くほどよく覚えていた。すぐに返信があり、無弦琴子はきれいな日本語だとほめていた。

「日本人の私が恥ずかしくなるくらいおみごとです」

金泳喜はこの賛美をすなおに受けとった。相手の行間に少しもあざけりや優越感は感じられなかった。励ましを受けて、彼女は川端康成の日本語の原書を読むことに決め、以前買った英訳本は大好きな谷崎潤一郎の『細雪』の英訳といっしょに包んでしまっておくことにした。

段ボール箱をもって、物置にしている屋根裏部屋に上がった。錆びついたドアを開けると、部屋の隅に大量のノートや史籍文献の山が、静かに屹立していた。その上にあった赤い縁取りの黒いハードカバーの、ボロボロになった大判ノートが彼女の眼を射た。それは三冊ある祖父の獄中日記のうちの一冊だった。その下はぜんぶ彼女が祖父の伝記を書くために集めた資料ノートや研究書で、人の背丈の半分くらいの高さがある。

まったく無防備のままそれらを目にした金泳喜は、大きな衝撃を受けた。ドアノブを握りしめ、しばらく入り口に寄りかかったあとで、ようやく中に入り、日記の上に厚く積もったほこりを払った。祖父の伝記を完成していないどころか、このことをすっかり忘れていたのだ。金泳喜は自分が許せなかった。

彼女は日記を枕元に置き、毎晩寝るまえに灯りのもとで一頁ずつ読み返し、祖父が獄中で受けた苦難の過去に立ち返り、歴史の傷に向かい合った。

文字につづられた告発は、どれも金泳喜にとって読みつづけるのが辛いものだった。ある晩電灯を消そうとして、視線がベッドの脇にあった例の白釉の手触りの粗い茶碗に落ちた。祖父が生前に使っていたもので、すでに彼女の生活の一部になっている。毎晩寝る前に半分残して置いたお茶を飲むのが習慣になっていた。茶碗を取り上げてお茶をすすると、電灯の灯りが茶碗の縁の釉《うわぐすり》の剝がれたところに当たった。それはまるで誰かがしょっちゅう噛んでいたために剝がれたかのようだった。彼女はいままで気がつかなかった欠けた部分を手で撫でた。中国水墨画の写意画の手法で水草が描かれているこの茶碗は、祖父が実家からもってきたものだ。「三・一独立運動」が鎮圧されたあと、彼は大学を中退して東京から故郷に戻ったのだった。

金泳喜はどきりとした。憂い極まった祖父が、お茶を飲んでいる時に自主決定のできない朝鮮の運命に憤って噛んだ痕なのだろうか？　彼女は思い出した。伝記を書くのを止めようと決心したあの日は、祖父が日本の監獄で殺害された命日だった。彼女は血涙の痕の点々とする三冊の日記を、膨大な数の筆記資料や長年の心血といっしょに高閣に束《つか》ねて、この歴史の一時期を記憶の外に除《よ》けることにしたのであった。

金泳喜が回避しようとした歴史は結局のところやはり回避しきれなかった。

冥冥のうちに、ある力が彼女を引っ張って彼女が避けてきたこの歴史の一時期と対峙させた。とどのつまり彼女はやはり自分で祖父と彼の時代の傷痕を検証し、かさぶたになった傷痕を取り除かなければならないのである。

ある偶然の機縁が——実は偶然でもないのだが、彼女がこの展覧会を企画する契機を作った。三年前、彼女はイギリスのブライトンの蚤の市で一枚の女性の古着を見かけた。すでに時代遅れになったスタイルの洋装で、上に「Dig for Victory」という宣伝の字句があった。それは第二次世界大戦の期間に、イギリスの農務大臣が人々に庭で野菜を育てるよう奨励したものだ。戦争期の食料不足を補えるし、一種の愛国的な行為にもなるというわけだ。

その後彼女はさらに次々と発見した。ネクタイや軍用毛布に「イングランドは永遠なり」とプリントされていた。毛糸で前線の兵士のために編んだ手袋や靴下やセーターにはアメリカ国旗が出現し、パッチワークなどにも「戦争に勝とう」などの字句が見受けられた。

ボストンに戻ったあと、彼女は浮世絵を収蔵しているアメリカ人教授の家に招かれ、彼が日本から持ちかえったばかりの、京都の寺院の古物展示即売会の戦果を鑑賞した。教授が手に入れたのは、男物の鉄灰色の絹の羽織だった。これは着物の上に羽織るもので、背中には大東亜共栄圏の地図が印刷され、満州国、東三省、朝鮮、琉球、沖縄、台湾、小笠原諸島および日本本土を含む、一九三一年当時の日本の領土が表示されていた。

朝鮮もその中に入っていた。

亡霊に取りつかれている！　金泳喜はかつて歴史の傷痕を正視することを願わず、祖父とその時代を感得することを拒否していたが、若いころ身をかわそうとしていた過去が、新たな形で蘇ってきたのだ。

無弦琴子からは着物に描かれた戦争宣伝の図案が次々にメールで金泳喜に送られてきた。ウィンドウズのブラウザ上に拡大された、各種の武器や軍隊による殺戮の戦場画面が、絶えまなくつづいて目の前で閃いた。金泳喜は衣装の上の武器によって傷を負い、長年抑えつけてきた記憶が浮かび上がってきた。彼女はパソコンに向かい暴力的な傷口を凝視するうち、無理に鈍化させていた傷の痛みが自ら抑えつけていた障壁を突き抜けるのを感じた。祖父の獄中の受難の光景を想像すると、その傷の裂け目から滲み出る痛みに、彼女は両手で胸を押さえ、ある種身体的な切実感をもったのであった。

金泳喜はくりかえし自分にこの歴史の傷害プロセスを追体験させ、それを感情の発散プロセスと見なして、もう自分を抑えるのはやめることにした。彼女はこのプロセスを経ることによってしか、この間の歴史が作った傷に対して寛容になるのか、それとも忘却するのかを決められないと思った。

日本の軍国主義政府が大東亜共栄圏という夢想を実現するために使用した武器の爆撃機、戦車、大砲、軍艦はとうの昔に夢想の破滅とともに消え去り、残骸と弾丸の灰燼だけが残った。けれども、これらの着物の上に留められた戦争の武器は今なおありありと、相も変わらず威力十分に、満を持して機会を待ち、金泳喜に異分子の消滅をはかった大東亜戦争が今でも目の前にあるように感じさせている。

今日に至っても東京駅の前では、右翼の宣伝カーが昼夜を分かたず声を嗄らして軍国主義のファシスト思想を言い立てているし、日本の政治の指導者はアジアその他の被侵略国の抗議も顧みず、軍閥が祀られている靖国神社を何度も参拝している。それは、これらの着物がふたたび着用される可能性があることを暗示しているのだろうか？

真珠湾を忘れるな。


数日後、無弦琴子は一件のメールで、アメリカの絹のスカーフのカラー写真を受け取った。スカーフには「真珠湾を忘れるな」という英語が書かれていた。彼女はわけが分からず、金泳喜に一体どういうことかとメールで訊ねた。アドレスをまちがえたのだろうか？　一週間たっても返事はなかった。

無弦琴子の作業机の上には、男の子が冬に着る、薄いラシャで裏打ちした子ども用の着物が置かれている。大東亜戦争前夜の一九四〇年に作られたものだ。この年、日本人は大々的に神国日本誕生二千六百年を祝った。着物の図案は二人の小さな兵士のような男の子が、空の上の金色の凧を仰ぎ見ている図である。日本人は凧で神話の中の始祖天照大神を象徴し、大神は今まさに兵士たちを率いて敵を征服しに行くところだ。子どもの着物にはさらに「武運長久」の文字までプリントされている。

一九四〇年、愛国の気運を高めるために、国家の起源を改めて考え、太陽神である天照大神は大和民族の祖先であるとして、日本各地で盛大な儀式や、音楽や芝居などの文化活動が行なわれ、神話の中の始祖を祝った。満州国ではこの年に天照大神を祀る雄壮な神社が建立され、溥儀はこのために日本に渡り天皇に拝謁した。

日本の軍国主義者は、大東亜の民は実は天照大神の後継の子孫であると公言した。いわく、神話中のアジアの八隅《やすみ》はみな等しく日本の統率する屋根の下にある、いわゆる「八紘一宇《はっこういちう》」で、天皇を首脳とする一家であるべきだ。古来より英雄たちはこの上古の神話に基づいて、アジア各地で討伐を行なった。室町時代に東シナ海に出没した倭寇、戦国時代に日本人が残した足跡は遠く南洋やインドに至っている。明治以降、台湾と朝鮮の両植民地が日本の版図に納められた。軍国主義者たちは、大東亜共同体の概念は歴史的根拠に符合し、その正当性があると信じた。アジアの民族に神国日本が威厳と至上の統治権をもつことを気づかせ、大東亜を英米の侵略や搾取から解放して、日本が黄色人種を連合させ、それらを同時に肩に負って、東亜復興の重責を我が身に置かんとしているのだと。さもなくば、東亜の屈辱は日増しにひどくなり、黄色人種が白人に食いつくされる日が来ることは目に見えている。六億人民の臆病者の屈辱を一挙に洗い流すために、日本は中国に進軍した。これは侵略ではなく、東亜が西側の列強によって分割し尽くされるのを免れるためである。

さらにすばらしい世界と秩序を打ち立てるために、日本の軍国主義者はこの戦争を、異民族を排除する一種の神聖かつ壮麗でロマンティックな行動だと見なした。日本の精神文化を展開するために通過せざるを得ない痙攣の時であって、壊滅が異なる新生をもたらすのだと。

無弦琴子が画像を削除し、パソコンをシャットダウンすると、「真珠湾を忘れるな」の文字はすぐに消えた。

14　矢のない弓

あの秋雨のしとしとと降る黄昏時、元アミ族の踊り手の田中悦子は慶修院修復後の開眼供養の招待状をうやうやしく手渡して、すこぶる丁重な口ぶりで無弦琴子に花蓮県政府がそれを古跡にして救おうとしているのだと話した。招待状には修復の過程が説明してあり、日本語で書かれているので、ぜひ読んでほしいという。

日本籍を取得している田中悦子は「救う」という言葉で、地方政府が慶修院の修復を重視していることや決意の強さを言い表した。無弦琴子はあの時その言葉を聞いて身が引き締まる思いがしたことを覚えている。

たしかにその通りだった。説明書きには修復にかかる前の詳細が記されていた。土木建築の専門家を招いて詳しく実地調査を行なった結果、寺の本堂の梁や柱はシロアリや腐朽菌に侵食されており、地下の排水不良によって湿気がひどく、カビが生えているのが見つかった。改修時には厳しい防虫・防腐・防湿措置を施し、木造の構造全体、つまり上は屋根や柱、梁、回廊の手すりから、下は地面から離して架け渡した床板まで、一つ一つ順番に解体し、ばらした木材は順次点検して、シロアリや腐朽菌やシミに蝕まれているものは使わず捨てることにした。まだ問題なさそうに見える木材も、まずほぞ穴をあけて強度を測り、さらに棟梁に頼んでその経験を活かして、木づちで叩いて音を聴いてもらい、木材が虫に食われていないか検査したのである。

確認が終わったあと、さらに防虫処理加工を行なった。新しい木材もすべて水に浸すとかペンキを塗るなどの措置を施して、台湾にわずかに残っているこの日本の仏教寺院古跡の優雅さや美しさを再現し、それが万年不変のものとなるようにした。

「万年」の二文字が目に入ると、無弦琴子はまたドキッとした。

説明書きを下に置き、彼女は記憶をさぐった。あの時の花蓮行きで、彼女はビンロウ園で、遺棄されていた神社の定礎鎮座記念碑を見つけたが、小さな黒い蚊や蠅のぶんぶん飛んでいる畑から飛び出して逃げた。母の言う「宮前」――神社の前の小川の太鼓橋や橋の下の例の三枚の黒い石板は、いくら探しても見つからず、彼女はうつうつとした気分で吉安をあとにしたのだった。

一面の稲田を通りがかると、ぷっくり実った稲穂が秋の夕暮れの中で金色の光を閃かせている。無弦琴子は田んぼの脇にたたずみ、高山が縦貫しているため日没は見られないものの、空いっぱいに夕焼けがひろがっているばかりの東台湾の景色を眺めた。すると身体の後ろや頭のてっぺんにいくつもの金色の光の波が湧き起こってきて、田んぼの中の黄金色の稲穂とたがいに照らし合っているように思われた。

振りかえると、両開きの木の門が少し開いているのが見えた。門の後ろの左上の角にはまだらになった銅の鐘が、右側には赤漆の剝げた太鼓が掛かっている。仰のいて上を見た無弦琴子は、燦然と輝く金色の光の源を見つけた。塀の外へ突き出している屋根だ。金属の板で葺いてあり、丸い宝珠の下が四面に分かれて傾斜している。まだらに腐食した鉄板の屋根が夕焼けに染められて薄暗い輝きを放ち、その光に彼女の目がかすんだ。

　この「宝形造り」という四面の三角形が一点に集まり、露盤に伏鉢《ふくばち》のある屋根の形は、日本の仏教寺院建築によく見られるものだ。無弦琴子は心を突つかれたような気がした。もしかして母の言う吉野真言宗布教所なのだろうか？　当時の日本人移民の信仰の中心だった場所なのか？　彼女は前かがみになって半開きの戸のすき間から中を覗いた。中にはセメントで作った大きな香炉が目につき、生い茂った雑草の中に何体かの泥土で作った神像が見え隠れしている。どうやらこの真言宗の日本の寺はその後改造されて、台湾の民間の神様の仲間入りをしたが、今ではお参りする人もなく、黄昏の田んぼの畔で荒れるに任せてあるらしい。

　写真では、元の日本の伝統的な寺院形式にのっとって修復された慶修院は、四つの三角形を合わせた屋根が斬新な波型の金属板で葺かれている。この屋根に無弦琴子は見覚えがあった。修復説明では、信徒たちが真言宗開祖の弘法大師のために四国に建てた八十八ヶ所の名刹も、同様の寺院建築様式を採用しており、吉野の日本人移民は故郷の寺院様式を採用することによって、弘法大師に対する信仰を示した、と指摘している。

　高床式を採用した吉野布教所は、地面から離して作られ、土台が高くしてあって、形は吊脚楼《ちょうきゃくろう》（中国南方の民族に多く見られる木造の伝統的な高床式建築）に似ている。修復に当たった人たちが土台を片付けたとき、密閉された穴倉を発見し、その中から「吉貴野岸」と刻まれた石碑が出てきた。四国徳島の吉野川岸出身の移民が故郷を偲ぶよすがにした碑だ。

吉野布教所の初代の住職はかつて、薄暗くて涼しい地下の穴倉を、自分が静かに瞑想し諸仏と語り合う秘密の場所としていた。後になると穴倉は、悪霊に取りつかれ、祟りで気の触れた病人を閉じ込める場所になった。またある住職などは、ぐれた馬鹿息子を罰として穴倉に閉じ込めたりした。親の言うことなど聞く耳をもたない息子は何度も谷川のほとりへ行ってアミ族の水汲み娘たちをからかったり、裸で水浴びをしている女たちを覗き見したりした。布教師は息子が植民者の体面を汚したと、足留めの懲罰を行なったのであった。

「ハロク……あの蕃人もね、穴倉にいたことがあるの」

無弦琴子の母月姫はこんな驚くべきことを言ったことがある。

それは中島芳雄が住職だった頃に起こった。四国から来た日本人農民は吉野村に定住してからだいぶ日がたっていたが、亜熱帯農業の経営にはまだまだ経験が足りなかった。強い日差しの下で懸命に働いたとはいえ、高温で消耗が激しいため、養分を蓄えることのできない台湾の土地の耕作に慣れることができなかった。そのため、ことのほか故郷の吉野川の岸辺の黒土を恋しがった。

住職の中村芳雄は農民たちの中に「作柄がよくないので、早く内地へ帰ろう」という考えがあることを聞いて、烈しい日差しのもとで息も絶え絶えになっている移民たちに精神的な拠りどころをもたせようと、集中的に幸福祈願の祭事を行ない、これらの異国の地を漂泊する霊魂のために、菩薩に加護を願った。残念ながら、中島芳雄住職には自分の敬虔な祈りも神仏の反応を得られなかったように思えた。彼は母国の神仏がこれらの国を棄てて出た人々を見捨てることを恐れた。そこで四国に帰り、自ら弘法大師が当時修行した八十八ヶ所の霊場を巡礼してまわることに決め、三ヵ月のあいだに一番札所の霊山寺から八十八番目の大窪寺まで行脚して千里をめぐる「お遍路」になり、植民地の移民のために願掛け祈願を行なった。

その年の六月八日、吉野神社では一年に一度の盛大な祈年祭を行なった。タロコ族のハロク・バヤンは神社の神輿が印された手ぬぐいで鉢巻をし、日本の農民の恰好をして下駄を履き、手足を伸ばしてみなといっしょに初穂の実りを祝う踊りを踊っている姿を見られている。

「誰が蕃人を移民村に連れていったの？」

無弦琴子はそう訊ね、すぐにまた頭を振って、独り言を言った。「余計なことを聞いちゃったわ。もちろん真子が連れて行ったのよね」

月姫は黙ってうなずいた。

七月十五日の盂蘭盆会《うらぼんえ》には、一面に灯籠を掛けた吉野布教所で、またもやハロクが風変わりな手つき足つきで、四国の庶民のあいだで広まっている阿波踊りを踊っているのが見受けられた。踊りは真夜中までつづき、思う存分楽しんだ踊り手たちはそれぞれに帰って行った。ハロクが祭壇の柱の後ろに身を潜めていると、やがて手水舎《ちょうずや》から現れた、赤い下駄を履いたほっそりした影が、祭壇を通り抜けてきて彼といっしょになった。

その晩は月あかりがみごとだった。ハロクは彼のリムイに連れられて、地面から離して作られた布教所の高床の下にもぐりこみ、背中や腰をまるめて彼のリムイの後について進んだ。高床の下は一面の闇で、月の光も射しこんでこない。彼のリムイは構造をよく知っているらしく、初めて来たのではなさそうだった。彼女は下駄で暗闇のなかの通り道を探しながら、手探りで前に進んだ。ついに何か硬いものを踏み、金属のぶつかる音が響いた。彼女は身体をかがめて丸い鉄の輪を引き起こすと、ハロクに力いっぱい上に引っ張るようにとささやいた。

穴倉の扉が開けられた。ハロクは初めて立霧渓の深水温泉に行った時のように、彼のリムイに手を引かれて、一歩ずつ降りて行き、指先も見えない真っ暗な穴倉の中に入った。

同じように薄暗い洞穴ではあるが、立霧渓畔の小さな滝の裏側の岩穴はもっと湿っぽくてざらざらしていた。あの二人にとって初めての夜以来、月あかりが美しかろうがなかろうが、二人は手を携えて野渓の温泉に行った。熱い温泉が彼らの愛の炎を耐え難いほどの沸点にまでおしあげると、二人は温泉から跳び出して滝の後ろの岩穴まで奔《はし》り、彼らの情熱を解き放った。冬の渇水期には、滝の水量も少なく、疎《まば》らに落ちる水の幕がちょうどよい天然の障壁になって、この恋人たちは思うさま獣のように絡み合い、山林に吹く風のようにうめき声をあげた。春夏は水の勢いが激しいため、ハロクのリムイが二人のために新しい愛の巣を見つけたのだった。

布教所の穴倉に匿《かくま》われると、ハロクは彼のリムイの言いなりで、来るも帰るも彼女の思うがままであった。待ち焦がれた合図を聞きつけて、ハロクが手でその重い両開きの檜の扉を開けると、外から穴倉に射しこむ一筋の日差しによって、彼のリムイが美しい妖精のように、軽やかに階段を降りてくる様子が見えた。檜の扉が閉まると、彼のリムイはふたたび押し寄せてきた暗闇の中で着ている物を脱ぎ、一糸まとわぬ姿になった。髪留めを抜いてバラバラになった長い髪が、彼女の露わな丸みをおびた肩にかかる。彼女の白い裸体がすべすべした鱗の無い魚のように、ハロクのほうへ泳いで来た。泳ぎながら、血のように赤い唇をパクパクさせて、思いきり彼の黒い毛の生えている腋の下を舐めた。彼女の心を酔わせるその匂いを思い切り嗅ぐと、うずくまって顔をそっくり彼の鼠径部に埋め、彼というタロコ族の人間の山の匂いを嗅いだ。

リムイは彼に一番荒々しいやり方で自分を愛するようにと言った。引き裂かれるような快感を求め、彼の上に腹ばいになった身体は電気に打たれでもしたように痙攣した。両手で彼の首を絞め、歯で彼の口をこじ開け、熱した火ばさみのような舌を彼の舌にからめて、力いっぱい吸った。まるでハロクの魂を彼の身体から吸い出して、彼というタロコ族の人間の魂を自分の唇のあいだに吸い込んで、彼を丸呑みにし、彼を自分の一部にしようとしているかのようであった。

ハロクには実際彼のリムイが分からなかった。この美しい妖精は、ふだん人前ではいつもうつむき、伏し目がちで、微笑を浮かべ、上品で礼儀正しく、身なりもちゃんとしている。なのに、どうして衣服を脱いだとたんにまったく別人になってしまうのだろう？　毎回姿を現すたびに、接吻や愛撫のまえに、かならず裸になって顔を見合わせる。人前で礼儀正しくしていた彼のリムイはどこへ行ってしまったのだろう。ハロクには彼女は捉えどころがなく、その心の内が見透かせず、ただ身体を近づけることができるだけだった。着物を着ている時はほっそり見えるリムイが、着物を脱ぐと意外なほど豊満であった。彼女の許しがなければ、ハロクは彼女の身体のどこも愛撫する勇気がなかった。息をひそめて相手が触ってよいという合図をするまで待つのである。毎回かならず彼女が主動的に彼の手を取って、うずくまっている二羽の白鳩のような乳房から腹部へ、そしてまっすぐ下へ……。

暗闇の中では他の感覚器官は使えない。肌ざわりだけをたよりに、何も言わず、肉体の交流による神秘で幽玄な快感を楽しみ、官能のなすがままに酔いしれた。ハロクは彼のリムイの身体については細大もらさず知り尽くしていた。彼女の白い肌はきめが細かくて柔らかく、足裏の皮膚さえ彼の頬よりもすべすべしていた。彼は彼のリムイの足裏を自分の頬にくっつけて撫でさすった。彼は彼女に愛される価値がある。一人の日本人の女の愛に値する。

秘密裏に日の射さない穴倉の中に隠れさせられ、彼のリムイが姿を現して、彼女を胸に抱いた時だけ、彼は満たされる思いがした。いったん彼女の身体から離れると、彼はたちまちむなしく感じ、拠りどころがなくなる。ただ暗闇の中に座って、彼女の手が自分の首を絞め、息もできずほとんど窒息しそうにされた感覚を思い返すことしかできなかった。

ハロクは肌身離さず持っている蕃刀で、竹ひごで組んで下地を作った穴倉の泥壁に、彼のリムイに対する想いを刻みつけ、愛を交わすごとに自分で考えた線で印をつけて痕跡を残した。暗い穴倉の中で、毎回愛を交わした後にいつも正確な位置をさぐりあて刻みづつけ、その印はけっして重なることはなかった。

彼はまた口琴を使って彼のリムイに対する想いを奏でたいとも思った。けれども、穴倉では声や音を立てるわけにはいかず、口琴を唇にあててこするように動かした。ハロクには思い切り音を出して吹く勇気がなかった。地面の上を動き回っている信徒たちを驚かすわけにはいかない。彼は黙々と足で拍子をとりながら、両手で唇につけた口琴を移動させて、心の中で思慕のこもった音を奏でるしかなかった。

唯一声が出せるのは、たまたま病人とその親族友人が来て、寺院にある「光明真言百万遍」と刻まれた石碑のまわりをめぐりながら、神明に病気や災いを除いてくれるよう祈って、密教の仏の名を「マカボダラ・マニ・ハンドマ・ウン」と百八回唱える時だ。ハロクもこの機に乗じて小さい声で集落の歌を歌い出す。だが歌っているうちに、信徒たちが声をそろえて唱える声に引きずられ、いつの間にかいっしょに口ずさみ、集落で祭りの時に歌う歌を忘れている。ハロクは集落の神霊と日本の神仏が時空を超えて神秘的なつながりを持てばいいのにと思う。日本人が来てからというもの、彼の部族の人たちの祈禱の言葉に日本語が混じり、人々が祀る精霊や神々と日本の神とがごちゃ混ぜになっている。そのうえ部族の人たちに家の中に神棚を設え、神社に参拝するよう命令が出ているのだ。

穴倉の中で一日じゅう地面を友としていたが、ハロクはかえってふわふわ漂っているような感じがした。彼は自分の土地を踏んでいるのではなく、山林の集落からは遠く、自分の馴染みの土地から剝ぎ離され、自然と切り離されている。彼は喪失感を抱いた。

立霧山のホーホス社にある住処の焚火のそばで、長老の語る集落の神話に耳を傾けている時だけ、彼には家の息吹が感じられた。ハロクは山でのあの悠々自適の日々が恋しく、山の風の精霊が彼の肌を撫でる感覚が恋しかった。彼はまた真夏の山の斜面で満開に咲く百合の花を想像した。様々な野の花の精霊が虹のように丘全体を覆う光景は、美しいことこの上ない。ハロクはこれまで山林の中にいて孤独を感じたことはなかった。

秘密裡に穴倉の中に隠れさせられて、彼は自分が茎の折られた葦になったような気がした。闇夜の穴倉からは、つねに空は見えない。彼が心から望んだのは、真夜中の寺に人影がなくなったすきにこっそりはい出して、信徒がお参り前に清めをする手水舎に行き、月あかりで水面に映る自分の姿を見ることだ。彼は自分がだんだんと流されて無になってしまうような気がした。

おそらく星なら彼を山に連れ帰ることができるだろう。

だが、彼は彼のリムイを置いていくことはできない。山林の生活は終わり、今は彼のリムイが彼のすべてだ。彼女がいなければ、ハロクは暗闇の中で両手に空しさを抱えているしかなかった。

彼のリムイを待つあいだに、ハロクは竹弓を作りはじめた。彼は集落の族人に代々伝わるこの技芸によって自分と集落とのつながりを持ちたかった。

「立霧山で育った真竹《マダケ》が見つからなかったの。竹弓を作るのにいい材料なんだけど」月姫は娘にこう話した。「仕方がないからアミ族の人が植えた竹を伐りに行ったわ」

「ずいぶんよく知っているのね、お母さん？」

娘の疑い深げな眼に、月姫はただ話をそらしてそっと言った。

「あたしはずっとあの人たちの連絡の取り次ぎをしていたから、ある程度のことは知っているの。

竹弓を作るのに必要な麻縄とか針金とかゴム糊は、あたしが探してあげたのよ」
「真子さんが手伝ってくれって言ったの？」
月姫は娘の眼を避け、うつむいて軽くうなずいた。

ハロクは猟に使う刀で竹の根元に近い部分を叩き切った。その部分は曲がり具合がちょうどいい。それを四つに割って、まず陰干しにしたあと、竹片を細く削るのだ。念入りに削りつづけていると、前回竹弓を作った時に戻ったような気がした。あの時はドンビドン駐在所の警官、横山新蔵と二名の部下を山に猟に連れていくためだった。ハロクは猟に出る前に、高い山へ行って、ちょうどよい曲がり具合の、竹弓を作るのに適した真竹を慎重に選んだ。それを四つ割りにし軒下にかけて風で乾かしたあと、紙やすりで節の突き出たところを平らに磨いた。磨きながら様々なことを思った。

真竹の幹で作る竹弓はタロコ族のあいだに代々伝わる猟具であった。けれども、彼の父の世代、場合によってはさらに前の祖先の代からすでに、猟銃が伝統的な弓矢に取って代わり猟師の武器となっていた。ハロクの世代になると、竹弓はすでに競技場の射撃の試合で技を競うスポーツの道具に堕していた。第五代佐久間総督が部族の人たちの猟銃を強制的に没収するに及んで、彼らは過去の狩猟方法に押し戻され、竹弓を作るようになったのである。

清朝政府が台湾に派兵し、駐屯する前は、彼の部族の人たちは自分で狩猟用の連発銃を作り、猟銃用銃弾も自分で作ることができた。採取した温泉の硫黄と硝石に木炭を加えて混ぜ合わせ、猟銃用の火薬を研究開発したのだ。

ハロクの部族の人たちは山へ行って猟をするとき、良い霊が獲物を猟師の銃口の下に集めてくれると信じていた。悪い霊は銃声を恐れるので、邪悪な力を追い払うことができる。彼らはこうした銃器を命のように大事にし、山を越え谷を渡って歩く時は、山地は天気が急変するので、鹿の皮を銃器にしばりつけて、引き金の部分が濡れないように守った。

猟を生業とする山の民にとって、銃器は第二の命だ。獲物を撃つ銃器を失うということは、死への道に等しい。

第五代佐久間総督は部族の人間が猟に使っている銃器を凶悪な武器と見なし、タロコ族の人たちがのさばって服従しないのは、彼らが精鋭な銃器をもっているからだと考えた。総督は強制的に没収するよう命令を下した。そこで警察は一軒一軒銃を探してまわり、どうしても供出に従わない者は、衆人の面前で首を斬るか生き埋めにし、火を放って一家皆殺しにした。

ハロクや彼の部族の人たちにどうしても理解できなかったのは、総督のいう精緻な銃器、すなわち十五連発の自動小銃とかライフルとか村田歩兵銃とか改造銃は、みな日本の財閥の賀田金三郎が経営する銃砲火薬店が、暴利をむさぼるためにタロコの族人たちに売りつけたものであったことだ。しかも明らかに日本の商人が提供した銃器であるにもかかわらず、総督は来歴不明の、疑わしい精鋭武器だと言い張った。

最後には武装解除という名目で、佐久間総督はタロコ族に対して戦争をしかけた。一万二千丁余りの猟銃がことごとく没収され、三千余りのタロコ族の人間が砲撃を受けて亡くなった。

片手に猟刀を握りしめ、もう片方の手で暗闇の中で突き出た竹の節をまさぐる。集落の祖霊は霊験あらたかで、先人から伝えられた竹弓が彼の命を救った。ハロクは日本人警官を案内して山へ猟に行った。目の前に高くそびえる岩壁に道をふさがれた場所に来ると、その鋭敏な聴覚によって、ハロクは岩壁の後ろから伝わってくる水の撥ねる音を聞きつけた。彼は手足を使って、籐蔓やとがった石につかまりながら岩壁をまっすぐよじ登り、音の出所を探しに行った。日本人警官たちはハロクがロープやペグなどの登山用具を使わずに、猿のように素手で一直線に登っていくのを見て驚き、あっけにとられた。

岩壁のてっぺんに着くと、ハロクは高山ススキの真ん中に一ヵ所淵になっているところを見つけた。水音は一頭のスイロクが浅瀬で遊んでいたせいだった。彼には肩にかけた竹弓の威力ではこの立派な角をもった巨大なスイロクを倒すのは無理なことが分かっていた。だが、今は彼自身が獲物となって、横山新蔵を警戒していた。彼のリムイの父親が今まさに岩壁を遠回りして銃を手に彼のほうに近づいて来る。その足音は敵意に満ちていた。日本人警官が彼を狙い撃つ前に、ハロクは竹弓を持ち上げて空中に一矢を放ち、敵の攻撃を威嚇し阻止した。それからサッと身を躍らせると、ススキの原に飛び込んで風のように走るスイロクとともに茂みの中に消えた。

もしあの時自分の手に猟銃があったら、彼は逃げていただろうか、それとも銃で反撃しただろうか？　彼を死地に追いやろうとしたのは彼のリムイの父親だ。彼は手を下せただろうか？

ハロクは暗闇の中で頭を横に振った。彼はやっぱり逃げることを選び、そのスイロクの後をつけて、山奥の茂みの中に消えただろう。彼はもともと山林の自然の子なのだ。

万が一布教所の穴倉に隠れている彼が、彼のリムイの父親に見つかった場合、ハロクにはその時日本人警官が彼に対してどう出るか想像する勇気もなかった。彼には逃げ道がない。山林の中に消えることはできない。ハロクは未完成の竹弓をもちあげて自己防衛の姿勢をとってみた。先端と尻尾を麻縄でつないだ弓づるを引きしぼって、的を射る姿勢をとった。弓だけはあるが、矢竹と矢尻で作りあげる矢はない。矢のない弓は廃物と同じで、武器ではない。ハロクは弓づるを放り出し、ぐったりと横たわった。なすすべもなく生け捕られるのを待っている。やがてまもなく、敵意に満ちた足音がまた上で響き、一歩一歩穴倉に近づいて来て、今度こそハロクは逃げようがなく、捕らえられてしまうだろう。

彼は次々と悪夢をみるようになった。夢の中で、ハロクは弓を負い矛を手にした父親とともに、斜面にある我が家が日本軍の砲撃により灰燼と化すのを目の当たりにした。父子は部族の人たちとともにすべてを顧みず血肉でできた身体ごとぶつかっていき、銃を手にした日本軍を迎え撃った……。

暗黒以上の漆黒の悪夢の中で、空いっぱいに矢石と銃弾が飛び交い、ハロクの部族の人たちは佐久間総督の武力鎮圧の下で次々に斃《たお》れ、死んでいった。けれどもタロコ族とは異なる形の鳥の羽根の頭飾りをつけた、背丈の低い勇壮な赤褐色の戦士たちが、裸で、次々に集団でごろた石や枯れ木の中から飛び出してきた。それぞれが蕃刀を振りかざし、投げ槍や石を振りあげて、目に見えない敵に向かって投げつけ、無言の鬨《とき》の声をあげた。

吉野移民村の所在地は、日本人が占拠する前は、もともとアミ族の七脚川社に属していたが、彼らはある暴動の中で追い払われてしまった。日本軍の銃砲に撃たれて死んだアミ族の幽霊がハロクの夢の中に現れて、佐久間総督が彼の部族の人たちを討伐した時の悪夢と重なりあい、最後には彼自身が彼のリムイの父親である、横山新蔵に銃口を向けられ、「ズドーン」と一発、というところで目が覚める。これは単に悪夢だけには終わらないのではないだろうか？

15　謎の苦行僧

范姜義明の『台湾写真帖』の中の、ある一枚は真言宗の願空和尚《がんくうおしょう》が写っている。法衣姿もいかめしい僧侶で、頭には笠をかぶり、白い袈裟を着て、手には金剛杖をもっている。背中に負っているのは仏壇と仏具の入った籐の箱だ。

范姜義明がこの写真を撮った成り行きはきわめて偶然のことだった。海を渡って花蓮に行脚に来た願空和尚は、アミ族の集落にたどりついた。喉が渇いたので、籐の箱をおろして小さな谷川のほとりにかがみこみ、両手で水をすくって飲んだ。あるアミ族の女性が親切にも彼に瓢を貸して、それで飲ませた。ちょうどその時、范姜義明が通りかかり、彼の扮装に惹かれて、そのままの恰好で谷川のほとりに立ってくれるよう頼み、この写真を撮ったのだった。

宗教信仰をもたない范姜義明はまた一人和尚に凝装した日本のスパイに会ったと思った。はるか昔の日清戦争の前から、日本の官吏が袈裟をつけて托鉢僧に身をやつし、台湾に来て町や村を歩き回っては、かどづけの托鉢をして、こっそり各地の風俗や民情を事細かく訪ね歩き、物産や経済について探り、軍中の配置などを偵察した。托鉢僧は話をする必要がないから、容易に正体を見破られることがない。

伝え聞くところによれば、日本が台湾を領有して最初の総督だった樺山資紀も、かつて僧侶に扮して海を越えてやってきて、しらみつぶしに政治経済社会民生の捜査を行ない、調査の精細なことは誰もが舌を巻くほどだったという。台湾の農産地、山間僻地の山林、水田や畑をみな三角測量器で精密に測り、市場での交易の値段の差も一つ一つ述べ立て、挙句の果ては農村の小道に何頭の水牛がいるかまで調べ上げていた。

何も分からない現地の人たちのうち、ある者はこうした異国の謎めいた托鉢僧に煩わされるのが嫌さに、飼い犬を放って追い立てたが、人によってはおおいに慈悲心や親切心を発揮して布施を行なった。気前よく浄財を献納した家は、台湾割譲後、統治者の厚遇を受け、酒タバコ販売の鑑札を与えられたとか。もちろん、これはたんなる言い伝えに過ぎないが。

偽の僧侶はいかにもそれらしい恰好をしており、あるスパイなどは江戸時代の虚無僧《こむそう》の姿をしていた。頭に奇妙な形の深編笠をかぶって顔を覆い、手には尺八を持って、すでに悟りを開いているいることを示す。ただ刀はささず、代わりに背中の行嚢にひと揃いの仏壇と仏具を入れて、どこでも人々のために幸福を祈禱してやっているというふりをした。

よしんば台湾に来たのが正真正銘の僧侶だったとしても、過分な厚遇を受けることはあり得ない。日本の出家僧は、姦淫罪を犯すと、初犯の場合は縛り上げられ見せしめにされて、その前の立て札に、罪名を書かれる。もしも再犯ともなれば、琉球や台湾などに島流しになるのだ。

そのため、寺院の執事はみな、いかにも長旅で苦労したという様子の、こうした放浪の雲水の素性に疑いを持つ。

范姜義明が撮影したこの僧侶は、謎めいた苦行僧で、法名を願空といった。真言宗の開祖である弘法大師と同郷で、四国は香川県の出身である。仏門に帰依する前は、もともと山谷を渡り歩いて難行苦行により法力を得ることを求める修験者の山伏だった。法術を修得し、呪文に精通して、妖怪を降伏させ、人々のために病気治療や妖魔祓いを行なう力をもっている。弘法大師は四国出家して僧侶になったあとは、紙の衾《ふすま》、麻の衣、一鉢の食事に安んじている。弘法大師は四国八十八ヶ所の霊場におられる。願空和尚は禅杖を手に、「南無大師遍照金剛」と唱えながら、すでに数えきれないほど何度も巡り歩いた。

盂蘭盆会前のある朝、願空和尚は吉野真言宗布教所に入った。手水舎の前でひしゃくを取り上げて水を汲み、手のほこりを洗い、さらに手のひらで水を受けて口を漱いだ。それからかぶっていた笠を取り、仏堂の前で合掌しながら頭を下げた。

願空和尚は心の中で弘法大師の法力の限りないことに讃嘆した。信徒をして、敬虔な心に基づいて日本から何千里も離れた台湾の東部に、このように荘厳な日本の伝統的仏堂を建設するに至らしめることができた。この様式は、彼が一路行脚しているあいだに目にした閩南《びんなん》式の廟宇とはまったく異なるものであった。

移民村に入るとすぐに、願空和尚はそこに不吉で邪《よこしま》な霊が立ち込めていて、平穏ではないと感じた。彼は自らすすんで村民のために経をあげ、悪運を取り除くことを願いでた。布教所の傍らの木造小屋に泊まり、毎日金剛杖を片手にもう一方の手に数珠をもって、両手を合わせて拝んでいる信者たちを率い、寺院のあの「光明真言百万遍」と刻まれた石碑のまわりを、密教の仏号を唱えながら、百八回ずつ巡った。

読経が終わると、彼は自ら籐で編んだ大きな箱を背負い、寿豊にある日本の財閥が経営する木工所に行って、伐り落とされて廃材となった木切れの山を漁り、そこで拾った大小さまざまな形状の異なる木切れを持ちかえって、彫刻をほどこした。

刃を入れる前に、彼は木切れを耳にあて耳をすました。彼は、木材には霊魂があり、中から命の叫びが聞こえると言った。赤檜、もみの木、ケヤキなどそれぞれの木材の木目に沿って、その自然に曲がった造形に合わせるだけで、願空和尚はべつだん彫り方にこだわらなかった。断面から斧を振るいはじめて、一体ずつ姿形の異なる掌中仏や四天王や金剛力士、不動明王を自然のままに造り出す。鑿《のみ》の跡の残る荒削りのものではあるが、どれもみなすばらしい顔をしていた。

願空和尚は仏像を木切れの中から呼び醒ましていて、それは緻密に彫刻されたふつうの写実的な彫像よりも深い味わいがあった。彼は生きているうちに十二万体の仏像を彫り、寺院に行脚するごとに、かならず出来上がった仏像を奉納するという誓いを立てた。

仏像の彫刻以外にも、願空和尚は和歌に長じていて、野山の草木や自然風物は彼が漫然と詠んだだけで、たちまち別の趣をもった。アミ族の人たちが飼っている豚の群れさえも、彼の優れた日本の古語で吟じるると、意外とそれほど汚らしくなくなるのだった。

願空和尚は作った和歌を僧房の柱に貼ったが、すぐにいっぱいになった。移民村の小学校の教師たちは誰もがみな彼の日本の古文のみごとなことに感嘆した。とりわけ得がたいのは、願空和尚がそれを力強く簡潔な漢文と有機的に結びつけて、すばらしい和歌を創り出すことだった。件《くだん》のアミ族の女性にもらった瓢を、願空和尚は寺に持ちかえり、僧房の外の木に掛けて、次に出かける時の水入れにしようとした。風が吹くと、木に掛けた瓢がコツンコツンと音をたて、彼の座禅修行の邪魔をした。願空和尚は瓢を女性に返し、それ以後はあいかわらず手ですくって水を飲んだ。

中元の盂蘭盆も過ぎたある雨の黄昏時、願空和尚はひとりで窓辺に座り、中庭のたわわに実った竜眼の実が、雨に打たれて揺れ動くさまを楽しんでいた。すると心の鏡の中に、とつぜん亡霊たちが次々に立ち現れた。彼が思ったのは、数年前に移民村の日本人が、台風被害のあった後、汚染水を飲んで、コレラで死んだので、その亡霊たちが、彼に施餓鬼をしてもらいたがっているのだろうということだった。

願空和尚が目を閉じ精神を集中すると、次々に波のように押し寄せてくる亡霊の姿が見えた。和尚にとって不可解だったのは、亡霊が和服を着た同胞ではなかったことだ。弓矢や石が飛び交う、戦場のような煙と霧の中に、鳥の羽根の頭飾りをつけた裸の褐色の亡霊が、めいめい手に石や湾曲した蕃刀をもって、見えない敵に向かって投げつけたり斬りかかったりしながら、声のない叫び声をあげている。

願空和尚が徹底的に調査したところ、吉野移民村があるところは、もとはアミ族の蕃社の跡地で、南勢アミ族の七脚川《チカソワン》社に属していたのであった。アミ族の言葉で「知卡宣《チカソワン》」は薪のたくさんあるところを指す。境界線の内側は土地が肥沃で、水源が十分あり耕作に適している。加えて太平洋の気流のおかげで、気候は温暖だ。日本人はこの土地を長いあいだ狙っていた。

日本統治の初期は、七脚川社のアミ族と日本人の関係はすこぶる友好的であった。総督府の「蕃をもって蕃を制す」という政策の下、日本人がタロコ族を攻撃するのを手伝い、自らが境界線となってタロコ族の人たちが境界外に出ることを防いだ。

明治の末年になると、一部のアミ族の隘勇《あいゆう》（原住民に対する防御のため設置された自警団）たちは、日本の警察が彼らを配置換えにしたうえに、給料を差し押さえたことに不満を抱き、日本人警官と頭目を殺して恨みを晴らしたあと逃亡しようと企てた。だが、最後には派出所を包囲して、全社的な反日運動になってしまった。総督府はただちに討伐を繰り広げた。

七脚川社の人たちは近隣の南勢六社の同族集落の呼応が得られず、また受け入れて世話してもらうことも拒否されてしまった。日本側はさらに薄薄、里漏、荳蘭……など五社の南勢アミ族に命じて七脚川社のアワや牛や豚を奪い、家を焼かせて、前後から攻撃させた。日本軍は七脚川社の二百九十一戸に命じて強制的に村を移動させ、鯉魚潭、月眉《ユエメイ》村などの地に引っ越しさせたため、七脚川村は空っぽになってしまった。


無弦琴子の花蓮行きでは、結局、母の月姫の記憶の中の、あの日本式の太鼓橋を探し出すことはできなかった。彼女があきらめて、失望のうちに帰ろうとした前日、例の親切なガイドがある情報を教えてくれた。彼は里漏にいるアミ族のシャーマンのことを聞きだしてきたのだ。その人は子どもの頃しょっちゅうこっそりと移民村に行っていて、後に吉野小学校の用務員にまでなった。もしも無弦琴子が彼と話してみたいなら、ガイドは喜んで手配すると言う。そしてまたこんなことも教えてくれた。

「このアミ族のシャーマンは、満月の夜に悪魔祓いの儀式を行なうはずです。彼らの一族の女の人で、暮らしを立てるため台北に行ったのですが、漢人に棄てられ、気が触れて帰ってきた人がいるんです。シャーマンは術を使って彼女の魂を取り戻してやるつもりです……」

アミ族のシャーマンの笛布斯《ディブス》は七脚川事件の生存者だった。両親は日本の警察の砲弾を受けて亡くなり、幼かった彼は災難を生きながらえた姉妹に連れられて里漏社の親戚の所に身を寄せた。物心がつくと、彼はよくこっそり以前住んでいた場所に行って日本人のために片隅に追いやられていた祖母を訪ねた。

山の民の機敏さで、ディブスは移民村派出所の日本人警官の監視をかいくぐり、彼のよく知っているのとはまったく別の世界にこっそりもぐりこんだ。

一列ずつ将棋盤のように整然とならんだ住宅は、外塀は檜の羽目板になっており、周囲に七里香が植えられていた。屋根は傾斜状で、黒い瓦で覆われている。清潔な通りはひっそりとして人影もない。ディブスはいくつかの水田が縄で囲ってあるのに気がついた。まるでそこに植えられているのはそこいらの水稲とは違うのだといわんばかりだ。緑したたるタバコ畑のかたわらには、二棟の奇怪な形をした高いレンガ造りの建物がそびえ立っていた。中から噴き出している濃厚な香りの、なんとかぐわしいことか。

ディブスが一番珍しく思ったのは、サトウキビを運ぶ軽便車だった。車掌の気がつかないすきに車に飛び乗り、サトウキビの山の中にかくれた。始発地点から終点まで、こうして何度も往復するうちに大胆になり、ついには一つ目の車両から飛び降りて、小便をしてから、また最後の車両に飛び乗るなどということまでやったが、時間はいくらもかからなかった。

ある時、祖母に会いに行った帰り、いつものように移民村に紛れ込むと、移民村の指導所に一枚のポスターが貼られていた。そこには大きな灰色の、長い鼻を地面に引きずっている、奇怪な生き物がいた。ディブスが今まで見たことのないものだった。彼はいったい何だろうと思いながら家に帰った。村の入り口までくると、部族の人たちが走りながら、みんなで南浜波止場へ見物に行こうと話し合っている。ディブスがその後について行くと、遠くからでも港に黒い汽船が停泊しているのが見えた。甲板の上ではとてつもなく大きなものが動き回っていた。

駆け寄って見てみると、それはまさしくポスターにあったあの鉄灰色の怪物で、長い鼻を上に巻きあげて、水を吹き出したりしている。

日本人の花蓮における最大の娯楽は魔術やサーカスのショーで、東京から有名な「矢野サーカス団」を招いた。象はショーのために団についてやってきたのだが、あいにく南浜の砂浜は水深が足りず、汽船は直接、接岸することができない。岸辺の一、二百メートルはサンパンに乗り換えなければならないのだが、象の体が大きすぎて、サンパンに乗せることはできない。それに重量超過で小船が沈没してしまうかもしれない。しばらくいろいろやってみたが、結局、象を水深のある蘇澳《スーアオ》で上陸させ、蘇花公路づたいに三十キロの道を走って花蓮に連れて来るしかなかった。

ディブスは見物の族人たちといっしょに象の後について最後まで歩いた。「矢野サーカス団」の経験は彼の視野を大きく広げ、次に発生した出来事がディブスの一生を変えた。

軽便車に飛び乗って遊ぶのに飽きると、彼は移民村で別のいい場所を見つけた。高い塀囲いの内側にカタン、モモタマナ、ガジュマルの木がたくさん植えられ、中に広々とした運動場があった。コンクリートの高い台の前に、旗竿が立っていて白地に真ん中が赤い丸の日章旗がはためいている。

ディブスは塀を乗り越えて、移民村の尋常小学校に潜入すると、廊下のコンクリートの柱の後ろにかくれた。彼の鋭敏な嗅覚は、ゴミ箱からあふれ出ている米の飯の匂いを嗅ぎ取った。彼は生徒たちが授業をしているあいだに、ものを大切にすることを知らない日本人小学生が捨てた白米の飯を腹いっぱい詰め込み、食べきれない分は祖母のために持ちかえった。

腹がいっぱいになると、教室から伝わってくる朗々とした本を読む声に惹きつけられた。ディブスは耳をそばだてて聞き、そのうちアイウエオと、後について声を出すようになった。彼の行為は一人の目ざとい教師の注意を引いた。毎回警戒心の強いディブスに機敏に逃げられ、何度も学校の先生と生徒がこの侵入者のアミ族の男の子を取り囲んでつかまえようとしたが、結局はやっぱり逃げられてしまう。

最後には、彼の姿を見つけたとたん、すぐさま全校にベルが鳴り響き、授業を中断して先生も生徒も総がかりで、ついにディブスを捕《つか》まえた。鈴木校長はこの蕃人の子どもの知識欲や向学心に感心して、最初は彼を養子にしようとしたのだが、あとでやめた。それでもやはり彼に鈴木姓を名乗らせ、清吉という名前をつけて、学校で用務員としてベルを鳴らす仕事をしながら、勉強できるようにした。

小学校を卒業すると、鈴木清吉はさらに中学に入り、その後船で東海岸をまわって基隆に行き、さらに電車に乗り換えて台北に行って、公費の師範学校で学び、アミ族で最初の師範学校卒業生になった。

彼が後に部族のシャーマンとなる前には、薄い灰色の法衣を身にまとって、里漏の日本式の神社の神主になったこともあった。

鈴木清吉は移民村小学校での奇遇があったので、学業を終えると故郷に帰って日本語学校を設立し、部族の子どもたちに日本語を教えた。腰には日本人教師のようにサーベルを下げていた。

むかしアミ族には首狩りの習慣があった。切断した血まみれの頭を大きな枇杷《ビワ》の木に掛けて、人々はこの戦利品の周りを巡りながら首狩りの歌を歌い、跪いて神霊に祈った。日本人は首狩りの習俗を取り締まり、大木の傍らに日本式の神社を建てて、蕃民が神社に参拝するよう定めた。毎月一日と十五日にまだ暗いうちに起きて、神社の前で柏手を打って参拝するのである。神社の神主の仕事はごく自然に鈴木清吉に任されるようになり、この神聖な任務を担当するために、わざわざ台北に行って講習を受けた。

里漏に戻ると、彼は家の中に天照大神の幣《ぬさ》を祀った。それは日本でもっとも神聖な伊勢神宮からいただいたもので、白い紙をくってあり、漢人の神位牌《シェンウェイパイ》に似ている。神社の神主になると、彼は部族の人たちに向かってこう説明した。神社に参拝する時に鈴を鳴らしたり柏手を打ったりする意味は、神霊の降臨を乞い、神明が身体に取りついて、神と人とが一体になることを究極の目的としているのだ、と。

はじめは、鈴木清吉は神主の仕事に就いてとても楽しかった。彼は、日本の神道信仰とアミ族の万物に霊があるとする観念はきわめて近く、同じように物神崇拝的な多神教に属していると考えて、大自然のもつ庇護の力の存在を信じていた。アミ族の人たちは天地の造化や自然界の万物にはみな神性があると深く信じて精霊と呼び、祖先の霊を「卡瓦斯《カワス》」として、世の中のすべての人間と事物の禍福や生死は闇の中で神霊の手に握られていると考えていた。

神社の神主になって間もなく、鈴木清吉の心は川の中の漂流水のように、ごたごたと乱れはじめ、いつも左の肩が何かに悪さをされているような感じになった。アミ族の信仰によれば、よい魂は右の肩にとまり、左肩は邪な霊が宿るところなのである。左肩にとまっている悪霊を追い払うために、鈴木清吉は天照大神の幣を祀った神社で印相《いんぞう》を結んで術を使ったが、あいかわらずもとのままだった。彼はこのために非常に悩んだ。

ある神社の祭礼の日、神主の鈴木清吉は儀式を終えた後、つづいて信徒たちを先導して柏手を打ち天照大神の降臨を願う祈禱に入った。祝詞を唱えようとして、口を開いたとたん、なんと頭が真っ白になり、出だしの言葉も忘れてしまった。舌は何かに嚙まれて押さえられてしまったかのように、口の中でもつれ、どうしても声が出てこない。さいわい信徒たちは経文をよく覚えていて、流れのままに唱えているため、神主の身に起こったことに気がつかなかったようだった。日本人はアミ族の若者の強健な身体と精神力に目をつけ、日本からコーチを派遣して蕃人野球チームを訓練し、大阪万博での試合に出場させて、「蕃人見物」のもう一つのプログラムにしようと考えた。

神社から遠くない山の斜面は、もともとはアミ族の聖山の一つであったが、日本人は聖地を平らにして、グラウンドにしようとした。彼らは古老たちの反対を迷信と見なした。

グラウンドの鍬《くわい》入れ式が予定の日に挙行された。鈴木清吉がアミ族を代表して祝賀の祝詞を唱える番になると、またもや舌がもつれ、ガアガア言うばかりで言葉にならなかった。日本人はアミ族の祈禱の言葉の中に日本語を混ぜたが、鈴木清吉はこれまでそれをずっと朗々と述べることができていた。今の今は頭が真っ白になり、祝詞は攪乱された楽譜のように、めちゃくちゃに飛び跳ねている。

ちょうどその時、太陽の光がとつぜん暗くなり、一陣の怪しい風が南から吹いてきた。中には黄色いほこりが混ざっている。空から黄塵が降ってきて、儀式台はすっかり砂塵の暴風に覆われてしまった。式典は中止に追い込まれ、壇上にいた来賓たちは次々に逃げ出した。この混乱の中で、鈴木清吉は黄色い濃霧の輪に自分がそっくり包み込まれたような感じがした。彼は前方が見えなくなったまま、むなしく目をみはっていた。自分でも昼間は目の見えない梟のようだと思った。骨を刺すような寒気が足の底から昇ってきて、両足が麻痺し、膝がこわばって、一歩も踏み出せない。彼はすでに歩けなくなっていた。

ここに至り、鈴木清吉は、神霊が自分を罰している、彼が部族の聖地を守らなかったことを罰しているのだと、信じざるを得なくなった。

両足が麻痺して歩けなくなった鈴木清吉は、集落の片隅にある女シャーマンの嘎瑪雅《ガマヤ》の祭壇に担ぎ込まれた。日本人警官の眼を避けるために、女シャーマンのガマヤは谷川の突き当りに隠れる竹林の中で、農作物の生長期に合わせて、族人たちを先導し、こっそり伝統的な祭りを行なっていた。日本人警官に見つけられないために、こうした儀式は夜の暗闇の中でひそかに行なうしかなかった。祭りによっては子どもたちが関わるものがある。例えば五月の稲作豊穣祈願祭は、稲穂の実りのとき、収穫前に悪いスズメに籾を盗み食いされて、取れ高に影響すると困るので、シャーマンが鬼やらいの儀式を行なう。集落の男の子たちはビンロウの葉の葉鞘《ようしょう》を帚《ほうき》のように束ねて、田畑の害虫やネズミに見立てたザボンを叩き、それを村の外に追い出しながら、大声で悪霊を脅して歩く。

夜間に稲作豊穣祈願祭をやるのに、子どもを参加させるわけにはいかないし、日本人警官を驚かしてもまずいので、大声を上げることもならず、儀式は無言で息をひそめて行なうしかなかった。女シャーマンのガマヤも部族の人たちも不本意ではあったが、実行しないほうがもっとやりきれない。

ガマヤは前歯がそっくり抜け、ビンロウで真っ赤になった大口を開けて、鈴木清吉の「影」はどこかに行ってしまったので、シャーマンが術を使って、彼の魂を連れ戻さなければならないと言明した。

満月の夜を選んで、ガマヤは他の二人の女シャーマンといっしょに鈴木清吉／ディブスの霊魂の招魂の儀式を行なった。三人の女シャーマンは手を携えて開始し、守護神に導きを祈願しつつ、祈禱の場から神霊界に向かって跳んだ。

幾山河を渡り歩き、谷に沿い、洞穴を這い、陽光の足をひっぱり、虹の橋を通って休みなく捜しまわり、何度も声に出して呼んだ。彼女たちの足どりは右足を振る「歩き」から交互に両足を曲げる「走り」になった。すべて元の場所にいるままなのだが、その場にいた人たちは三人がはるか遠くの道を歩いているような気がした。

鈴木清吉の迷子になった魂からはずっと反応がなかった。

しばらく瞑想した後、ガマヤがポンと手を打った。問題は彼の名前にあることに気がついたのだ。ディブスは両親からもらった名前を棄て、日本人の名前になって、いい気になっていた。だが、アミ族として生まれたからには、「ディブス」は彼の魂の目印に等しく、また霊の世界に通じる鍵でもある。すでに部族での名を日本名に換えてしまったディブスはもう祖先の霊から離れ、その庇護を受けられず、互いの交流に障害が生まれてしまったのだ。

女シャーマンのガマヤは招魂する相手に、彼が心から自分はアミ族のディブスだと認めることを指示し、ふたたび二人の女シャーマンを連れて出発した。幾山河を越えるうち、先頭に立って捜していたガマヤはもう疲労困憊してしまった。ガマヤの法術の腕はたしかであり、自分の呼びかける力に疑いを抱いたことはなかった。なぜどこを捜してもディブスの魂は見つからないのだろう。

ガマヤは担架の上に横たわっている鈴木清吉のまわりを早足で歩いた。歩きながら刀のように鋭い目つきで彼の身体を調べた。頭から爪先まで行ったり来たりして見回すうち、とつぜん大声をあげ、近寄るなりパッと彼の上着をめくりあげた。その力があまりにも強かったため、ボタンが二、三個ちぎれて取れた。

ガマヤの前に現れたのは、鈴木清吉が腹に巻いていた幅一尺余りの白い布だった。台北の師範学校に学んで以来、鈴木清吉は日本男性の習慣に倣って、日本語で「フンドシ」と呼ばれる長さ六尺の白布を腹部に巻いて下穿きとし、暑さ寒さに関係なくいつもそれを身に着けていたのだ。あまりに素早く引っ張ったので、鈴木清吉が止める間もなく、「フンドシ」がほどけ、下半身が隠すことなく女シャーマンの前に露わになった。ガマヤは本来なら養子に入って彼女の婿になるはずの男の陽物をちらっと見ると、そのフンドシを勝利の旗のように振りまわし、ひどく興奮してあたりを飛んだり跳ねたりしながらかけまわった。

腰のまわりの縛りが解けて、ふたたび自由を取り戻したように、ディブスは長い長い息を吐いた。日本人になるために、彼はあんなにも長いあいだ自分を苦しめていたのだ。蒸し暑い夏に、六尺の白布を腹に巻いていると、あせもがいっぱいでき、かゆくても掻けないその辛さは何とも言いようがない。ガマヤが振り回しているフンドシを見ながら、彼は自分がこの年月をどうやって乗り越えてきたのか不思議でならなかった！

ディブスの魂が迷子になった方角が分かった。

「ディブスが、ディブスが、帰ってきた！」

神霊とのあいだの障害がなくなり、ディブスの命はゆっくりと蘇った。

束縛から解き放たれたディブスは、思い切って上着も脱いだ。それからはアミ族の男の恰好に戻った。夏は腰に麻の細ひもを結び、前側に小さな黒い布をたらして、陰部を覆い隠すだけ。母親の家の、子どもの時に寝ていた籐のベッドに横たわり、竹のキセルを咥えて、すぱすぱタバコを吸っていると、なんとも気持ちがよかった！　土間の薪を燃やしている火鉢から立ち昇る煙が茅葺き小屋に充満しても、彼にはそのむせるような煙が気にならなかった。日本人になってからというもの、彼は気管支が弱くなった。母親の家では火鉢の火を絶やさず、煙だらけだったので、それにむせた彼は息苦しさを言い訳にして、めったに家の戸をくぐらなかったのだった。


無弦琴子は旅程を変更してそのまま残った。

ガイドのもともとの予定では、午後出発して、まず彼女をシャーマンのディブスのところに案内して、吉野移民村とのかかわりについて思い出話を聞き、話し合いが終わったあとも村に残って、満月がのぼったら、日本人の友だちということでシャーマンの悪魔祓い儀式に参加する、というものだった。

「千載一遇のチャンスですよ！」とガイドは言った。

意外なことに、無弦琴子は首を横に振った。先にシャーマンを訪ねる必要はない、ただ招魂儀式というのはどんなものか知りたい、シャーマンがどのように迷子になった霊魂を呼び戻すのかを見てみたいだけだ、と言うのである。

二人は車に乗らずゆっくり歩いて花蓮の市街地から里漏のほうへやってきた。渓流だらけの花東縦谷を歩いていると、空にはトビが輪を描き、縦谷の東側にある海岸山脈がどこまでもつづく屏風のように、ずうっと伸びている。泥道の両側の青緑の樹林では、しっとりとしたシダ植物が、まだ完全には水気を日光に吸い取られずにいて、名も知らぬ野の花が靄のかかった崖一面に咲きほこっていた。

渓谷のあいだの山が禿げて草もまばらな一区切りを過ぎ、カーブを曲がると、またもや深い林で、下には苔がいっぱい生えていた。小川のほとりに差しかかると、集落の女たちが数人で水の中を探ってタニシをつかまえていた。つかまえたタニシを次々とバナナの葉で包み、町の夕方の市へ持って行って売る用意をしている。一人の女は思い切りよくズボンを脱いで水の中で洗濯していた。

ガイドは「タニシをとりながらズボンを洗濯する」（一石二鳥の意）という俗語を日本語に翻訳して無弦琴子に教えようと思ったが、あまり上品ではないような気がして、その考えを棄てた。

里漏のアミ族の村落に着くと、日が沈み、密生した竹林の茂みにさらに深い暮色が加わった。満月が茅葺き小屋の上空にかかっている。ガイドは無弦琴子を連れてまっすぐに伸びたビンロウの木で囲まれた四角い広場まで来た。黒い布で頭を包んだ、大きなまん丸の目のアミ族の女性が一人、挨拶に飛んできて、日本語で自己紹介をした。

「私はバナ、アミ族の言葉で稲穂という意味です。部族の女の人はみんなこの名前をつけるんです、豊かに実った稲穂ですから。外に出て大声で、バナと呼んでごらんなさい。あちこちで返事をするのでびっくりさせられるでしょうよ」

そう言いながら、自分からほがらかに笑った。

ガイドがそっと無弦琴子にささやいた。バナは去年奇病にかかり、神霊がついて、女シャーマンになったんです。いまちょうどディブスについて儀式の作法を勉強中です。無弦琴子はそれを聞くと、無意識に身体を離し、バナから少し距離をおいた。バナは彼女に、大丈夫、怖がらないで、という目つきをしてみせた。

招魂の祭壇にあてた四角い空き地には、祭祀用の壺やアワ酒やビンロウ、キンマ、モチなどの供物が並べられていた。バナは会場にある赤褐色の祭祀用の陶器の壺を指さして、あれは儀式を行なうときになくてはならない物で、薄暗くて神秘的な壺の中は、霊魂の居場所なのです、と説明した。アミ族の人たちは、人体には内と外の区別があって、霊魂がいったん付いていた身体を離れ、外に逃げ出していったら、シャーマンが呼び戻しの儀式を行なって、その魂をまた身体(陶器の壺)の中に戻さなければならない、と信じている。

はるか昔、迷子になったディブスの魂が女シャーマンのガマヤによって元に戻されると、彼は神霊の意思には結局逆らえきれないのだと認識するようになった。ミレコック・シャーマン祭がはじまると、彼は北の方位に自分の属する神を祀った。アミ族の神霊信仰においては、北方が祭司たちの祀る神のいるところだ。ディブスはシャーマン用の大きな麦わらのとんがり帽子をかぶり、各家ごとに人々のために家の中の邪霊を追い出して歩いて、祖先を祀る儀式を執り行なった。

無弦琴子の目の前に現れたディブスは、すでに年老いたシャーマンだった。彼はあいかわらず麦わらのとんがり帽子をかぶっていた。ただシャーマン帽の縁には、前にはなかったたくさんの小物がぶら下がっていた。どうやら法術を行なう時の鈴とか昆虫の死骸の類の、魔よけの物らしい。彼は苧麻で編んだ異様な形の長着を着て、両肩には襟ともチョッキとも見える、鳥の翼のような硬い布をつけていた。まるでひとたび動かせば、羽ばたいて飛び立つことができるとでもいうようだ。

シャーマンは右手に大きなイノシシの牙を一つなぎにしたものをつかみ、左手には一束の赤い布切れで結わえた不思議な法器を握っている。数珠つなぎにした様々の色の貝殻の下に小さなタコが一匹ぶら下がっていた。

ディブスは手にしていたバナナの葉の下のほうを切り捨て、葉の先端だけを残して、南に向けてならべた。方位が定まると、バナナの葉を一枚取りあげて、ゆっくりと振り払って平らにし、地面に置いた。祭儀は四方から集まり、中心から天地に向かって無限に伸びるということを示したのである。

ディブスは南を向いて、大声で祝詞を唱え、シャーマンの守護神に乞い願った。

「……私はまもなくワーユーの魂を捜しにまいります。どうかご指示をお与えくださいますよう、皆さま方がいつもしてくださっているように……」

シャーマンは腰をまげ、手にしたバナナの葉を耳元につけて、しばらく傾聴したあと、すくっと身を起こすと、南に向かってバナナの葉を振り動かし、神霊の場にいる守護神の降臨を乞い願った。

「……皆さま方どうか降りてきて、私たちを正しい道にお導きください。私たちが守り神様のお力をお借りしていっしょに捜しに行けますように……」

ワーユーは集落を離れ、台北三重《サンチョン》の工場で女工になった。彼女はアミ族の名前だと人に笑われると思って、漢人の名前を名乗った。それで出自の烙印が消せると思ったのである。工場の監役が彼女に目をつけ、一時期二人は同棲したのだが、いくらもたたないうちに漢人に棄てられた。ワーユーは衝撃のあまり発狂してしまい、家の人たちが台北まで行って、彼女の手足を縛って竹の担架にのせ、里漏に連れ帰った。

家に戻ってからのワーユーは身体じゅうをぶるぶるふるわせ、嘔吐が止まなかった。

「あたしはあたしの心をあいつに食べさせたい！」彼女はそう叫びながら、しきりに寒くてしょうがないとわめいた。

「ワーユーというのはね、部族の言葉で太陽っていう意味なの。でも彼女はずっと寒がって、大声でどうしてあたりが真っ暗なんだろうって叫んでいた」バナは無弦琴子の耳元に口を近づけて言った。「彼女はまるで昼間は目が見えない梟みたいで、意識がもうろうとしているの。ワーユーの魂は悪霊に食べられてしまった。彼女の『影』（魂）は幽霊といっしょにどこかへ行ってしまったの」

聞くところによると、発狂する前に、彼女は頭も顔もほこりだらけの人間が自分の衣服と脚絆を持ち逃げする夢をみた。彼女は衣服を取り戻そうと追いかけて、長いこと歩いているうちに、やがて迷子になってしまったのだと言う。

「もし彼女の着物がKawas《カワス》（前出の祖先の霊）たちのような鬼神が棲んでいる場所に押さえつけられているのなら、あんまり下のほうではないから、まだ取り返せるかもしれない。もし衣服がもうはっきり見えなくなっているか、途中に牛や犬の糞など汚いものがあったら」とバナは予言した。

「そうしたら助からないわ」

アワ酒をひと口含むと、ディブスは「プッ」と音をさせて酒を吹き出した。それによって前の道をきれいにして、自分がはっきり方向を見定めて地球の中心の神の領域に進み、ワーユーのさまよえる魂を捜しやすくするためらしい。シャーマンは長い通路に潜りこみ、前にある草むらやアリ塚やヒルを取り除いて、汚れた穴倉の息苦しい空気と鼻を刺す土ぼこりに耐えた。

ディブスがとつぜん両手で喉を押さえた。まるで呼吸が困難になり、息もできないとでもいう風だ。傍らで様子を見ていたバナがとっさに言った。

「地震で、地球の中心への道が崩れたのよ。彼の身が危険だわ。閉じ込められちゃった」

無弦琴子は振りかえって、疑わしそうに彼女を見た。

「あなた、どうして分かるの？」


満月の光がアミ族の人々の茅葺き小屋にそそがれ、まっすぐに立つビンロウの木が黒い影を落としている。頭にとがったシャーマン帽をかぶり、帽子の縁に神通力のある小物をぶらさげたディブスは、風変わりな長着を身に着け、月の光がそそがれた祭壇の前に立って、一人の気の触れた女の魂を捜し戻すための術を行なっている。シャーマンは翼のような長着の袖をパタパタさせた。まるで今にも羽を広げて飛び立ち、地面から離れていきそうだ。

しかしながら、もうすぐ女シャーマンになろうとしているバナは、精霊に与えられた神通力によって、地球の中心に向かったシャーマンが、捕らえられてしまったことを感じ取っていた。

この霊的な雰囲気のみなぎっている中でなら、もし無弦琴子がバナに、自分はずっと記憶の中に生きてきた母の月姫を見ていて、時間が逆行し、歳月が母の顔の上で記憶に従って後退し、少女時代に戻った有様を目の当たりにした、と話しても、ものに動じないこの女シャーマンの卵は何も不思議だとは思わないのではないだろうか。

無弦琴子ははっきりと覚えているが、この現象は月姫がとつぜん花蓮高女時代の友だちの真子のことを話しはじめた時からはじまった。もしかしたらそれほど突然のことではなかったのかもしれない。母が老年性認知症になる少し前のこと、母娘で向かい合って座っていたとき、母の顔つきがあきらかに尋常ではなかった。彼女はもはや普段のような、空漠とした焦点の定まらない目つきで、心ここにあらずといった状態ではなく、大きく目を見開いて、食卓の向かい側にいる娘を凝視した。その目つきはまるで彼女が自分自身だけを見つめているような、一種の自己に対する凝視であり、また娘に打ち明けたい心配事が心の中にどっさり詰まっているという風でもあった。月姫は娘には知る権利があると気づいたのだ。

記憶の中で昔を懐かしむことだけで人生の大半を生きてきた横山月姫は、自分の精神と知恵が次第に失われつつあることを予感したかのようだった。ぼんやりした状態になる前に、彼女の固く閉じた心に綻びができはじめた。とりとめもなく花蓮高女の学校友だちだった真子と蕃人ハロクの恋愛物語を語り出すとき、他人のことを話しているのにもかかわらず、自分とも深い係わりがあるかのように、内密の話になると――月姫はどうしてそんなに細かいことまで知ることができたのだろう――両頬のみならず、首筋まで真っ赤になった。しかも恥ずかしそうにうなだれて、まるで花蓮時代の年頃に戻り、しかもその恋愛中の少女であったかのようだった。

母の途切れ途切れの話を聞いているうち、無弦琴子は時間が母の身体の上でずっと後退しつづけていることに気がついた。月姫の見かけはどんどん若くなり、まるで人生を逆に生きてもとに戻っているかのようであった。声が少女のはきはきした甘え声に戻っただけでなく、顔のつやも皮膚の上に薄い膜ができたかのようで、不思議なことに目尻のしわや老人斑がだんだんと消えていった。まるで彼女の身体の中に新しい生命――真子だ――が宿り、彼女が初めて恋の虜になった年齢に戻って、改めてもう一度人生を生きているかのようだった。

無弦琴子は真子がその後どうなったかを訊ねた。

日本の敗戦後、真子は花蓮から離れようとはせず、奇萊山に逃げこんだ。

「彼女はハロクのために残ったのね」

「そうでしょう！　でも彼女はそのあと三井林場の山林技師の安田信介さんのところへお嫁にいったの。お父さんの考えでね」

娘が花蓮に行くにあたり、月姫は彼女に真子を訪ねてほしいと言った。

「彼女に移民村に連れて行ってもらいなさい。吉野にはタバコ工場が二ヵ所あってね、一ヵ所は広島式、もう一ヵ所は大阪式だった。タバコの葉を燻している時は、ゆらゆらと煙が立ち昇って、とってもいい香りがした。いい匂いだったわよ！」鼻をヒクヒクさせて、本当にタバコの匂いを嗅いだかのようだった。「ああ、なんて懐かしいんでしょう！」

吉野布教所にある不動明王像は、手に剣をもち、恐ろしい様子で人を脅した。それからお寺にあるお百度石は、月姫が扁桃腺炎にかかったとき、住職の後について両手を合わせ念仏を唱えながらその周りを十まわりしたのだった……。

移民村のほかに、月姫は娘に鯉魚潭にも行くように言った。彼女は湖のそばの斜面沿いに建てられた、あの日本式別荘はきっとまだあるに違いないと信じていた。

「范姜さまの日本式別荘。あの写真家よ、覚えてる？」

「誰があたしをその人のところに連れて行ってくれるの？　やっぱり真子さん？」

娘の揶揄するような口ぶりに気がつくと、月姫はとつぜん立ち上がって自分の寝室に入っていった。再び出てきた時には長方形の紙の箱を手にしていて、無弦琴子に手渡した。

「ほら、真子があたしにくれたプレゼントよ。見てごらん」

いぶかりながら紙の箱を開けた無弦琴子の目に入ったのは、一枚の絹のハンカチだった。彼女がそれを振ってひろげてみると、茶褐色に縁どりされたクリーム色の地に彩色で描かれた地図だった。灰青色の山並みの下に竹やぶや木々や農家があり、楷書の黒々とした漢字で地点や距離の注が付けられていた。たとえば、無弦琴子は紙箱に入っていた日本語の説明を読んだ。

「この図は清朝康熙王朝のために巨大な絹地に彩色で描いた台湾の地図を縮小したものである。巻物になっている原図は長さ五六五センチ、幅六九センチで、八か国連合軍の時に故宮より流出して台湾に伝わった。地図は伝統的な山水画の技法によって仕上げられ、写実的な手法で、十七世紀から十八世紀への変わり目の、台湾西部の北から南までの山河の地形や兵力配置、都市農村での生活等の景観が描かれている。色付けも精美で、筆遣いもこまやかであり、当時の台湾社会の文化の一つの縮図となっている」

日本人の真子がわざわざ彩色した清朝時代の台湾地図のハンカチを月姫にプレゼントするなどということがあるだろうか？　無弦琴子にはそれはあり得ないことだと分かっていた。娘に対して真子という人間がたしかに存在したことを証明するために、月姫はどこかの台湾人から贈られた絹のハンカチを一時しのぎに使ったのかもしれない。


偶然とはいえ、無弦琴子の感覚の中では必然的に起こるべくして起こったある場面において、彼女は意図せずして母月姫の「秘密」を発見し、彼女が長いあいだ抱いていた疑いは実証された。それはある、ふだんと何ら変わることのない夜のことだった。無弦琴子が帰宅すると、母は習慣どおり窓辺のいつもの椅子に座っていた。膝の上に何度もめくったために毛羽立っているアルバムを広げ、深いもの思いに沈んでいた。

娘の直感で、琴子は母の心が不安でいっぱいになっているのを感じた。座り方がいつもと違うのだ。思わず近寄ってみると、母は右手のこぶしの中にしっかりと何かを握っている。無理やり、やっとのことでこぶしを開かせると、千羽鶴のプリントされた縮《ちぢみ》の絹のハンカチが、枯れた黄花のように彼女の手のひらに広がった。

それは例の、彼女が歯を抜いたばかりのハロクに渡して腫れた頬を押さえさせた時の、彼の匂いの染み込んだハンカチだった。

横山月姫の憂いもだえる心の中の、今まで明らかに語られなかった感情が、まさにこの時、娘の目の前に露わにされた。

かわいそうな母、過去のこの恋心によって彼女は生涯ずっと戸惑いと苦しみを感じつづけることになった。老年になっても、彼女はなおも過去を直視する勇気がなく、自分を否定し、想像で自分を別の人間にしたてあげ、「真子」を創造して自分の中の人間を復活させるしかなかったのだ。こうすることでしか、月姫はハロクを受け入れることができなかった。彼女は別の人間の声を借りて、他人には知られたくないけれど娘には知っておいてもらわねばならない、もつれた過去を打ち明けたのである。

月姫は母綾子の心の中の「純潔な娘」になるため、自分を正視することができなかった。それともほかに別の原因があったのだろうか？

いずれにせよ、あの千羽鶴の縮の絹のハンカチが手のひらに広げられた瞬間、月姫と真子は一つに合わさった。月姫はついに自分の身体の中に戻り、それからは彼女の身体の外を徘徊することはなくなった。

あとには彼女の娘である無弦琴子の出生の謎が残った。いったい誰が彼女の実の父親なのであろうか？　シャーマンのディブスは深く霊界に入り込み、ワーユーの迷子になったアミ族の霊魂を捜し歩いた。彼は右手を伸ばし、空中に向かって上下に動かした。まるで肉眼では見えない糸の先を選んで、光を放つ物体の後について前に進んでいるかのようだった。彼は守護神が放った不思議な「Calay《ツァライ》」と呼ばれる糸をつかんでいたのだ。

細くて、光を発する、クモの糸のようにねばねばしたCalay。シャーマンたちはこの糸に橋渡しをされ導かれて、正しい神霊の道に向かい、神の領域に入る。神霊は糸に沿って下に降りてくるし、またそれを使って不潔な汚物の在り処を調べるのである。

「皆さんの右側の糸です。心配しないで、道を降ろしてください！」

正確な糸を手にすると、ディブスはその場にいた人たちの肉眼では見えない糸に向かってハーッと息を吹きかけ、手に持っていたバナナの葉に貼りつけた。それを守護神の召喚と迎え入れの媒介として、ワーユーの魂の位置を探りはじめた。

ディブスは時計とは逆の方向にまわった。南、東、北、西の四つの方位でちょっと立ち止まり、目の前の方位の糸を引っ張って、両足を代わる代わる曲げた。四つの方位を行きつ戻りつ何度も巡り、巡りながら大声でよばわった。

「帰ってこい、帰ってこい」

アミ族のシャーマンは、彼女を生命の源まで連れ戻して、その父親を捜しだすこともできるのだろうか？

無弦琴子は心の中でそう問いかけていた。

16　昭和草を抜き取る

　范姜義明の失恋を慰めるため、馬耀谷木は福住通りにある料亭の貸座敷で台湾料理をご馳走した。酒が過ぎると、日本人はちょっと見目のよい仲居を抱きよせてふざけた。范姜義明の目つきに、彼は女を離し、恥ずかしそうに頭を掻いて、二人は同病相憐れむだと言った。彼はすでにアミ族の女と別れていた。

「ああ、あの日、里漏のあなたの仕事部屋で彼女を見かけましたよ」范姜義明は日本人に同情したように言った。「とてもいい女《ひと》に見えましたがね。植物標本を大きな封筒に詰めていました。ずいぶん忙しそうでしたよ……」

　馬耀谷木は箸を持った手を、蚊でも追い払うように、ひと振りした。

「私のほうから別れたんだ。追っぱらって、家に帰らせた。あんまりべたべたするんでね」

　もちろんあなたが行かせたから、彼女はやっと別れることができたんです。

　范姜義明は心の中でそう言った。

「君も見ただろう。彼女、足にけがをして、秘薬だか何だかを塗ったんだけど、その臭いことといったら、とても我慢できるもんじゃない」日本人は范姜義明に向かって目くばせした。「しかもあのことをするとき、体の動きが鈍いんだ……そのくせ、あいかわらず精力旺盛で、永遠に疲れることのない欲望……」

彼女は日本人のために彼の好きな流木を拾いに行き、不注意で踏んだ大きな釘が、足裏に刺さってしまったのだ。

「でも彼女はあなたのためにけがをしたんですよ！」

范姜義明はこの言葉をやはり口には出せなかった。彼はぐいっと盃を干して、そのアミ族の女の正義をちゃんと擁護してやらなかった、自分の弱さを悔やんだ。

話が変わり、馬耀谷木は東京から届いたばかりの写真雑誌のことを話しだした。そこにはドイツの写真家ブロスフェルトが取り上げられていて、彼はさまざまな山谷の植物のフレーミング撮影が上手で、物の外形を精緻に表現するだけでなく、植物をも生命の芸術品に描きあげている、と報じられていた。

范姜義明は「植物を生命の芸術品に描きあげる」という言葉の意味を考えてみた。

写真撮影も生業の道となり得る。馬耀は彼に、最近日本ではある種の絵葉書が流行っていると話した。主な印刷発行者は、赤岡兄弟商会、生蕃屋本店、藤倉書店で、これらの商社は台湾で珍しい景色や風俗を撮影して絵葉書にし、台湾旅行に来た日本人の通信用に売っている。

赤岡兄弟、藤倉書店などの日本商会は台湾に奇を求め、彼らの目に映る異国情緒、たとえば纏足した足、アヘン吸引、廟宇、水田耕作など、それに山奥に暮らす蕃人の風変わりな風俗習慣を、旅行画家のスケッチの代わりに写真に撮り、現像複製して絵葉書を作っている。そしてそれを人類学的な報告と称して、見る者が想像の中でしか触れることのできない原住民に近づかせている。

日本人の目に映る台湾の文化や風物の複製は、別種の植民地イメージを作りあげた。馬耀谷木の話によると、日本の赤岡兄弟商会は今まさに一組三十六枚からなる「台湾蕃族図譜」特集の出版を準備中だということだ。頭に陶器の壺をのせて水汲みに行くアミ族の少女、アワを搗いているツォウ族の女、盛装したブヌン族の首領夫婦、素足の女が竹のキセルを咥えている写真、胸の入れ墨を首狩りの目印にしているサイシャット族の猟師、白銀で作った兜の覆面をした蘭嶼《らんしょ》島のヤミ族の漁師、首狩りから帰ってきた二人のタロコ族人が祝杯を挙げていて、足元には狩ってきた戦利品の頭が並べられている写真……これらはみな特集に含まれている。

「そうそう、もちろん『首棚』も欠かせない。それぞれの部族の蕃人が狩ってきた頭を、ある部族は串刺しにして穀倉の前に掛けておく。ある部族は碾《ひ》き臼《うす》の上に棚を作って、何十個もずらりと並べる」馬耀谷木はこう描写した。「もっとも壮観なのは木や竹で高い棚を作り、何十個というシャレコウベをその上に陳列することだ。人類学に観光旅行が加わる。先進文明の機器を使って蕃人の原始性の写真を撮るなんて、面白いだろうな。この特集の発行部数はきっとものすごいものになるぞ!」

去年、赤岡商会は里漏に人を派遣してアミ族の豊年祭――日本の植民者はそれを「月見祭」と改名したが――の写真を撮らせた。プロのカメラマンはアミ族がもっとも神聖視している霊迎えの儀式を行なうために建てたテントの前に三脚を立てた。祭りを主宰する大祭司が日本人に、無駄骨を折ることはない、大事なフィルムを無駄にしてしまうぞと諫めた。

「祖霊の存在は感覚によるものだし、しかも誰もが感じられるものではない」そのシャーマンはきっぱりと言った。「機械では絶対に写せないものなのだ」

日本人は彼の言うことを聞こうとしなかった。その結果、できた写真はぼんやりした何かが写っているだけだった。

「商会は迷信を信ぜず、今年の月見祭にもまた写真を撮るために人をよこした。特集全体では撮り残しているのはこのアミ族の霊迎えの写真だけだ。撮影チームが東京からはるばるやってくると、費用が莫大にかかる。彼らはおそらく何かのついでに鳳林に行って、客家村特集もやるつもりだろう。義明君はあそこで生まれ育ったんだよね」馬耀谷木は探るように訊いた。「もし君が彼らといっしょにやりたいなら、私は何とかできるよ」

「どうやっていっしょにやるんですか？」

「うーん、私にもよく分からないけど、少なくとも現地の人として、君は撮影スポットを教えたり、地域独特の資料を提供したりできるのではないかな」

范姜義明は日本人の話を断った。

「分かるよ、こんな使い走りの仕事では嫌だろうけどさ。義明君、君だって日本人の仕事のやり方は知っているじゃないか。グループで仕事をして、それぞれがその職責を果たす。組織がきっちりしていて、外部の人間は針一本刺すのも難しいんだ」

馬耀谷木は人工的に着色した写真があまりにも購買者の珍しいもの好きに迎合しすぎていることは承知している。

「だけど、日本の人類学者が山に登って撮った人種の記録は、背景がシンプルで、人物を様々な角度から撮って、服飾や髪形の特徴を強調している。あるいは初期に台湾討伐の軍隊についてきた軍の写真家が撮ったものを集めている。みんな学術的にも政府当局にとっても重要な記録なんだ」

最もすばらしい写真作品というのは、馬耀谷木が思うに、山に登り峰を越えて歩いた人が撮った自然の風景だ。彼は阿里山《ありさん》の神木の写真を見たことがある。

「その巨大な千年の檜は直径が五・四メートルある。神木の根元に立って、カメラのほうを向いていた登山者は、僕がちょっと数えただけでも、全部で三十何人いた。それは神木の後ろにも相当数の人がいたということだよ。六十何人でやっとその巨木の周りを囲めるというくらいなんだから、実にたいしたものさ」

馬耀谷木は舌を出して、驚きを示した。

「阿里山、日本人はこれを無尽蔵の森の阿里山と呼んでいる！」

東京の「懸賞写真一等賞」をとった作品は、登山者が新高山《にいたかやま》（現在の玉山）に登り、山頂の石台の上で人が折り重なりあいながら手を高く上げて撮ったもので、三九五二メートルの台湾第一の高峰を何とか四千メートルにしあげようとしたのである。この光景にいたく感動した馬耀谷木は、口に任せて尾崎白水（本名、尾崎秀真。戦前の台湾で歴史学者、漢詩人、新聞記者などとして活躍）の詩を吟じた。

「朝度八通関、夕登新高山、下界茫不見、何処是人間」（朝に八通関を渡り、夕に新高山に登る。下界は茫として見えず、いずこが人の世か）

日本人が范姜義明に明かしたところによれば、総督府の施政四十年を祝う博覧会の活動の一つは、本島の建設風景を主とした写真展を開催して、植民の実績を宣揚することだという。彼は范姜義明に自分が最もうまく撮れたと思う作品を応募してみたらどうかと提案した。馬耀谷木はその送り先として、ある人物の名前を書いた。

「作品をこの人に送りなさい。私のお別れのプレゼントだよ」

「えっ、馬耀さまは里漏からいなくなってしまうのですか？」

「そうなんだ。来月になると思う。台北総督府博物館で私の台湾高山地帯植物展が終わったらね」

「馬耀さまもさぞ残念でしょうね。あんなにもあの村や集落の人たちのことが好きだったんですから」

「それも悪くないさ。報告を書き終えて、任務を果たして復命したら、私はすぐ立ち去れるんだ」

「何の任務ですか？　あなたは植物学者でしょう」

微醺《びくん》をおびた馬耀谷木は顔を近づけ、胸襟を開くとでもいうように范姜義明に打ち明けた。

「君には話しても構わんだろう。私は総督府殖産部に招聘されたんだ。公文書にはこう書いてある」日本人は箸を上げて空《くう》で一画ずつ書きながら声に出した。「ここに、馬耀谷木に委託する。台湾生蕃地において巡回調査の合い間に、本機関のために殖産事項に係わる調査を行なうこと」

この階位が低く手当も少ない職務を引き受けたのは、日本人が言うには、主には植物調査と標本採集の機会として利用できるからだ。

范姜義明は分かったと言うようにうなずいた。とっくに事はそう単純ではないことを知っておくべきだった。日本人が初めて彼の写真館に来たとき、自分は父の遺産を使って植物学の研究を行なっていると言った。その時は感服の至りだと思ったのに、それが何とアミ族の殖産に関する秘密情報を探って総督府に報告する密命を担っていたのだったとは。

馬耀谷木は里漏に自分がいなくなったら、どんな風に変わってしまうのだろうかと心配している。「他のことはさておき、湖畔にテントを張っている孔高莫《コン・ガオモー》だがね、君も会っただろう？　帰巣するシラサギを記録しているあいつ。私が指導しなきゃ、彼はちゃんと調査ができないんだ。アミ族の人間は主体性に欠けている。彼らの大脳はアンバランスで、考え方は混乱しているし、すこぶるいい加減だ。事に対してあいまいで……」

アミ族の人たち、あるいはすべての台湾の蕃人は、みんなあまりにも単純で、完璧な種族とは言えない。精確精密で、いかなる曖昧さもない、完全主義の日本人と比べると……馬耀谷木はこう喩えた。鉛筆のデッサンで完璧な絵画に相対するようなものだ、と。

総督府の役人の名前を教えてもらい、范姜義明は決心した。受けた専門教育を十分に活かし、自分の視覚の敏感さを活かして、はっきりしたテーマのある、ピントの合った、構図技巧重視の、光と影にこだわった作品を撮ろう。それから現像プリントの質も完璧なものにしよう、と。彼は花蓮の地方らしい特徴を備えた題材が撮りたかった。脳裏に浮かんだのは南浜に建つ奇萊鼻灯台だ。全体が真っ白なので、人々は白灯台と呼んでいる。それと千年の檜で作った花崗山神社の台湾で最初の鳥居、清水断崖……こうした観光名所は、すぐに自分で一つ一つ却下していった。日本の画家がすでに早い者勝ちで、油絵に描いている。

毎日外に出て顔を上げさえすれば、どこを見ても海岸や山脈が目に入る。連綿とつづく高く険しい山々は彼に霊感を与えた。東部山岳地帯の人を夢中にさせる魅力は、恰好の撮影題材だ。范姜義明はもしも深山の密林に足を踏み入れ、人を震撼させるような山岳の美しさを掘り起こすことができたら、きっと傑作が撮れるに違いないと思った。馬耀谷木は立霧山に登って高山植物を採集したことがあり、かつて彼に断崖のあいだにかかっている仙寰《せんかん》つり橋の様子を話してくれたことがある。彼は、自分がつり橋の上に立って佐久間第五代総督がタロコ族討伐のために切り開いた警備古道を俯瞰することを想像した。大蛇が広大な山々の上に縮こまって伏しているような光景は、奇観の一角を撮るだけでも、じゅうぶん壮観な作品になるだろう。

范姜義明の、立霧山を背景にして構図を決めたいという望みは、麓に立っていた「許可なき者の生蕃地への立ち入りを厳禁す」の立て札によって打ち砕かれた。

入山許可証がなければ山に入れない。簡単にはあきらめない彼は、派出所に行って日本の警察に申請したが、得られた答えは、本島人の入山は規制されている、というものだった。

范姜義明はつくづく台湾人であることの悲哀を感じた。

もともと立霧山での撮影のために装備してあった機材を背負って、范姜義明はブトム一家の山菜採りの一行に加わった。

数ヵ月前、馬耀谷木の紹介で、范姜義明は里漏のアミ族の青年ブトムと知り合った。その頃、この青年は台北への出張から花蓮に戻り、立霧渓の下流一帯で高冷地野菜の生長状況を調べていた。それは日本の皇室に献上するために栽培しているものだ。ブトムは総統府の殖産局にある有用植物調査科に雇われていて、馬耀谷木は彼のことを「同僚」と呼んだ。二人とも同じく殖産局で働いているからだ。

ブトムはインディゴブルーの対襟の漢人服を着て、足には黒いスリッポンという、漢人の恰好をしていた。彼は皮膚が黒く、肩幅ががっしりしている。額は狭く、眼窩が落ちくぼんでいる。下肢は身長に不釣り合いなほど短い。人類学者の鳥居龍蔵はかつてこう書いた。

「台湾の九族の蕃人のうちで、南勢のアミ族の体型がもっとも標本に適している」

彼が言っているのはつまりブトムのような体型のことだろう。

アミ族の習慣では一つの土地で耕作を行なうと、一、二年後には他の場所に移動する。日本当局はこうした焼き畑農業は山林破壊の度合いが高いとしてすぐに禁止した。

第五代佐久間総督が就任すると、殖産局は東部台湾の農耕方式を改良するため、特別に「農業講習所」を設立した。教える科目は稲作と野菜の二種類だった。各集落から青年たちを選んで訓練を受けさせ、終了後は集落に戻って部族の人たちに耕作の仕方や、生産技術の改良を指導させた。

ブトムは里漏村の代表として台北へ実習に行った。彼が選択したのは野菜の生産技術で、優秀な成績で修了し、理蕃課のある日本人の推薦により、殖産局に招かれて、アミ族の薬用植物の研究を行なうことになった。

アミ族には昔から病気治療や救命のために秘伝の薬草の処方がたくさんある。たとえばマラリアや梅毒を治療する生薬、黄疸や結石や肝臓の病気を治療する碧玉筍《ヘキギョクチク》（台湾タマチクともいう）、肺炎を治し血《けつ》を冷ます三角柱サボテン、糖尿病や脚気に効き、むくみをとるスベリヒユ……。

最近の半年間に、彼はさらに様々な香料の試験栽培を行ない、最も成功しているのはレモングラスだった。

春になり、ブトムがまた台北から帰ってきた。彼は家の人たちと縦谷へ野遊びに出かけることになり、范姜義明もいっしょに行かないかと誘った。「天からの賜り物の山菜を食べるんです」彼はそう言った。アミ族の人たちは山の物も食べるし海の物も食べる。野山いっぱいに生えている山菜は、まさに彼らにとって採っても尽きることのないご馳走だ。最近の幾晩か、村の男たちが松明を手に河原や瓜畑へカタツムリを捕えに行ったとき、ついでに目にした山菜の成長ぶりを、山菜好きの人たちに伝えたのだ。

范姜義明は背中に撮影機材を負い、手に三脚を持って、ブトム一家に加わり縦谷を歩いた。あるバナナ園のそばを通ると、鉄鍋をさげて歩いていたブトムの姉が、子どもの頃の思い出話をした。お腹がすいて、こっそり半熟のバナナをもいで食べたところ、日本人警官にこっぴどく叱られたという。

里漏のアミ族は商社が日本で売るバナナを栽培していて、商社からは定期的に人が派遣されてきて検査をした。バナナの実がなりはじめると、ゴム印《いん》でひと房ごとに記号をつけ、収穫はその記号に基づいて行なわれ、数が合わなければ、バナナを育てているアミ族の人たちがひどい目に遭った。

「アミ族は苦労の多い民族だよねえ」

ブトムのイナ、すなわち母親が深々とため息をもらした。

谷川のほとりの牛の群れが目に入ると、ブトムの弟が、子どもの頃はおやつがなく、野原へ牛の放牧に行ったとき、牛を木の下に縛っておいて木の実を探して食べたことを思い出して話した。

「酸っぱくて渋くて、今思い出してもまずかった。子どもの頃はそれをちびリンゴと呼んでいたけど」

「ああ、ちびリンゴか。日本のふじリンゴはね、じいさんが言うには、バナナ何箱分でもふじリンゴ一個と交換できないそうだ」

広大なサトウキビ園のそばを通るとき、彼らはある隣人が最近足を引きずりながら歩いているという話をはじめた。少し前に彼はサトウキビ園に入り込み、砂糖をしぼる白サトウキビを一節盗んだために、派出所に突き出されて脚をへし折られ、そんな状態になってしまったという。

「白い皮のサトウキビは日本人が食べさせないんだよ」鍋を抱えていた姉が顎をぐいとあげて、そんなことどうでもいいというように言った。「あたしたちが植えている黒い皮のサトウキビは、汁けたっぷりだし甘いよ。てっぺんの芯を切り落として、おかずにできるしね」

彼らが范姜義明に言うことには、むかし日本人の砂糖工場が集落に排水路を作った。部族の人たちは祖先の霊の怒りに触れることを恐れたが、結局、反対した人たちはみんな失踪し、今もって行方が分からない。

そばで黙って聞いていたブトムがとつぜん大声でどなった。

「もういい、それ以上言うな！」

みんなはこの一喝に驚いて跳びあがり、誰もが口をつぐんで何も言おうとしなかった。そのまま川べりの野遊び場所に着く頃になって、一行はようやくもとの楽天的な朗らかさを取り戻し、しゃべったり笑ったりした。

三つの石で臨時のかまどを築き、谷川の水を鍋の半分まで入れて火にかけた。ブトムのイナはそのついでに脛に巻いていた脚絆を巻きあげて、水の中の菜を摘んだ。

「この菜は豆瓣菜《ドウベンツァイ》（クレソン）とも言うんだよ」彼女は一握りすくって手にのせ、范姜に見せた。「里漏の人たちはこれをクナンナサイと呼ぶの。意味はまっすぐ広がって、きれいな水の流れに従って生長するということ。ほら、あんな風に一面に……」

前回、馬耀谷木の家に行ったとき、彼が褐藻類の海草を出してくれた。塩漬けになっていて、すこぶる噛み応えがあった。范姜は自分が日本にいる時には食べたことのなかった海草だと思ったが、なんと馬耀によると、アミ族の人が引き潮の時にサンゴ礁の海岸で集めてきて、半乾きにしたあと塩漬けにしたものだそうだ。

「アミ族の人たち——彼らは班炸《パンジャ》と自称しているけど——が儀式のときや祭りの日に作る杜侖《ドロン》を、

君たちはモチと呼んでいるね。あれは一晩水につけておいた餅米を蒸して作るんだけど」馬耀はきまり悪そうに頭を掻きながら、しぶしぶ認めた。「ピーナッツの粉をまぶすと、日本のよりもっとおいしいよ！」

范姜はそれを聞いて、まったく信じられなかった。

「実際パンジャはほんとうに楽しむのが上手だね」馬耀が言った。「それに比べ、吉野移民村のあの日本の農民たちは、飲食は簡単にすませ、食べる物も粗末なものばかり。朝、牛車で田んぼに行って農作業をし、昼は田んぼの畔で握り飯とたくわんを幾切れか食べるだけ」

范姜義明は川で捕まえたエビや小魚を生のまま食べた。辛いオオバコエンドロをいっしょに噛むと、鼻にツンときて、日本のワサビに似ている。口の中に入れると、魚やエビがまだぴちぴち跳ねているが、新鮮で美味なことこの上ない。彼はアミ族の人たちが本当の美食というものを分かっていると認めざるを得なかった。

ブトムの叔母は彼に、雨きくらげという、雨後の草地に生えるキノコがあって、アミ族の人たちは珍品としていると言った。

「今度雨が降ったら、あたしが採って来て、范姜さまに料理してあげますよ」彼女が言った。たらふく飲み食いして、山菜を心ゆくまで堪能すると、一行は歌を歌い出した。また手足を放り出して河川敷に仰向けになり、日なたぼっこをしている者もいた。

ブトムは川床の砂利浜一面にヒメクマヤナギがはびこり、黒っぽい紫の実をつけていることに気がついた。彼は長い一つながりになっているのを掘って、注意深く籐の背負い籠に入れた。

ヒメクマヤナギは肝臓病に効く。ブトムは馬耀谷木を手伝って『南勢阿美薬用植物図鑑』を編纂したばかりである。歴代の賢者たちが経験から得た知恵を結集したこの図鑑は、日本人が持っていけるよう、ちょうど彼がここを離れる前に完成したというわけだ。

ブトムのイナは小さな丘の別の場所で昭和草《ベニバナボロギク》を抜き取った。これは最近になってから日本人が持ち込んだ観賞用の植物で、風に乗って伝播し、大量の種を運ぶ。野にも山にも一面に白いふわふわした小さな花が咲いて、あっという間に荒野の中の強者へと変わり、地元原産の植物の生長場所を占拠してしまった。

昭和草を抜き取りながら、ブトムのイナは口の中でつぶやいた。

「まったく嫌なやつだねえ。こうやって生えていったら、山菜が芽を出すところがなくなって、飢えてしまうよう!」

そう言いながら、家族みんなに力を合わせて昭和草を抜き取るよう声をかけた。

ブトムだけが動こうとしなかった。彼は日の当たる斜面に寝転がっている。近くにはびっしりと花をつけたセンダンの木があり、枝先で一羽のタカサゴモズが鳴いている。まるで鳥たちが歌合戦をしているかのようなにぎやかさだ。

そよ風の吹く薄曇りの空の下、ツバメの群れが空中を旋回し、ますます数が増えて、方向が定まると、そろって北へと飛んで行った。ブトムは考えた。次に自分が集落に帰ってくるのは、秋になるだろう。寒くなれば、シベリアから飛来する渡り鳥がいて、鳥打ちの絶好の季節になる。

彼は范姜義明と、秋には野鳥を食べに来ようと約束した。またひと味違うのである。
「越冬にやって来た渡り鳥が何百羽も水面すれすれに飛ぶ様子は、そりゃあ壮観ですよ。ただし、大勢の人が写真の題材にしていますので、目新しくはないですがね」足の指を伸ばして斜面下の広々とした河原を指しながら、ブトムは范姜義明に提案した。「水鳥がススキの茂みや谷川の浅瀬で食べ物を探していると、砂州の上に爪跡の列ができるんです。それを撮ったら特別なものになりますよ！」

彼の叔母が竹籠に採ったばかりの山菜を入れ、ブトムに、台北に戻るとき、集落から行っている族人たちに持って行ってやるようにと言った。日本の祝祭日の行事とか、皇族や華族が台湾に来るたびにいつも、総督府は各族の人たちを官邸に呼んで歌舞公演で賓客をもてなす。アミ族の歌舞の出演者たちは台北の食べ物が口に合わず、しょっちゅう下痢をした。ブトムの叔母は幾度となく彼に、薬草を植えた傍らに、ちょっとだけ土地を掘り起こしてイヌホオズキ、オオタニワタリ、クワレシダ、山ゴーヤなどを植え、台北に行った族人たちのホームシックを癒してやったらどうかと提案していた。彼女はブトムが自分の言うことを聴かないのを悔しく思った。

范姜義明は、自分のことを画面のテーマに重きを置く写真家だと思っている。彼はアミ族の人たちが山菜を食べるところを撮影するのに、絵画風のソフト・フォーカスのテクニックを使った。花蓮の縦谷山脈が一つ一つ重なり合い、まるで山水画の絵巻のようで、彼は大自然の神秘をとらえることに腐心した。逆光が作り出した雲の変化する空、雲や霧に覆われてかすかに見え隠れする重なり合う山並み。これらに手作業で人工的にまばゆく明るい色を施して、ロマンティックな抒情世界に染め上げ、河畔で山菜を食べる風情を田園のロマンティックな画像に仕立てれば、きわめて抒情的な「写意」（具体的な描写ではなく、画家の心意に重点を置く）の手法になる。美しい自然界の中で、天真爛漫で、楽天的なアミ族の人たちの一団が、ある者は手に鍋や塩の包みをもち、ある者はアワ酒やビンロウ、キンマなどの祭祀用品を提げて、水草の豊かで美しい河辺を求めて出発する。それにつづくのは、川の中で男が網を使ってエビやウニをすくいあげるところだ。岸辺には薪にするために拾ってきた流木の小山ができている。

一枚は谷川の中を泳いでいる魚のアップだ。写真の傍らには小さな字で説明がついている……苦花魚《クーホアユイ》。花蓮特産。肉質はこまやかで美味、鱗まで食べられる。腸は少し苦いが、味は良い。

最後の一枚では、河原に敷いたバナナの葉の上に山菜がいっぱいに盛られていて、魚やエビも見うけられる。鍋の中は湯気が立っており、食事をはじめる前に、習俗に従ってまず祭祀を行なって拝む。一人の小柄で太った女が、人々が取り囲んで見ているところで、酒を地に注いで神に祈る儀式を行ない、祖霊や土地神や渓流の水神を拝む。彼女の前にはタバコやビンロウ、キンマやアワ酒が供物として並べられている。

自分の二我写真館で、范姜義明はくりかえしこの十二枚一組の作品をながめた。百分の一秒の決定的瞬間の、あまりにも美化された画面。彼が特別に作り上げた神秘的な雰囲気が、見る人のために一つの想像の世界を作り出していた。

彼は美しいだけの単純な表層のみを撮ろうとしたのではなかった。范姜義明のもともとの構想では、この民族についての自分の認識に基づき、レンズを通して、天真爛漫で楽天的な表面の下にある、アミ族の人たちの隠微な生命の深層をえぐり出そうと考えていた。だが、現れたのは、彼にとっては満足できない単純化された視覚的なものだけで、とてもこの画像を通してそこに写っている人の心の動きを理解できるものではなく、ましてや彼らのいるところの地理や社会状況については言うまでもなかった。

実際には撮影の過程で、これらのアミ族の人たちが折に触れて吐露した本音は、植民者の搾取に対する、絶え間のない不平不満だった。彼らの生活の悲しみ苦しみ、やるせなさについて、范姜義明は彼らの内心世界に入り込んで、正確かつ客観的にその存在を表現していないことを嘆いた。彼はただ真実のアミ族の人たちの中から、彼自身の幻想の中の民族を創造したにすぎなかったのだ。

この一組の写真と、日本の赤岡兄弟商会などの商業観光向けの絵葉書と、どこに異なるところがあるだろうか？

深い物思いから覚め、范姜義明はアミ族の人たちが山菜を食べている写真を下に置いて、ひと呼吸した。目を上げると、着物姿の女が一人、外の桃の木にもたれているのに気がついた。手には風呂敷包みまで持っていて、どうやらもう長いことそこにいたらしい。写真館の中の人を驚かせるのではないかと決心がつきかねている様子だ。

その鼻先のかすかに上向いた、眉目秀麗な横顔は、たとえ灰になったとしても、范姜義明には見分けられる。まさか常に心に思っている横山月姫嬢が、ふいに彼の視線の先に姿を現したのだろうか？

桃の木の下にいた着物姿の女は、決心したように写真館のほうに歩いてきた。入り口の敷居の前で立ちどまり、身体が弱って立っていられないといった様子で戸口にもたれかかり、おずおずとして中に入ってくる勇気はなさそうだ。范姜義明は幻影を見たのではないかと思った。きっと思いがつのりすぎて、月姫がフレームの中から抜け出てきたと錯覚したのにちがいないと。

気持ちがひどく落ち込んだとき、彼は結局のところ画像の中の彼女しか自分のものにできないのだと思った。シャッターを押したその瞬間、彼女は撮影者によって所有され、それ以降は記念写真の中に定住させられた。フレームの中の月姫は、写真の原版が彼によってていねいに修正されたうえに、撮影時の特殊な照明が彼女のために永遠のつやを作り出したので、顔には少しも歳月の痕跡が見えず、時間は彼女の顔の上で凝結しているようだった。

目の前の彼女は心身ともに疲れ果て、まるで最後の力も使い果たしたといった様子だ。桃の木の支えがなかったら、たちまち倒れていただろう。あいかわらず雪のように白い肌は、ほこりにまみれている。疲労困憊のためにいつもの鮮やかさを失った唇が開き、何か言おうとしてやめた。月姫嬢がほんとうに写真の中から出てきたのだ。

夢うつつのうちに、范姜義明は彼女を店の中に招じ入れた。旅行用のスカーフをとると、嫁入り前の若い娘が結う桃割れの髪が露わになった。ホッとして、思わず微笑みながら椅子を持ってきて、彼女に座るように言った。訪問者は范姜と目を合わせることもできず、髪の乱れた頭をうつむかせているため、きめの細かい白い首筋が露わになった。うなじが汚れている。着ている紅梅の筒袖の着物もあまり清潔ではない。赤い下駄を履いた両足は八の字形にかすかに内向きになっており、両手で膝の上の風呂敷包みをしっかり抱えている姿は何とも哀れで、范姜は沈黙を破ることもできなかった。

しばらく黙りこんでいた横山月姫が、そっとため息をもらし、決心したように、握りしめていた右手をゆっくりと開いて、きちんと折りたたんだ書付けを范姜に渡した。汗の跡にまみれた書付けには、端麗ではあるが走り書きしたらしい文字があった。まるでそそくさと書いて、後悔しないうちにすぐ折りたたんでしまった、とでもいうようだ。

范姜さまにはたくさんのお手紙をいただきながら、お返事を差し上げなかったことを、心よりお詫びいたします――ここまで読むと、范姜義明の顔は真っ赤になり、すばやく書付けの文字に目を通した――無料宿泊所はノミがひどくて、泊まりつづけることはできません。行くあてもないまま、范姜さまのご親切を思い出し、しばらく置いていただきたく、頼ってまいりました……。

頼られた人物は理由も聞かず、考える暇もなく、頷いた。横山月姫は驚いたような顔をして、目をパチパチさせ、色白の顔が赤くなった。かすかに仰のいて、目で自分を受け入れてくれた人に感謝を示した。まるで自分の行為は口にするのも恥ずかしいといった様子で、ずっと無言のままだった。

自分はまだ夢の中にいるのではないかと疑った范姜義明は、相手が口をきいたとたんに、自分の夢の世界が壊れ、目の前にいる人もそれといっしょに消えてしまうのを恐れた。彼はむしろこの沈黙がつづくことを願っていた。

范姜義明は月姫を鯉魚潭の湖畔にある日本式別荘に落ちつかせた。

吉野日本移民村の郵便配達員に託したラブレターは、とうとう返事をもらえず、范姜義明はそれ以上月姫を待たないことに決めて、山を背に湖に面した別荘を建てはじめた。完成後の建物は彼が先に構想したような純粋な日本趣味にまでは到達できなかった。設計士の意見に従って、材料は現地調達にし、近くの林田山林場が山奥から伐採してきた檜を建材に使って、台湾風の日本式別荘を建てた。

シロアリの繁殖をふせぐため、別荘は基礎を高くし、なおかつ土台にはコンクリートを打った。黒い瓦屋根の軒下には通風孔を加え、さらに引き戸を多めに造って空気の対流を強化した。それから外壁にはさらに雨除けの羽目板をつけた。これらはみな台湾の気候に対応して行なった変更だった。

別荘が完成してみると、室内と戸外を呼応させる半開放的な空間である縁側を、彼は日本家屋でもっとも巧みに構想された設計だと思った。月姫といっしょに天上の彦星と織姫を見つけたり、鯉魚潭の湖畔で見られる季節ごとの花や草木を楽しんだりすることはできなかったが、范姜義明は楕円形の岐阜提灯に火をともし、一人で雨の音に耳を傾けた。赤い房の下がった提灯には秋の草花が描かれていて、灯りの下で一人ぽつねんと座っている彼の心をいっそう憂鬱にした。

日本式別荘は月姫嬢に一人で住まわせて、范姜義明は入船通りの写真館に戻り、再びあの二畳の畳を敷き戻して、物置を寝室にすることにした。別荘の庭を出るとき、彼は明日になったらカキツバタや桔梗やスミレなどの花の苗を植えようと考えた。これらの日本の草花は、上品で妖艶な紫の花を咲かせ、謎めいた神秘性がある。紫色は月姫の色だ。

毎日黄昏時になると、范姜義明は別荘に客人の様子を見に訪れ、日常の必需品を渡した。庭に入るたびに、いつも横山月姫が斜面の前の、あのセンダンの木にもたれかかっているのが見えた。目は鯉魚潭をかすめ過ぎ、計り知れないほど遠い前方を見ている。その様子は深い秘密に満ちていて、范姜義明は自分が彼女の内心の世界に入っていけないことを思い知った。

最初は、よほどの心配事に、心神耗弱状態から回復できていない横山月姫は、話をする力もないほど衰弱していたらしく、簡単なメモ書きで范姜義明と用を伝え合うだけだった。半月ほどすると、ようやく自分を世話してくれている人に感謝の言葉を言うようになり、何度もくりかえし礼を言った。その切れ切れに話す言葉をつなぎ合わせて、范姜義明は彼女の身に起こったことのおおよそを察した。

父親の横山新蔵が日を選んで三井林場の山林技師である安田信介と結婚するよう迫ったため、月姫は真夜中に風呂敷包みを持って家を出た。立霧山の深水温泉の下流にある滝の後ろに数日間隠れていた。渇水期で滝の水量はごく少なかったが、水が簾のようになって、その奥に隠れていると簡単には見つからなかった。けれども山の上の寒さは耐え難く、そうかといって吉野村の山本一郎の家に住まわせてもらうわけにもいかない。花蓮には親類も友人もなく、若い日本人の女が一人で行くところはなかった。仕方なく海を渡ってやってきた旅人のふりをして、遠く家を離れたまま旅費が足りなくなり、やむなく花蓮市の無料宿泊所に泊まることにしたのだが、ずっとノミに悩まされどうしても我慢できなくなった……。

横山月姫がなにも告げずに出て行ったあと、別荘の主も彼女がそこにいた時と同じように、毎日黄昏時になると庭のセンダンの木にもたれかかり、目は鯉魚潭をかすめて、はるか遠くを見つめながら、彼女の帰りを待った。

范姜義明は彼女がとつぜん姿を消した事実を受け入れることができなかった。

最後に会ったその日、彼はいつものように別荘へ月姫の様子を見に行き、「潮屋」で買った刺身などの日本料理を広げて、二人で縁側のあの岐阜提灯の下でいっしょに夕食をとった。月姫は見たところすこぶる上機嫌であった。何杯か清酒が腹に入ると、范姜義明は自分が東京に留学していた時の面白い話をした。熱心な仏教徒であった家主の機嫌をとるために、鰹節をビャクダンだと思い込んだこの台湾から来た留学生は、それを粉末にして、火を点じてくゆらせた。その結果、部屋中が生臭くなってしまったという。

横山月姫はそれを聞いて、思わず歯を見せて笑った。それは彼女が別荘に住むようになって、初めて見せた笑顔だった。范姜義明は彼女の前歯の左に突き出ているとがった糸切り歯が、笑うと特にかわいらしくなることに気づき、ぼおっとして彼女を見ていた。その一方で、あのコダックのカメラを持ってこなかったことを悔やんだ。

相手に長いこと見つめられた横山月姫は、恥ずかしさに顔を赤らめてうつむいた。自分の失態をごまかすため、范姜義明は彼女に酒を勧めた。月姫はきちんと座り直すと、勧められるままにひと口すすった。彼女がつつましく酒をすする様子を、彼はいとおしくも哀れにも思った。清酒が彼女の白磁のようにきめ細かな喉を通ると、たちまち目のふちが真っ赤になった。范姜義明は庭のカキツバタやスミレの花の蕾がほころぶ様《さま》を想った。

いつの間にか、月姫が少しずつ膝をまわして、彼の傍ににじり寄り、酔ったように彼の肩に頭をもたれかけさせた。彼女の無防備な様子に范姜義明は全身がこわばった。もたれかかってくる身体を押しのけようとして、手を伸ばしたところ、かえって彼女の腰を抱きとめてしまった。

彼の動きに従って、月姫の浴衣の襟元が開き、つややかな色の肩が露わになった。丸い肩と、鶴首《つるくび》のようにほっそりした彼女の首とはふつりあいであったが、また別種の美しさがあって、范姜義明をそそった。彼がこらえきれずに覆いかぶさると、懐に抱かれた人はその勢いで横になった。

丸みをおびた肩に沿って上のほうへと口づけをしていきながら、范姜義明の唇はそっと輪郭の美しい彼女の下顎に触れ、血のように赤く、魅惑的な彼女のその唇に移った。彼はどうしても月姫の左側にある愛らしい糸切り歯に舌で触れてみたかった。

かすかに頭を傾け、月姫は彼の口づけを避けた。まるでそれは彼女の身体の最も大事な部分で、最も愛する人だけのために残しておく、他の誰も侵すことのできないものとでもいうようだった。月姫の頭を傾ける仕草はすこぶる優雅で巧みであった。トンボが水をかすめるようにさっと彼女の唇にかすっただけの范姜義明は、別に失礼なことをされたという思いもなく、肘をついて月姫のそむけた横顔をながめた。

ぎゅっと唇を結んだ月姫は、扇のような睫毛の下の眼を固く閉じ、顔には一種の決然とした悲壮感が現れていた。両眼を固く閉じて、自分の身体の上に覆いかぶさっている人間に自分の眼の中の哀しみを見られまいとしていた。

愛ゆえではない、けれど彼に身体を与えた。彼女は身体の上の人物の波動に身を任せ、その動きに従って起伏をくりかえした。

その晩、范姜義明はいつものように二我写真館に帰った。物置に敷いた二畳の畳の上に肘枕をして横になり、夜明けまでずっと予想外の情事の味をかみしめていた。

范姜義明が月姫から離れるとき、彼女は襟もとをかき合わせ、少し身体を離して、彼に背を向けたまま、縁側に伏していた。泣いていたのだろうか。彼には彼女の顔は見えず、ただ桃割れの髷がくずれて、その丸い肩にかかっているのが見えただけだ。夜のこととて、例の岐阜提灯の光がひときわ暗く思えた。

彼は月姫を妻にすることに決めた。彼にはこれが彼女にとって初めてではないことは分かった。ピンクに紫がかっていた乳首は、彼の前に誰かに触れられたことがあると示していた。彼女は処女ではなかったが、范姜義明には気にならなかった。彼女を妻にしようという考えはすでに固まっていた。ただ彼に分からなかったのは、なぜ月姫が自分とちがって、完全には愛欲の中に陶酔せず、事が行なわれるあいだにも心の中では別のことを考えていたようだったのかということだ。最初は月姫のほうから彼を誘ったのにもかかわらず。

やっとのことで夜が明けると、范姜義明は飛ぶように自転車を走らせた。一刻も早く別荘に行って月姫に求婚しよう。ゼイゼイ言いながら自転車を押して坂を上り、庭の木戸を開けた。ひと目で縁側の障子がきちんとしまっておらず、少しすき間が開いていることに気がついた。昨夜の夢まぼろしのような優しさや纏綿《てんめん》さは、思い返してみればこれ以上ないくらいの真実だ。彼は意識的に足をゆるめた。まだ朝が早い。月姫はきっとまだ夢を見ている最中で、これまでのように、木戸の開く音を聞きつけると、玄関に跪いて、両手を膝に置き、お辞儀をしながら彼を迎えてくれることはないだろう。

昨夜のことがあったので、彼女は自分を見るとき、きっと深くうなだれ、首筋まで顔を赤くして、恥ずかしさのあまり目を合わせることもできないにちがいない。

別荘はひっそりとして物音一つしなかった。横山月姫はどこへ行ってしまったのだろう。例の岐阜提灯の下に、彼女は書き置きを残していた。筆跡も乱れていて、どうやらとつぜん出ていくことを決め、慌ただしく書いたらしい。范姜さま、どうか自分がお別れも言わずに出ていくことをお許しください、と懇願していた。そして、彼がためらうことなく自分を受け入れ、これまで懇切丁寧に面倒を見てくれたことに対し、月姫は今生《こんじょう》では恩に報いようのないこと、どのようにしても感謝のしようがないことなどを述べていた。

身の回りの物と衣類のほか、彼女はあの『台湾写真帖』だけを持って行き、范姜義明にこのことで自分を責めないでほしいと頼んでいた。まだここにいるうちから、彼女はもう別荘で暮らした日々を懐かしみ、范姜といっしょに縁側に座り、彼が一枚一枚の写真を撮った時の心情を語るのを聞いて、范姜が纏足や芸旦（台湾の芸妓）や首棚などの奇異な内容を含まない、「真実」の台湾を表現しようとしたことを強く信じた。

今後自分がどこにいることになろうと、この写真帖を開きさえすれば、青春の日々を過ごした台湾に連れ戻してもらえるでしょう。月姫はそう書いていた。

横山月姫に持って行かれた『台湾写真帖』には一枚の囚人護送の写真があった。花蓮監獄の高いレンガの塀の外を、二列になった日本人警官が手錠と足かせをされた囚人を真ん中にして護送している図だ。囚人の頭には特殊な籠がかぶされている。草を粗く編んだ籠で、囚人はその籠のすき間から何でも見ることができた。

白黒写真のため囚人服の色は分からない。范姜義明の説明書きにはこうある。

「花蓮監獄外にて。重罪犯は赤い囚人服を、軽犯罪者は青色の囚人服を着ている」

彼は少し前に立霧山のタロコ族の間で発生した暴動の後、この場面を捉えたのだった。

霧社事件のあと、総督府は蕃民のそれまでの居住形態を破壊し、集落を山麓や平地に移動させて、指定した区域に、茅葺き小屋や仕事小屋を建てて住むよう勧告指導した。そして焼き畑農業をやめ、水稲耕作や養蚕、養豚を行なう、いわゆる文明的な生活をするよう強制した。

ハロク・バヤンが属すホーホス社は、渓流が曲がりくねって流れている山裾の一帯を割り当てられた。水源の近くは蚊やその他の虫が繁殖するので、部族の人たちはマラリアにかかるのを恐れたし、また生まれ育った土地を離れることも嫌だったので、山を下りようとしなかった。最初のうちは、日本の警察も勧誘方式をとっていたが、後になると強制執行になり、食料を途絶えさせることで脅した。飢えを満たす食べ物を探すにも、日本人がとうの昔に猟師の命の綱である猟銃を没収していたので、ハロクの部族の人たちはどうにもしようがなくなり、猟区に行き、やむなくあぶり出し猟のやり方で山を焼いてイノシシや山羊などの獲物を狩り出した。

ドンビドン駐在所の巡査部長である横山新蔵は、ハロクが部族の人たちを率いて放火を行ない山を焼き、貴重な森林資源を破壊したと告発し、すべての警察力を動員して、猟の獲物を包囲するようにして彼を捕まえた。

今回、ハロクは草原で水と戯れていたあのスイロクのように、人間の足音を聞きつけて、深い森の奥に逃げ込んで行方をくらますということはできなかった。彼は手かせ足かせをはめられ、花蓮の監獄に護送された。

ハロクの部族の人たちは、彼は無実だと訴えた。あぶり出し猟に参加していなかったハロクがどうして引っ張られて行かなければならないのか分からない。部族の人たちが山に火を放つよりずっと前から、ずいぶん長いあいだ、ホーホス社では彼の姿が見えなくなっていたのに、日本の警察はどこで彼を捕まえたのだろう?

月姫が何も言わずに出て行ったあと、范姜義明は毎日庭の例のセンダンの木にもたれて彼女のことを想った。何年も後になって、彼はある書物の中でこんな記述を見つけた。日本では昔、牢獄の入り口にセンダンの木を植え、罪人の首を晒して見せしめにした。横山月姫はかつて毎日、別荘のあのセンダンの木をひたすら守っていた。目は鯉魚潭を通り越して、花蓮監獄のほうに向いていた。彼女が一途に待ちつづけていたのは何者だったのだろう？

17　戦争は美しい

やはり秋の雨がしとしと降る黄昏時、花蓮から来た二人のタロコ族の原住民が、約束どおりふたたび無弦琴子を訪れた。横山月姫が生前に持っていた日本統治時代の写真を借りていって複製しようというのである。

無弦琴子は何冊かの家族アルバムを取り出してきて、彼らに選ばせた。きっと范姜義明の『台湾写真帖』に興味を示すだろうと思っていたのだが、意外にも二人はパラパラとめくっただけで、すぐに下に置いた。彼らが貴重だと考えたのは、なんと横山一家の立霧山駐在所での生活点描だった。退職した原住民警官は、横山新蔵が率いた山上での猟の写真が見つからないのでがっかりしていた。

彼のあまり正確とは言えない日本語の語尾が、植樹をしていたある男のことを無弦琴子に思い出させた。もう二十年余りになるだろうか。あの時、彼女は母のために花蓮に帰り、偶然路上でその男に出会った。月姫の記憶にある吉野移民村の太鼓橋は見つからなかった。無弦琴子が浮かない気持ちで花蓮の市街へ戻りかけると、途中で一台のトラックがゆっくりと彼女の傍で停まった。その時運転していたのがその男で、彼はいましがた山で植樹を終えたばかりだった。村道を一人で歩いている無弦琴子を見かけ、車を停めて彼女を車に乗せてくれようとしたのである。

彼は砂利トラックの運転手だと自己紹介した。亡くなった母親を記念するために、十年前から山の空き地に木を植えはじめた。まず自分の家の裏庭で苗木を育て、暇を見ては苗木を積んで植樹に行くのだとか。彼の植えた木で一番高いのはもう三階建てのビルの高さになるという。

彼が植樹をするのは、一個人の力を尽くして花蓮の気候風土を守るためであった。

「蘇花公路の日本人が作ったトーチカは、今でもなおどっしりと立っています。それはまわりがすっかり樹木に囲まれているからです」

彼はしょっちゅう自分が植えた木に会いに行く。自分の子どもの成長を見守るように。男には娘が二人いる。

「上の娘は嫁に行ったばかりです。私は嫁入り道具としてトランクを一つ持たせたのですが、中にはその子の小学校から大学院までの成績表や作文、図画、工作、賞状、卒業証書……一枚残らず入れてやりました……」

彼は高雄の生まれで、その父親は彼と布団をいっしょに肩に担ぎ、十何日も歩いてやっと花蓮に落ち着いたのだった。

無弦琴子が日本人だと分かると、男は、戦時中は花蓮近郊には全部で四つの軍用飛行場があったと言った。

「一つは偽物で、私たちは公学校で工作の授業のとき、銀箔を偽物の飛行機に貼りつけました。アメリカ軍が空から見下ろして、わあ、あんなにもたくさんの飛行機がある、日本軍の力は強いぞ、となるわけです」

彼が言うには、空襲の時には、美崙山付近のゴルフ場にさえもみなサトイモやサツマイモを植え、アルコールを抽出して燃料にしたそうだ。

客間の二人の原住民が複製用に借りる写真を選びおえるまでには、どうやらまだだいぶ時間がかかりそうだ。待っているあいだに、無弦琴子はやっぱり我慢できなくなって、食器戸棚から取り出した、瓶に半分残っている例のジョニーウォーカーのウイスキーを開けた。ソファーにいる二人が蓋を開けた瓶から流れる酒の匂いに顔をあげたので、無弦琴子はしかたなく二人にも一杯ずつ注ぎ、温まってくださいと言った。

二人は申し合わせたように仰のいて一気にウイスキーを飲み干し、四つの眼でテーブルの上の瓶を見やった。無弦琴子がまた一杯ずつ注ぐと、またもや仰のいて一気に飲み干す。彼女がいっその事とばかりに瓶を二人の前に置くと、退職した原住民警官のほうもまったく遠慮せずキャップを開けて、自分と仲間のために注ぎ、二人で飲みはじめた。

アルコールが腹に入ると、彼は来たばかりの時の堅苦しさがなくなり、グラスを手に立ちあがって、壁の大きなカラー写真を見に行った。日本の男児用の着物の背面だ。着物には軍服を着て少年兵士に扮した二人の男の子が、空の金色の凧を仰ぎ見ている図が描かれていた。日本人はこれによって神話の中の始祖天照大神を象徴させており、大神は今まさに兵士たちを率いて敵を征服しに行こうとしている。小さな着物には「八紘一宇」の文字が浮かび上がっていた。

この着物は皇紀二千六百年を祝って織られたもので、その年はまさに大東亜戦争前夜の一九四〇年だった。無弦琴子は「Wearing Propaganda 展」の着物の中からこの一枚の写真を選んで自分で複写し、引き伸ばして家の中に掛けた。そして自分はこの東亜の歴史の中で、東亜の人々の運命の転換した年に生まれたのだと想像した。自分の本当の父親が誰かということは永遠に未解決の問題だ！

「もしもっと早く生まれて、戦争に間に合っていたら」と退職した原住民警官が写真を見ながらつぶやいた。「おそらく私も血書を書いて高砂義勇軍に参加していたことでしょうな」

彼は、酒が入った後はもう傲慢な態度を見せなくなった連れを指しながら、無弦琴子にこう言った。

「彼の名前は『黒帯』というんですよ。子どもの頃父親に大きくなったら何になりたいかと聞かれ、勇敢な軍人になりたいと答えたので、黒帯という名前をつけたんです」

ウイスキーの最後の一滴をグイッと飲み干して、耳まで赤くした退職警官は、とつぜん日本軍が敵を討ちに出征するときに歌う軍歌を歌い出した。はじめはあまり大声ではなかったが、歌っているうちにどんどん声が大きくなり、歌いながら肘を振って、軍人行軍の歩調をとった。

高砂義勇隊は勇敢かつ敏捷に山間部を渡り歩き、南洋のフィリピンに行ってジャングルの中で軍用道路を切り開いた。困難を恐れず忠誠一筋で、軍の人足として日本人の食糧を背負い、自分は餓死しようとも、軍糧を勝手に食べようとはしなかった。

ほろ酔い加減の無弦琴子は、花蓮で出会ったあの植樹をする男に、松園別館へ行ってそこにある何十本という松の大木を見たくないかと訊かれたことを思い出した。

戦争末期、台湾の神風特攻隊は出発前に松園で訓練を受け、天皇のために命を捧げるという日本式精神教育を受けた。飛行学校を卒業したばかりの十六、七歳の本島の青年たちは、頭に白い鉢巻を締め、鉢巻には鮮血で染められた日の丸があった。一人一人誰もが死を恐れることなく、芸妓の渡す酒を受け取って乾杯し、目に涙を浮かべながら軍歌を歌った。

植樹をする男は子どものころ彼らを見たことがあった。これら「護国の神」たちは出発前に市街地を女連れで自由に歩き、指定された料理店に行けば飲み食いもただだった。彼が言うには、日本の軍人は神風特攻隊の隊員に会うと、階級を問わず彼らに向かって敬礼していた。

ようやくのことで客たちを送り出すと、無弦琴子は借りて行かれなかった写真帖をまた母親の遺品の山の中に戻そうとした。と、淡い褐色で長方形の紙箱が目に入った。彼女は横山家の家族アルバムを探していた日、この紙箱がまるで驚かされるのは嫌だとでもいうように、極めて見つけにくい隅に押しこまれているのを何気なしに見つけたのだった。

この古風な箱の中にあった畳紙《たとうがみ》の包みは、おもての白抜きの水草の絵がやや黄ばんでいて、長い年月の跡が感じられた。

畳紙の上から無弦琴子は包みを撫で、手にもって重さを量ってみた。彼女は直感的に包みの中身は母親の花蓮時代の洋裁のデザイン画ではないかと思った。慎重に収納場所から持ち出して、テーブルの上に置いてほこりを払い、こより紐を解いてみた。意外にも、包みに入っていたのは女物の着物の帯で、しかもめったに見られない袋帯だった。

　過去二年間、無弦琴子は「Wearing Propaganda 展」の展示目録を作るために、少なからず日本の伝統的な絹織物について勉強した。彼女はこのクリーム色の染糸をひと目見ただけで、織り手が家庭用の手織り機で織ったものであることが分かった。この織り方は京都上京区の西陣のものだ。そこは昔から絹織物の錦織の生産で有名で、女の子は四、五歳から糸繰りを習い、六、七十歳の祖母と孫とで向かい合いに座って仕事をし、男の子は十一、二歳から機械の操作を習って、織物師になる。

　袋帯の織り方は難度が高い。西陣でもこの技術をもつ職人はわずかしかいない。無弦琴子は帯の後ろのお太鼓になる部分の図柄を広げた。目に入ったのは左右にそれぞれ一列ずつ銃を持った黒い服の軍人が並んでいるところで、真ん中で行軍している兵士たちは赤い服を着、先頭にいる人は手にした日の丸の旗を振っている。

　母の月姫までが身体を展示の舞台にして、日本の軍国主義政府のために大東亜共栄圏の理念を宣揚したとは思いもよらぬことだった。そして考え直してみて、思った。母はこの帯を締めたことがあったのだろうか？　こより紐をひねりながら、無弦琴子はそれは疑わしいと思った。記憶の中では、月姫はずっと洋服を着ていて、晩年になっても着るものの習慣は変わらなかった。逆に祖母の綾子は生まれてから着物しか着たことがなく、しかも歳を取ってからも、あいかわらず帯と着物の色や素材がつりあっているか、締め心地がよいかなどということにひどくこだわり、とりわけ着物の柄が四季の変化に合っているかどうか気にする様《さま》は、なおさらのことだった。

それに、こんな考えを持つのは祖母だけだ。わざわざ京都の腕の良い職人を見つけ出して、水彩画風の、独創的で難度の高い袋帯をこしらえてもらうことによって、軍国主義政府の戦争宣揚に呼応しようとするなんて！

無弦琴子が考えるに、綾子はきっと月姫のために人を探してこの帯を織ってもらい、図案も彼女が選んだのだ。ちゃんと師について和裁を習ったことのある横山綾子はきっと着物に描かれる図案がもともと象徴的な意味をもっていることを知っていたのであろう。僧侶や神社の神主が着る衣の上の神聖な図形には、魔よけの意味がある。戦争中、銃後の庶民が皇軍や日の丸の旗を描いてある着物を着たのも、傷つけられることを避け、魔よけになると信じていたからだ。前線が戦争たけなわのとき、銃後の人心は穏やかではいられない。敵が夜間に上陸して婦女を暴行するという噂があちこちでささやかれた。母親たる者は娘にこの帯を締めさせ、身を護ることと愛国心は人後に落ちないという、二重の役割をもたせたのだ。

無弦琴子はこの新品同様の美しい帯を撫でた。なめらかな手触りの柔らかな絹の布地。銃を持った軍隊の幾何学模様の図案なのに、デザイナーの表現方法は審美眼があり、しかも直接的に戦争を宣伝するのではなく、日本伝統の着物の複雑な装飾様式と融合させている。展示目録を編纂しているとき、無弦琴子が気づいたのは、男性が着る着物と羽織も、男の子が宮参りに行く時の礼服も、デザイナーは極力戦争を美化していることだ。鉄砲や機関銃の炎は、焦土と化した草原の上に蘭の花のように点在し、爆撃機が投下した爆弾から立ち昇る螺旋状の濃煙も、煙やまぼろしのように処理されている。

戦争は美しい。

日本の作家保田《やすだ》與重郎《よじゅうろう》は「芸術としての戦争」で、芸術のためには、世界が滅ぶとも構わない、と書いている。ファシストの言説だ。

「Wearing Propaganda 展」の展示のために論考を寄せた学者はこう指摘している。明治維新以来、近代化の洗礼を受けた日本は、初めて鋼鉄で製造した強固な銃砲や戦車、戦艦を用いて、妖魔化した敵を消滅させ、大東亜共栄圏というユートピアを、日本の軍人が操作するこれらの鋼鉄で製造した武器の上に打ち立てた。彼はイタリアの詩人マリネッティの「戦争は美しい」を引用して日本軍国主義の暴力的な戦争美学の心理状態を解釈した。

「戦争は美しい。なぜならそれは防毒マスクや威嚇のための拡声器や火焰放射器や小型戦車などの手段を通じて、征服された機械への人間の支配を確立したからだ。戦争は美しい。なぜならそれは我々が夢にまで望んでいた人類の身体の金属化という偉業をはじめたからだ。戦争は美しい。なぜならそれは花ざかりの野原に機関銃というこの激怒している蘭の花を加えたからだ。戦争は美しい。なぜならそれは機関銃の火力、大砲の轟き、停戦、花の香りと腐った死体の悪臭とをいっしょにまとめて交響曲を作り上げているからだ。戦争は美しい。なぜならそれは一種の新しい建築スタイルを創造したからだ。たとえば巨大な戦車、飛行編隊の幾何学的構図、燃える村落から旋回しながら立ち昇る濃煙、さらにその他のたくさんのもの……」

戦争が官能的な知覚に芸術上の満足を与えてくれることを期待して、人々は戦争美学を宣揚する着物を着る。衣服は身体とじかに接触して摩擦し、まるで魂があってひそひそ話ができるかのように、身体に付着する。皮膚の表層から体内に進入し、たがいに感応し合い、それを着ている人の意識を転化させて、催眠の呼びかけに応じ、戦争は美しいと信じさせはじめる。それが潜在意識となり、さらに進んで人間を着衣の中の人へと変える。

戦争は美しい。

ほろ酔い加減の無弦琴子は、母親がかつて手を触れたことのあるその帯を両手に捧げ持ち、鼻先につけて匂いを嗅いだ。残り香から母の匂いを嗅ぎとりたかった。嗅ぎつづけるうちに、一種の気の囲いが帯から漂い出て、時空も歴史も郷愁も家族の感情もすべてを集め、ぐるりと彼女を取り囲んだような気がした。思わず知らず、無弦琴子は長い帯を広げ、それを自分の腰に巻きつけた、母が昔そうしていたように。彼女にはこれが母に近づく唯一の方法のように思われた。物心ついて以来、彼女には母の膝の上にのったり、母に抱かれたりして、その懐から漂い出てくる匂いを嗅いだ覚えがない。

帯を締めた彼女は、母と一体になった。

その晩、無弦琴子は夢を見た。夢の中では東京の街頭に人波があふれ、とてつもなく大きな大東亜共栄圏の地図に向かって、皇軍万歳、天皇陛下万歳と声高に叫んでいる。無弦琴子もその人群れの中にいた。彼女は男女分かたず誰もが腰に彼女のものとそっくりの帯を締めていることに気がついた。

二〇〇六年九月初稿
二〇〇七年二・二八前夜二稿
二〇〇七年五月二日ニューヨークにて脱稿

訳者あとがき

一、はじめに

今年（二〇二四年）四月、台湾東部の町花蓮は大地震に見舞われた。日本では年明け早々の元日に能登半島地震が起こったばかりで、報道の映像などに両者を重ね、心を痛めた人も多いと思う。もともと花蓮も連なる山々を背に海に面し、風光明媚なところである。一九九三年にここを訪れた司馬遼太郎は、「なるほど商店街を歩いていると、私どもの子供のころの町の一角にまぎれこんだようでもあり、また山田洋次監督の〝寅さん〟の映画の帝釈天《たいしゃくてん》様の門前町だといわれても、不自然ではない感じだった」（「花蓮《かれん》の小石」『街道をゆく　40　台湾紀行』所収）と書いている。それから三十年を経た現在、町の景観はかなり変化しているが、その片鱗は今もところどころに見受けられる。それはなぜなのだろうか？　この小説の主人公はこの町やその周辺で自分探しの旅をする。読者の皆さんが道連れになってくださったら心強いにちがいない。

二、本書の底本について

本書は、アメリカ在住の台湾人女性作家、施叔青による「台湾三部曲」の第二部『風前塵埃』(時報文化、二〇〇八)の全訳である。ちなみに第一部『行過洛津(洛津を過ぐ)』(二〇〇三)は、作者が得意とする故郷の鹿港(当時の名は洛津)を舞台にした、清代の漢人による台湾への移民物語で、後に舞台劇化され、台湾のみならず海外でも公演されて、好評を博した。第二部に当たる本書『風前塵埃』は、主要な時代背景は日本統治期(一八九五〜一九四五)であるが、その時代と二十一世紀に入った現代との時空交錯が繰り返される物語である。第三部『三世人(三世代)』(二〇一〇)は、日清戦争の結果を受けて清朝から日本へ台湾が割譲される一八九五年から、日本統治期を経て、戦後初期の一九四七年の二・二八事件までを時代背景とし、この三つの時代区分を中国人、日本人、台湾人に隠喩させて、アイデンティティの問題を扱っている。

三、施叔青について

作者施叔青(Shih,Shu Ching)は、本名は施淑卿、ペンネームには施梓、劉安安などがある。一九四五年十月、台湾西海岸の古い町、鹿港で生まれた。姉の施淑は高名な文芸評論家であり、また妹の李昂(本名、施淑端)は日本でも『夫殺し』や『迷いの園』などの作品でよく知られている。これまで日本で出版されている施叔青の作品の翻訳単行本としては、国書刊行会の〈新しい台湾の文学シリーズ〉の一冊として、藤井省三訳『ヴィクトリア倶楽部』(二〇〇二)がある。

施叔青は高校生の頃から小説を書き始め、六〇年代初めに姉の施淑やその友人を通じて、後に台湾を代表する作家となる白先勇の主宰する、一九六〇年代のモダニズム運動の中心的雑誌『現代文学』に参加する一方、一九六六年には尉天驄、陳映真らと『文学季刊』を創刊し、郷土派リアリズムの文学手法を培った。一九六四年九月に現在の淡江大学フランス語学科に入学、この間ずっと文学活動を続けた。一九六九年六月、大学卒業。同年台湾に調査研究に来ていたハーバード大学院生のロバート・シリンと結婚し、七〇年一月にアメリカに渡った。

その後、一九七四年十一月の長女の出産がありながらも、一貫して精力的に創作活動を行ない、小説や戯劇に関する文章を台湾のメディアで発表し続けた。一九七六年には、後に陳水扁政権で女性初の副総統を務めた呂秀蓮らと出版社を興して編集にあたるなど、戦後台湾で最初のフェミニズム運動に関わった。その頃、京劇、歌仔戯（台湾歌劇）、南管（伝統的な室内楽）などの演劇研究にも携わって、造詣を深めている。

一九七七年に夫の仕事の関係で、香港に移り住み、一九七九年から一九八四年まで香港芸術センターのアジア・プログラム部の計画主任を務めた。

一九九四年に台湾に戻った後、二〇〇〇年からニューヨークに在住、現在に至っている。

小説を主とする創作は、初期には精神分析や実存主義の影響、および鹿港の古めかしい雰囲気などを混ぜ合わせ、モダニズムと郷土テーマを一緒にした「壁虎（ヤモリ）」（一九六一作、一九六五発表）、「約伯的末裔（ヨブの末裔）」（一九六七）のような作品を書いて、白先勇に「施叔青の小説世界は、彼女の独特のプリズムによって投影されて歪んだ、怪異な、夢魔のような世界である」と言わしめた。

一九七〇年代にアメリカへ渡ってからは、東西交流の矛盾や相違を描くようになり、それに女性としての経験を注入した『牛鈴声響（牛の鈴響いて）』（一九七五）や、郷土意識の強い『琉璃瓦』、『常満姨的一日』（一九七六）などの長篇小説を完成させている。そして香港で暮らすようになった一九七七年から後の、いわゆる「香港故事」シリーズと言われる作品は、上中流階級の男女の欲望の浮沈と底辺の庶民の生活の哀楽を描いたものが多い。八〇年代には「愫細怨（スージーの怨み）」、「完美的丈夫（完璧な夫）」、「情探（愛の探求）」など、それぞれ話題になった作品をタイトル名とする短篇小説集も数多く刊行されている。また『ヴィクトリア倶楽部』（一九九三）と「香港三部曲」シリーズの『她名叫胡蝶（彼女の名はバタフライ）』（一九九三）、『遍山洋紫荊（山一面のバウヒニア）』（一九九五）、『寂寞雲園（寂しき雲の園）』（一九九七）という計四冊の長篇小説を完成させた。

その後書かれたのが、本書『風の前の塵』を含む「台湾三部曲」である。その執筆のきっかけは台湾の著名な文学者陳芳明の勧めがあったようで、陳氏はその成果に満足し、高い評価を与えている。氏は施叔青について評するとき、しばしば「小を以って大を描く」という表現を使う。このことは、作家自身も多分に意識的なようで、原書のあとがきの代わりに収録されている陳芳明との対談の中の、以下の言葉にそのことがうかがえる。

「私は小説と歴史論の最大の違いは、小説は現場におり、事件はまさに発生中という、進行形の、時間の副産物であることだと思っています。小説は史実の制約を受けず、空想に依って虚構をくみたて、その時のあらゆる物品、話す時の語気、道徳行為の基準、日常生活の中のさまざまなディテール、風俗や祭りや儀式、人物間の愛憎、異なる理念の衝突と妥協……そうした物や事を通して、その時代の雰囲気や様相を伝えるものなのです」

四、本書の参考情報

本書には参考として「主な登場人物」「関連年表」「関連略地図」を付したが、ここでは一点、「Wearing Propaganda 展」について言及しておきたい。二〇〇五年十一月から翌年二月まで、ニューヨークにある研究施設を会場に、「WEARING PROPAGANDA 1931-1945 TEXTILES on the HOME FRONT in JAPAN, BRITAIN, and the UNITED STATES」という展覧会が開かれた。「服飾によるプロパガンダ」とでも言うべきか。そこには衣類（日本からはおびただしい数の着物類を出品）やハンカチ、スカーフなどの小物類が展示された。

施叔青はこの展覧会（あるいはカタログ）を見て衝撃を受けて、このことを小説の主旋律にしたと語っており、小説の第3章、そして最終章などにそのことが現れている。このカタログには日本からも数名寄稿していて、美術史家若桑みどりも「War-Promoting Kimono (1931-45)」というタイトルの論文を寄せた。若桑氏が著書『戦争がつくる女性像　第二次世界大戦下の日本女性動員の視覚的プロパガンダ』（筑摩書房、一九九五）で、専門の美術＝絵画に焦点を当て、フェミニズムの観点から戦争と女性のあり方を論じているのは周知のことだ。また戦争柄の着物について取り上げた書籍としては、乾淑子『図説　着物柄にみる戦争』（インパクト出版会、二〇〇七）などがある。

ニューヨークでの展覧会を受けて、二〇二二年夏に、新潟大学の資料展示館で「戦争を考える2022——日常に入り込んだ戦争」展が開催され、着物や古布の展示が行なわれた。ここにはニューヨーク展にも出品された新潟市在住の笹川太郎氏所有の帯が展示され、二〇二三年晩秋、訳者も笹川氏のご厚意で直接目にして手に取ることができた。その図柄は、「左右にそれぞれ一列ずつ銃を持った軍人が並んでいるところで、真ん中で行軍している兵士たちは赤い服を着、先頭にいる人は手にした日の丸の旗を振っている」、つまり小説の最後の最後で琴子が身にまとってみた帯を彷彿とさせる。

そもそも本書は琴子の自分（の出自）探しの旅も主題の一つであるが、帰結するところが後に述べる大自然との合一はまだしも、最後に「戦争」を身にまとうことと合一するという逸話は、日本人としては何とも複雑な思いがする。たとえすべてがドイツの思想家ヴァルター・ベンヤミンの言う、いわゆる「歴史の天使」が見つめる「歴史の破片」あるいは「風の前の塵」なのだとしても。

そしてもう一点、日本人女性としてやはり複雑な思いにとらわれたのは、琴子の祖母綾子が台湾に適応しきれず心身ともに消耗して台湾から引き揚げていることである。奇しくも本作（二〇〇六年から雑誌連載、二〇〇八年に単行本として出版）と並行するような時期に、日本では津島佑子が雑誌『群像』に『あまりに野蛮な』を連載し、講談社から単行本を刊行している。そこでも日本統治期の時間（一九三〇年代前半。伯母）と現代の時間（二〇〇五年。姪）が交錯していて、伯母は台北での生活の中で心身に異常をきたす。たとえば台湾文学研究者の垂水千恵は、

「異族から野蛮へ——津島佑子試論」（『台湾文学というポリフォニー　往還する日台の想像力』岩波書店、二〇二三所収）で津島佑子『あまりに野蛮な』と中上健次『異族』の比較研究を行なっているが、今後、本書をはじめとする台湾人作家の日本人女性の表象なども視野に入れた研究が進むことを期待する。

五、本書に登場する人名について

ところで、主人公無弦琴子の名からは当然「無弦《むげん》の琴《きん》」が想像され、その源は陶淵明が弦の無い琴を持ち歩き、酔うと、それを撫でていた、という故事に由来する。中国や日本の文人たちによって、〈自然の微妙な調べ〉、〈宇宙の無限の音楽〉、〈俗世を超えた境地〉などに喩えられてきた。良寛は〈弦《いと》なき琴をひく〉というフレーズを残し、晩年の夏目漱石はこの三文字を額に入れて部屋に飾り、心の安らぎを求めたという。文字面の持つ魔法なのか、その境地を借りる意味か、内田百閒や塚本邦雄など、多くの文学作品のタイトルにも使われている。

こうした境地を本書『風の前の塵』の中に探すなら、「12　彼のリムイ」の最後の部分で、琴子が自然との一体感を感じる場面に端的に表れているのではないだろうか。一九六八年の学生運動（全共闘運動）を体験した琴子は世代的に原作者（そしてまた訳者とも）と重なる。もしかしたら感情移入の度合いも深く、ここでの琴子の心象も少なからず作者のそれを映しているのかもしれないし、作者が仏教に帰依していることも関係あるのかもしれない。

もう一人の重要人物月姫については、作者は先に触れた対談の中でその人物造型について比較的詳しく語っている。いわく、「一点私が特に指摘しておきたいのは、記憶の中に生きている横山月姫は、謎めいた人物で、完全に現実から遠ざかっていることです。記憶の中に生きてきたその人は記憶を失っており、一方、わが身の出生の秘密を知りたいと必死になっている娘は記憶の錯乱している母親から何とか過去を聞き出そうとしています。これほど悲しい運命のいたずらがあるでしょうか。作者の私はあくまで月姫の主観の世界に入ることをしませんでした。私はただ彼女を客観的な存在に留め、直接その考えや想いを描くことはせず、無弦琴子、范姜義明、ハロクといった人たちの月姫に対する凝視、推測、観察を通して彼女を説明したのです」

実は、訳者は未だに月姫という名を日本語で何と読んだらいいか分からない。いわゆるキラキラネームが流行の昨今なら、「かぐや」ということもあるかもしれないが、作者の念頭に「竹取物語」があったかどうかは不明だ。ただ、人生の後半を「この世の人ならぬ」状態で生きていた月姫の人物形象がこうした執筆上の策略に基づいているなら、まさに正鵠を射ていると言えるのかもしれない。

六、最後に

翻訳に当たっては、原文の多くの一段落が読点で繋がっていて、かなり長いものが多いため、読みやすいようにいくつかに切らざるを得なかった。そのため、中国語と日本語の構造的な違いにより、切る場所によって、解釈やニュアンスが異なってしまう危険は免れない。その他、日本の文学作品や歴史的人物の発言などについて日本人としては疑問に思う叙述も何カ所かあるが、名詞などの明らかな誤りを訂正したほかは、できる限り原文を尊重した。多くの識者たちに教えをいただいて処理したが、齟齬や問題があるとしたら、すべて訳者の責任である。

また原住民族にかかわる言葉や職業の呼称などについて、今日では旧称とされる用語を使用している例があることをお断りしておく。今日、台湾では原住民族についての権益保障は明確に規定され、二〇〇五年には原住民族基本法が公布された。現在十六の原住民族が認定されている。本小説の主たる時代背景は一八九五年に始まる日本統治時期に当たるため、蕃地、蕃人、山地人など現在では差別用語とされる言葉が頻出するが、主として当時の文脈の中で使われているものはそのままにし、今日の文脈では原住民にした。訳者の恣意をお許しいただきたい。

そして多岐にわたる内容については、様々な分野の専門の方々にご助言をいただいた。特に編集委員として全体的な方向指示をいただき、時には細かな疑問の相談相手にもなってくださった呉佩珍先生・山口守先生・白水紀子先生、貴重なカタログの入手と美術に関するご教示をくださった美術評論家・美術史家の北澤憲昭氏、原住民族関係のご教示をくださった下村作次郎天理大学名誉教授、茶道、着物その他民俗学に関わるご教示をくださった倉石あつ子元跡見学園女子大学教授、そして仏教関係についてのご教示をいただいた松雲寺住職で元杏林大学教授の中村信幸氏、資料の収集および諸々の助言をくださった張文薫台湾大学副教授、王恵珍清華大学教授、翻訳上の助言については謝恵貞文藻外語大学副教授と林雨蝉さん、陳怡伶さん、そして中央大学（日本）兼任講師の明田川卓さん、さらに花蓮での取材旅行にご協力いただいた王鈺婷清華大学教授、花蓮地誌研究家の葉柏強氏、台湾大学台湾文学研究所博士の李時雍氏の各氏に、厚くお礼を申し上げたい。こうした方々のせっかくのご助言が訳者の理解不足や最終的な処理により、正しく生かされていないとしたら、それもまた訳者の責任に他ならない。これ以外にもお名前をあげなかった大勢の方々にお世話になった。心よりお礼申し上げたい。最後に刊行まで辛抱強くおつきあいくださった早川書房編集部の茅野らら氏、およびフリーランスの永野渓子さん、小澤朋子さんに連帯の意を込めた感謝を捧げたい。

二〇二四年六月

本書は、国立台湾文学館の「台湾文学進日本」翻訳出版計画の助成金を得、出版されたものです。

編者略歴

呉佩珍（ご・はいちん）
1967年生まれ。国立政治大学台湾文学研究所教授。日本筑波大学文芸言語研究科博士（学術）。専門は日本近代文学、日本統治期日台比較文学、比較文化。現在、国立政治大学台湾文学研究所所長。津島佑子、丸谷才一、柄谷行人の作品の繁体字訳を担当。その他、『我的日本』（共編）、『台湾文学ブックカフェ〈1〉〈2〉〈3〉』（共編）などがある。

白水紀子（しろうず・のりこ）
1953年生まれ。東京大学大学院人文科学研究科中国文学専攻修了。専門は中国近現代文学、台湾現代文学、ジェンダー研究。横浜国立大学名誉教授。訳書に、陳雪『橋の上の子ども』、陳玉慧『女神の島』、甘耀明『神秘列車』『鬼殺し　上・下』『冬将軍が来た夏』『真の人間になる　上・下』他多数。その他、『我的日本』（共訳）、『台湾文学ブックカフェ〈1〉〈2〉〈3〉』（共編）などがある。

山口守（やまぐち・まもる）
1953年生まれ。東京都立大学大学院人文科学研究科中国文学専攻修了。専門は中国現代文学、台湾文学および華語圏文学。日本大学文理学部教授を経て、現在日本大学人文科学研究所上席研究員。日本台湾学会名誉理事長。編著書に『講座 台湾文学』、訳書に白先勇『台北人』、張系国『星雲組曲』（共訳）、『我的日本』（共訳）。その他、『台湾文学ブックカフェ〈1〉〈2〉〈3〉』（共編）などがある。

訳者略歴　跡見学園女子大学名誉教授　著書『張愛玲 愛と生と文学』他，訳書『傾城の恋』張愛玲，『荒人手記』朱天文，『台湾文学ブックカフェ２ 中篇小説集 バナナの木殺し』他

台湾文学《たいわんぶんがく》コレクション２

風《かぜ》の前《まえ》の塵《ちり》

2024年7月20日　初版印刷
2024年7月25日　初版発行

著者　施《シー》 叔青《シューチン》

訳者　池上貞子《いけがみさだこ》

編者　呉佩珍《ごはいちん》、白水紀子《しろうずのりこ》、山口守《やまぐちまもる》

発行者　早川　浩

発行所　株式会社早川書房
東京都千代田区神田多町２－２
電話　03－3252－3111
振替　00160－3－47799
https://www.hayakawa-online.co.jp

印刷所　株式会社亨有堂印刷所

製本所　大口製本印刷株式会社

Printed and bound in Japan

ISBN978-4-15-210343-7 C0097

乱丁・落丁本は小社制作部宛お送り下さい。
送料小社負担にてお取りかえいたします。